ullstein

Das Buch

Seitdem Trent und Cujo Pixie aufgelesen haben, nachdem sie vor ihrem Stiefvater aus einem Trailer geflohen ist, arbeitet sie bei *Second Circle Tattoos*. Mit ihren Kollegen hat sie sich eine neue Familie geschaffen. Sie näht nebenbei Kinderkleidung, und sie liebt Musicals. Vor allem aber hat sie nach traumatischen Erfahrungen ihre Vorbehalte, was das Alleinsein mit einem Mann angeht. Das erweist sich als schwierig, als sie Dred kennenlernt: Der Rockstar der Band Preload hat ebenfalls eine harte Vergangenheit als Pflegekind ohne wirkliches Zuhause hinter sich. Pixie ist fasziniert von Dred – ebenso wie er von ihr. Trotz seines vollen Terminkalenders mit seiner Band will er ständig in ihrer Nähe sein, obwohl Beziehungen doch sonst so gar nicht seine Art sind. Doch die Vergangenheit droht das Glück der beiden zu gefährden ...

Die Autorin

Scarlett Cole arbeitete als Marketingleiterin einer großen Einzelhandelsfirma in Kanada, bevor sie sich voll und ganz dem Schreiben widmete. Sie lebt in Toronto.

Von Scarlett Cole sind in unserem Hause bereits erschienen:

Under Your Skin – Halt mich fest

Under Your Skin – Bleib bei mir

Scarlett Cole

Under Your Skin
Nimm mich mit

Roman

Aus dem Amerikanischen
von Alexandra Hölscher

Ullstein

Besuchen Sie uns im Internet:
www.ullstein-taschenbuch.de

MIX
Papier aus verantwortungsvollen Quellen
FSC® C083411

Deutsche Erstausgabe im Ullstein Taschenbuch
1. Auflage Februar 2018

Published by Arrangement with Scarlett Cole
Titel der amerikanischen Originalausgabe: *The Purest Hook*
(Second Circle Tattoos Book 3), erschienen bei Swerve, 2016
Umschlaggestaltung: zero-media. net, München
Titelabbildung: © FinePic®, München
Satz: LVD GmbH, Berlin
Gesetzt aus der Dolly
Druck und Bindearbeiten: CPI books GmbH, Leck
ISBN 978-3-548-29029-4

Für Lizzie und Beth
Danke, dass ihr mir ermöglicht,
die Geschichten zu schreiben, die ich schreiben möchte,
und mir helft, das Beste aus ihnen herauszuholen.
Ihr seid das tollste Dreamteam,
das eine Frau sich jemals wünschen könnte.

Kapitel 1

War es wirklich schon sieben Jahre her?

Sarah-Jane »Pixie« Travers setzte sich in den Eingangsbereich des Tattoo-Studios Second Circle, wo sie als Empfangschefin arbeitete, und fuhr mit den Fingerspitzen über den grauen Schiefer. Unfassbar, dass sie vor genau sieben Jahren, ausgerechnet an einem 1. April, auf diesem Boden wiedergeboren war. Sie erinnerte sich noch genau an die kühlenden Schieferplatten auf ihrer juckenden Haut, ansonsten wusste sie nicht mehr viel. Die Erinnerung an die Übelkeit, die sie verspürt hatte, war tief in ihrem Inneren vergraben, und mindestens genauso erfolgreich hatte sie verdrängt, wie unkontrolliert sie am ganzen Leib gezittert hatte und wie beschämend dieses Gefühl gewesen war.

Es hatte außerdem sehr lange gedauert, bis es ihr gelungen war zu vergessen, wie sie den beiden Männern, die sich als ihre Retter herausstellen sollten, vor die Füße gekotzt hatte. Niemals konnte sie wiedergutmachen, dass Trent und Cujo, die jetzt ihre Chefs waren, ihr an diesem Tag das Leben gerettet hatten.

Pixie war damals noch nicht mal vierundzwanzig Stunden in Miami gewesen, da hatte man ihr das bisschen Geld, das sie sich für einen Neuanfang zusammengespart hatte, gestohlen. Vor allem Trent und Cujos Entscheidung, keinen Notarzt zu rufen, hatte sie gerettet, als ihnen nämlich klar geworden war, dass Pixie auf Entzug war. Sie hatten ein großes Herz gezeigt, sich um eine ambulante Therapie für sie gekümmert und diese mit dem wenigen Geld, das sie selbst hatten, bezahlt. Dank diesen Männern war sie noch am Leben.

Pixie sog die kühle Frühlingsluft tief ein. Das war ihre liebste Jahreszeit in Miami, bevor der Sommer mit seiner schwülen Luft kam und alles wieder zu kleben begann. Der Tattoo-Shop machte wie immer um zehn Uhr auf, aber heute war es ihr wichtig gewesen, sich vorher die Zeit zu nehmen und sich zu erinnern, wie ihr Leben sich an diesem Tag geändert hatte. Außerdem musste sie noch Inventur machen, und das ging immer am besten, wenn die Materialien ordentlich in den Schränken verstaut waren, wo sie hingehörten.

Pixie seufzte, spürte ein letztes Mal ihrer Dankbarkeit nach und stand auf. Mit dem Schlüssel, den man ihr vor einigen Jahren gegeben hatte, schloss sie das Studio auf, ging hinein und schaltete die Alarmanlage aus. Drinnen war alles makellos sauber. Die Stühle der Tätowierer standen neben den jeweiligen Tätowierstationen. Auf den Arbeitsflächen waren weder Tinte noch Tätowiermaschinen, Stifte oder Handschuhe zu sehen. Der dunkle Dielenboden war gewischt und gebohnert. Strahlender Sonnenschein fiel durch die Fenster, wodurch das ein oder andere Staubkörnchen sichtbar wurde. Ansonsten jedoch war alles klinisch rein, genau wie sie es mochte.

Pixie nahm ihre Rolle als Empfangschefin und Studio-Managerin sehr ernst. Sie war es Trent und Cujo, denen der Laden gehörte, schuldig. Sie verdankte ihnen einfach alles. Im wahrsten Sinne des Wortes. Ohne die beiden hätte sie wahrscheinlich ihren dreiundzwanzigsten Geburtstag nicht mehr erlebt.

Sie fuhr mit den Fingern über den Türrahmen aus Holz und erinnerte sich daran, wie viele Stunden sie damit verbracht hatte, viele Jahre alte Farbschichten abzukratzen. Auf ihre Weise hatte sie sich nach der Entziehungskur für Trents und Cujos Hilfe bedankt: Sie war jeden Tag ins Studio gekommen, um zu streichen, den Laden hübsch einzurichten oder Besorgungen für die beiden zu machen, zum Beispiel das Mittagessen für sie zu holen. So war sie gut beschäftigt und kam nicht so schnell auf dumme Gedanken.

Sie hatten ihr erlaubt, im unrenovierten Büroraum zu übernachten, ihr jedoch eingeschärft, sich nicht blicken zu lassen, da sie keinen Ärger mit irgendwelchen Ämtern haben wollten. Jeden Tag hatte ihr einer der beiden Frühstück und der andere dann später etwas fürs Abendessen gebracht. Cujo hatte sie gezwungen zu essen, auch wenn ihr nicht danach war. Irgendwann hatte er festgestellt, dass sie wohl von Feen abstammen musste, weil sie so schmal und klein war, oder von Elfen, weil sie so gern sang und tanzte und, ja, weil sie so klein war. Seitdem war ihr Spitzname Pixie.

Im Handumdrehen erledigte sie Materialbestellungen, fertigte Lieferanten ab und räumte das Lager auf. Als Trent und Cujo ihr damals angeboten hatten, am Empfang zu arbeiten, war sie entzückt gewesen. Dann hatte Lia, die einzige weibliche Tätowiererin im Studio, Pixie zu einem Spottpreis ein Zimmer in ihrer Eigentumswohnung angeboten – eine Gelegenheit, die sie sich nicht hatte entgehen lassen.

Sie hatten sie nie zu einer Erklärung gedrängt, wie es dazu gekommen war, dass sie an jenem Morgen im Eingang des Studios lag, und dafür würde sie ihnen ewig dankbar sein. Die Vorstellung war schier unerträglich, Worte für die Ereignisse der Nacht finden zu müssen, als sie aus dem Wohnwagen ihrer Mutter geflüchtet war. Der Gedanke an ihren Stiefvater Arnie und an die Dinge, die er ihr befohlen hatte, löste immer noch Panikattacken in ihr aus. Nach all dieser Zeit tauchten immer noch blutverschmierte Hände in ihren Träumen auf.

Draußen auf der Straße war nichts los. Touristen waren donnerstagmorgens um sieben noch lange nicht unterwegs. Die Stadt würde erst in ein paar Stunden vollständig erwachen.

Cujo und Trent kamen um zehn. Es kam eher selten vor, dass die beiden zur gleichen Zeit anfingen, selbst wenn ihre Dienste sich schon mal überkreuzten. Aber an jedem ersten April teilte Trent ihre drei Dienste mit der gleichen Anfangszeit ein, auch wenn das bedeutete, dass er vierzehn Stunden durcharbeiten musste. Die wirklich wichtigen Dinge hatte Trent immer im Kopf und das schätzte sie so an ihm.

Gestern Abend war Lia zu ihren Eltern gefahren, die in einer dieser bewachten Wohnanlagen für Superreiche auf Star Island lebten. Lia mochte ihre Eltern nicht besonders, und das beruhte auf Gegenseitigkeit. Lia hatte sich eigentlich vorgenommen abzusagen, um mit Pixie zu Hause abzuhängen, aber dann hatte sie herausgefunden, dass ihr Bruder, ein Navy SEAL, von seinem letzten Einsatz zurück war. Eric, der vierte Tätowierer im Bunde, war zu seinem Bruder nach L. A. gefahren und kam nicht vor Samstag zurück.

Pixie legte ihre Handtasche unter den Empfangstresen, öffnete ihren Terminplaner und notierte sich, dass sie später auf dem Heimweg dunkelblauen Tüll kaufen musste. Sie hatte am Vorabend angefangen, ein Partykleid für ein kleines Mädchen zu nähen, und sie musste noch einige zusätzliche Lagen Tüll einnähen, um die Feenflügel im Gleichgewicht zu halten, die sie schon gemacht hatte. Was als Hobby angefangen hatte, war schnell zu einem kleinen Geschäft herangewachsen, und sie hoffte, dass sie damit irgendwann in Vollzeit beschäftigt sein würde. Ein Foto, das mit einer Heftklammer an dem Terminplaner befestigt war, fiel ihr ins Auge. Jede Stunde, die sie mit Nähen und Sticken verbrachte, war es wert, wenn sie später ein Foto in den Händen hielt, auf dem ein lachendes kleines Mädchen in einem ihrer Kleidchen zu sehen war.

Pixie stöpselte ihr Handy ein, und die Playlist, die sie zusammengestellt hatte, erschallte aus den Lautsprechern. Lieder aus einigen der besten Musicals und Filme aller Zeiten. Als Erstes kam Idina Menzel. Natürlich mit den Hits aus Rent, Wicked – Die Hexen von Oz und Die Eiskönigin. Danach folgten die Klassiker von Elaine Page. Evita, Chess und Sunset Boulevard. All das bildete einen krassen Kontrast zu Heavy Metal und Hardrock, den Stilrichtungen, die man sonst während der regulären Öffnungszeiten zu hören bekam.

Pixie stand vor dem großen Spiegel im Studio und band sich ihren pinkfarbenen Bob zu einem Pferdeschwanz. Einen Tag, nachdem sie von zu Hause weggegangen war, hatte sie sich die Haare abgeschnitten, und seitdem war es das erste Mal, dass sie sie wieder lang wachsen ließ.

Sie fragte sich kurz, ob ihre Mutter immer noch dort wohnte. Oder überhaupt noch lebte. Aus Angst, zu Hause anzurufen und eventuell an Arnie zu geraten, hatte sie keine Ahnung, was aus ihr geworden war. Aber viel wichtiger, als der Vergangenheit hinterherzujagen, war es, clean zu bleiben. Und sie wusste, dass es etwas in ihr triggern würde, wenn sie mit Arnie sprach.

Pixie beschloss, mit den Farben anzufangen. Sie holte alle Kartons aus den Schränken und sortierte sie nach Marke und Farbe. Der Schrank musste dringend von innen geputzt werden, also holte sie Putzsachen und machte sich an die Arbeit.

Zwei Stunden und fast eine ganze Kaffeekanne später hatte Pixie alles erledigt und ihr schwirrte der Kopf. Sie war mit der Inventur fertig, die Tätowierstationen waren einsatzbereit und sie hatte die Terminkalender ausgedruckt.

Pixie setzte sich an den Schreibtisch, zückte einen Bleistift und fing an, neue Ideen für ihren letzten Auftrag aufs Papier zu kritzeln. Marienkäferkleidchen entwarf sie am liebsten, und sie gab sich Mühe, dass jedes ganz invididuell war.

Als das Studiotelefon klingelte, warf Pixie einen Blick auf die Uhr an der Wand. Bis zur regulären Öffnungszeit war es noch eine Dreiviertelstunde.

Sollte sich doch der Anrufbeantworter der Sache annehmen. Pixie zeichnete weiter an den kleinen Fühlern herum, aber das Klingeln ging ihr dann doch auf die Nerven, weil sie es nicht ausblenden konnte, und sie nahm schließlich den Hörer ab.

»Second Circle. Was kann ich für Sie tun?«

»Pix?«

Die Stimme kannte sie doch. Nur diese Stimme schaffte es, sich um ihr Herz zu wickeln und zuzudrücken.

»Hey Dred.« Dred Zander war zusammen mit Trent Juror bei der Reality-Fernsehshow Inked. Als Sänger der Band Preload verdrehte er außerdem jedem Metalhead-Mädel auf der Erde den Kopf. Sie waren sich einige Male begegnet. Und ganz vielleicht hatte sie zwischen den Begegnungen auch mal an ihn gedacht.

»Hey, meine Süße. Warum bist du nicht zu Hause? Lässt Trent, der alte Sklaventreiber, dich wieder schuften?«

»Nein, ich mache Inventur.«

»So früh?« Seine Stimme klang besorgt.

»Da hab ich meine Ruhe. Mir geht's gut«, sagte sie leise. Zum ersten Mal heute Morgen fühlte es sich scheiße an, allein zu sein. Es herrschte ein kurzes Schweigen zwischen ihnen, das sie schließlich brach. »Was kann ich denn für dich tun?«, fragte sie, so fröhlich wie möglich.

»Oh, ich wollte mal hören, ob Trent mich nächste Woche vor der Show dazwischenquetschen kann.«

Dreds Nordamerika-Tour endete in Miami, und sie hatte von Trent gehört, dass sie dann eine kurze Unterbrechung machen würden, um ein neues Album aufzunehmen, bevor es mit der Tour in Europa weiterging.

»Warum hast du ihn nicht auf seinem Handy angerufen?« Pixie rief den Terminkalender im Computer auf, den sie gerade hochgefahren hatte.

»Wenn ich im Studio anrufe und eine Nachricht hinterlasse, dann musst du mich zurückrufen, darum.«

Sie musste wider Willen lachen. »Also, er ist ab dem Vormittag flexibel.«

»Dann lass uns zwölf Uhr sagen. Und wenn ich dann schon in eurer Gegend bin, gehen wir dann endlich mal zusammen aus?«

Pixie lächelte. Er fragte jedes Mal, und sie antwortete jedes Mal das Gleiche: »Erst wenn es in der Sahara schneit.«

Dred lachte.

Ein Gefühl wie tausend Schmetterlinge im Bauch.

»Irgendwann wirst du klein beigeben, Pix. Ich bin gut im Daten und nicht nur darin«, fügte er vielsagend hinzu.

»Davon bin ich überzeugt. Wir sehen uns nächste Woche, Dred.«

»Darauf kannst du Gift nehmen.«

Das Telefonat war zu Ende. Sie wusste, dass der Tag kommen würde, an dem er aufhören würde, mit ihr zu flirten, aber an eine Beziehung mit ihm war einfach nicht zu denken.

Und dafür hasste sie ihren Stiefvater von ganzem Herzen.

*

Die Sonne bricht durch die Wolken, Strahlen leuchten vereinzelt auf die Erde ... fokussiert ... du, dem Licht immer hinterher ... ständig in Bewegung folgst du den Sonnenstrahlen ... oder würde die Sonne dich auch finden, wenn du stillständest?

»Was denkst du, Dred?«

Dred lenkte seine Aufmerksamkeit von dem Panorama,

das sich ihm durch das Fenster der Cessna bot, wieder zurück auf sein Notizbuch und kritzelte die letzten Gedanken hinein. Dann klappte er es zusammen und sah Sam, den Manager von Preload, an.

»Bitte?«, fragte er ruhig.

»Wir sitzen nur noch eine Stunde im Flieger und haben immer noch einiges zu besprechen. Könntest du mir bitte deine Aufmerksamkeit schenken?«

»Jetzt sei nicht so streng mit ihm«, mischte Nikan sich ein. Er war der Älteste in der Band, die sie in jungen Jahren in ihrer Pflegefamilie gegründet hatten, und hatte seitdem immer die Beschützerrolle übernommen. Nikan spielte Gitarre und war Backgroundsänger. »Wenn du uns nicht dazu verpflichtet hättest, in kürzester Zeit ein neues Album herauszubringen, müsste er nicht vierundzwanzig Stunden am Tag über neue Songtexte nachdenken.«

Dred wusste Nikans Einmischung zu schätzen, denn um ehrlich zu sein, wenn die Eingebungen kamen, dann drängten sie sich ihm förmlich auf. Er konnte es genauso wenig abschalten, wie er aufhören konnte zu blinzeln. *Kannst du die Sonne abschalten? ... Die Liebe, brennt sie wie die Sonne? Wenn es so wäre, könntest du die Liebe meiden wie die Sonne?*

»Dred.« Sams Stimme drang wieder durch seine Gedanken.

Sie hatten einen frühen Flug nach Miami genommen, waren schon seit zwei Stunden in der Luft, und sie hatten noch eine Menge Geschäftliches zu besprechen, auch wenn seine Gedanken gerade voll inspiriert nach draußen wanderten. Dred wickelte ein Lutschbonbon aus der Verpackung und gab der Flugbegleiterin ein Zeichen, um noch eine

Tasse Tee zu bekommen. Das Letzte, was er jetzt gebrauchen konnte, war eine Halsentzündung, aber sein gereizter und trockener Rachen wiesen genau darauf hin.

»Komm mal wieder runter, Sam«, brummte Dred. »Wir haben alles auf dem Schirm. Du kriegst noch Magengeschwüre, wenn du so weitermachst.«

»Ja, ja. Lennon, ich habe einen Sponsor für dich in Aussicht, und zwar Soidal. Auf der nächsten Tour wirst du auf einem Soidal-Schlagzeug spielen.«

»Soidal ist totale Abzocke. Die haben nichts anderes gemacht, als gute Ideen von Tama und Yamaha zu klauen und die in einem Ausbeuterbetrieb umzusetzen. Das ist ethisch nicht vertretbar und Scheißqualität. So klingt das dann auch. Ich bleibe bei Tama«, erwiderte Lennon.

Dred schüttelte den Kopf. Sich von Soidal sponsern zu lassen, war eine schlechte Idee. Allen war klar, dass Lennon sich nicht umstimmen lassen würde, zumal Lars Ulrich sein Idol war. Kurz nach ihrer ersten Single-Auskopplung hatten sie auf einem Festival gespielt, mit Metallica als Headliner. Als sie nach ihrem Gig die Bühne verlassen hatten, stand Lars Ulrich unbemerkt im Backstage. Lars hatte sie zu ihrem Auftritt beglückwünscht, Lennon jedoch gesagt, dass er ein besseres Schlagzeug brauchte. Er hatte Lennon einen Ansprechpartner bei Tama genannt, und seitdem hatte der auf nichts anderem mehr gespielt.

»Wir würden sehr davon profitieren. Die übernehmen Transport und Aufbau vom kompletten Equipment, egal wo in Nordamerika. Du könntest dein Scheißschlagzeug sogar signieren und es für gute Zwecke versteigern lassen. Denkt doch mal an die Gratiswerbung, die außerdem noch dabei für euch rausspringt«, redete Sam weiter. »Es ist meine Aufgabe, solche Verträge für euch zu finden.«

»Und meine Aufgabe wird es sein, dich ohne Fallschirm aus diesem Notausgang herauszubefördern, wenn du diesen verdammten Vertrag unterschreibst«, platzte es aus Lennon heraus. Dred öffnete beiläufig seinen Sitzgurt, um für alle Fälle bereit zu sein und Lennon zurückhalten zu können, nahm aber erleichtert zur Kenntnis, dass Lennon sich nur seine Kopfhörer schnappte. »Jordan«, wechselte Sam das Thema, »ich habe dich für eine Reality-TV-Serie vorgeschlagen. Dreds Bekanntheitsgrad hat sich mit Inked vervielfacht, und es wäre gut, auch dich als Individuum mehr herauszustellen.«

Das ergab überhaupt keinen Sinn. Jordans Rolle in ihrer Wahlfamilie war eher die des öffentlichkeitsscheuen älteren Bruders. Dred und dem Rest der Band war außerdem bewusst, dass Jordan immer mehr unter Trennungsangst litt. Auch wenn Dred die Hoffnung noch nicht aufgegeben hatte, war eher davon auszugehen, dass die Hölle vereiste, als dass Jordan in der Lage sein würde, allein durch die USA zu reisen.

»Elliott hat Lust auf eine eigene Fernsehshow. Organisier doch was für ihn.« Jordan wies mit dem Kinn in Elliotts Richtung.

Dred grinste. Elliott hasste Fernsehen fast genauso wie Jordan ihre Berühmtheit.

»Alter, und warum sollte gerade ich Bock darauf haben?«, fragte Elliott.

»Könnten wir uns bitte konzentrieren. Elliott, hier geht es nicht um dich. Jordan, das ist ein super Konzept. Die wollen eine Rockband zusammenstellen.« Sam wühlte in seinen Unterlagen. »Es wird Talentshows in verschiedenen Städten geben, und dann werden sie die zehn besten Schlagzeuger, Sänger und Gitarristen nach L. A. bringen. Dort werden sie jede Woche in einer neuen Zusammenstellung spielen, und die schlechteste Band fliegt raus. Die wollen dich als Coach für das Haus der Bassisten.«

Kein schlechtes Konzept, auch wenn sie die gecasteten Popbands hassten. Für einen selbstbewussteren und geselligeren Künstler wäre das die perfekte Gelegenheit.

Dred sah Jordan an und wusste genau, was in ihm vorging. Nach außen wirkte er ruhig und besonnen, aber innendrin brodelte es.

»Komm schon, Sam. Wie lang kennst du uns jetzt, fast zehn Jahre, oder? Das sind furchtbare Ideen«, mischte Dred sich jetzt ins Gespräch ein.

»Das sind lukrative Ideen, Dred. Wie viel verdienst du mit Inked? Jordan kriegt das schon hin mit dem Rummel. Und der Schlagzeug-Deal macht auch Sinn.« Sam sah Lennon an.

»Hast du Angst, dass hier nicht genug für dich rausspringt? Letztes Jahr haben wir dir ja wohl eine Menge Kohle beschert.« Dred erinnerte sich an ihr erstes Zusammentreffen mit Sam in der Danforth Music Hall. Es waren kaum Leute gekommen und sie hätten danach fast die Band aufgelöst. Sam war auf Dred zugegangen und hatte ihm angeboten, ihnen dabei zu helfen, bessere Gigs zu organisieren. Er wollte nicht mal Geld dafür haben, aber prozentual beteiligt werden, wenn sie groß rauskamen.

»Es geht nicht ums Geld«, verneinte Sam.

»Es geht immer ums Geld, Sam«, erwiderte Nikan. »Dred hat recht. Finde Verträge für uns, die zu uns passen. Wenn Lennon sagt, dass das Schlagzeug nichts taugt, dann ist das so. Wir können es uns auf unserer Arena-Tour nicht leisten, nicht perfekt zu klingen. Und du kennst uns schon lang genug, um zu wissen, dass Jordan sich wohler fühlt, wenn er uns um sich hat. Also zwing ihn nicht zu so etwas.«

»Passt mal auf.« Sam schloss den Ordner und rieb sich über die Augen. »Das Label will, dass ihr in der Öffentlichkeit präsenter seid. Sie sind etwas nervös und unsicher, wie viel Anklang euer nächstes Album finden wird. Ich versuche nur, das meiste Geld für euch rauszuschlagen, damit ihr nicht mit leeren Händen dasteht, falls morgen alles zu Ende ist.«

»Glaubst du wirklich, dass das Ende nah sein könnte?«, fragte Nikan.

»Andere Bands sind weniger … eingeschränkt.« Sam sah zu Lennon, der mit geschlossenen Augen dasaß und zum Beat in seinen Kopfhörern auf dem Tisch herumtrommelte, und Jordan, der sich völlig aus dem Gespräch ausgeklinkt hatte.

»Bands, die bereit sind, härter zu arbeiten. Es weiter zu bringen. Mehr Risiken einzugehen.«

»Unsere letzten zwei Alben haben Platinstatus erreicht, verdammt noch mal. Unsere USA-Tour war innerhalb von zwei Stunden ausverkauft. Was sollen wir denn noch machen?« Dred schlug mit der Hand auf den Tisch.

»Ich bin nur der Nachrichtenüberbringer, Dred.«

Verdammt, Sam hatte recht. »Tut mir leid.«

Nikan stand auf und gesellte sich zu Elliott, um mit ihm

zu reden. Das gehörte zu den Annehmlichkeiten, in einem Privatjet zu fliegen: Man konnte sich frei bewegen und arbeiten. Der eine spielte Lead-, der andere Rhythmusgitarre, sie saßen oft zusammen an neuen Stücken und hatten ihre Gitarren mit an Bord genommen.

»Und wenn dir diese Neuigkeiten nicht gefallen«, fuhr Sam fort, »dann wird dir die nächste noch weniger gefallen. Du musst dich vielleicht einem DNA-Test unterziehen.«

Dred fiel nur ein einziger Grund ein, warum ein DNA-Test nötig sein könnte, er fragte trotzdem. »Warum?«

»Eine Frau hat sich gemeldet und behauptet, dass sie gestern im St. Joseph's Hospital dein Kind bekommen hat.«

»Bitte was?« Dred beugte sich vor.

Das Baby konnte nicht seins sein. Er benutzte immer ein Kondom. Um nichts auf der Welt wollte er ein Kind auf diese Welt bringen. Zumindest so lange nicht, bis er etabliert genug und die Band so weit war, dass sie es wieder etwas ruhiger angehen lassen konnten. Wenn er überhaupt jemals Kinder haben wollte. Seine Kindheit hatte er in billigen Kaschemmen, Obdachlosenunterkünften, Kellerwohnungen und Pflegefamilien verbracht. Was taugte er schon als Vater?

»Sie konnte Einzelheiten eurer Begegnung beschreiben, als ihr im Frühling in Toronto wart.«

»Sam, du kennst mich. Ich passe immer auf. Ich habe immer Gummis dabei. Das kann einfach nicht stimmen.«

»Okay, ich setz mich noch mal mit denen in Verbindung und sage, dass wir viel mehr Infos dazu benötigen, bevor du damit einverstanden bist.«

Was für eine Scheiße. Das konnte nicht sein Kind sein. Und wenn er jemals Kinder haben sollte, dann mit einer

Frau, die sich in den Teil von ihm verlieben würde, der als Junge in eine Pflegefamilie abgeschoben worden war.

Nicht in den Rockstar.

Kapitel 2

Pixie stand im Studio und musterte das Chaos, das sich ihren Augen darbot. So ging es nicht weiter. Tätowierer versuchten oft, Kunden zu meiden, die keinen Schmerz ertrugen, so wie die Kundin in Cujos Stuhl, die jetzt gerade wie am Spieß schrie und alle wahnsinnig machte. Auch Eric hatte einen Kunden, der sich seine niedrige Schmerzgrenze hinsichtlich der Nadeln, die schnell hintereinander in seine Haut stachen, nicht eingestehen wollte. Stattdessen bettelte er alle halbe Stunde um eine zehnminütige Pause. Lias Kunde wollte immer mehr und immer mehr und immer mehr. Was dazu führte, dass sie etwa eine Stunde über der Zeit waren.

Trent hatte Glück gehabt. Ein Stammkunde aus New York war vorbeigekommen, um mit der Tätowierung an seinem Brustkorb weiterzumachen, und er ließ das Prozedere wie ein Profi über sich ergehen.

Pixie warf einen Blick auf den Terminkalender und die Liste mit der Laufkundschaft. Es musste eine schnelle Lösung her. Sie zauberte zwei 20-Dollar-Geschenkgutscheine hervor und bot sie den letzten zwei Laufkunden, die angenommen worden waren, an. Es brauchte nicht viel Überredungskunst, damit sie sich auf einen neuen Termin für den darauffolgenden Tag einigten.

Pixie näherte sich Cujos Kundin Michelle, der man dringend davon hätte abraten müssen, sich als allererste Tätowierung etwas auf den Brustkorb stechen zu lassen. Das Motiv war viel zu groß und die Stelle zu empfindlich für jemanden, der sich das erste Mal unter die Nadeln begab. Cujo hatte ihr ganz klar seine Meinung zu der von ihr gewünschten Größe und Stelle gesagt, aber Michelle hatte sich nicht beirren lassen.

»Das Gute an der Sache ist, dass wir folgende Optionen haben«, hörte Pixie Cujo zu seiner Kundin sagen. »Wir können jetzt aufhören, und du kannst ein nächstes Mal wiederkommen, damit ich es fertig mache. Oder wir ändern das Motiv ab und machen es kleiner, indem wir diese Details hier weglassen.« Cujo zeigte auf einige Stellen der Zeichnung, die er für sie angefertigt hatte.

»Wenn du die Zähne zusammenbeißen und weitermachen willst«, fügte Pixie hinzu, die sich mittlerweile zu ihnen gesellt hatte, »könnt ihr das im Einzelzimmer im hinteren Bereich machen.«

»Ich glaube, ich habe den Mund zu voll genommen. Ich weiß, Cujo, du hast mich vorgewarnt«, klagte Michelle mit weinerlicher Stimme.

»Lass uns doch eine Kombination machen aus allem, was wir dir vorgeschlagen haben. Was hältst du davon, wenn ich das Motiv kleiner mache, damit du heute mit einer vollständigen Tätowierung nach Hause gehst? Wenn du dann noch Lust hast wiederzukommen, vergrößern wir es. Und wenn du nie wieder eine Nadel an deine Haut lassen willst, wird es trotzdem noch cool aussehen. Wir können im hinteren Zimmer weitermachen, damit es etwas einfacher für dich wird.«

Michelle war einverstanden. Pixie begleitete sie nach hinten, damit Cujo seine Instrumente zusammenpacken konnte. Nachdem Michelle sich auf den langen schwarzen Tisch gelegt hatte, kehrte Pixie zurück in den Hauptraum. Es wurde langsam warm im Studio und sie ging Richtung Tür, um sie zu öffnen.

»Danke für deine Hilfe, Pix. Könntest du bitte noch recherchieren, ob es so was wie Trommelfelltransplantationen gibt?«, flüsterte Cujo ihr zu, als sie an ihm vorbeiging.

Während sie die Tür aufmachte, drehte sie sich lachend zu ihm um und landete direkt in einem breiten Brustkorb. Starke Arme hoben sie hoch, und sie blickte in Dreds dunkelbraune Augen mit den goldenen Flecken, die immer so funkelten. Jedes Mal, wenn er sie anfasste, wurde ihr schwindelig. Sie spürte die Wärme seiner Finger auf ihrer Haut. Er verschlang sie mit den Augen, und die Luft zwischen ihnen knisterte wie unter Hochspannung.

»Hey, Pixie.« Er zwinkerte ihr zu. Das war nicht irgendein Augenzwinkern. Das war sein Rockstar-Augenzwinkern. Das Zwinkern, das weltweit dafür sorgte, dass Höschen feucht wurden und Herzen schneller schlugen.

Pixie entzog sich seiner Umarmung. »Dred.« Sie stolperte von ihm weg, aber mit jedem Schritt, den sie nach hinten machte, rückte er nach und kam näher.

»Hast du mich vermisst?«, fragte er mit heiserer Stimme.

»Wie ... was meinst du?«

»Das ist keine Fangfrage, Pix.« Er grinste. »Was glaubst du denn, was ich meine?«

»Nichts … ja … nein … ich meine, na klar. Schön, dich zu sehen.« *Ich dreh hier gleich vor allen komplett durch.*

»Ach ja? Du scheinst dir ja nicht so sicher zu sein.« Er streckte seine Hand aus und berührte ihre Haarspitzen.

Sie erschauerte. Es wäre so einfach, klein beizugeben, sich in ihn fallen zu lassen, aber die wenigen Male, die Pixie jemanden so nah an sich herangelassen hatte, hatten kein gutes Ende genommen. Nein, diese Demütigung würde sie nicht noch mal über sich ergehen lassen.

»Finger weg vom Personal«, unterbrach Trent die Szene lachend. »Was geht, Mann?«

Pixie verschwand schnell hinterm Empfangstresen und vertiefte sich in die wichtige Aufgabe, den Tacker wieder aufzufüllen. Alles war ihr recht, um sich seiner Reibeisenstimme, die nach Whiskey und Zigaretten klang, und seinem dunkel-herben Duft zu entziehen.

»Gib mir noch zwanzig Minuten, um fertig zu werden, und ich bin ganz bei dir«, hörte sie Trent sagen.

Verdammt. Sie wandte sich wieder Dred zu, sein langes dunkles Haar fiel unordentlich über die Schultern und umrahmte seinen kräftigen Kiefer und diese Wangenknochen, die sie so unwiderstehlich fand. Sein sanftes Lächeln nagte an ihrer Entschlossenheit.

»Du, Pix, ich habe mich gefragt, ob …«

»Hey, Mann. Du bist Dred Zander, stimmt's?« Jemand unterbrach ihn und stellte sich zwischen sie, um nach Dreds Hand zu greifen und sie wie ein Verrückter zu schütteln. »Ich bin Bill aus Boise. *Screwed* ist das beste Album aller Zeiten für mich. Ich liebe ›Dog boy‹. Werdet ihr das heute Abend auch spielen?«

Dred schüttelte den Kopf. »Nein, Mann, tut mir leid. Aber stimmt, das ist ein monumentaler Song.«

Sein verführerisches Lächeln und die funkelnden Augen waren verschwunden. Ja, er lächelte freundlich, aber Pixie erkannte, dass es aufgesetzt war.

»Warum nicht? Ihr spielt das nie. Deine Lyrics sind der Oberhammer.«

Bill, der Fan, fing an Pixie zu nerven, und nebenbei bemerkt zuckte es in Dreds Kiefer. Ihm erging es also ähnlich.

»Danke«, erwiderte Dred. »Das weiß ich sehr zu schätzen. Wenn du mich jetzt entschuldigen würdest, ich war mitten im Gespräch mit ...«

»Komm schon. Spiel es heute Abend, für mich«, jammerte der andere weiter. »Ist doch der letzte Abend eurer Tour, und ich hab nächste Woche Geburtstag.«

»Herzlichen Glückwunsch. Den Song hat Jordan übrigens geschrieben. Er will ihn nicht singen. Also tun wir das auch nicht.«

»Ihr solltet wirklich mehr auf eure Fans hören. Egal in welchen Foren, überall wünschen sich die Leute, dass ihr den mal live spielt.«

Pixie räusperte sich laut, ging um den Tresen herum und nahm Dreds Hand. Er drückte sie zwar fest, starrte Bill aber weiterhin eindringlich an. »Ich nehm dich jetzt mit nach hinten.«

»Wartet mal. Hier.« Bill drückte Pixie beharrlich sein Handy in die freie Hand und schob sie einen Schritt zurück. »Mach ein Foto von uns.«

»Wie wär's mit ›bitte‹?« Der drohende Unterton in Dreds leiser Stimme war nicht zu überhören.

»Oh, entschuldige. Bitte.«

Pixie schaute durch den Bildschirm. Bill strahlte wie ein kleines Kind, das man mit Süßigkeiten überhäuft hatte. Dred wiederum sah so aus, als wäre er kurz davor, Bills Kopf abzureißen.

Nachdem sie das Foto gemacht hatte, reichte sie Bill die Kamera. Wäre sie nicht um den guten Ruf des Studios besorgt, würde sie Eric bitten, Bill einen Penis auf den Bizeps zu tätowieren, anstelle des Abklatsches einer Eminem-Tätowierung.

»Wie sieht's aus, Mann, komm ich heute Abend vielleicht durch den VIP-Eingang rein?«

Pixie zog Dred ins Büro und schloss die Tür, damit Bill ihnen nicht mehr folgen konnte. »Alles in Ordnung?« Sie ließ seine Hand los.

»Ja«, antwortete er und spielte an dem silbernen Anker herum, der an einem schwarzen Band um seinen Hals hing. »Der Flug war beschissen. Und dieser Song, den Bill erwähnt hat. Der tut zu weh, um ihn zu spielen. Seit dem Tag, an dem wir ihn aufgenommen haben, haben wir ihn nicht mehr gespielt.«

Trent öffnete die Tür. »Ich bin bereit, wenn du es bist«, kündigte er an.

Dred folgte ihm, drehte sich jedoch noch mal mit diesem Lächeln auf den Lippen nach ihr um, das sie unwiderstehlich fand.

»Na, diesmal sind wir uns ja schon ein bisschen nähergekommen, du und ich. Wir haben sogar Händchen gehalten, stimmt's? Wann erhörst du mich endlich und gehst mit mir aus?«

»Wenn die Marlins die World Series gewinnen«, antwortete sie.

Um ehrlich zu sein, ein Teil von ihr wäre am liebsten sofort mit ihm mitgegangen.

*

Dred lehnte sich zurück und wartete darauf, dass das Summen der Tätowierpistole und der stechenden Nadeln ihm den Druck nahmen, der sich in seinem Kopf staute. Er konzentrierte sich voll und ganz auf das Summen und die Vibration.

»Tut mir leid, dass wir nicht das Einzelzimmer nehmen konnten, aber glaub mir, damit schonen wir jedermanns Ohren. Du siehst fertig aus.« Trent blickte nicht auf, während er redete, sondern machte mit der Schattierung weiter. Dred hasste den wenig originellen Totenschädel, den er sich mit neunzehn hatte machen lassen, und war umso begeisterter von dem Motiv, mit dem Trent ihn kaschieren wollte.

»Die letzten Monate haben sich gezogen.« Seine Stimme brach am Ende. Kein gutes Zeichen.

»Hattest du keine freien Tage während der Tour?« Trent tauchte seine Nadeln in schwarze Tinte.

Dred bevorzugte schwarze und graue Tätowierungen für sich selbst, bei Frauen fand er wiederum strahlende Farben extrem sexy. Er warf einen Blick zum Empfangstresen, wo Pixie mit einem Kunden im Gespräch war und lachte.

»Doch, ein paar hier und da. Aber meistens, wenn wir unterwegs waren, nicht zu Hause. Du hast ja keine Ahnung, wie ich mein Bett vermisse. Ich konnte noch ein paar Tage nach dem Konzert hier rausschlagen. Das warme Klima ist hoffentlich gut für meinen Hals.«

»Also, zurzeit ist es eher kühl.« Trent drehte Dreds Arm in die gewünschte Position.

»Kühl? Zu Hause haben wir um die drei Grad.« Dred lachte und fing an zu husten. Scheiße. Husten war gar nicht gut.

»Ihr mit eurem metrischen Scheißsystem. Was heißt das in echt? So was wie vierzig Grad Fahrenheit?«

»Ja, so um den Dreh. Und kühl ist für dich was? Zwanzig oder fünfundzwanzig Grad Celsius? Dann würdest du dir in Toronto wohl sofort Kälteverbrennungen zuziehen.«

»Weißt du was, wenn du noch ein bisschen bleibst, dann komm morgen noch mal rein, und ich mache den unteren Sleeve fertig, an dem wir letztes Mal gearbeitet haben«, schlug Trent vor und tunkte die Nadeln wieder in die Tinte.

»Geht von mir aus klar, wenn du sicher bist, dass du Zeit für mich hast.«

»Natürlich. Und jetzt erzähl: Was war sonst noch so los?«

»Wir haben so was wie ein Leak. Ich hab dir schon mal erzählt, dass wir alle in einer Pflegefamilie aufgewachsen sind, oder?«

Trent nickte. »Ja, das hast du.«

»Irgendjemand hat Details über Elliott geleakt und darüber, dass er in einer Pflegefamilie gelandet ist. Es stimmte zwar nicht alles, aber es war trotzdem ziemlich viel persönlicher Kram dabei. Wir haben keine Ahnung, wie die Medien darangekommen sind.« *Zum Glück hatten sie keine Ahnung. Wenn die Wahrheit nämlich ans Licht käme, dann wäre es für jeden Einzelnen in der Band eine sehr schmerzliche Angelegenheit.*

Schmerzlich anzusehen war allerdings jetzt schon, was diese Leaks mit Elliott machten. Es sickerten immer mehr Infos durch, die von Mal zu Mal mehr Bezug auf ihr Zuhause nahmen. Es war jedes Mal wie ein persönlicher Angriff, von dem er sich immer schwerer erholte. Zum Glück war Sam an der Sache dran. Kümmerte sich um Widerrufe, die nur wenige Stunden später erschienen. Aber wenn Gerüchte einmal kursierten, waren sie nicht mehr zu stoppen.

Dred fing wieder an zu husten. »Sorry, Mann.«

»Kein Problem. Warte mal. Pix?« Trent drehte sich nach ihr um.

»Was ist los?« Pixie kam auf sie zu mit einem Hüftschwung, der sich in diesen sexy schwarzen Leggings sehen lassen konnte. Die pinkfarbenen Sneakers passten farblich wunderbar zu ihren Haaren.

»Dred könnte deinen berühmten Zaubertrank gebrauchen. Kannst du ihm einen mixen?«

Pixie legte ihre Hand auf Dreds Stirn. Eine typisch mütterliche Geste, die ihn an Ellen erinnerte. Die hatte er immer weggestoßen, aber dass Pixie sich besorgt zeigte, gefiel ihm insgeheim sehr.

»Fieber hast du schon mal nicht. Also gut, gib mir zehn Minuten. Das muss etwas ziehen.«

Dred sah Pixie hinterher und musste feststellen, dass sie von hinten mindestens genauso nett anzuschauen war wie von vorn.

»Okay, du müsstest dich jetzt bitte einmal so drehen.« Trent legte Dreds Arm wieder auf die Lehne. »Und vielleicht hältst du von jetzt an besser den Mund, weil wir dich nämlich heute Abend singen hören wollen.«

Dred lehnte sich zurück und schloss die Augen. Noch ein paar Stunden hier im Studio, dann mit dem Taxi zum Konzertsaal. Der Soundcheck war zum Glück Routine. Sie hatten ihre eingespielte Crew dabei, Stan, ein alter Hase im Roadie-Business, war der Chef, und der würde für einen reibungslosen Ablauf beim Aufbau sorgen. Und überhaupt, für Dred kam Absagen gar nicht infrage.

Es fühlte sich an, als wäre keine Minute vergangen, als jemand auf seine Schulter tippte.

»Hier ist dein Tee.«

Pixie. Er rieb sich die Augen, um wieder richtig wach zu werden.

Er nahm die Tasse entgegen und roch daran. »Was ist da drin?«

»Probier erst, dann sag ich es dir.«

Dred wandte sich fragend an Trent. »Da ist nix Schlimmes drin, oder?«

Trent lachte und Pixie gab ihm einen Klaps. »Jetzt probier schon. Da ist nichts Illegales oder Bewusstseinsveränderndes drin, auch nichts, was dich müde macht.«

Nervös nippte Dred daran. Wie Balsam lief die Flüssigkeit durch seinen wunden Hals. »Oh, mein Gott.«

»Verstehst du jetzt?«, grinste Trent. »Immer wenn wir krank sind, braut Pixie das für uns zusammen. Es wirkt Wunder.«

Dred nahm einen beherzteren Schluck. »Was ist da drin?«

»Zitrone, Ingwer und Eibischwurzeln, das Ganze lasse ich in heißem Wasser mit Honig ziehen.« Pixie stellte ein Fläschchen mit Sprühaufsatz neben ihn. »Das ist ein Halsspray mit Echinacea und Salbei. Nimm es, wenn du deinen Tee ausgetrunken hast.«

Mit der Hand fühlte sie wieder die Temperatur auf seiner Stirn. »Hast du was gegen Fieber, für den Fall, dass es später schlimmer wird?«

»Nein, aber ich habe einen Riesenvorrat an Duty-Free-Whiskey, der in etwa die gleiche Wirkung hat.« Dred runzelte missbilligend die Stirn, als Pixie ihre Hand wieder wegnahm und zum Tresen eilte, um nach etwas zu suchen.

»Hier.« Pixie kam mit Tabletten zurück. »Falls du vor der Show Fieber bekommst, nimm zwei davon. Die sind mit Koffein und helfen dir auch dabei, wach zu bleiben.«

Er steckte die Tabletten in seine Jeanshose und hoffte inständig, dass er sie später nicht brauchte. *Bitte, lass mich heute Abend noch durchstehen.*

»Danke, Pixie. Und jetzt, wo wir schon Händchen gehalten haben, du mich vor übereifrigen Fans gerettet hast, meinen Hals wieder heil gemacht und ernsthaft besorgt meine Stirn befühlt hast. Vor deinem Boss und vor jedem hier, der gerade an unserem *privaten* Gespräch teilnimmt«, sagte er mit Blick auf Bill aus Boise, »frage ich dich, wann du vorhast, endlich mit mir auszugehen?«

Nein, er hielt nicht gespannt den Atem an. Nicht wirklich. Okay, vielleicht ein bisschen. Da war etwas zwischen ihnen, und sie hatte sichtbar Angst davor, dieses Etwas näher zu erkunden. Ihre Worte drückten mehr als deutlich »niemals« aus. Aber dieser Blick, diese Augen, die die gleiche Farbe hatten wie eine Flasche Jack Daniels, die drückten ein klares Vielleicht aus. Sie sah ihn an, als säße sie gerade vor einem komplizierten Puzzle.

»Wenn der Weltfrieden gesichert ist.«

Verdammt.

Seine Chancen stiegen von Mal zu Mal. Ihre Antwort wurde immer zögerlicher. Zum ersten Mal seit Langem machte es ihm Spaß, einer Frau hinterherzulaufen. Aber damit würde bald Schluss ein. Heute Abend, nach dem Konzert, würde er herausfinden, ob dieser perfekte kleine Schmollmund so gut schmeckte, wie er aussah.

*

Pixie war sehr dankbar dafür, dass sie einen VIP-Pass um den Hals trug. Die Türen öffneten sich damit wie von selbst, das leidige Schlangestehen hatte sich auf diese Weise auch erledigt, und sogar für Getränke war gesorgt. Lia stand neben ihr und nippte an einem Mint Julep.

Furioser Gesang, kreischende Gitarren und das Jubeln von 20.000 Fans sorgten in der American Airlines Arena für eine derartig geballte Energie, dass Pixie die Vibrationen bis in ihrem Brustkorb spürte. *Testimony* hieß der erste der drei Akte, und der war gerade voll im Gange. Pixie nahm einen Schluck Bier und lehnte sich gegen den Tisch. Sie schaute zu Lia in ihrem hübschen schwarz-weiß gepunkteten Tüllkleidchen und verspürte nagenden Neid. Lia blieb sich immer treu, egal was um sie herum passierte. Pixie wünschte, sie wäre wie Lia, anstatt darauf zu warten, wie Elphaba am Ende des Musicals »Die Hexen von Oz« im Erdboden versinken zu können. Aus diesem Grund hatte sie ihr Haar pink gefärbt. Das sorgte für Präsenz, für Sichtbarkeit, auch wenn ihr danach war, sich unsichtbar zu machen.

Sie zupfte am Saum ihres schwarzen Kleidchens. Es war das kurze mit nur einem Ärmel, ihr Lieblingskleid. Möglicherweise hatte sie sich ein bisschen mehr zurechtgemacht als sonst, und die High Heels, die sie trug, würden ihre Füße umbringen, bevor der Abend vorbei war. Sie versuchte sich einzureden, dass sie sich so aufgebrezelt hatte, weil sie einfach nur Lust darauf hatte, hübsch zu sein, aber wem machte sie was vor, natürlich wollte sie Dred gefallen.

Pixie zupfte am Schulterstück ihres Ärmels herum.

»Jetzt hör mit dem Rumgezupfe auf. Du siehst toll aus, Pix. Und das wird ein ganz bestimmter Sänger heute sicherlich genauso sehen. Der konnte vorhin kaum die Augen von deinem Arsch lassen.«

Cujo näherte sich und winkte ihnen zu. Im Schlepptau hatte er Drea, Eric, Trent und Trents Verlobte, Harper.

»Ihr seid ja früh dran.« Cujo küsste beide auf die Wange.

»Ihr werdet nicht glauben, wen ich gerade gesehen habe.« Drea, Cujos Freundin, umarmte Pixie fest. »Ich schwör, als wir angekommen sind, stand M. Shadows da.«

»Nein! Wo? Zeig ihn mir.« Lia brannte darauf, ihn zu sehen, und riss Drea mit sich.

»Ich muss mal aufs Klo. Zeigst du mir, wo?«, fragte Harper Trent.

»Eric und ich holen die Drinks«, sagte Cujo und verschwand Richtung Bar.

Pixie lachte über die absurde Situation. Vom einen auf den anderen Moment waren all ihre Freunde verschwunden, und sie saß allein da und passte auf den Tisch auf.

Ein junger Mann mit langen blonden Haaren kam auf sie zu. »Na, so ein süßes kleines Ding wie du ganz allein hier?«

Er hatte einen europäischen Akzent, vielleicht kam er aus Schweden, lallte aber so, dass es nicht so einfach zu identifizieren war.

»Ja, ich habe mich auch gerade gefragt, wie das passieren konnte. Meine Freunde waren so schnell wieder weg, wie sie hier aufgetaucht sind.«

»Ich bin Viggo«, stellte er sich vor und hüllte sie in eine Wolke aus Bier- und Zigarettengeruch ein. »Meine Band, Antända, steht als Nächstes auf der Bühne.«

Pixie rückte weiter von ihm weg. »Das ist toll. Solltest du nicht langsam deine Aufmerksamkeit darauf legen oder so?« *Und vorher vielleicht ein wenig ausnüchtern?*

Viggo rutschte hinterher und rückte ihr noch näher auf die Pelle. »Ich bin der Drummer. Ohne mich läuft nix. Ohne mich kein Rhythmus.« Pixie hielt nach den anderen Ausschau, aber vergebens. Viggo legte einen Arm um sie und kniff ihr in den Nacken. »Ich habe noch genug Zeit«, ließ er sie vielsagend wissen, »um dir zu beweisen, wie gut mein Rhythmus ist, bevor ich auf die Bühne gehe.«

Pixie konnte die Finger an ihrem Nacken, die sich klebrig an ihrer Haut anfühlten, kaum ertragen. Sie schlug seinen Arm weg und rückte von ihm weg. »Fass mich bitte nicht an.«

Es war so laut um sie herum, dass niemand etwas mitbekam. Sie sah sich um, ob einer ihrer Jungs in der Nähe war, aber vergebens.

Viggo stolperte ihr hinterher und quetschte sie in eine Ecke. »Für so was seid ihr Mädels doch hier, oder nicht? Ihr wollt mit der Band bumsen, oder nicht?« Er sah so aus, als wollte er wieder nach ihrem Nacken greifen, zog diesmal jedoch an ihren Haaren. »Nein«, rief Pixie und versuchte, ihn wegzustoßen. »Lass mich los.« Sie stieß ihn noch einmal, aber er packte ihren Arm und bohrte seine schwieligen Fingerspitzen hinein. Der Schmerz fuhr ihr bis in die Hand. Mit ganzer Kraft versuchte Pixie sich loszureißen, konnte ihn aber nicht abschütteln. Sie öffnete den Mund, um zu schreien.

»Lass sie sofort los, du Arsch.« Dred riss Viggos Arm von Pixie herunter und zog sie an sich.

»*Dra åt fanders, Dred.* Verpiss dich. Wir hatten nur ein bisschen Spaß, stimmt's, *Älskling?*«

»Ich zeig dir gleich ein bisschen Spaß. Wie wär's, wenn ich dir als Erstes den verfickten Arm aus der Schulter reiße, du Mistkerl?« Dred schien, während er sprach, immer größer zu werden. Viggos Selbstvertrauen schwand.

»Ach, vergiss es, Dred«, lallte er und hob abwehrend die Hände in die Luft. »Sie gehört dir.« Viggo wollte sich davonmachen, aber Dred hielt ihn zurück. »Entschuldige dich bei der Lady.«

Dred war heute schon zum zweiten Mal ihr Held, das erste Mal, als Bill aus Boise ihr sein Handy in die Hand gedrückt hatte, und jetzt. Diese Erkenntnis half ihr, sich allmählich wieder zu beruhigen. Die Situation hatte sie zu sehr an die Nacht erinnert, als sie von zu Hause weggelaufen war. Die Hände eines Fremden, der ihre Bluse aufriss, während ihr Vater betrunken lachte.

»Sorry«, lallte Viggo, bevor er davonstolperte.

»Verdammtes Arschloch.« Dred nahm Pixies Hand. »Lass uns von hier verschwinden.«

Sie ließ sich von ihm durch ein Labyrinth von Gängen führen, weg von den vielen Menschen, die sich vor die

Bühne drängten. Ihr wurde es allmählich zu eng, und sie war froh, dass Dred die Begrüßungen, die man ihm entgegenschmetterte, ignorierte. Ganz in Schwarz gekleidet und mit Biker Boots an den Füßen war er eine imposante Erscheinung. Die Leute machten ihm, ohne zu zögern, Platz. Eine blaue Tür kam in ihr Sichtfeld, und Dred stieß sie im Vorbeigehen auf.

Nikan sprang auf. »Hey Pix, wie geht's ...« Er hörte mitten im Satz auf, musterte sie genauer und wandte sich an Dred. »Was ist los?«

Dred ließ sich nicht aufhalten. Im Vorbeigehen rief er nur: »Viggo.«

Unterdrücktes Fluchen war zu hören, und als Pixie einen Blick über die Schulter warf, sah sie, wie Nikan und Elliott aus dem Raum stürmten.

Sie erreichten eine zweite Tür, auf der sein Name stand. Dred öffnete sie für Pixie und bat sie hinein. Ihre Knie waren weich wie Pudding, sie konnte kaum einen klaren Gedanken fassen. Dred führte Pixie zu einem überdimensionierten Sessel, auf den er sie platzierte. Er ließ sie kurz allein und kam mit zwei Gläsern, einer großen Flasche Wasser und einer Flasche Whiskey zurück.

»Ich weiß, wonach mir eher ist, aber was möchtest du trinken?«

Pixie zeigte auf den Scotch, der sie etwas von innen wärmen würde. Erst die Sache mit Viggo und jetzt Dreds Nähe, ihr war ganz flau im Magen. Und jetzt war sie auch noch mit einem Mann in einem Raum. Allein.

»Sehr gute Wahl.« Er goss ihnen beiden großzügig ein. »Bitte schön.«

Pixie nippte am torfigen Lagavulin. Dred hingegen leerte sein Glas in einem Zug und stellte die Flasche auf den Tisch.

Er hockte sich vor sie und sah jetzt nicht mehr wütend, sondern besorgt aus. »Geht's dir gut, Pix?« Er nahm ihre Hand und streichelte sie sanft mit seinem Daumen. Es war eine tröstende, ja beruhigende Geste.

Dennoch schoss ihr das Adrenalin durchs Blut und ihre Haut kribbelte an der Stelle, wo er sie berührte. *Geht's dir gut, Pix?* Eine einfache Frage, auf die Pixie aber erst mal keine Antwort hatte.

*

Dred stand neben der Bühne, so wie Tausende Male zuvor. Das Publikum skandierte lautstark Preloads Namen – die Band bekam davon nie genug. Der Geruch von Bier und schwitzenden Körpern sowie eine hohe Erwartungshaltung lagen in der Luft. Dred hatte Pixies Hand fest in seiner. Sie hatte wieder etwas mehr Farbe im Gesicht. In seiner Umkleide war ihre Haut fast durchsichtig gewesen. Am liebsten hätte er Viggo zu Brei geschlagen. Seit über zehn Jahren hatte sich Dred nichts mehr zu Schulden kommen lassen, aber wenn Viggo noch ein Wort gesagt hätte, hätte er sich mehr als gern der Körperverletzung schuldig gemacht. Der Eisbeutel, mit dem Nikan seine Fingerknöchel kühlte, deutete an, dass die Sache erledigt worden war.

Als Pixie wieder gefasster war und sogar über einen seiner Witze lachte, löste sich der Druck auf seiner Brust.

Jetzt lief ihr Lieblings-Warmup-Song, »Master of Puppets« von Metallica. *Chop your breakfast on the bathroom mirror - dein Frühstück feingehackt auf dem Badezimmerspiegel.* Ja, unzählige Male hatte er seiner Mutter dabei zugesehen. Sein *gesamtes* Frühstücksgeld war in der Regel dafür draufgegangen. Wie oft war er hungrig zur Schule gegangen? Er wusste es nicht mehr.

»Das ist unglaublich, Dred.«

Es gefiel ihm, wie Pixie sich auf die Zehenspitzen stellte und sich mit der Hand auf seinem Unterarm abstützte, damit sie ihm etwas ins Ohr sagen konnte.

»Ich will, dass du hier bleibst. Direkt neben dem Vorhang.« Die anderen standen jetzt hinter ihnen. Dred wusste, dass Pixie bei Trent, Cujo und Eric in Sicherheit war.

»Du brauchst wohl eine Muse, was?«, fragte sie neckisch.

Dred küsste ihre Fingerspitzen. »Du inspirierst mich doch schon längst.«

»Los geht's«, schrie ein Mann in einem enganliegenden schwarzen Poloshirt.

Preload liefen auf die Bühne, Dred als Letzter. So machten sie es immer. Als er einmal vorgeschlagen hatte, die Reihenfolge zu ändern, hatten die anderen argumentiert, dass er die treibende Kraft hinter der Band war. Also machten sie es auch jetzt so. Das Kreischen der Fans hallte in der Arena wider.

Dred ließ Pixies Hand los und folgte seinen Jungs Richtung Bühne. Bevor er hinter dem Vorhang verschwand, blieb er noch einmal stehen.

»Hey Pix«, rief er. »Wir machen Fortschritte, oder? Wir haben zusammen in meiner Umkleide abgehangen und ich habe deine süßen kleinen Fingerspitzen geküsst. Wann verabreden wir uns endlich mal?«

Pixie gestikulierte in Richtung Bühne. »Los, deine Fans warten auf dich.«

»Ohne eine Antwort geh ich da nicht raus, Schätzchen.«

Das Publikum tobte.

»Dred! Dred! Dred!«

Pixie schüttelte den Kopf und sah ihn durch ihre Ponyfransen hindurch an. »Wenn ich irgendwann Millionärin bin.«

Dred warf seinen Kopf in den Nacken und lachte. »Der war gut, Pix. Dafür könnte ich vielleicht sogar sorgen.«

Er drehte sich wieder um und lief auf die Bühne. Was als pures sexuelles Interesse bei ihm angefangen hatte, nahm schnell eine andere Form an. Ihr skurriler Musikgeschmack, ihre lockere Art, mit Menschen umzugehen, und die Tatsache, dass sie ihm nicht sofort zu Füßen lag, ergaben ein Gesamtpaket, das ihm sogar etwas Angst machte. Er fühlte sich eigentlich nicht in der Lage, mehr zu liefern als ein bisschen Spaß im Bett und heiße Gespräche, aber zum ersten Mal dachte er darüber nach, es doch zu versuchen.

Dred schnappte sich seine Gitarre, die ihm ein Roadie hinhielt, und riss die andere Hand in die Höhe. Das Publikum tobte und drängte Richtung Bühne. Eine Welle voller Energie wogte über ihn hinweg. Links von ihm stand Elliott mit seiner signierten Schecter Gitarre, die er hoch umgehängt hatte, damit er einfacher auf dem oberen Bundstab spielen konnte. Rechts von ihm hüpfte Nikan herum und feuerte das Publikum an, während Jordan sich weiter außen von den grellen Scheinwerfern und der Pyrotechnik fernhielt.

Dred holte tief Luft. Dafür lebte er. Für Momente wie diesen, wenn sie sich vor fast 20.000 Leuten das Leben von der Seele singen konnten.

Die Schweinwerfer richteten sich auf das Publikum,

und seine Finger fanden die richtige Position auf den Saiten. Lennon schlug seine Sticks gegeneinander, Dreds Herz klopfte im Rhythmus des angezählten Songs mit. Mit dem ersten Takt stimmten alle vier Gitarren in den Eröffnungsakkord des Songs ein, den sie vor zwölf Jahren in Dreds Schlafzimmer geschrieben hatten. Er beugte sich über sein Mikro und brüllte seine kehligen Laute hinein.

Beim Refrain angelangt, drehte er sich zu Pixie um und war erleichterter, als er es hätte sein sollen, dass sie seinen Blick erwiderte. Sie klebte förmlich mit ihren Augen an ihm, während er ins Mikro kreischte. Ihre Augen weiteten sich und sie biss sich auf die Lippen. *Scheiße, wie ging noch mal der Text?* Er versuchte, die Liedzeilen in seinem Kopf zu sortieren, da spielte Elliott einen Akkord an, und auf einmal wusste er es wieder.

Pixie sah aus, als würde sie kichern, und er grinste ihr zu, bevor er sich wieder dem Publikum zuwandte.

Seit dreizehn Jahren traten sie auf, kein einziges Mal hatte er den Text vergessen. Nikan neben ihm lachte sich halb tot und wartete auf den Instrumentalteil, den sie zusammen auf ihren Gitarren anspielen würden.

Die Menge vor der Bühne verwandelte sich in eine wogende, brodelnde Masse. Er behielt das Publikum genau im Blick. Ein bisschen Moshen war eine Sache, aber auf keinen Fall wollte er die Leute in einer Wall of Death aufeinanderprallen sehen. Er wollte, dass jeder das Stadion wieder mit heilen Knochen verließ.

Sie fegten durch den Rest ihres Sets, und bevor er es sich versah, waren sie mit ihrer Hauptplaylist durch.

»Zeit zu gehen«, schrie er. Die Menge kreischte. »Danke,

dass ihr da wart. Die Tour war der Oberhammer, bis zum nächsten Mal, Miami.«

Eine junge Frau mit dunklen Haaren und rotem BH, der unter einer schwarzen Lederjacke hervorblitzte, hielt ein Schild hoch. RUF MICH AN. Darunter stand ihre Handynummer. Er lächelte sie an, aber im Geist war er schon hinter der Bühne, bei Pixie und dem Rest der Second Circle Crew. Sie waren ihre Familie, so wie die Band seine Familie war. Lennon kam hinter seinem Schlagzeug hervor und sie stellten sich Arm in Arm nebeneinander auf.

Entlang der Bühne ging das Feuerwerk los, und das Publikum schrie und johlte. Einen nach dem anderen umarmte Dred seine Jungs, dann lief er von der Bühne und zog Pixie von Harper und Drea weg. Die Pause zwischen dem Ende des Hauptsets und der Zugabe dauerte etwa vier Minuten, und er hatte vor, sie weise zu nutzen.

Pixie sah Dred mit weit aufgerissenen Augen an, als der sie an der Hand mitzerrte.

»Schnell«, rief er und zog sie die Stufen runter von der Bühne weg hinter sich her. Bis zu seiner Umkleide würde es zeitlich niemals reichen, also zog er sie eilig hinter den schwarzen Vorhang, der um die Bühne herum hing, in die hinterste dunkle Ecke. Er drückte sie sanft gegen die Mauer und verbarrikadierte ihr den Weg.

»Wie du mich angesehen hast, Pix … das hat mich fast wahnsinnig gemacht. Darf ich dich küssen?«, bettelte er. »Bitte.«

Pixie sah ihm in die Augen und legte eine Hand auf seine Wange. »Ja.«

Er vergrub beide Hände in ihr Haar und drückte seine

Lippen auf ihren Mund. Vom Auftritt noch völlig aufgeputscht musste Dred sich zusammenreißen, nicht über sie herzufallen. Als er sie stöhnen hörte und spürte, wie sie sich auf die Zehen stellte, um ihre Arme um seinen Nacken zu schlingen, war es um ihn geschehen. Sie war mehr, als er sich jemals erträumt hatte, und er hatte schon viele Träume gehabt. Aber all die Fantasien, die ihn im Halbschlaf überkommen hatten, waren nichts im Vergleich zu dem, was er jetzt verspürte. Zaghaft berührte sie mit ihrer Zunge so sanft seine, dass es sich fast unschuldig anfühlte. Na ja, den Umständen entsprechend unschuldig, denn eigentlich wünschte er sich nichts sehnlicher, als Pixie hier gegen den schwarzen Vorhang gedrückt zu nehmen.

Er schwebte im gottverdammten siebten Himmel.

Dreds Hände glitten an ihr herunter. Pixie kicherte, als er sie an den Hüften packte, um sie fester an sich zu drücken. Sie war *kitzelig*. Gut zu wissen.

Auch wenn ihm der Sinn nicht im Geringsten danach stand, musste er zurück auf die Bühne. *Verdammte Zugabe.* Er küsste sie ein letztes Mal und schmeckte den Whiskey, den er ihr zuvor gegeben hatte. Lennons Bass kündigte an, dass es weiterging. Dred löste sich von ihr und versuchte, seiner Erektion klarzumachen, dass sie sich schnell beruhigen musste, bevor es wieder auf die Bühne ging.

»Was für ein Kuss«, sagte Pixie schüchtern.

Er nahm ihre Hand, führte sie zurück zur Bühne und platzierte sie genau dorthin, wo sie vorher gestanden hatte. Er konnte der Versuchung nicht widerstehen, sie noch einmal zu küssen. Als er sah, dass Trent das Ganze mit hochgezogenen Augenbrauen beobachtete, musste er grinsen.

»Ganz deiner Meinung. Verglichen mit anderen ersten Küssen war das der absolute Wahnsinn«, sagte Dred augenzwinkernd und lief zurück auf die Bühne, um sich den jubelnden Fans zu widmen.

Kapitel 3

»Good morning, good morning, we've danced the whole …«

»Pix, Liebes, es ist viel zu früh für Broadway.« Cujo stand in der Küche des Second Circle Studios und sah dabei zu, wie der Kaffee langsam in die Kanne lief. Bis sie öffneten, war noch eine halbe Stunde Zeit, und es war noch ruhig im Studio.

Sie gab ihm einen Klaps auf den Arm. »Ach, komm schon, das ist von *Singin' in the rain*. Das beste Lied, das das Jahr 1952 hervorgebracht hat, du alter Miesepeter. Guten Morgen, Cujo.«

Er zog sie in seine Arme und verpasste ihr eine Umarmung, die von einem kurzen Kuss auf ihren Kopf begleitet wurde. »Na klar. Hi, Pix.«

Cujo ließ sie wieder los und holte eine zweite Tasse aus dem Küchenschrank, in die er einen großzügigen Löffel Zucker schaufelte. »Ein paar Stunden mehr Schlaf wären nicht schlecht gewesen«, sagte er gähnend. »Wie spät war es, als wir euch zu Hause abgesetzt haben?«

»Um die drei. Vor sieben Stunden. Ich werde heute Nachmittag auf jeden Fall ein kleines Nickerchen machen müssen.« Zum Glück hatte Trent entschieden, den Laden später aufzumachen. Cujo goss den Kaffee in die Tassen und reichte ihr eine. »Hattest du einen schönen Abend?«, fragte er bedeutungsschwanger und beide wussten genau, was er meinte.

Pixies Mundwinkel zuckten. Cujo war ihr Lebensretter, ihr Wohltäter, Ersatzvater und Freund. Aber seine liebste Rolle von allen war die des großen Bruders. Sie standen sich näher, als man aufgrund ihres Altersunterschieds von fast zehn Jahren hätte denken können. Sie hatte in ihren 23 Jahren mehr erlebt als die meisten Menschen in ihrem ganzen Leben. Und Cujo, der war nicht unbedingt dafür bekannt, dass er seiner Altersklasse entsprechend unterwegs war.

»Ich hatte einen tollen Abend. Und du hast auch so ausgesehen, als hättest du dich gut amüsiert, vor allem als du beim letzten Lied auf die Bühne gestürmt bist und mit Dred zusammen gesungen hast.« Cujo hatte beim Refrain stimmlich mehr als mithalten können, aber mit seinen talentfreien Bewegungen wäre er besser bei Seinsfeld aufgehoben gewesen.

Zumindest konnte Cujo über seine betrunkenen Eskapaden lachen. »Auf jeden Fall. Drea hat mir erzählt, dass es schon im Internet hochgeladen wurde. Ich wollte immer schon mal ein Internet-Mem werden.«

Pixie kicherte und merkte sich für später, dass sie sich das unbedingt anschauen musste.

»Sag mal, Pix. Also, du … und Dred. Geht's dir gut mit dem, was gestern Abend passiert ist?«

Pixie nahm einen Schluck dampfenden Kaffee. Es war klar gewesen, dass diese Frage kommen würde, von Cujo hatte sie nichts anderes erwartet. Natürlich wollte er sich vergewissern, dass es ihr gut damit ging.

Es war der totale Wahnsinn gewesen, Dred vor der Zugabe zu küssen, aber wie leichtfertig war es von ihr gewesen, sich noch einmal von ihm küssen zu lassen, bevor sie gegangen war? Sie hatte sich so gewünscht, noch einmal in den Genuss seiner starken Lippen zu kommen und die harten Konturen seines muskulösen Körpers zu spüren. »Ach, das war doch nur ein kurzzeitiger Anfall von Unzurechnungsfähigkeit«, antwortete sie. »Im Eifer des Gefechts und so.«

Cujo lachte auf. »Du warst immer schon eine schlechte Lügnerin. Nach dem, was ich über ihn weiß, ist der Kerl kein Arsch. Ich habe ihn schon zig Male vorgewarnt, weil du wie eine Schwester für mich bist, aber das interessiert ihn nicht die Bohne. Außer wenn ich ihm heute richtig eine verpasse, lässt er vielleicht die Finger von dir. Aber ich habe ja deinen Gesichtsausdruck während des Konzerts gesehen.«

»Das bildest du dir ein, Cujo. Ich hatte nur ein bisschen Spaß.«

»Sah nicht nach nur ein bisschen Spaß aus, als er dir mit seiner Zunge fast die Mandeln rausoperiert hätte.«

»Oh mein Gott, Cujo, bist du eklig.«

»Glaub mir, es ist noch nicht lang her, da war ich er.«

»Das beruhigt mich jetzt nicht unbedingt.«

»Das sollte es auch nicht.«

Das Telefon im Studio klingelte und Pixie beeilte sich, dranzugehen, froh, das Thema wechseln zu können. Sie wusste ja selbst noch nicht, was sie von all dem halten sollte. Vielleicht war der Abstand, der nach dem Kuss folgte, gut für sie. »Second Circle Tattoos. Was kann ich für dich tun?«

»Pix?« Eine heisere Stimme flüsterte ihren Namen.

»Hallo?«

»Ich bin's, Dred.« Unter offensichtlichen Schmerzen quetschte er die Worte heraus.

»Na, ist da gestern jemand länger aufgeblieben, als gut für ihn war?«

»Sehr lustig.« Er hustete. »Ich bin kurz nach dir gegangen ... ich lieg im Bett ... und es geht mir hundeelend.« Er hörte sich an, als hätte er einen Wattebausch mit Glassplittern heruntergeschluckt.

Sofort war sie voller Mitgefühl. »Du hörst dich furchtbar an. Geht's dir einigermaßen?«

»Wird schon ... ich schaff's heute nicht ... tut mir leid.«

»Nein, natürlich nicht. Ich sag Trent Bescheid. Bleib schön im Bett und ruh dich aus.«

»Vielleicht ... leistest du mir Gesellschaft?« Dred bekam wieder einen Hustenanfall.

»Hört sich verlockend an, aber nein. Schon deine Stimme. Und ruh dich aus.«

»Kannst du für morgen einen neuen Termin für mich machen?«

»Na klar. Lass mich kurz schauen. Hast du alles, was du brauchst? Vitamin C, Saft, Suppe?«

Dred hustete, aber es hörte sich an, als hielte er den Hörer weg. »Nein, der Rest der Band ist mit Cujos Bruder unterwegs, Paddleboarden ... ich hab den Zimmerservice.«

»Trent hat morgen Nachmittag für dich Zeit.«

»Danke, Pix.«

»Pass auf dich auf, Dred.«

Sie verabschiedeten sich und sie legte auf. Lia erschien

mit einem grünen Smoothie in der Hand, gefolgt von Trent, der einen großen Becher dabeihatte, wahrscheinlich mit dem üblichen extrastarken Kaffee.

»Ich werd zu alt für den Scheiß«, stöhnte Trent auf dem Weg ins Büro. Pixie unterdrückte ein Glucksen.

Sie half Lia, Cujo und Trent dabei, ihre Arbeitsstationen je nach individueller Vorliebe aufzubauen, die sie nach all den Jahren gut kannte. Lia bevorzugte es, wenn ihr Terminkalender flach auf ihrem Tisch lag. Cujo befestigte ihn an seinem Spiegel. Trent mochte schwarze Tintenbehälter, Eric hatte lieber weiße.

Sie waren mit dem Aufbauen gerade fertig geworden, als der erste Kunde durch die Tür kam, und bald schon war das Studio voll mit Leuten, die sich darauf freuten, gleich dran zu sein. Ein Verleger aus New York wollte ein Harry-Potter-Motiv, das Pixie sofort Cujo zuteilte. Sie wusste, dass er so etwas hasste, aber auch, dass er der Beste für so etwas war. Zumindest handelte es sich nicht um das Symbol für die Heiligtümer des Todes oder das Dunkle Mal. Lia war gerade dabei, einem Veteranen aus Maine einen B-52-Bomber zu tätowieren, den ein Pin-up verzierte. Trent zeichnete an einem Motiv, aus dem ein komplexes Beintattoo für einen neuen Kunden werden sollte, der in Miami lebte und seinen 50-Dollar-Geschenkgutschein in eine 600-Dollar-Tätowierung investierte.

Um die Mittagszeit konnte Pixie das erste Mal verschnaufen, aber sie musste an Dred denken.

»Sag mal, Trent«, begann sie, als der sich während einer kurzen Pause zu ihr gesellte. »Ich weiß, dass wir heute viel zu tun haben, aber würde es dir etwas ausmachen, wenn ich eine etwas längere Mittagspause mache? Ich möchte Dred Medikamente und ein paar andere Sachen vorbeibringen.«

»Nur so, ja?« Er schaute sie mit hochgezogenen Augenbrauen an.

Trent neckte sie gutmütig, aber es ging ihr auf die Nerven.

»Nein, nicht einfach nur so. Er ist nicht zu Hause und es ist einfach scheiße, krank zu sein.«

»Alles gut, Pix. Versteh schon. Ist ja auch egal, was ich denke. Hier geht's um dich.« *Mist.* Er sah sie verständnisvoll an, so war er halt, und sofort hatte sie ein schlechtes Gewissen.

»Natürlich ist es nicht egal, was du denkst. Aber im Augenblick gibt es nichts, worüber du etwas denken solltest.« Genauso war's. Sie war neugierig gewesen, wie es sich wohl anfühlte, von Dred geküsst zu werden, und jetzt wusste sie, dass es so intensiv war, wie sie es sich vorgestellt hatte. Das musste reichen, denn sie war nicht bereit, sich auf mehr einzulassen.

»Was auch immer du sagst, Pix. Lass uns kurz zusammen durchgehen, was als Nächstes ansteht, bevor du gehst.«

Vierzig Minuten später stand Pixie, Trent sei Dank, mit Dreds Handynummer und mehreren Plastiktüten bewaffnet in der wunderschönen, mit wogenden Vorhängen geschmückten Lobby des Delarno Hotels. Das Hotel war die Verkörperung schlechthin ihrer Hassliebe, die sie mit Miami verband.

Drei atemberaubend schöne Frauen, farblich aufeinander abgestimmt in Elfenbeintönen gekleidet, stöckelten auf mörderischen High Heels durch die Lobby. Pixie sah an sich herunter, auf den pinkfarbenen Schottenrock, schwarze

Converse und das schwarze Jäckchen, das sie selbst genäht hatte. Sie liebte Miami. Sie passte nur nicht hierher.

Keine Zeit für Selbstmitleid.

Pixie holte das Handy aus ihrer Handtasche und wählte Dreds Nummer.

*

So sollte sie mich nun wirklich nicht sehen.

Dred schlurfte zur Hoteltür und entriegelte sie, um sie aufzuziehen. Und wenn jetzt sein größter Fan hereingestürzt kam und einen auf Kathy Bates in Misery machte, es wäre ihm schlichtweg egal. So mies, wie er sich fühlte, konnten gebrochene Knöchel kaum schlimmer sein.

Dred war schweißnass und hatte seit vor dem Auftritt gestern Abend nicht mehr geduscht. Er kroch zurück in seine nassgeschwitzten Laken.

Seine Jungs hatten ihm angeboten, bei ihm zu bleiben. In der Familie ließ man schließlich niemanden zurück. Aber ihn interessierte momentan nur eins, und zwar Schlafen. Und noch mehr Schlafen. Und vielleicht noch ein bisschen mehr Schlafen. Also hatte er ihnen gesagt, dass sie einfach wie geplant zu Cujos Bruder Connor in die Everglades fahren sollten.

Es klopfte zaghaft an der Tür. »Hallo.« Pixie kam ins Zimmer und hatte beide Arme voll mit Tüten.

»Hey, Pix.« Es fühlte sich an, als sei sein Hals zugeschnürt, wenn er redete, und er zuckte vor Schmerzen zusammen.

»Meine Güte, du siehst ja furchtbar aus.« Pixie stellte die Tüten auf der Kommode ab und eilte zu ihm. Wieder überprüfte sie seine Temperatur und ihre Finger fühlten sich angenehm kühl auf seiner brennendheißen Stirn an.

Er legte seine Hand auf ihre. »Kalt«, keuchte er.

»Wir müssen dein Fieber runterkühlen. Meinst du, du schaffst es, dich kalt abzuduschen?«

Das Badezimmer war gefühlt eine Million Meilen entfernt, aber irgendwie schaffte er es, sich bis zur Bettkante zu ziehen. Er stank, und sein langes Haar klebte ihm im Gesicht. Pixie lief um das Bett herum und half ihm hoch. Es war so demütigend, zugeben zu müssen, dass er tatsächlich auf ihre Hilfe angewiesen war, und er versuchte, nicht sein ganzes Gewicht auf ihre Schultern zu legen. Bei ihrer Statur würde er ihr die Wirbelsäule brechen, wenn er nicht aufpasste.

»Na, leistest du mir Gesellschaft, Pix?«, fragte er selbstbewusster, als ihm eigentlich zumute war.

»Ich glaube, du bist, was deinen Zustand betrifft, etwas zu optimistisch«, lachte sie. »Wasch dich erst mal, und ich lass deine Bettwäsche wechseln. Ich habe gerade jemandem vom Zimmerservice gesehen, als ich reingekommen bin.«

Dred stellte sich unter die eiskalte Dusche, trocknete sich anschließend ab. Dann putzte er sich die Zähne und kämmte sich die Haare. Das gesamte Unterfangen hatte ihn so viel Kraft gekostet, dass er eine kurze Pause machen und sich mit beiden Händen am Waschbecken abstützen musste.

Es klopfte an der Badezimmertür. »Hast du was an?«

Ob er was anhatte? Die Frage war nicht unberechtigt. Er schlang das Handtuch fest um die Hüften.

»Ja«, antwortete er. Die Tür ging auf.

»Hier, das ist zum Gurgeln.« Pixie hielt ihm einen roten

Einwegbecher hin. »Salzwasser. Das ist gut für deinen Hals.«

Er tat wie geheißen. Als er ins Schlafzimmer zurückkehrte, war sein Bett neu bezogen und die Decke aufgeschlagen. Eine himmlische Vorstellung, sich jetzt in ein kühles, frisch gemachtes Bett sinken zu lassen. Aber da war noch der Duft von Essen, der vom Tisch aufstieg und ihn davon abhielt.

»Komm, setz dich her. Das ist Hühnerbrühe mit Nudeln. Und in dem Styroporbecher ist frisch gepresster O-Saft mit Spinat. Nicht hingucken, nur trinken.« Pixie setzte sich auf die Tischkante, und er tat sein Bestes, um nicht so genau hinzuschauen, als ihr Rock dabei hochrutschte und die Oberschenkel entblößte.

Dred hörte aufmerksam zu, als Pixie die Mitbringsel auf dem Tisch erklärte. Vitamin C und Zinktabletten. Echinacea. Ihr wunderschönes pinkfarbenes Haar hatte sie zu einem lockeren Pferdeschwanz zusammengebunden, der, während sie herumgestikulierte, hin und her wippte. Und wenn Pixie ihm Hundefutter zu Essen gegeben hätte, es wäre ihm alles recht gewesen. Sie hatte sich so viel Mühe gegeben. Vielleicht lag es an seinem Fieberwahn, aber er bekam davon einen Steifen.

Dred nahm einen großen Schluck Saft, der sich wie kühle Seide in seinem Hals anfühlte.

»Ich würd mir gern 'ne Hose anziehen, bevor ich mich hinsetze.« Er nahm ihre Hand und drückte sie. Sobald es ihm besser ging, würde er sich irgendwie dafür revanchieren.

Alles, was er dabeihatte, war ordentlich im Schrank und

in den Schubläden verstaut. Er hasste es, aus dem Koffer zu leben. Seine ganze Kindheit hatte sich um den Inhalt eines einzigen Koffers gedreht, mehr hatte er nicht besessen, mehr durfte er von seiner Mutter aus nicht besitzen. Sie waren so oft umgezogen, manchmal täglich, dass er seine Sachen nie hatte auspacken dürfen. Heutzutage ertrug er den Anblick von Koffern kaum, denn er assoziierte so viel mehr damit als nur einen Ort, in dem man Kleidung aufbewahrte.

Er holte eine bequeme Jogginghose vom Regal. Pixies Augen klebten an seinem Rücken, das konnte er im Schrankspiegel sehen. Sie hatte eine süße Art, seitlich an ihrem Daumennagel zu kauen. Trent hatte ihm am Abend zuvor noch gesagt, dass er es langsam angehen lassen musste, wenn es ihm mit Pixie ernst war. Aber auch wenn er viel zu krank war, um irgendetwas in die Tat umzusetzen, dieser Blick brachte seine Schwellkörper auf Hochtouren.

Dred ließ ihr Spiegelbild nicht aus den Augen und das Handtuch zu Boden gleiten. Pixies Mund öffnete sich ungläubig. Sie sah schnell weg, konnte der Versuchung aber offensichtlich nicht widerstehen, noch schnell einen zweiten Blick zu erhaschen.

Dred zog sich die Hose über. Ohne Unterwäsche, zum Teil, weil es ihm gefiel, wenn seine Jungs Freiraum hatten, aber auch weil der Weg zur Schublade mit der Unterwäsche sich einfach zu weit anfühlte. Als er sich wieder umdrehte, zuckte Pixie zusammen und tat so, als würde sie sich die Aspirinpackung ganz genau durchlesen.

Dred setzte sich auf den Stuhl. »Das sieht toll aus«, kommentierte er. »Danke, Pixie.«

»Das muss richtig scheiße sein, von zu Hause weg zu sein, wenn man krank ist.«

Er nahm einen Löffel Suppe. Sie war perfekt gewürzt und schmeckte großartig. »Ja, das stimmt wohl, aber mit dir als Kindermädchen würde ich überall gern krank werden.«

Pixie lachte und holte zwei Aspirin aus der Verpackung. »Nimm das, wenn du gegessen hast.«

Die Suppe war genau richtig. Während er sie löffelte, verfolgte er mit den Augen Pixie, die Richtung Balkon ging und die Türen weit aufriss.

»Du brauchst frische Luft, wenn du krank bist. Nicht diesen bakterienverseuchten, wiederaufbereiteten Quatsch.«

Er trank seinen Saft aus, aber allmählich fielen ihm die Augen wieder zu. Er öffnete schnell noch die Wasserflasche, um die Tabletten und Vitaminpillen zu nehmen, die Pixie für ihn hingelegt hatte. Er wünschte, er hätte genug Energie, um Pixie zu sagen, wie viel ihm das alles bedeutete. Aber sein Kopf hämmerte, und das Bett sah so unglaublich einladend aus.

Seine weiche Matratze fest im Blick hangelte sich Dred an den Möbeln entlang, um sich mit dem Gesicht zuerst aufs Kissen fallen zu lassen. Mit leicht schwindeligem Kopf und vollem Bauch schloss er die Augen. Er war froh, dass Pixie bei ihm war.

Ein Geräusch auf dem Nachttischchen ließ ihn die Augen wieder öffnen. Pixie hatte Tabletten und Wasser vor ihm aufgereiht.

»In vier Stunden nimmst du noch mal welche. Und versuch, mehr Wasser zu trinken. Ich hab dir meine Handynummer auf den Block neben das Telefon gekritzelt. Wenn du mehr Suppe brauchst, lass es mich wissen.«

Sie fuhr ihm mit den Fingern durchs Haar. Es erinnerte ihn daran, was Ellen früher gemacht hatte, wenn er nicht einschlafen konnte. Aber im Gegensatz zu Ellen und Maisey, die für ihn verantwortlich gewesen waren, war Pixie nicht dazu verpflichtet, hier zu sein.

»Danke«, flüsterte er und versuchte krampfhaft, gegen den Schlaf anzukämpfen. Er wollte nicht eine Berührung ihrer Finger auf seiner Haut missen. Nicht für eine Sekunde. »Wann gehst du endlich mit mir aus, Pix?«, fragte er und streckte seine Hand nach ihr aus. Bevor ihn der Schlaf dann doch übermannte, hätte er schwören können, dass sie etwas sagte wie: *Wenn George Clooney Präsident wird.*

*

»Meine Lieder – Meine Träume« gab es heute als Sahnehäubchen im Fernsehen obendrauf!

Pixie hatte ihren freien Tag genau durchgeplant. Sie musste das Schlafzimmer putzen, hatte ein bisschen was zu nähen und viel gute Musik zum Mitträllern. Mit einer schwarzen Caprihose und einem weißen Hemdchen bekleidet machte sie sich daran, ihre Nähutensilien zusammenzusuchen.

Mit der neuen Nähmaschine, die Trent und Cujo ihr zu Weihnachten geschenkt hatten, erledigte sie den neuen Auftrag in Nullkommanix. Als Maria die Vorhänge herunterriss, um den Von-Trapp-Kindern einheitliche Kleidung zu nähen, war Pixie damit beschäftigt, ein Kleidchen mit Sonnenblumenmotiv für ein sechsjähriges Mädchen fertigzustellen. Die gelben, goldfarbenen und braunen Stoffe, die sie ausgesucht hatte, funkelten paillettenbesetzt.

For here you are, standing there, loving me. Whether or not you should. Julie Andrews Gesang war der Wahnsinn, ging unter die Haut und ließ einen nicht mehr los. Pixie liebte den Moment, wenn Maria und der Captain einander ihre Gefühle gestanden. Wie fühlte es sich wohl an, wenn man so sehr geliebt wurde? Würde sie ihren eigenen Captain oder Fiyero finden oder einen anderen Musicalhelden?

Apropos musikalischer Held. Dred hatte wirklich krank ausgesehen, als sie ihn im Bett zurückgelassen hatte. Sie hielt das Kleid hoch und schüttelte die braunen und goldenen Tülllagen aus. Hoffentlich hatte er alles, was er brauchte. Nach einem kurzen inneren Kampf schnappte sie sich das Handy und schrieb eine kurze Nachricht.

Geht es dir besser?

Pixie machte jetzt mit dem Oberteil des Kleidchens weiter und musste hierzu die Einstellung der Nähmaschine ändern, damit sie den gelben Baumwollstoff einkräuseln konnte. In dem Moment, als sie den Fuß aufs Pedal stellte, summte ihr Handy.

Hallo Süße. Hab kein Fieber mehr. Liege immer noch flach. Fühle mich, als hätte mich eine Zamboni überfahren.

Da Pixie nicht wusste, was eine Zamboni war, konnte sie nur vermuten, dass ihm alles wehtat. Maria beschritt mittlerweile den Weg zum Traualtar, und Pixie musste sich schwer zusammenreißen, um nicht dem immer stärker werdenden Bedürfnis nachzugeben, Dred einen Besuch abzustatten.

Wo hast du den O-Saft mit Spinat her?

Von einem Saftladen Ecke Washington und 16. Fünf Minuten zu Fuß vom Hotel.

Wie konnte sie nur erwarten, dass ein kranker Mensch sich für etwas aus dem Bett quälte, das sie erledigen konnte? Was für ein schlechter Mensch sie doch war. Es würde sie vielleicht eine halbe Stunde kosten, den Saft für ihn zu holen. Um das Kleid fertigzustellen, benötigte sie, ihrer neuen Nähmaschine sei Dank, weniger Zeit als sonst. Und *Meine Lieder – Meine Träume* hatte sie schon so oft gesehen, dass sie jedes Wort mitsprechen konnte.

Sie verdrängte die leise Stimme im Kopf, die das Ganze für eine schlechte Idee hielt, machte den Fernseher aus und schnappte sich ihre Handtasche.

Zwanzig Minuten später stand sie vor Dreds Suite. An der Tür hing ein »BITTE NICHT STÖREN«-Schild. Sie klopfte und wartete. Als Dred nicht aufmachte, zog sie ihr Handy hervor.

Klopf, klopf ☺

Sie hörte ein Schlurfen und das Schloss wurde entriegelt. Dred machte ihr die Tür auf und stand in der gleichen Jogginghose vor ihr, die er gestern angehabt hatte. Seine Augen waren blutunterlaufen und die Nase rot. Ein T-Shirt trug er immer noch nicht. Sie versuchte, sich auf seine Augen zu konzentrieren, aber da waren diese Bilderbuchbauchmuskeln und diese Tätowierungen und diese Linie in der Lendengegend, die …

»Du bist ein Schatz, Pix.« Dred hustete mit rasselnden Bronchien.

Pixie trat ein und reichte ihm einen Riesenbecher mit Saft. »Ich hätte dir gestern mehr Vorräte bringen sollen.«

»Nein, du hast schon genug für mich getan«, widersprach er ihr mit heiserer Stimme, die sich gleichzeitig so sexy wie noch nie anhörte. Dred setzte sich aufs Sofa und trank mit geschlossenen Augen den Saft. Dann seufzte er zufrieden.

Das Bett war völlig durchgewühlt, auf dem Nachttischchen lag ein Berg gebrauchter Taschentücher, die Vorhänge waren zugezogen und es roch muffig.

Pixie stellte die Tüten auf dem großen Tisch ab. »Ich habe dir noch einen Saft für später mitgebracht, mit Apfel und Gurke. Hier ist noch ein Salat drin und ein Beutel mit Nüssen und Kernen, weil die vor Zink nur so strotzen und das für dein Immunsystem gut ist. Die kannst du auf den Salat streuen oder so essen.«

Sie ging zum Balkonfester und zog die Vorhänge auf.

»Verdammt, Pix. Willst du, dass ich erblinde? Bitte warn mich das nächste Mal vor.«

Pixie kicherte angesichts seines Protests nur und öffnete die Balkontüren.

»Ich gebe dir zwei Tage, um krank zu sein, dann ruf ich den Männergrippe-Notruf an. Eine Dusche würde dir übrigens guttun.«

»Mein Duft lässt wohl zu wünschen übrig, was? So viel zum Thema *guten Eindruck machen.*«

Es gefiel Pixie, dass er sich darum Gedanken machte. »Ja, du stinkst, aber du brauchst auch Wasserdampf, um all das, was in deinen Bronchien festsitzt, zu lösen.«

»Du bist ja die reinste wandelnde Apotheke.«

»Ab mit dir unter die Dusche. Ich mach hier so lange etwas Ordnung.«

»Okay, ich geh duschen, aber du fasst hier nichts an und sitzt immer noch genau da, wenn ich wieder aus dem Bad komme«, befahl er ihr und deutete auf einen Stuhl auf dem Balkon.

Pixie wartete, bis sie die Dusche hörte. Schnell machte sie Dreds Bett und räumte das Durcheinander auf. Die Badezimmertür öffnete sich in dem Moment, als sie die letzte Mülltüte hinausbeförderte. Vorwurfsvoll schüttelte Dred den Kopf.

»Das war nicht der Plan, dass du kommst und dann auch noch hinter mir herputzt.« Dred hatte sein nasses Haar zurückgekämmt. Wasser tropfte ihm von der Brust, schmale Rinnsale flossen über seine Bauchmuskeln, die nur so danach schrien, abgeleckt zu werden.

»Mir gefiel einfach die Vorstellung nicht, dass du tot zu Hause liegen könntest und keiner bekommt es mit«, neckte sie ihn.

Dred öffnete den Kleiderschrank, und Pixie hielt den Atem an. Würde er das Handtuch wie gestern zu Boden gleiten lassen? Sie spielte an der Fernbedienung für den Fernseher herum und tat so, also guckte sie sich nach einer Stelle um, wo sie sie verstauen konnte. Diesmal schlängelte er sich leider unter dem Handtuch in seine Shorts, drehte sich danach aber zu ihr um und zwinkerte ihr zu. »Na, enttäuscht, meine Süße?«

Pixie spürte, wie sie rot wurde. »Was? Nein. Wovon?«

Dred lachte und musste wieder husten. »Ach, verdammt«, schimpfte er, »das regt mich auf. Weißt du schon, wo die anderen hingefahren sind?«

Pixie schüttelte den Kopf.

»Die sind in Boca Raton und treffen dort Nicko McBrain. Lennon ist sein größter Fan, wie sollte es auch anders sein, aber der Typ ist ein echter Rockstar.«

Dred setzte sich aufs Sofa und nahm Pixies Hand, um sie zu sich runterzuziehen. Seine Handfläche war fast größer als ihre gesamte Hand. »Nicko. Fucking. MacBrain.« Dred schüttelte wieder der Kopf.

»Wärst du sehr enttäuscht, wenn ich dir sagen würde, dass ich nicht weiß, wer das ist?« Pixie kniff die Augen zusammen.

»Oh, mein Gott, Pixie. Ist das dein Ernst?« Dred fing an zu lachen. »Das ist wahrscheinlich der einflussreichste Heavy-Metal-Drummer der Welt. Hat für eine kleine britische Combo gespielt. Iron Maiden. Schon mal gehört?«

»Jetzt reicht's aber.« Sie zog ihre Hand weg. »Natürlich weiß ich, wer Iron Maiden ist. Ich kenne nur nicht die Namen jedes einzelnen Bandmitglieds.«

Sie schwiegen beide und beobachten die Vorhänge, die sich im Luftzug bewegten.

»Ich sollte gehen, damit du essen und dich weiter ausruhen kannst«, meinte Pixie schließlich und setzte sich auf.

Dred nahm wieder ihre Hand. »Ich will nicht, dass du schon gehst. Bleib noch ein bisschen bei mir. Wir könnten uns einen Film angucken ... oder uns Schnäpse bestellen. Wonach dir mehr ist.«

Pixie dachte an das Kleid, das in ihrer Wohnung darauf wartete, fertiggenäht zu werden, und an die letzten Male, als sie versucht hatte, mit einem Mann allein zu sein.

Aber irgendwie war sie davon überzeugt, dass er sich

über sie und die Dinge, die für sie schwierig waren, niemals lustig machen würde.

Zumindest hoffte sie das.

*

Ganz allmählich fühlte sich Dred wieder etwas besser. Er konnte endlich wieder normal durch die Nase atmen. Zum Glück, denn wenn er sich noch ein einziges Mal die Nase putzen musste, würde er durchdrehen.

Pixie saß neben ihm auf der Couch. Der Abstand zwischen ihnen war zu groß, um interessantere Aktivitäten in Angriff zu nehmen, wie den Oldschool-Trick, den man aus alten Filmen kannte: Man(n) gähnte und streckte sich, um dann unauffällig den Arm um die Angebetete zu legen. Beiläufig konnte man dann auch die Hand vorn auf dem Oberteil ablegen, um zu ertasten, ob sie etwas darunter trug. Dass er nämlich krank war, hieß noch lang nicht, dass er auch blind war. Sie hatte kleine, aber feste Brüste, die bei jeder Bewegung fröhlich herumhüpften. Er würde die Hand dafür ins Feuer legen, dass sie keinen BH trug.

»So was von klar, dass sie die Straße runterrennen wird, anstatt im Einkaufszentrum zu verschwinden«, merkte Pixie an. Er hatte sie angefleht zu bleiben, aber nicht damit gerechnet, dass sie tatsächlich dablieb, um mit ihm abzuhängen.

Es war ein schöner Tag, den er nicht ausnutzen konnte, weil es ihm immer noch hundeelend ging. »Der Film ist doch scheiße, Pix. Wollen wir ein bisschen draußen in der Sonne sitzen?«

»Ich sollte nach Hause gehen. Da wartet noch Arbeit auf mich.«

»Geh nicht. Komm mit mir an die frische Luft. Wir werfen einen Blick aufs Meer und ich tu so, als wäre mein Hals einen Tag vor den Aufnahmen fürs neue Album nicht im Arsch.« Die Vorstellung, dass die gesamte Band anfangen würde, neue Songs zu schreiben, und er nicht singen konnte, machte ihn wahnsinnig.

Dred stand auf, nahm ihre Hand und führte sie zu einem großen Liegestuhl auf dem überdachten Balkon. Pixie setzte sich und schlug die Beine unter. Dred legte sich auf den Liegestuhl daneben. Er konnte der Versuchung nicht widerstehen und fuhr mit einem Finger über ihre Wade.

Pixie war ihm immer noch ein Rätsel. Bestimmt war sie jünger als er mit seinen 27 Jahren, aber sie strahlte eine Lebensweisheit aus, die sie älter erscheinen ließ. Er wollte mehr über sie erfahren. »Welche Arbeit wartet denn noch auf dich?«

»Ich nähe Kleider für kleine Mädchen und verkaufe sie online.«

»Wow. Was für Kleider?«, fragte er interessiert, auch wenn er keine Ahnung von Kleine-Mädchen-Angelegenheiten hatte, weil er mit Jungs groß geworden war.

Pixie zog ihr Handy aus der Tasche und öffnete ein Fotoalbum. »So was zum Beispiel.«

Dred nahm das Handy und war überrascht, das kuchenverschmierte Gesicht eines kleinen Mädchens zu sehen, das ein total abgefahrenes Kleid trug. »Sind das Pfauenfedern?«

»Ja, all meine Kleider haben ein Naturthema … meistens

sind es Tiere und Insekten, manchmal auch Blumen und Pflanzen. Das ist ein Pfau.«

Pixie beugte sich zu ihm herüber, um ihm ein anderes Foto zu zeigen. Ein leicht blumiger Duft umgab sie, und am liebsten hätte Dred sein Gesicht in ihrem wunderschönen pinkfarbenen Haar vergraben.

»Das ist mein Lieblingskleid. Es ist ein Clownsfisch.«

»Die sind großartig, Pix. Ich hatte ja keine Ahnung. Ich hab irgendwie gedacht, dass aus dir auch mal eine Tätowiererin wird.« Er scrollte sich durch Fotos von einem Marienkäfer-Kleid und einem Kleid, das ein Bockkäfermotiv hatte.

»Ich hab's versucht, und Cujo und Trent sind auf jeden Fall super Lehrer, aber ich bin kurz davor, ihnen zu sagen, dass ich nicht mehr tätowieren werde. Ich bin nicht so schlecht, aber auch nicht besonders gut. Lia, Eric, Trent und Cujo sind die besten Tätowierer überhaupt. Es wäre wohl nicht fair, wenn das Niveau des Studios durch mich sinken würde.« Pixie nahm ihm das Handy aus der Hand, steckte es wieder in ihre Tasche und sah ihn an. »Aber sag es ihnen bitte noch nicht. Den Entschluss habe ich erst vor Kurzem gefasst. Ich weiß nicht mal, warum ich dir das erzähle.«

Es bedeutete wohl, dass sie ihm vertraute, wenn auch auf einer unbewussten Ebene, und das gefiel ihm außerordentlich. Er zog ihre Hand an sein Herz und bedeckte sie mit seiner. »Versprochen.«

Pixies Gesicht hatte, ja, was Engelsgleiches, und Scheiße auch, wer hätte gedacht, dass er einmal solch ein Wort benutzen würde. Wer hätte außerdem gedacht, dass whiskeyfarbene Augen ihn dermaßen anmachten? Insbesondere so große mit schwarzen, gebogenen Wimpern, die nicht eine

Spur von Mascara trugen. Und was war das denn, Sommersprossen?

Jemand hämmerte von außen gegen die Tür. Wenn das der Zimmerservice war, würde es Tote geben, denn er war kurz davor gewesen, Pixie zu küssen, krank hin, krank her.

»Warte mal kurz, Süße.« Er ging hinein und öffnete die Tür. Vor ihm stand Sam mit hochrot angelaufenem Gesicht.

»Warum zum Teufel hast du dich nicht bei McBrain blicken lassen? Du hast einen unserer wichtigsten Fototermine verpasst, da ging es um eine Menge Kohle, und du warst eigentlich die Hauptperson.«

»Hey, Sam«, krächzte Dred. »Du weißt genau, warum, du Arsch. Ich fühle mich wie ausgekotzt.«

Sam stapfte in die Suite, als gehörte ihm das Ganze. »Wo ist sie? Irgendwo hast du hier doch ein Groupie versteckt.«

»Sam, ich gebe dir dreißig Sekunden, um dich verdammt noch mal wieder zu beruhigen.«

»Beruhigen? Hast du eine Ahnung, wie lange ich gebraucht habe, um dieses Meet & Greet zu organisieren? Damit der ungekrönte alte König des Heavy Metals das Zepter an den neuen König weiterreicht.«

»Entschuldige bitte, aber ich glaube, ich sollte wohl besser gehen.« *Verdammt. Pixie.* Sie stand jetzt nervös neben dem Vorhang.

»Ein verdammtes Groupie. Ich wusste es.« Sam zog seine Runden über den weißen Teppich, lief hin und her. »So eine Scheiße. Wegen der Mädchen nimmt man dich einfach nicht ernst.«

Pixie wollte sich an Dred vorbeischlängeln, aber er legte sanft eine Hand auf ihren Arm. »Gib mir ’ne Minute, ja?«

Er wollte nicht, dass sie jetzt schon ging. Sie würden sich erst nach einer ganzen Weile wiedersehen, und er wollte nicht, dass diese Szene das Letzte war, woran er sich mit ihr erinnerte.

»Die anderen Jungs waren da, du hast dein Foto bekommen. Zepter weitergereicht.«

»*Du* bist die Band, Dred. Ich weiß, dass ihr Jungs diese wahnsinnig idealistische Sache am Laufen habt ... aber für den Rest der Welt bist du der Star.« Je lauter Sams Stimme wurde, desto fester krallte sich Pixies Hand in seine. Sams Reaktion war angesichts des Grundes seiner Empörung völlig unverhältnismäßig, vor allem weil es eine gute Erklärung gab.

»Hör mit dem Rumgeschreie auf, Sam. Du machst Pix Angst«, befahl Dred und zog sie näher an sich.

Sam sah sie zum ersten Mal richtig an und verzog sein Gesicht zu einer verächtlichen Grimasse. »Pix? Und was soll das für ein Name sein? Du hörst dich an wie einer von diesen verdammten Pokémons.«

Dred spürte, wie Pixie am ganzen Leib zitterte, aber ihre Stimme war ruhig und weich. »Und du bist ein Arschloch.«

»Besser ein Arschloch als eine Schlampe. Du hattest deinen Spaß. Pass beim Rausgehen auf, dass du nicht an der Türklinke hängen bleibst«, höhnte Sam und gestikulierte in Richtung Hotelflur.

Dred platzte fast vor Wut und ging einen Schritt auf Sam zu. Alle guten Ratschläge, die seine Therapeuten ihm mitgegeben hatten, um seine Wutausbrüche in den Griff zu bekommen, waren gerade für die Katz. Er spürte, wie die Wut wie Gift durch seine Adern pulsierte, und stand schon unter Hochspannung mit geballten Fäusten auf Zehenballen da. Er würde Sam *umbringen*.

»Sprich nicht so über sie.« Dred knurrte die Worte fast, und die Warnung würde er kein zweites Mal aussprechen.

Pixie stellte sich zwischen ihn und Sam und drückte ihre zarte Hand so kraftvoll gegen seinen Brustkorb, dass er mitten in der Bewegung stoppte.

Er legte seine Hand auf ihre und presste sie gegen sein Herz. Sein Herzschlag beruhigte sich wieder, und das Bedürfnis, sich mit Sam zu prügeln, verpuffte. Nur ihre Anwesenheit hatte gereicht, den Trigger wieder in den Griff zu bekommen, mit dem er schon seit Jahren seine Mühen hatte. Als er noch ein Kind war, hatte man bei ihm Oppositionelles Trotzverhalten diagnostiziert.

»Weißt du was? Das hat doch alles keinen Sinn. Ich kann dir nicht helfen, wenn du dir nicht selbst helfen willst.« Sam verschwand durch die Tür.

Was sollte denn jetzt der Scheiß? Noch vor zehn Minuten hatte er mit Pixie auf dem Balkon gesessen und sich nichts sehnlicher gewünscht, als sie zu küssen, auch wenn er dafür zu krank war. Und gerade hatte Sam seine Integrität in Frage gestellt und Pixie wahrscheinlich für immer vertrieben.

»Es tut mir so leid, Pix.« Eine lahme Entschuldigung, aber der Streit mit Sam hatte ihm gerade die letzte Energie geraubt, die langsam wieder zurückgekommen war. Ihre schönen Augen blieben ausdruckslos. Pixie entzog sich seinem Griff.

»Ich sollte jetzt besser gehen«, sagte sie und lief Richtung Tür. »Und du solltest dich ausruhen.«

»Hey Pix«, sagte er traurig, als sie die Tür aufmachen

wollte. »Wahrscheinlich kenne ich die Antwort schon, aber du hast jetzt zweimal nach mir geschaut. Wir haben uns zweimal geküsst. Du warst zweimal allein mit mir in meinem Zimmer. Wann verabreden wir uns auf ein Date?«

Sie sah ihn mit undurchdringlicher Miene an. Er hatte nicht vor, sie noch mal zu fragen, oder zumindest war es für eine ganze Weile das letzte Mal, dass er sie überhaupt fragen konnte. Preload war das Wichtigste in seinem Leben, genauso wie das Gitarrespielen, seitdem Maisey ihm die alte Gitarre in die Hand gedrückt hatte, auch wenn Sam das gerade anders sah. Aber die Vorstellung, dass Pixie jetzt durch diese Tür verschwand und er am nächsten Morgen im Flieger sitzen würde, war unerträglich. Gefasst wartete er auf die unvermeidliche Abfuhr, die sie ihm in ihrer üblichen Schlaumeier-Art erteilen würde.

»Wenn du wieder gesund bist«, antwortete sie stattdessen mit einem schüchternen Lächeln, das Dred in allergrößte Verzückung versetzte.

Kapitel 4

Jemand hämmerte gegen die Tür. Jetzt hatte die Polizei sie doch aufgespürt. Blut rann an der Unterseite ihres Handgelenks hinunter und tropfte auf den langflorigen braunen Teppich. Pixie bekam es mit der Angst zu tun. Es war doch nicht ihre Schuld. Er hatte ihr Schmerzen zugefügt, und das Fischmesser, das er zuvor benutzt hatte, um den Fisch auszunehmen, hatte in Reichweite gelegen.

Wieder hämmerte jemand gegen die Tür. »Pix, ich weiß, dass du da drin bist.«

Sie waren gekommen, um sie zu holen, und viele Jahre Gefängnis warteten auf sie.

»Pix.« Die Stimme wurde lauter. Und die Polizei rief ihren Spitznamen, nicht Sarah-Jane.

Mit einem Ruck setzte sie sich auf. Schweißgebadet warf sie einen Blick auf die Uhr. Es war zehn Uhr morgens. Sie bekam einen Hustenanfall. Drei Stunden Schlaf waren nicht genug, um zu funktionieren, aber ihre Nase war so verstopft, dass sie im Liegen sowieso keine Luft bekam.

Sie strich sich die Haare aus dem Gesicht und griff nach der Wasserflasche auf dem Nachttisch. Mit zitternden Händen versuchte sie, den Schraubverschluss aufzudrehen.

Jemand hämmerte gegen die Tür. In echt.

»Pix. Mach auf.« Dred stand vor ihrer Wohnungstür.

Der Spiegel reflektierte die gnadenlose Wirklichkeit. Das vom Schlaf zerzauste Haar und das übergroße T-Shirt wirkten so wenig sexy, dass es das reinste Trauerspiel war.

Pixie eilte zur Tür und schaute durch das Guckloch. Oh, mein Gott. Er trug dunkle Jeans und ein schwarzes T-Shirt, das sein Sixpack betonte. Der Anker an seinem Hals war deutlich zu sehen. Und in seinen Händen hielt er den spektakulärsten Strauß mit dunklen Blumen, den sie jemals zu Gesicht bekommen hatte.

»Ich seh doch, dass es hinter dem Guckloch dunkel geworden ist, Süße«, knurrte er mit immer noch heiserer Stimme. »Lässt du mich jetzt rein oder muss ich wie ein Vollidiot hier im Flur stehen bleiben?«

Pixie öffnete die Tür. »Komm rein«, krächzte sie.

»Oh nein, Pix.« Dred stellte die Blumen und eine kleine Tüte ab und legte ihr die Hände auf die Schultern. »Ich hab dich bestimmt angesteckt, oder?«

Das Gegenteil zu behaupten, wäre vergebliche Mühe.

»Macht nichts, ich komme schon zurecht.« Bei seinem Anblick verblasste die Erinnerung an den schrecklichen Albtraum.

»Natürlich macht das was. Ich war im Studio, um dir die hier vorbeizubringen.« Er deutete auf den Blumenstrauß. »Lia hat mir gesagt, dass du eine beschissene Nacht hattest.«

Wie er so in ihrer Wohnung stand, wurden die letzten Tage auf einmal sehr real. Dieser phänomenale Kuss, den Dred ihr während des Konzerts gegeben hatte, war ein herausragender Moment in ihrem sonst so banalen Leben, das sie bewusst so führte. Im Gegensatz dazu war das, was sie jetzt erlebte, einfach nur völlig surreal. Dred war so groß, dass er den kompletten Flur auszufüllen schien, und sie fühlte sich sicher in seiner Nähe. »Ich habe geschlafen, als du geklopft hast. Kann ich dir was anbieten?«

»Machst du Witze? Nein. Setz dich hin und sag mir, wo ich was finde, damit ich dir was Gutes tun kann. Hier ...«. Er nahm die Blumen und die Tüte, »die sind für dich.«

Pixie steckte die Nase in die Blumen, roch aber rein gar nichts. »Die riechen bestimmt toll«, sagte sie und zog die Nase hoch.

Sie führte Dred in die Küche und holte auf dem Weg dorthin noch eine Vase aus dem Wohnzimmer.

»Tolle Wohnung«, sagte Dred und sah sich um.

»Das ist Lias Wohnung. Ich miete nur ein Zimmer.«

Er zog einen Hocker unterm Küchentresen hervor. »Setz dich. Wo finde ich eine Schere?«

»Oberste Schublade.« Pixie deutete mit dem Kinn die Richtung an. Er holte die Schere heraus und nahm die Vase, füllte sie mit Wasser und platzierte beides vor ihr auf dem Tisch.

»Ich kann uns Rühromeletts machen.« Dred öffnete den Kühlschrank.

»Rühromeletts?« Pixie begann damit, die Enden der Blumenstengel abzuschneiden und die Blumen in die Vase stecken.

»Ach so, ja ...« Er schloss die Kühlschranktür wieder. »Zu Hause habe ich ein paar Male versucht, Omelett zu machen, mit mäßigem Erfolg. Die Jungs haben das dann

Rühromelett genannt, und irgendwie ist der Name hängengeblieben.«

Obwohl Pixie sich beschissen fühlte, musste sie lachen. »Rühromelett hört sich großartig an.«

Sie arbeiteten Seite an Seite. Pixie schnitt einen langen Stängel nach dem anderen an und arrangierte die Blumen in der Vase. Gleichzeitig konnte sie sich angesichts des Massakers, das Dred in der Küche anrichtete, kaum ein Grinsen verkneifen.

»Was ist eigentlich in der Tüte?«, fragte sie.

Dred drehte sich mit einem Holzlöffel in der Hand zu ihr um. Vielleicht lag es an dem krassen Kontrast zwischen seinen schwarzen Klamotten und dem hellgrünen Küchentresen und den schwarz-weiß karierten Küchenfliesen oder vielleicht war es auch die Tatsache, dass der verchromte Tisch und die rosafarbenen Stühle neben ihm zwergenhaft erschienen, auf jeden Fall musste Pixie laut auflachen.

»Was?«, fragte Dred verwirrt.

»Das«, prustete Pixie und deutete auf ihn und sich selbst. »Das ist irgendwie ...«

»Irgendwie was?« Dred grinste sie an, machte den Gasherd aus und kam auf sie zu.

»Absurd. Schräg. Du machst mir Frühstück. Ich sehe aus wie der lebende Tod. Hier, in dieser Wohnung, die von dem Erlös eines verkauften Jackson Pollocks erworben wurde. Das ist alles zu schräg, um echt zu sein.«

Dred lehnte sich über den Frühstückstresen im 60er-Jahre-Stil, den Lia in einem ehemaligen Diner gefunden hatte. »Nur weil das Ganze schräg ist, bedeutet es nicht, dass es nicht perfekt sein kann.«

Er griff nach der braunen Tüte und holte einen viereckigen Gegenstand aus Holz heraus sowie ein kleines Büchlein, in das vielleicht ein Foto pro Seite passte. »Trent hat mir von deiner künstlerischen Ader erzählt, also habe ich dir auch etwas Praktisches mitgebracht.«

Pixie nahm ihm die Sachen aus der Hand. Es handelte sich um eine Blumenpresse aus Holz, und das Buch dazu war ein Album aus schwerem Halbkarton und Pergamentpapier für die gepressten Blumen. Pixie war zutiefst gerührt, dass er sich so viele Gedanken um ein mögliches Geschenk für sie gemacht hatte.

»Danke, das ist wunderschön.«

Dred streichelte mit seinen schwieligen Fingerspitzen über ihren Handrücken. »Gern geschehen.«

Nachdem sie das Frühstück verschlungen hatten, richtete Dred mit Decken und Kissen ein gemütliches Lager auf der Couch her. Als Pixie Anstalten machte, sich in sicherer Entfernung von Dred auf dem anderen Ende der Couch zusammenzurollen, zog er sie kurzerhand an sich, bis sie mit dem Kopf auf dem Kissen auf seinem Schoß lag.

Dank des strahlenden Sonnenlichts, das durch die Fenster fiel und der frischen Luft, die von der Biscayne Bay hereinwehte, war das Klima in der Wohnung sehr angenehm. Dred fuhr Pixie mit den Fingern durchs Haar, was eine zugleich beruhigende und erregende Wirkung auf sie hatte.

»Ich bin froh, dass ich noch einen Tag länger geblieben bin«, bemerkte er, nachdem sie den dritten Film angeschaut hatten.

»Wahrscheinlich würdest du zu Hause schneller wieder richtig gesund werden.«

»Glaubst du das wirklich, Pix? Ach so, sag mal, wie heißt du eigentlich in echt?«

Pixie wusste nicht, wie sie darauf antworten sollte. Wenn sie jetzt auf ihr früheres Leben zu sprechen kamen, würden sie für den Rest des Tages wahrscheinlich über nichts anderes mehr reden.

»Das ist keine Fangfrage, Pix. Ich bin auch vor meinem damaligen Leben geflüchtet und ich rede auch nicht gern darüber.«

Pixie seufzte. Sie redete nicht gern über das, was geschehen war, auch nicht damals während der Entziehungskur. Wenn sie ihren echten Namen verriet, würde es wie ein Eingeständnis sein, dass sie etwas zu verheimlichen hatte. Und sie war noch nicht bereit dazu, mit Dred über dieses Etwas zu reden. Sie wollte nicht wieder in dieses Gefühl eintauchen, dass sie als junges Mädchen gehabt hatte, diese Angst zu erzählen, was zu Hause vor sich ging. Gleichzeitig wurde ihr bewusst, dass diese alte Angst nach all den Jahren immer noch da war.

Dred warf einen Blick auf sein Handy. »Scheiße. Ich muss los. Mein Flieger geht in ein paar Stunden, und ich muss noch packen.«

Pixie setzte sich auf und streckte sich. »Danke, dass du gekommen bist.«

Dred fasste ihr ans Kinn und schaute ihr gerade in die Augen, ein Blick, der ihre Knie weich werden ließ. »Du schuldest mir immer noch eine richtige Verabredung«, sagte er leise.

Er beugte sich über sie, um sie zu küssen, aber Pixie hielt ihn auf, indem sie ihn wieder zurückdrückte. »Warte. Du steckst dich nur wieder an.«

»Ich würde sagen, ich bin immer noch krank, und selbst wenn nicht, lass ich es drauf ankommen, meine Süße.«

Dred drückte ihr seine weichen warmen Lippen auf den Mund, der Kuss fuhr ihr bis in die Zehenspitzen. Mit beiden Händen umfasste er ihr Gesicht und vergrub die Finger in ihrem Haar. Pixie hatte das Gefühl, von einer reißenden Strömung mitgerissen zu werden. Und als sie dachte, mit den Füßen wieder auf sicherem Boden zu stehen, zog er sie wieder unter Wasser.

Dred stand auf. Er atmete genauso schwer wie sie.

»Komm mich in Toronto besuchen, Pix. Bitte.«

Es wäre dumm und leichtsinnig, Ja zu sagen. So etwas konnte sie momentan gar nicht gebrauchen. Sogar der Kuss hatte sie schon derart an ihre Grenzen gebracht, dass es ihr Angst machte. Er war so kräftig, dass er ihr mit Leichtigkeit etwas antun konnte, und wenn sie in Kanada war, würde sie nicht so schnell von dort fliehen können. Und dann sah sie ihm in die Augen und die Angst, die durch ihren Körper pulsierte, verschwand.

»Wann?«, fragte sie.

*

Dred bekam die Kehrseite einer Last-Minute-Flugumbuchung gerade überdeutlich anhand seiner Sitzplatzzuweisung zu spüren. Zweite Klasse, Mittelplatz. Zu seiner Linken saß ein Volltrottel, der wohl meinte, dass übermäßig viel Aftershave ausreichte, um die Tatsache zu kaschieren, dass er seit einer Woche nicht mehr geduscht hatte. Durch das intensive Parfum bekam Dred furchtbare Kopfschmerzen. Zu seiner Rechten saß eine sehr gut aussehende Frau, die allerdings mindestens in ihren Vierzigern war und ihm munter eindeutige Signale sendete. Früher hätte er möglicherweise einen gemeinsamen Abstecher auf die Flugzeugtoilette vorgeschlagen, von wegen Mile High Club und so. Aber seine Gedanken drehten sich um Pixie.

Das Küssen hatte sich für ihn noch nie so intensiv angefühlt wie mit ihr. Dabei war sie so gar nicht sein Typ. In seinem Handy waren jede Menge Nummern von Supermodels und dem ein oder anderen Playmate eingespeichert. Aber so zierlich wie sie war, als sie sich an dem Abend an ihn geschmiegt hatte, musste er sich schwer zusammenreißen, sie nicht hochzuheben und gegen die Wand zu drücken. Was für ein Federgewicht. Und er verwettete sein gesamtes Geld darauf, dass sie gelenkig war. Als er sich vorstellte, wie sie mit weit gespreizten Beinen vor ihm lag, bekam er eine Erektion.

Das Flugzeug landete und der plötzliche Ruck riss ihn aus seinen Gedanken.

Heilfroh, seine Sitznachbarn endlich loszuwerden, stieg Dred aus dem Flugzeug und machte sich auf die Suche nach einem Taxistand. Hätte er bloß daran gedacht, einen Wagen zu bestellen. Zum Glück ließen ihn die Leute in Toronto größtenteils in Ruhe, das liebte er an dieser Stadt ganz besonders. In L. A. wurden sie von Paparazzi umringt, sobald sie einen Fuß ins Flughafenterminal setzten, aber heute hatte ihn zum Glück niemand belästigt. Der Verkehr auf der 427 und dem Gardiner Expressway war ihm wohlgesonnen, und vierzig Minuten später kam er zu Hause an.

In seinem Zimmer ließ Dred die Taschen auf den Boden fallen, schnappte sich sein Songtextbuch und ging in die

Küche, um sich heißes Wasser zu machen. Die trockene Luft im Flugzeug hatte seine Halsschmerzen wieder verschlimmert. Dann folgte er der Musik, die leise grollend aus dem Aufnahmestudio im Keller drang. Die Schalldämmung hatte sie ein kleines Vermögen gekostet, aber auf diese Weise konnten sie, wann immer sie Lust dazu hatten, einzeln oder auch zusammen Aufnahmen machen, ohne sich Gedanken wegen der Nachbarn machen zu müssen.

»Hey, Mann.« Lennon saß hinter seinem Aufnahmeschlagzeug. Dred nahm seine Lieblings-Fender-Stratocaster von der Halterung. Die schwarz-weiße *Eric Clapton Signature*-Ausführung würde genau den richtigen Klang haben für das, was ihm vorschwebte. »Na, seid ihr schon weitergekommen?«

Er setzte sich auf seinen Stammstuhl und legte das Songbuch auf den kleinen Tisch neben sich.

»Ja, Mann.« Elliott kam dazu. »Und was ist mit dir? Bist du auch weitergekommen?«

Lennon ließ einen Trommelwirbel auf seinen Drums erklingen.

Elliott lachte, und Dred verdrehte die Augen. »Pix kommt mich in einer Woche oder so besuchen.«

»Kein Scheiß? Das ist … außergewöhnlich«, bemerkte Jordan.

»Ja, das ist es«, antwortete Dred.

Er fragte sich, ob er Pixie gegenüber unfair war. Je mehr Zeit er mit ihr verbrachte, desto mehr gefiel sie ihm. Sie war ein von Grund auf fürsorglicher Mensch und lustig, was neu für ihn war. Allerdings war das Timing denkbar schlecht. Aber vielleicht gab es nie das richtige Timing? Es gab nichts daran zu rütteln, dass er seine Karriere mit Vollgas durchziehen wollte, bis er mindestens 35 war. Irgendwann würde er in das wunderschöne Haus ziehen, das er in Rosedale gekauft hatte und das einen atemberaubenden Blick über die Schlucht bot. Natürlich erst, wenn Jordan zurechtkam. Es war wirklich unpraktisch, dass Pixie in Miami lebte, während sich sein Leben zwischen L. A. und Toronto abspielte. Und er außerdem acht Wochen pro Jahr eine Reality-TV-Serie drehte. Und auf Tour war. *Was denke ich mir nur dabei?*

Er überlegte, sie anzurufen und abzusagen, ihr irgendwas von Auftritten in letzter Minute zu erzählen. Angesichts des logistischen Albtraums, der vor ihnen lag, war es wohl das Beste, das Ganze zu beenden, bevor er sich noch mehr in sie verknallte. Aber bei der Vorstellung wurde ihm ganz schlecht.

»Willst du drüber reden?«, fragte Nikan.

Dred schüttelte den Kopf. »Machen wir jetzt einen auf Therapie, oder was soll der Scheiß?«

»Also, wenn das ein Nein ist, sollten wir dir vielleicht zeigen, woran wir heute gearbeitet haben.« Nikan schnallte sich die Gitarre wieder um.

Lennon zählte an und die Gitarren legten los. Ein dichter Sound erklang mit schnell aufeinanderfolgenden Noten. Jordans verzerrter Bass bildete die perfekte Basis für Nikans aggressive Slides.

Es war anders als sonst, hörte sich mehr nach Heavy Rock an als nach echtem Metal. Es gefiel ihm. Sehr. Aber er war sich nicht sicher, was das Plattenlabel dazu sagen würde. Er selbst würde nichts an dem Sound ändern, den seine Brüder im Geiste geschaffen hatten. Nicht mal im Traum. Sie waren sich immer einig gewesen, dass die Musik wichtiger war als der Vertrag. Allerdings benötigten sie Sam, der das Label davon überzeugen musste.

Lyrics schossen ihm durch den Kopf, die er während des Refrains vor sich hin murmelte. Seit ein paar Jahren wartete er schon auf die richtige Musik für einige seiner Texte. Er schnappte sich sein Notizbuch. Jedes Mal, wenn er ein neues anfing, schrieb er diese Texte ganz vorn hinein.

Jedes Mal, wenn er sie las, fühlte er sich in die Nacht zurückversetzt, als seine Mutter vor seinen Augen eine Überdosis genommen hatte. Er konnte immer noch nicht nachvollziehen, wie eine Frau, die intelligent genug war, um ihren Sohn nach einem Prinzen von Tolkien zu benennen, zu einer Überdosis Heroin fähig gewesen war. Sie hatten kein Telefon besessen, und er war auf die Straße gerannt und hatte nach Hilfe gerufen. Sechs Stunden später war er in seiner ersten Pflegefamilie gelandet.

Die Texte aus seinem Büchlein begannen allmählich, wie ein Songtext-Tetris an ihren richtigen Platz zu fallen. Alte Gefühle kamen hoch und schnürten ihm das Herz ein. Er bekam kaum noch Luft. Ihm war auf einmal eiskalt. Bei der Vorstellung, sein intimstes Empfinden der Öffentlichkeit preiszugeben, zitterten ihm die Hände. Jordan würde dafür sicherlich Verständnis haben, ihm war es ähnlich ergangen, als er ihnen die Lyrics zu »Dog Boy« gegeben hatte. Aber auch das würde er überstehen.

Aus diesem Grund musste er sich auf seine Karriere konzentrieren: Er wollte nie wieder erleben, dass es nicht genug zu essen und keinen sicheren Schlafplatz gab. Man hatte ihn seiner Mutter weggenommen, und sie? Hatte einfach weitergemacht, als wenn nichts geschehen wäre, als man ihn zu ihr zurückgebracht hatte. Sie hatte nie besonders glücklich darüber ausgesehen, wenn er wieder zurück war. Wie oft hatte er im Gästezimmer eines Fremden übernachtet und Angst gehabt, dass man ihm wehtun würde, wenn er einschlief, oder dass er seine Mutter nie wiedersehen würde.

Er warf einen Blick auf seine Songtexte und verfluchte sie. Das war der Grund, warum er nicht zulassen konnte, dass Pixie ihn von seinem eingeschlagenen Weg abbrachte, egal wie sehr er sich danach sehnte.

*

»Was hältst du davon?«

Pixie schnäuzte sich die Nase und sah sich dann den bunt gefärbten Seidenstoff an, den Lia ans Fenster hielt. Im Licht veränderte sich die Farbe von einem warmen Rot in ein leuchtendes Orange. Es sah wunderschön aus, aber war nicht ganz das, wonach sie suchte. Dieser Stoffladen erfüllte alle Kriterien zum Einkaufen mit kleinem Budget. Es gab eine Riesenauswahl an preisgünstigen Stoffen, insbesondere die Stoffreste vom Ende der Meterware lohnten sich finanziell, was Pixie sehr entgegenkam, weil sie selten größere Teile benötigte.

»Wunderschön, aber das ist die falsche Farbe für meinen Graphium weiskei.« Sie war immer noch heiser, aber sie konnte es sich nicht erlauben, noch einen Tag im Bett zu verbringen.

Pixie strich über einen nahezu schwarzen Seidenstoff,

der bläulich schimmerte. Der wäre perfekt, falls sie noch mal einen Auftrag für ein Käfer-Kleidchen bekam.

»Deinen WAS?« Lia legte die Stoffrolle zurück auf den Tisch.

»Der Auftrag kommt von einem Schmetterlingssammler für seine Nichte. Ich musste es selbst recherchieren. Die allgemeine Bezeichnung dafür ist Schwalbenschwanz, aber er wird echt sauer, wenn ich den Schmetterling so nenne. Er ist schwarz mit einer Art lila-pinkfarbener und limettengrüner, fast gelber Zeichnung. Das kann ich auf meinem Handy nicht so gut erkennen.«

»Du kennst dich mit echt seltsamen Dingen aus, Pix.« Lia zog ab in die Ecke für Vintage-Stoffe.

Pixie wühlte sich durch reduzierte Stoffreste und fand ein Stück Seidenstoff aus mattem Garn mit lilafarbenen Tupfen, die wie Farbspritzer aussahen. Genau so etwas brauchte sie. Sie legte es in ihren Einkaufskorb. Vielleicht würde sie dieses merkwürdige Grün mit in den schwarzen Tüll für den Unterrock einarbeiten, den sie eine Etage höher zu finden hoffte. Die Treppenstufen nach oben rächten sich, Pixie schnappte nach Luft. *Verdammter Husten.* Nachdem sie den Tüll ausgemessen und ein Verkäufer ihn für sie zurechtgeschnitten hatte, führte sie der nächste Weg in die Garnabteilung. Während sie nach passendem Garn suchte, musste sie an Dred denken, und sie fragte sich, wie es ihm wohl ging. Vielleicht schon besser als ihr?

Sie machte ihr Handy an und las zum wiederholten Mal die Nachricht, die er ihr gestern geschickt hatte.

In zwei Tagen wird's dir besser gehen. In sieben Tagen mir ;-)

Sie wusste immer noch nicht, was sie darauf antworten sollte, und Pixie steckte das Handy wieder in ihre Tasche.

Warum nur hatte sie zugestimmt, nach Toronto zu kommen? Das war so gar nicht ihre Art, aber die Vorstellung, dass er weggehen und sie ihn für eine unbestimmte Zeit nicht wiedersehen würde, war schmerzhaft gewesen. Nicht die Art von Schmerzen, die einen auf die Knie gehen und Tränen vergießen ließen, sondern eher ein tiefer, durchgehender Schmerz, der sich durch ihren Brustkorb zog. Die Antwort auf seine Frage war nur so aus ihr herausgeplatzt, bevor sie es sich vielleicht doch noch überlegte. Sein überraschter Gesichtsausdruck auf ihre Gegenfrage, wann sie denn kommen solle, war das Beste an allem gewesen. Seine graue Rockstar-Attitüde war einem strahlenden Lächeln gewichen. Und genau in den Mann hatte sie sich verliebt.

Pixie legte eine Rolle mit schwarzem Garn in ihren Korb, und da sie gesehen hatte, dass es drei für den Preis von zwei gab, fügte sie noch eine Rolle mit marineblauem und weißem Garn hinzu.

»Guck mal, was ich gefunden habe.« Lia reichte ihr einen Chiffonstoff mit Leopardenmuster. »Daraus könntest du was richtig Süßes nähen.«

Beim Anblick des Stoffs wurde ihr schlagartig schlecht. Er erinnerte sie an das Tuch mit Leopardenmuster, das ihr Stiefvater immer an dem Wandhaken im Wohnwagen hängen hatte und das sie von dort aus verhöhnte. Er hatte immer darauf gewartet, dass ihre Mutter den Rausch irgendeiner Droge ausschlief, die er ihr regelmäßig besorgte, um dann das Tuch vom Haken zu holen und Pixie damit die Hände zu fesseln. Sie war wieder 14 Jahre alt und saß auf dem silberfarbenen Küchenhocker mit dem zerschlissenen roten Sitzpolster. Sie versuchte, sich zu befreien, und rief nach ihrer Mutter. Lässigen Schrittes ging er daraufhin zu ihrer Mutter und legte seine Hände um ihren Hals.

»Willst du, dass ich zudrücke, oder hältst du endlich deine verdammte Schnauze?«

Sofort hörte sie auf zu schreien und saß ruhig auf dem Hocker, ganz das brave Mädchen. Arnie ging um sie herum, um ihr die Hände hinterm Rücken zu fesseln.

Pixie versuchte, die Erinnerung wieder loszuwerden und sich auf den schweren Einkaufskorb in ihren Händen zu konzentrieren, auf Lias sorgloses Geplapper, auf die farbenfrohen Garnrollen. Aber es klappte nicht, ein Strudel an Erinnerungen riss sie mit sich. Zum Beispiel, wie dringend sie hatte pinkeln müssen und wie unangenehm sich die Tränen und der Rotz anfühlten, die ihr übers Gesicht liefen.

Sie war erleichtert gewesen, als Arnie ins Badezimmer gegangen und mit Toilettenpapier wieder herausgekommen war. Sanft hatte er ihr Gesicht abgewischt und das Papier dann in der Küche entsorgt. Auch jetzt noch konnte sie nicht nachvollziehen, warum er so bedacht gewesen war, dieses kleine bisschen Müll zu entsorgen, obwohl sich seit vier Tagen das Geschirr neben der Spüle türmte und Fliegen in der für Florida typischen Hitze anzog.

Pixie blickte wieder auf den Stoff.

»Pix …« Lia kam auf sie zu, unter ihren Schritten knarzte der alte Holzboden, ein Geräusch, das sich anhörte wie seine Schritte, wenn er im Wohnwagen auf sie zukam. Ihr wurde wieder übel, als Finger aus der Vergangenheit über ihr Kinn strichen, und sie erinnerte sich, wie sie ihre Mutter rief, die immer noch bewusstlos dalag. *Wach auf. Bitte, Mommy, wach auf.*

Aber sie wachte nicht auf. Nicht, als sie schrie, und auch nicht, als sich seine Finger an den Knöpfen ihres Sommerkleids zu schaffen machten, das ihre Mutter mit dem gesparten Trinkgeld aus dem Diner gekauft hatte.

»Dann schauen wir doch mal, was du die ganze Zeit darunter versteckst.«

»Alles in Ordnung, Pix?« Lias Stimme holte sie wieder in die Gegenwart.

Pixie legte den Stoff wieder auf den Zuschneidetisch. »Entschuldige, mir geht's immer noch nicht so gut«, sagte sie und hustete, um glaubwürdiger zu erscheinen.

Sie verließen das Geschäft und machten auf dem Weg nach Hause einen Zwischenstopp im Supermarkt, da Lia am Abend unbedingt für beide kochen wollte, was darin resultierte, dass sie ein vorgebratenes Hähnchen mit Fertigsalaten als Beilage besorgte. Diese Routine-Tätigkeiten bewirkten, dass die Gänsehaut, die Pixie beim Anblick des Stoffs bekommen hatte, wieder verschwand. Außerdem war es einfach unmöglich, in Lias Nähe schlecht drauf zu bleiben.

»Erinnerst du dich, dass der Backofen noch jungfräulich war, als ich eingezogen bin?«, fragte Pixie Lia, während sie in der Schlange vor der Kasse standen.

Lia kicherte. »Der war super zur Bananenaufbewahrung. In meiner allerersten Wohnung, also bevor meine Oma mir mit der Eigentumswohnung geholfen hat, war der Backofen im Sommer der ideale Platz für meine Pullover. Ich hatte dadurch mehr Stauraum.«

Sie drangen allmählich zur Kasse vor. Am Zeitschriftenregal versuchte Pixie, ihr Lieblingsmagazin für Inneneinrichtung auszumachen. Ihr Blick wanderte über die Klatschhefte. Wer las so was überhaupt? Wer glaubte wirklich, dass Elvis noch lebte, und zwar in keinem anderen Ort als Ohio? Die nächste Schlagzeile erregte ihre Aufmerksamkeit:

DRED ZANDERS MIAMI VICE.

Auch wenn das Foto sehr pixelig war, konnte man deutlich erkennen, dass Dred eine Frau eng an sich gezogen hatte, er sie am Po packte und ihr einen Kuss verpasste, bei dem jede Frau schwach wurde.

Als Pixie das Heft öffnete, zitterten ihre Hände.

Bei dieser Frau handelt es sich mutmaßlich um eine Mitarbeiterin des Co-Jurors Trent Andrews, der in Zanders Reality Show mitwirkt.

Pixie versteckte sich ja nicht im eigentlichen Sinn vor ihrer Vergangenheit. Nicht wie Harper früher. Pixie war zuletzt die Angreiferin gewesen, nicht das Opfer, egal wie oft ihr Betreuer ihr schon gesagt hatte, dass das nicht stimmte. Aber es war auch egal, wie man es bezeichnete, die Tatsachen blieben die gleichen. Sie hatte einen Mann umgebracht. Während sie den Artikel zu Ende las, wurde ihr bei der Erinnerung an den Abend schwindelig. Das grelle Licht im Supermarkt verschlimmerte die Kopfschmerzen, die sie latent sowieso schon hatte. Sie hatte seitdem den Kontakt zu Menschen aus ihrer Vergangenheit vermieden, aber der Artikel gab insgesamt genug von ihr preis, dass genau dies wieder geschehen konnte. Ihr Stiefvater hatte genauso viel Schuld an dem, was geschehen war, und sie konnte nur hoffen, dass die völlig aus dem Ruder gelaufene Situation ihn davon abhalten würde, jemals zur Polizei zu gehen. Sie wünschte sich nichts mehr, als ihn nie mehr wiederzusehen.

Pixie überflog noch einmal den Artikel und ihr Herz blieb fast stehen. Sie wurde zwar nicht namentlich erwähnt, aber was bedeutete das schon, wenn trotz schlechter Auflösung der Fotos deutlich zu erkennen war, dass die Frau mit den pinkfarbenen Haaren, die Dred Zander auf den Ritt ihres Lebens mitnahm, sie war.

Kapitel 5

Dred ging durch das Aufnahmestudio im Untergeschoss zu der Ecke, wo er, Nikan und Elliott all ihre Gitarren aufbewahrten. Jordan weigerte sich, zusätzlich zur Bassgitarre, die Maisey ihm gekauft hatte, eine andere Gitarre zu besitzen. Was dazu geführt hatte, dass Dred eine Auswahl an Bassgitarren hatte, die er Jordan auslieh.

Dred legte seine Gitarre auf die Bank, auf der er immer seine Gitarren stimmte, und stimmte die Saiten systematisch einen halben Ton tiefer. Schon seit Jahren verwendete er am liebsten die E-Flat-Methode. Es war angenehmer für die Finger – nicht dass er eine Pussy war –, und wenn es für Slash gut genug war, war es das für ihn allemal.

Er drückte auf eine Taste an seinem Laptop und es erklang eine Stimmnote. Eigentlich konnte er die richtige Tonart auch so finden, oder er konnte ein Clip-on-Stimmgerät nutzen, aber das Stimmen seiner Gitarre war für ihn ein genauso natürlicher Vorgang wie seine Atmung. Wenn er damit beschäftigt war, bedeutete das außerdem, dass er nicht darüber nachdenken musste, warum Pixie sich nicht zurückgemeldet hatte.

Zwischen ihnen knisterte es, davon war er überzeugt.

Den Kuss, den sie während des Konzerts ausgetauscht hatten, hatte er sich in seinem Kopf wieder und wieder vorgespielt, und als er am Sonntagmorgen im Bett lag, hatte er sich heiße Szenen ausgemalt, in denen sie unglaublichen Sex hatten, und sich dazu einen runtergeholt. Ein noch vages Gefühl übermannte ihn, dass es hier vielleicht um mehr ging, als jemanden rumzukriegen und ein paar heiße Nächte mit Liebesspielen im Bett miteinander zu verbringen. Und auch wenn sie eigentlich nicht in seine Zukunftspläne passte, gefiel ihm die Vorstellung, einen Rückzieher zu machen, gar nicht.

Und schon dachte er wieder an sie. Er hatte seine Gitarre schon so oft gestimmt, dass es ihm nicht viel Konzentration abverlangte, und nach wenigen Minuten war er fertig.

Der Geruch von frischem Kaffee zog durch das Studio. Nikan war also schon wach. Dred stellte seine Gitarre zurück in den Ständer und ging in die Küche.

»Guten Morgen«, begrüßte er Nikan, der auf einem der sechs Küchenhocker am Frühstückstresen saß.

»Hast du meine mitgestimmt, wenn du schon mal dabei warst?« Nikan sah von seinem Laptop hoch.

»Nee.« Dred lachte und goss sich eine Tasse Kaffee ein. »Such dir 'nen anderen Sklaven. Stör ich dich?«

»Ich hab letzte Nacht hier dran gearbeitet.« Nikan drückte ein paar Tasten. Lange E-Gitarren-Riffs und harmonisierte Gitarren dröhnten durch die Küche.

Dred schloss die Augen und ließ sich von der Musik einnehmen. Das war gut. Das war gänsehautmäßig gut. Er begann mitzusummen. Es gab Tage, da hörte er sich an, als würde er in einer fremden Sprache singen, wenn er versuchte, ein Gefühl für neue Songs zu bekommen, die sie geschrieben hatten. Aber dieser Song war sofort greifbar für ihn.

»Echt geiler Scheiß.«

Dred öffnete die Augen und sah, dass Elliott hinter Nikan stand und sich über ihn beugte. »Elliott hat recht«, pflichtete Dred ihm bei. »Lasst uns daran arbeiten, wenn wir runtergehen.«

Lennon ging grinsend an ihnen vorbei, gefolgt von einer Frau, bei der nur noch die großen Engelsflügel fehlten, um wie ein Victoria's Secrets Model auszusehen. Ach, scheiß auf die Flügel. Die würden nur die Sicht auf den hammergeilen Arsch versperren, der in diesem figurbetonten Bandage-Kleid wunderbar zur Geltung kam.

Die Haustür schloss sich wieder, und Lennon schlenderte zurück in die Küche.

»Du Glückspilz, du.« Elliott schlug ihm im Vorbeigehen kameradschaftlich auf die Schulter.

Lennon öffnete den Kühlschrank und holte Saft heraus. »Sie macht der Turbosaugkraft von Dyson-Staubsaugern alle Ehre. Mehr sag ich dazu nicht.«

»Und wiehern kann sie wie ein Pferd«, fügte Jordan hinzu, der gerade in die Küche trat. »Ich konnte sie bis zum Ende vom Flur hören.«

»Sie hat nicht gewiehert.« Lennon musste lachen.

»Sorry, dann warst du das wohl, während dein Schwanz abgesaugt wurde.«

Dred verschluckte sich an seinem Kaffee und die Jungs brachen in schallendes Gelächter aus. Sie hatten einen guten Tag im Studio in Aussicht.

»Wo wir schon mal beim Thema Schwanzabsaugen sind, wird deiner denn am Wochenende ordentlich bearbeitet?«, fragte Lennon ihn neugierig.

»Jetzt mal im Ernst. Frag ich dich, was du so treibst und mit wem?« Dred schüttelte den Kopf.

»War ja nur 'ne Frage. Mich interessiert vor allem, wie Pix mit dem Coverbild vom Magazin klarkommt, das ist alles.«

Dred knallte seine Kaffeetasse auf den Tresen. Bitte. Nicht. Nicht schon wieder so ein beschissenes Klatschblatt.

»Hast du es noch gar nicht gesehen?« Lennon zog Nikans Laptop zu sich und rief die Webseite auf.

Verdammte Scheiße. Das Foto war der Hammer. Pixie sah unglaublich heiß aus in diesem kurzen schwarzen Kleidchen. Genauso sexy, wie er sie in Erinnerung hatte. Gott sei Dank hatte er seinen Impuls unterdrückt und hatte sie nicht hochgehoben und gegen die Wand gedrückt. Sein Schwanz zuckte allerdings bei der Vorstellung.

Er überflog den Artikel. Sie wussten zwar ihren Namen nicht, aber sehr wohl um die Verbindung mit Trent – so ein Mist. Second Circle wurde erwähnt. Dred griff nach dem Anker, der an dem Lederband um seinen Hals hing, und spielte daran herum. Maisey hatte das Amulett für ihn gekauft. Sie war der Meinung gewesen, dass es ihm half, ein Symbol zu tragen, an dem er sich festhalten konnte, um seine Wut in den Griff zu bekommen und in Wohlgefallen aufzulösen, ein Symbol, das ihn wieder runterbrachte, wenn er in die Luft gehen und jemandem die Fresse polieren wollte.

»So ein Scheiß.«

Pixie war bestimmt sauer, wahrscheinlich hatte sie ihm deswegen nicht geantwortet. Ein weiterer Grund, warum es eine dumme Idee war, sie zu umgarnen. Was für ein Mann ließ es auf so etwas ankommen, nur um vielleicht ein paar Wochen Spaß zu haben?

Er holte sein Handy aus der Hosentasche, rannte die Stufen zu seinem Zimmer hoch und knallte die Tür so laut zu, dass die Bilder an den Wänden bebten.

Dred suchte Pixies Nummer heraus und wollte gerade wählen, als er zufällig einen Blick in den Spiegel warf. Hitzige Augen sahen ihm entgegen, er war kurz davor durchzudrehen, und das wegen eines beschissenen Artikels. Er hatte immer unter Jähzorn gelitten. Als er in die Pflegefamilie gekommen war, hatten die Psychologen, die ihn betreuten, gesagt, dass seine Kindheit schuld daran war. Was auch immer es war, er musste sein Leben lang gegen seine Wutausbrüche ankämpfen, eine ermüdende Angelegenheit.

Dred ging zum Fenster und öffnete es, bevor er sich aufs Sofa setzte. Es wurde auf einmal sehr kalt im Zimmer. Blöder April. Sollte es nicht langsam Frühling werden? Schneeflocken wehten hinein, landeten auf dem Dielenboden, wo sie zu kleinen Wassertropfen zerschmolzen. Mit den Augen verfolgte er die herumwirbelnden Flocken, die willkürlich immer wieder die Richtung wechselten. Ähnlich erging es ihm mit seinen Gefühlen für Pixie.

Er rief sie an. Es war fast zehn. Vielleicht war sie schon im Studio.

»Hallo?«

Dred fuhr sich mit den Händen nervös durchs Haar und wusste nicht so recht, was er sagen sollte. »Hallo, Süße. Ich musste an dich denken.«

Es folgte Schweigen, was selten etwas Gutes bedeutete.

»Ach ja?« Pixie hörte sich so unsicher an, wie er sich fühlte, aber eines war sicher: Er wurde wieder ruhiger und kam runter, während er mit ihr sprach.

»Ich hab nichts von dir gehört. Und ich habe mich gefragt, ob ich in den Genuss kommen werde, am Wochenende dein hübsches Gesicht anschauen zu dürfen. Und ob du das Coverbild von Richter Magazine gesehen hast.«

»Einen Moment noch.« Er hörte, wie sie etwas murmelte und sich eine Tür schloss. »Ja, hab ich gesehen.«

»Es tut mir so leid. Ich hab's gerade erst erfahren ... Geht's dir gut damit?«

Eine weitere Schneeflocke wirbelte durchs Fenster und kam langsam zur Ruhe, so wie sein Herzschlag. Diesem Anblick wohnte eine besondere Schönheit inne, und Dred wünschte sich, er hätte sein Songbook dabei. Die Flocke würde kaum länger als ein paar Sekunden in der Wärme überleben.

Er wartete auf ein Zeichen von Pixie, dass die Sache zwischen ihnen, was auch immer es war, widerstandsfähiger als diese Flocke war.

*

Pixie schloss die Eingangstür zum Studio und setzte sich auf die schmale Fensterbank vor das große Fenster, in dem das runde *Second-Circle-Tattoos*-Logo prangte, ein Herz, das in der Mitte von einem Tornado zerrissen wurde.

Seit gestern hatte sie viel über diese Frage nachgedacht. Sie hatte jede einzelne Zeile des Artikels wieder und wieder gelesen, und ja, vor ihrer Familie wollte sie ihren Aufenthaltsort geheim halten, aber ihr war auch irgendwann bewusst geworden, dass sie es gar nicht so schlimm fand, mit Dred in Verbindung gebracht zu werden.

Es war wenig hilfreich, dass sie nicht wusste, ob ihre Mutter und ihr Stiefvater lebten oder tot waren. Aber sie hatte Trent nie verheimlicht, wer sie war. Auf ihrer Gehaltsabrechnung stand ihr echter Name, Sarah-Jane Travers. Alle Ämter wussten, wo sie war. Das Finanzamt, das Verkehrsamt, verdammt, sogar ihre Bank. Sie hatte schon lange keine Angst mehr davor, dass die Polizei auf einmal vor ihrer Tür stehen könnte.

War es also schlimm, dass es ein Foto von ihr in wilder Umarmung mit einem Rockstar gab? »Diese Art von Publicity habe ich wirklich nicht gewollt.«

Dred schnaufte. »Ich auch nicht. Musik war und ist meine Art zu fliehen. Etwas anderes könnte ich mir gar nicht vorstellen. Aber mich regt es auf, dass mein Leben auf den Covern von Magazinen landet.«

Sie spürte, wie frustriert er darüber war. »Ich finde das völlig absurd, Dred. Und mir gefällt die Vorstellung nicht, als Schlagzeile auf irgendeiner ersten Seite zu landen, aber ich komme damit zurecht.«

Sie hörte Dred langsam ausatmen.

»Es tut mir leid, was passiert ist, Pix. Eigentlich waren wir nur umgeben von Familie oder Freunden. Ich habe keine Ahnung, wer dieses Bild gemacht hat.«

»Meinst du, es könnte Viggo gewesen sein?« Pixie schüttelte sich, wenn sie daran dachte, wie der Kerl mit ihr umgegangen war.

»Ich habe keine Ahnung, aber ich werde unseren Manager bitten, dass er den Chef der Security in der Arena kontaktiert, um herauszufinden, wer uns verraten hat. Vielleicht gibt es Filmaufnahmen oder so. Ich werde da nachhaken, das verspreche ich dir.«

»Ich glaub dir ja. Und wenn wir schon mal dabei sind, uns zu entschuldigen, dann schulde ich dir noch eine Entschuldigung.« Das war nur fair.

»Ach ja? Warum denn, meine Süße?« Seine Stimme klang jetzt unbeschwerter. Fröhlicher als noch während der ersten Hälfte des Gesprächs.

»Ich habe mich davor gedrückt, dich anzurufen.« Sie stockte.

»Ich weiß. Willst du mir erklären, warum?«

Ach, nee. Nicht wirklich. »Du machst mir ein bisschen Angst«, flüsterte sie. Pixie stand auf und begann, auf dem Bürgersteig hin und her zu laufen. Durchs Schaufenster konnte sie sehen, dass Eric gerade seinen Arbeitsplatz vorbereitete. Verdammt. Das war ihre Aufgabe. Sie hörte, wie Dred am anderen Ende der Leitung herumrumorte.

»Also, das war sicherlich nicht meine Absicht«, antwortete er. »Sagst du mir, warum?«

Cujo und Drea kamen Arm in Arm auf sie zu, wobei Cujos Arm locker auf Dreas Schulter lag. Drea hielt die Hand, die von ihrer Schulter herunterhing. Sie lächelten, als sie an Pixie vorbeigingen. Wenn sie die zwei so zusammen sah, wurde ihr ganz warm ums Herz, und kurz stellte sie sich vor, wie Dred und sie so herumschlenderten.

Sie deutete Cujo mit ihren fünf ausgestreckten Fingern an, dass sie bald reingehen würde. Cujo lächelte, bevor er Drea einen ausgiebigen Abschiedskuss gab. Drea musste weiter zum José's, dem Café, in dem sie als Geschäftsführerin arbeitete, und Cujo sah ihr hinterher, bis sie um die Ecke verschwunden war.

Sie hatten eine leidenschaftliche Liebesbeziehung. Mentos und Coca Cola, eine explosive Angelegenheit, so hatte Cujo das mal beschrieben, aber es war viel mehr als das. War es denn falsch, dass sie, trotz allem, was sie erlebt hatte, ein bisschen von dieser Liebe, die einen innerlich verzehrte, selbst erfahren wollte?

»Weil ich nicht weiß, was du von mir willst.« Es war die Wahrheit. Und sie wurde noch verrückt, weil sie es nicht wusste. »Beziehungen sind nicht meine Stärke. Und gelegentlicher Sex ist nicht so mein Ding.« Eine starke Untertreibung.

Vielleicht war es gut, dass er so weit weg war, so konnten sie sich langsam besser kennenlernen.

»Du bist wie eine Schneeflocke«, sagte Dred schließlich.

»Eine was?«

Dred lachte ein bisschen. »Eine Schneeflocke. Ich weiß nicht, was wir zwei miteinander haben, Pix. Ich werde auch nicht schlau daraus, aber als ich mich hingesetzt habe, um dich anzurufen, habe ich diese Schneeflocken beobachtet, die durchs Fenster reinwirbelten. Die waren so weiß und so rein, und die Vorstellung, eine von ihnen anzufassen und sie zum Schmelzen zu bringen, das passte so perfekt zusammen. Auf der anderen Seite war die Vorstellung, sie durchs Schmelzen für immer auszulöschen, nicht so toll.«

»Ich weiß nicht, ob ich dir folgen kann«, flüsterte Pixie.

»Ich wünsche mir so sehr, dass du für mich dahinschmilzt, dass es schon fast weh tut. Aber ich will auch, dass du so perfekt bleibst, wie du bist, wenn ich von dir weggehe. Ich habe Angst, dass ich schlecht für dich sein könnte, Pix.«

Sie spürte, dass seine Worte von Herzen kamen, und sie begriff, dass es an ihr war, den nächsten Schritt zu tun. »Ich entscheide mich für Dahinschmelzen«, sagt sie leise, auch wenn das Unausgesprochene zwischen den Zeilen ihr eine Heidenangst machte.

»Dann komm zu mir«, beschwichtigte er sie. »Ich muss dich sehen. Und auch wenn ich unbedingt deine Haut spüren möchte, falls du dafür noch etwas mehr Zeit brauchst, dann bekomme ich auch das hin.«

Bei der Vorstellung, Dred nackt zu sehen, loderte das Verlangen in ihr hoch. »Ich habe Samstag Spätdienst, aber ich könnte Sonntagmorgen den ersten Flug nehmen.«

»Ich buche dir ein Ticket, sobald wir aufgelegt haben.«

»Nein«, antwortete sie. »Ich bin nicht darauf angewiesen, dass du es für mich kaufst.«

»Das weiß ich doch, aber lass es mich bitte tun. Für Rockstars ist das so was wie Pralinen, die man der Liebsten schenkt.«

»Na gut, aber nur, dass du es weißt, so wird das nicht immer laufen.« Es gab absolut keinen Grund, dass er Geld für sie ausgab, wenn sie eigenes Erspartes hatte.

»In Ordnung, Schneeflöckchen. Wir sehen uns Sonntag.«

Schneeflöckchen. Das gefiel ihr. »Bis dann, Dred.«

Pixie legte auf und lächelte. Ihr Magen zog sich vor Aufregung und Angst zusammen. Was in Anbetracht der Umstände nachvollziehbar war.

Mit einem idiotischen Lächeln auf den Lippen wollte sie sich gerade umdrehen und zurück ins Studio gehen, als sie aus den Augenwinkeln eine Bewegung wahrnahm. Sie blieb stehen und bemerkte einen Mann, der gerade die Straßenseite wechselte. Er hielt den Kopf gesenkt, drehte sich in die andere Richtung und ging auf die Kreuzung zu. Sie sah nur noch seinen Rücken. Kurz hörte ihr Herz auf zu schlagen, es sank ihr fast in die Hose und schlug dann umso schneller weiter. Was, wenn es Arnie war? Pixie schüttelte den Kopf. Der Mann war dicker als Arnie und hatte weniger Haare auf dem Kopf. Er war zwar ähnlich gekleidet, humpelte aber im Gegensatz zu Arnie. Außerhalb ihrer Albträume hatte sie ihn das letzte Mal vor Jahren gesehen. Der Mann wandte sich genau in dem Moment nach ihr um, als ein Lieferwagen die Straße entlangraste und ihr die Sicht nahm.

Als der Lieferwagen vorbei und die Straße wieder frei war, war der Mann nicht mehr zu sehen.

*

»Ich habe also keine Wahl?« Dred ließ die Augen über den Runyan Canyon schweifen. Das Haus in L. A. versprühte die Wärme und Persönlichkeit einer U-Bahn-Station. Aber die Aussicht und die Wanderwege, die sich um das Haus herumschlängelten, suchten ihresgleichen. In L.A war diese Art von Schmuckstück rar gesät und in der Regel außerdem umgeben von Kommerzkultur und aufgeblasenen Egos.

»Wir haben ein Anwaltsschreiben mit der Aufforderung bekommen, dass du dich einem Vaterschaftstest unterziehen musst. Wenn du sofort antwortest, verzichtet die Mutter darauf, an die Öffentlichkeit zu gehen.« Sam saß in einem burgunderroten Anzug auf dem weißen Ledersofa. Er ließ den einzigen Eiswürfel in seinem Single-Malt-Whiskey kreisen und sah dabei aus wie ein Statist bei Mad Men.

»Ich denk drüber nach«, sagte Dred und entfernte sich von den zimmerhohen Fenstern.

»Du kannst so viel darüber nachdenken, wie du willst, sie hat Fotos von der Nacht. Kompromittierende Fotos. Nicht genug Material für ein Sex-Tape, aber man sieht deutlich, dass ihr zwei es miteinander treibt.«

»Scheiße.« Dred drückte seine Stirn gegen die Fensterscheibe. Das war das Allerletzte, was er momentan gebrauchen konnte. Er und Vater. Beim Sex ging er immer auf Nummer sicher. Mit Blick auf seine eigene Kindheit hatte er es immer für eine schlechte Idee gehalten, selbst Kinder zu bekommen. Nach bestem Wissen und Gewissen konnte er kein Kind in die Welt setzen und ihm den Vater aufhalsen, der er sein würde. Es verging kein Tag, an dem er sich nicht abmühte, seinen Jähzorn unter Kontrolle zu halten, und ein Kind würde diese Problematik nur verschlimmern.

Dred hatte nicht vor, einen auf *Der Kindergarten Daddy* zu machen und sich seine Karrierepläne durchkreuzen zu lassen. Sieben Jahre noch wollte er schreiben, auftreten, investieren und sparen. Er würde nicht kürzertreten, bis er für den Rest seines Lebens wunschlos glücklich war. Erinnerungen an seine Kindheit trieben ihn dazu an. Zum Beispiel wie er im Winter mit Sneakers durch tiefen Schnee zur Schule stapfte, weil seine Mutter nie Geld für Stiefel gehabt hatte.

»Hör mal, Dred, das tut mir echt leid. Aber bei dem Rockstarleben, das ihr euch leistet, können diese Dinge …«

»Ach, halt die Schnauze, Sam.« Dred konnte auf die Moralpredigt verzichten. »Ich geh jetzt duschen und mach mich fertig für den Quatsch heute Abend.«

Er ging durch sein Zimmer in sein privates Badezimmer. Die Dusche hatte unendlich viele Einstellmöglichkeiten, aber er benutzte immer die gleiche. Heiß. So heiß, wie seine Haut den Spaß mitmachte.

Er zog sich aus und stellte sich unter den dampfenden Duschstrahl. Warum mussten sie ausgerechnet zu einer Preisverleihung in der Popsparte? Wieder eine von Sams verfehlten Publicity-Maßnahmen, damit die Öffentlichkeit sie auf dem Schirm hatte? Ihre Anwesenheit bei dieser Art von Events trug sicherlich nicht dazu bei, ihnen eine noch größere Fanbase zu bescheren.

Dred wusch sich die Haare. Sie waren ja nicht mal nominiert, warum verzichteten sie also auf eineinhalb wertvolle Aufnahmetage, um mit Hotelübernachtung dahin ausgeflogen zu werden? Sie waren in letzter Zeit für jede Menge Blödsinn gebucht, der nichts mit ihnen oder ihrer Musik zu tun hatte. Er musste mit den Jungs reden. Vielleicht war Sam ja das Problem und nicht das Label. Denn es war doch eigentlich seine Aufgabe, dafür zu sorgen, dass sie mit so etwas nichts am Hut hatten? Sam hatte sich als Manager in vielen Dingen bewährt und hatte ihrer Karriere zu einem Start verholfen, aber in anderen Dingen … na ja.

Als Dred sich das Shampoo aus dem Haar spülte, dachte er über die Menschen nach, die er beim Label kennengelernt hatte. Was war eigentlich daraus geworden, dass man von einer Band nur erwartet, auf der Bühne krass abzurocken? Heutzutage spielte sich alles in den sozialen Medien und im Rahmen von werbewirksamen, aufgeblasenen Events ab, die ihn fertigmachten. Er legte seine Hand dafür ins Feuer, dass man ihn heute Abend neben eine Pop-Diva platzierte, die Promotion für ihr neues Album machte. Spätestens morgen würde man sie dann in irgendeiner Klatschpresse als neues, wenn auch etwas eigenartiges Promipaar herausstellen. So lief das jedes Mal.

Normalerweise würde er diesen Scheiß als zu verkraftende Unannehmlichkeit verbuchen. *Und seien wir mal ehrlich, die Hälfte der Geschichten mit irgendwelchen Popprinzessinnen stimmte, wenn auch nur für eine Nacht.* Sie nutzten zu gern die Gelegenheit, mit einem tätowierten Rocker ins Bett zu hüpfen, um ihr weichpoliertes Image etwas kantiger zu machen, und er hatte sich bisher nur zu gern bereit erklärt, das ein oder andere Krönchen zu beflecken. Aber wenn Pixie morgen noch mehr Fotos in irgendwelchen Klatschblättern zu sehen bekam, würde sie wohl richtig sauer werden. Die Paparazzi hatten ein unfehlbares Timing sowie Gespür dafür, eine unschuldige Begrüßung wie eine heiße Affäre aussehen zu lassen.

Pixie zuliebe wollte er das jetzt vermeiden. Er selbst hatte sich über die Jahre hinweg ein dickes Fell zugelegt. Ellen verglich ihn in der Hinsicht sogar mit einem Nashorn. Pixies Haut hingegen war immer noch zart, blass und mit tätowierten Blumen verziert. Sein Schwanz zuckte bei der Erinnerung an ihre weiche Haut unter seinen schwieligen Fingerspitzen.

Das Gefühl gefiel ihm und er ließ seine Gedanken weiter zu ihrem Kuss abschweifen und wie sich ihr Hintern angefühlt hatte, als er zugepackt hatte. Fest und rund, trotz ihrer zierlichen Statur. Solange sie noch nicht wussten, was genau zwischen ihnen lief, wollte er sich nicht mit anderen Frauen treffen. Für einen Kerl mit seinem sexuellen Appetit war das eine verdammt lange Zeit.

Er nahm seinen Schwanz in die Hand und begann, sich einen runterzuholen, während er mehr Bilder von ihrer gemeinsamen Zeit hochbeschwor. Von den hüpfenden Brüsten unter ihrem Oberteil, das leise Stöhnen, wenn er sie küsste, und von ihrem schwarzen Slip, der zu erahnen gewesen war, als sie sich neben ihn auf den Hotelbalkon gesetzt hatte. Wer brauchte schon Pornos, wenn er solche Momentaufnahmen von Pixie hatte. Seine Fantasie ging mit ihm durch, und auf einmal lag sie nackt vor ihm auf dem Bauch, der kecke Arsch war in die Luft gereckt und die Wölbung ihres Rückens unfassbar sexy.

Mit der einen Hand knetete Dred seine Eier, mit der anderen vollführte er immer schnellere Auf- und Ab-Bewegungen. Er stöhnte, als das Kribbeln auf seinem Rücken immer stärker wurde. Ja, so war's gut.

Er stellte sich vor, wie er ihre Beine spreizte, seine Hände über ihre Schenkel glitten und er in sie eindrang. Sie würde so nass sein, nur für ihn, und er würde sie, allein schon durch seine Größe, vollständig einnehmen. Der Film vor seinem geistigen Auge ging weiter. Pixie sah ihn an und kam, ihr Gesicht sah dabei wunderschön aus. In Gedanken nahm er sie immer schneller, immer härter, bis auch er kam.

Dred brauchte einen Moment, um wieder klarzukommen. Masturbieren hatte sich schon lange nicht mehr so gut angefühlt. Wenn Pixie doch nur wirklich bei ihm wäre. Er wollte mit ihr reden, um herauszufinden, ob es ihr ähnlich erging, ob sie sich auch so nach ihm sehnte.

Dred nahm sich vor, sie anzurufen, sobald er mit Duschen fertig war. Hoffentlich war das Studio schon geschlossen, denn für das, was er ihr sagen wollte, sollte sie besser allein sein.

Und er hatte nicht vor, es ihr leicht zu machen.

*

»Ich mach den Rest allein. Ihr solltet jetzt wirklich gehen.« Pixie schob Trent und Harper vor sich her und zur Hintertür raus. Trent war nach reiflicher Überlegung zu dem Entschluss gekommen, den Laden von Montag bis Mittwoch früher zu schließen, um dafür an den Wochenenden länger auf zu haben.

»Ich will dich nicht allein mit all dem lassen, Pix. Ich mach nur …«

Pixie unterbrach Trent. »Nichts da. Nein. Niente. Ich bin's leid, dass ihr die ganze Zeit vor meinen Augen herumturtelt. Wir haben Feierabend. Ich brauche maximal zehn Minuten, um den Laden dichtzumachen. Geht einfach, bitte.«

Harper umarmte sie. »Danke, Pix.«

Trent verdrehte die Augen, worauf Pixie laut auflachte. Sie scheuchte ihn raus.

»Hab noch einen schönen Abend, Pix. Wir sehen uns morgen.«

Die Hintertür des Studios fiel zu. Schnell änderte sie die Musikauswahl, und jetzt erklang Sarah Brightmans »Think of me« aus Phantom der Oper aus den Lautsprechern. Zum Glück war Trent immer sehr ordentlich an seinem Arbeitsplatz, und Lia hatte ihren sauber gemacht, bevor sie nach Hause gegangen war, Pixie brauchte also nicht lang, um alles herzurichten. Als Pixie alle Tätowierstationen desinfiziert hatte, hatte sie Feierabend.

Sie gähnte. Was für ein langer Tag. Und was für ein aufregender Tag. Die E-Tickets für ihren Flug nach Kanada waren angekommen. Trent hatte ihr angeboten, einen zusätzlichen Tag frei zu nehmen, aber ihr reichte die Zeit bis Montag, um herauszufinden, was es mit ihren Gefühlen auf sich hatte. Sie wartete noch darauf, dass der Computer herunterfuhr, da summte ihr Handy.

Geh irgendwo hin, wo du allein bist.

Dred.

Pixie sah sich im Studio um und entschied sich für das Büro. Kurz darauf klingelte ihr Handy, und sie öffnete den Video-Chat.

»Hey, Schneeflöckchen.«

Ach, du Heiliger. So viel zum Thema Anständigsein. Dred war nackt. Nun, zumindest der Teil von ihm, den sie sehen konnte. Er saß an einem Tisch oder Schreibtisch in einem strahlend hellen Zimmer. Seine nassen Haare waren zurückgekämmt und gaben den Blick auf einen Dreitagebart frei. Wasser tropfte an ihm herunter, wie an dem ersten Tag, als sie ihn im Hotel gesehen hatte.

»Hi.« Ihre Stimme überschlug sich, und sie räusperte sich, weil sich ihr Hals auf einmal trockener als die Sahara anfühlte. »Wie geht es dir?«

Dreds Lächeln ging ihr durch Mark und Bein. »Besser, jetzt wo ich mit dir sprechen kann. Wie war dein Tag?«

Nicht mal ansatzweise spannend. »Vor der Arbeit war ich

beim Yoga. Dann bin ich hierhergekommen. Nichts Besonderes. Und du?«

»Das brauchst du gar nicht so runterzuspielen. Ich finde die Vorstellung, dir beim Yoga zuzuschauen, sehr erregend. Wie gelenkig bist du denn?«, neckte er sie.

»Sehr.« Als sie auf Entzug gewesen war, war Hot Yoga ihre Rettung gewesen. Es hatte ihr geholfen, sich abzulenken, wenn sie es kaum noch aushielt.

Dred war auf einmal nicht mehr zu sehen und kehrte mit einer Flasche Bier in der Hand wieder zurück ins Bild. »Möchtest du ein Spiel mit mir spielen, Pix?« Er warf den Kopf in den Nacken und nahm einen Schluck Bier.

»Was denn für ein Spiel?« Wenn er sie jetzt aufforderte, sich auszuziehen, bis sie ganz nackt war, dann war ihre Antwort ein ganz klares Nein. Weil, ja, sie war auf der Arbeit … und für so etwas war sie wirklich noch nicht zu haben.

»Ich möchte mehr über dich erfahren. Lass uns ein Austauschspiel machen. Ich frage dich etwas, und wenn du etwas darauf antwortest, muss ich auch auf deine Frage antworten.«

Dred stellte die Flasche Bier außerhalb des Bildes wieder ab und fuhr sich mit der Hand durch das lange dunkle Haar, das langsam anfing zu trocknen und locker über seine Schultern fiel. Seine braunen Augen waren nicht mit schwarzem Eyeliner geschminkt, den er für Live-Auftritte auftrug, und blickten sie aufmerksam an.

»Na gut. Fang du an«, bot sie ihm an.

»Okay, was Einfaches. Dein Lieblingsfilm?«

»Oh, das ist einfach. *Meine Lieder – Meine Träume* und *Der Zauberer von Oz*. Deiner?«

»*Die Verurteilten.* Jetzt du.« Dred verschränkte die Hände hinter seinem Kopf, spannte seinen Bizeps an und brachte seine muskelbepackten Schultern zur Geltung. Alter Schwede! Sie schloss kurz die Augen.

Dann blickte sie ihn wieder an und versuchte, sein Grinsen zu ignorieren. »An welchem Ort würdest du am liebsten Urlaub machen?«

Dred schwieg gedankenverloren. »Ich würde gern in den Alpen skifahren gehen. Oder durch Australien reisen. Das Land wirklich kennenlernen und nicht nur durchtouren. Wo würdest du gern hin?«

»Einfache Antwort. Ich würde mir gern Londons West End oder den Broadway anschauen. Ich würde mir so viele Shows angucken wie nur möglich.«

»Es scheint da einen roten Faden zu geben. Okay. Themenwechsel. Was gefällt dir an deinem Körper am besten?«

Pixie kniff die Augen zusammen. Ihr war nicht ganz klar, was er damit bezweckte, und zögerte, aber ein kleiner Teil von ihr war neugierig.

»Hey, ich will von dir nichts anderes als Worte, Schneeflöckchen. Dein liebstes Körperteil?«

Im Geist scannte Pixie ihren Körper ab und wägte ab, welche Stellen wohl besonders reizvoll waren, kritisierte und verwarf, bis sie sich festlegte. »Ich weiß nicht. Vielleicht meine Arme. Ich habe sehr schmale Handgelenke.«

»Kein Kommentar. Noch nicht. An meinem Körper gefallen mir meine Finger am besten. Ohne sie könnte ich weder Klavier noch Gitarre spielen. Jetzt musst du die letzte Frage andersherum stellen.«

»Was mag ich an meinem Körper am wenigsten?«, fragte Pixie.

Dred lachte laut. »So meinte ich das nicht. Was gefällt dir an meinem Körper am besten?«

»Ernsthaft?«

Dred zog die Augenbrauen hoch und nickte.

»Na gut. Was gefällt dir an meinem Körper am besten?«

»Wo fang ich bloß an?« Dred setzte sich auf und beugte sich in Richtung Bildschirm. »Ganz ehrlich, Pix. Du hast die ausdrucksstärksten Augen, die ich jemals gesehen habe. Als ich dich an dem Tag, an dem ich gehen musste, geküsst habe, ging mir dein Blick bis ins Knochenmark. Das war die ehrlichste Gefühlsregung, die ich jemals gesehen habe. Ich möchte mich in deinen Augen verlieren.«

Pixie schlug die Hand vor den Mund. Dreds Intensität überwältigte sie.

Er ließ sich wieder zurückfallen. »Und was gefällt dir an mir am besten?«, frage er grinsend.

Nicht mal die David-Statue von Michelangelo kam an Dred heran. Aber sie wollte das Spiel mitmachen. Dank der vielen Meilen, die zwischen ihnen lagen, traute sie sich, mit ihm zu flirten.

»Wenn du mich weiter so anschaust, Pix, steig ich in den nächsten Flieger nach Miami«, sagte er mit leiser und heiserer Stimme.

»Wäre das denn so schlimm?«, neckte sie ihn.

»Ganz bestimmt nicht. Dir ist schon bewusst, dass du nur Ja sagen musst, oder?«

»Ich komme doch schon in vier Tagen. Dreieinhalb Tage, um genau zu sein.«

»Ich meine nicht den Flug. Ich meine, dass wir unser Gespräch auf einer ganz anderen Ebene weiterführen könnten.«

Es klopfte laut an der Tür und Dred wendete den Kopf nach rechts.

»Die Limousine fährt in fünfzehn Minuten los«, sagte jemand im Hintergrund.

»Schön«, blaffte er den unsichtbaren Menschen an. »Scheiß Timing. Ich muss los, entschuldige, Schneeflöckchen.«

Pixie atmete laut aus. Die Anspannung löste sich wieder und sie verspürte Erleichterung, dass ihre Unterhaltung doch nicht weitergegangen war. »Limousine hört sich nobel an. Wohin geht es denn?«, fragte sie in der Hoffnung, ihn von ihrem Frage- und Antwortspiel abzulenken.

»Ach, zu irgend so 'ner kommerziellen Preisverleihungsscheiße in L. A. Vielleicht kannst du mich nächstes Mal begleiten? Dann langweile ich mich dort wenigstens nicht zu Tode.«

»Das ist heute Abend? Oh, mein Gott. Ich wollte eigentlich jetzt gleich nach Hause fahren, um mir das anzuschauen.«

»Vergeude bloß nicht deine Zeit damit. Fahr nach Hause und mach dir Gedanken darüber, ob du dich auf diese Art von Austausch einlassen kannst. Und ich werde den Abend damit verbringen, darüber nachzudenken, was ich dir alles sagen werde, wenn dem so ist.« Er zwinkerte ihr noch zu, dann legte er auf.

Verdammt. Wo sie doch heißgelaufen und ganz schön geil auf ihn geworden war. In gewisser Weise war es gut, dass er nicht hier war, denn die Versuchung, diesen einen Schritt weiterzugehen, war enorm.

Und wenn sie wirklich weitergingen, dann würde Dred schnell herausfinden, wie verkorkst sie in sexueller Hinsicht war.

Kapitel 6

»Also, noch mal von vorn. Eins ... zwei ... drei ... vier ...«

Dred las die Texte aus seinem Schreibblock ab. Irgendwas stimmte nicht mit dem Ende der ersten Strophe. Er sang holprig, der Text kam nicht rund über die Lippen. Sie spielten eine rohe, eine unperfekte Version des Songs. Hier ein paar falsche Noten, dort ein verfehlter Einsatz. Der C-Part war perfekt, der Refrain geradezu hymnisch. Nikan hielt sich mit seiner Vorliebe zum Improvisieren zurück, bis der Song ganz fertig war.

Zum Glück war Donnerstag, *endlich*, das bedeutete, dass sie ein paar Tage zu Hause verbringen konnten. Sie hatten darauf bestanden, dass Sam die Flüge umbuchte, damit sie mit einem Privatjet direkt nach der Preisverleihung nachts nach Hause fliegen konnten, anstatt später mit einer normalen Fluggesellschaft zu fliegen.

Sie waren schon seit Stunden zugange, langsam bekamen alle Hunger, eine Pause stand an.

Jordan und Elliott saßen auf ihren Hockern, nur Nikan stand, wie eigentlich immer. Der Kerl war einfach nicht totzukriegen.

»Was meint ihr?«, fragte Nikan.

»Das klingt irgendwie besser ohne das Gitarrensolo, auch wenn ich dabei großen Spaß hatte«, fing Elliott an.

»Die letzte Zeile in der ersten Strophe funktioniert noch nicht, aber das kann ich später noch ändern.« Dred öffnete eine Wasserflasche und nahm einen Schluck.

»Aber das ist nicht fürs Album, oder?« Sam gesellte sich zu ihnen ins Studio. Damals schien es eine gute Idee gewesen zu sein, ihm den Schlüssel zu geben. Wenn sie nicht da waren, konnte er ins Haus und nach dem Rechten sehen. Als sie das Haus gekauft hatten, hatte Sam angedeutet, dass er mit einziehen wollte, aber die fünf Jungs verband etwas, das Sam niemals verstehen würde. Und einige der Dinge, mit denen sie fertigwerden mussten, wenn sie die Tür zur Welt hinter sich schlossen, waren einfach nicht für andere gedacht.

»Warum? Was ist damit nicht in Ordnung?«, fragte Dred.

»Das ist zu Led-Zeppelin-mäßig, zu viel früher Metal. Nicht *progressiv* genug.« Auch Sam holte sich eine Flasche Wasser aus dem kleinen Kühlschrank. »Ihr müsst auf das letzte Album aufbauen. Es muss härter, dunkler sein.«

»Was hast du denn erwartet? Vielleicht ein bisschen Thrash Metal?« Dred hämmerte das Intro eines Songs von Sodom in die Saiten.

Nikan stimmte spaßeshalber mit ein.

»Das reicht!«, schrie Sam, um die Gitarren zu übertönen.

Dred und Nikan spielten noch bis zum Ende der nächsten Strophe.

»Ich will damit nur sagen, dass ihr eine Fangemeinde habt, die euch für euren Nu Metal und Funkmetal verehrt.« Sam lehnte sich gegen den Tresen. »Das hier hört sich mehr nach Heavy Rock an.«

Dred stand auf und stellte seine Gitarre ab. »Und wenn schon? Wir haben Lust auf diesen Sound. Und auch wenn wir früher andere Songs geschrieben haben – die entsprechen einfach nicht mehr dem, wie wir heute fühlen.« So war es wirklich. Sie hatten alle Therapie gemacht, als sie zusammen in der Pflegefamilie gelebt hatten. Dafür hatte Maisey schon gesorgt. Sie hatten als Kinder Schwierigkeiten meistern müssen, die sie zu denen gemacht hatten, die sie heute waren. Aber die Wunden waren so tief, schmerzten so sehr. Einge der Songs, die sie früher geschrieben hatten, kamen aus einem Ort in ihnen, der so dunkel war, dass sie diese Songs nicht spielen konnten, ohne wieder in diese Zeit zurücktransportiert zu werden, die keiner von ihnen jemals wieder erleben wollte.

»Ich gebe nur meine Meinung kund«, erwiderte Sam eingeschnappt. »Als euer Manager darf ich das doch noch, oder?«

»Jetzt komm mal wieder runter, Sam.« Nikan klopfte ihm auf die Schulter. »Du kannst uns immer sagen, was du denkst, trotzdem sind immer noch wir diejenigen, die die Musik schreiben und spielen.«

Lennon hüpfte hinter seinem Schlagzeug hervor. »Ich muss unbedingt pinkeln, dann essen. In der Reihenfolge.«

Die Jungs verteilten sich in alle Himmelsrichtungen, bis nur noch Dred und Jordan übrig waren.

»Hast du dir eigentlich Gedanken zum DNA-Test gemacht?«, fragte Jordan, während er den Bass zurück in Dreds Halterung steckte.

»Ich kann es immer noch nicht fassen. Vielleicht verschließe ich auch die Augen vor der Wahrheit.« Auch Dred stellte seine Gitarre weg. »Ich mach immer was drauf. Die Welt ist grausam, wenn ich wirklich einer von einer Million bin, wo das Gummi versagt.«

Noch ein Grund, warum er sich die Sache mit Pixie genau überlegen sollte. Er wollte mit Pixie nicht darüber reden müssen. Nein, er musste weiter hoffen, dass er nicht der Vater war und dass es sich um einen üblen Scherz handelte, um Geld von ihm zu erpressen. Er lachte in sich hinein.

»Was ist denn so lustig?«, fragte Jordan.

»Ich hab gerade überlegt, wie gut es wäre, wenn das hier ein abgekartetes Spiel wäre, um Geld von mir zu erpressen; das wäre wirklich die bessere Option.«

»Du sitzt ganz schön in der Klemme«, kommentierte Jordan und lehnte sich auf seinem Hocker zurück. »Aber du weißt schon, was du zu tun hast, wenn es wahr ist, oder?«

»Jordan, ich kann über so was nicht ...«

»Ich diskutiere nicht mit dir. Ich stelle fest. Sollte es wirklich dein Kind sein, dann bist du ihm einen besseren Start ins Leben schuldig, als wir einen hatten.«

Dred griff nach seinem Anker. Nahm einen tiefen Atemzug, oder vielleicht auch mehrere. »Was wäre ich denn für ein Vater? Meine Mutter ist an einer Überdosis in meinen Armen gestorben, und ich habe nichts unternommen, um ihr zu helfen. Ich kann nicht ... ich kann nicht ...« Dred schloss die Augen und drückte seinen Anker. Er dachte an den Tag, an dem sie ihren Plattenvertrag bekommen hatten. Als Schecter sich als Sponsor für die Tour angeboten hatte. An ihre erste Wohnung mit zwei Schlafzimmern auf der Danforth. An Pixie, die ihn Backstage küsste. Wie sie ihn während des Kusses anschaute. An die guten Dinge in seinem Leben. Seine Atmung normalisierte sich langsam wieder, auch sein Herz schlug wieder langsamer.

»Ich habe keine Ahnung, wo ich anfangen soll«, sagte er schließlich ruhig. »Ich war nicht in der Lage, für meine Mutter zu sorgen. Wie soll ich denn bloß für ein Kind sorgen?«

Jordan stand auf und stellt sich vor Dred. »Du wirst es nicht in ein Zimmer sperren, wo es erfrieren und verhungern wird. Du bist kein Junkie, der nur an seinen nächsten Rausch denkt. Du wirst es nicht verlassen, wenn du Probleme hast, die du nicht bewältigen kannst. Du wirst dir nicht vor deinem Kind die Handgelenke aufschlitzen. Und du wirst dein Kind ganz bestimmt nicht in einer Pflegefamilie zurücklassen ... nein, das wirst du nicht. Und wir werden das auch nicht zulassen.«

Jordan boxte ihn freundschaftlich gegen den Arm, dann verließ er das Studio.

Dass sie alle am Leben waren, war reine Glückssache, und irgendwie funktionierten sie als erwachsene Menschen. Jordan hatte recht.

Dred ging zurück zum Gitarrenständer und schnappte sich seine Lieblingsakustikgitarre. Weder Hersteller noch Modell standen darauf. Er war sich nicht einmal sicher, ob es sich um eine handgemachte Gitarre handelte. Dred erinnerte sich noch genau an den Tag, an dem er von der Schule nach Hause gekommen war und die Gitarre in seinem Zimmer auf dem Bett gelegen hatte. Es war ein Geschenk von Maisey gewesen. Misstrauisch hatte ihn das gemacht, denn er hatte noch nie etwas geschenkt bekommen. Weder an Weihnachten noch zu seinem Geburtstag und schon gar nicht Mitte Mai, einfach so.

Die Gitarre war gestimmt und er schlug die ersten Noten von Red Hot Chili Peppers »Under the Bridge« an. Der Text dazu hatte ihn schon zu Zeiten angesprochen, als noch kein anderer zu ihm durchdrang.

Und was war er überhaupt für einer, dass er darüber nachdachte, besser nicht herauszufinden, ob er der Vater des Babys war oder nicht? *So ein Scheiß.* Auch seitdem er den Namen der Mutter wusste, konnte er sich nicht daran erinnern, um welche der namen- und gesichtslosen Frauen, mit denen er im letzten Jahr Sex gehabt hatte, es sich handelte. Und dann war da Pixie, dieses süße, engelsgleiche Wesen. Sie hatte einen besseren Mann verdient. Vielleicht sollte er ihren Besuch doch absagen.

Ach, wem wollte er eigentlich etwas vormachen? Natürlich würden sie sich dieses Wochenende sehen, und egal wie geil er auf sie sein würde, er würde seinen Schwanz schön in Schach halten.

Und dann war Rückzug angesagt.

*

Pixie bremste, stieg an der Rückseite des Studios von ihrem Rad und setzte den Helm ab. Sie hatte noch eineinhalb Stunden, bis der Laden aufmachte, und eine Menge Arbeit, die auf sie wartete. Sie schloss das Rad an das Stahlgitter an und ging im Kopf schon mal durch, was sie alles zu erledigen hatte, bevor die anderen kamen.

Mit dem Helm in der Hand ging sie zur Tür und schloss eins nach dem anderen alle drei Schlösser auf. Warme Luft kam ihr entgegen, als sie die Tür öffnete.

Auf einmal wurde sie von hinten in den Flur Richtung Küche gestoßen. Die Tür des Studios knallte zu. Geistesgegenwärtig zog Pixie ihr Handy hervor. Sie schaffte es noch, die 911 zu tippen, aber bevor sie die Wählen-Taste drücken konnte, erschien der Angreifer in ihrem Blickfeld.

»An deiner Stelle würde ich das nicht tun, Sarah-Jane. Mach den Alarm aus.«

Arnie. Er war hier. Im Laden. Ihr Finger schwebte noch über der 1. Das Alarmsignal piepte weiter. Das war ihr Selbsterhaltungstrieb. »Was willst du hier?« Sie blickte kurz in Richtung Überwachungskameras, die die Jungs hatten anbringen lassen, nachdem Trents Verlobte Harper entführt worden war.

»Mach den Scheißalarm endlich aus«, wiederholte er.

Sollte sie wirklich? Oder doch lieber die Polizei dadurch alarmieren?

»Schalt ihn aus, Sarah-Jane. Denk daran, dass ich nicht unbedingt dir wehtue, wenn du nicht tust, was ich dir sage.«

Ihre Mutter. Er drohte ihr immer mit ihrer Mutter. Der Mutter, die immer für ihn Partei ergriffen hatte. Ein Teil von ihr wünschte sich, dass es sie nicht scherte.

Dann beeilte sie sich, den Entsicherungscode in die Alarmanlage einzugeben. Daneben hing das Foto vom Tag der Eröffnung des Studios, auf dem sie zu viert abgebildet waren, denn Eric war erst später dazugekommen. Sie hatte so viel Mühe in ihren Entzug und die Arbeit hier gesteckt, das würde sie sich nicht wieder durch Arnie und seine Drohungen kaputt machen lassen, oh nein.

»So ist es besser. Jetzt sag doch mal, bist du nicht froh,

deinen Vater wiederzusehen?« Arnie lächelte sie anzüglich an.

»Du warst nie ein Vater für mich.« Jetzt wurde ihr bewusst, dass sie tatsächlich Arnie gesehen hatte, als sie vor dem Laden mit Dred telefonierte. Er hatte etwas zugenommen, war aber für seine 46 Jahre immer noch fit. Das Haar wurde schütterer, seine Haut sah trocken aus und beißender Zigarettenqualm lag in der Luft.

»Ach, Sarah-Jane. Das ist doch alles Vergangenheit, denn wir zwei, wir werden uns jetzt wieder annähern.«

Arnie ging an ihr vorbei, ins Studio hinein, und dabei fiel ihr das Hinken wieder auf. »Du hast es zu etwas gebracht, Sarah. Super Job bei einem Fernsehstar.« Er begann, Dinge vom Empfangstresen zu nehmen, sie genau zu inspizieren und sie wieder zurückzustellen. Er hatte sie immer warten lassen. Und nichts gesagt. Alles in ihr wollte wie ein Pawlow'scher Hund darauf reagieren, ihr Gehirn und ihr Körper reagierten wie früher auf seine Signale. Pixie wünschte sich nichts mehr, als diesen Kreislauf zu durchbrechen, aber sie wusste genau, was passieren würde, wenn sie es versuchte.

Er setzte sich auf einen der Stühle und drückte auf die Armlehnen, als wollte er die Stabilität des Stuhls testen.

»Ich habe mich gefragt, wie gut es dir hier wohl geht?«

»Das geht dich nichts an«, zischte sie.

»Oh doch. Was meinst du, wie überrascht ich war, als ich dich auf dem Cover eines Magazins gesehen habe, das meine Freundin mit nach Hause gebracht hat.«

»Deine Freundin? Was ist mit Mom?«, fragte sie unüberlegt.

Er stand auf und stapfte mit drohendem Blick auf sie zu. »Ich rede jetzt. Du hast wohl vergessen, wie du dich mir gegenüber zu benehmen hast. Brauchst du eine Gedächtnishilfe?«

Pixie schüttelte den Kopf.

Arnie sah Richtung Zimmerdecke und suchte sie mit den Augen ab, bis er die dort angebrachte schwarze Kuppe fand. Er stellte sich links von ihr hin und drehte der Kamera den Rücken zu.

»Und dann erfahre ich, dass sie nicht nur für einen Fernsehstar in seinem Tattooladen arbeitet, und das nur ein paar Stunden von zu Hause entfernt, nein, sie vögelt auch noch einen stinkreichen Kerl.« Die letzten Worte spuckte er buchstäblich aus.

Mit seinem Finger glitt er über ihr Kinn, bevor er es festhielt. »Es ist mehr als offensichtlich, wie du es dir leisten kannst, in diesem Luxusbau zu leben.«

Er weiß, wo ich lebe. »Was … was willst du?«

»Was ich will, Sarah-Jane?«, fragte er mit besorgniserregend ruhiger Stimme. »Ich will wissen, wie viel dir das alles hier wert ist?«

»Mir wert ist? Was soll das heißen?« Pixie befreite sich aus seinem Griff, aber Arnie beugte sich über sie und packte sie am Nackenhaar, wie er es früher immer gemacht hatte.

»Wie viel ist dir dein Leben hier wert, dass ich es dir nicht ruiniere? Ich könnte Fotos von dir publik machen, auf denen du völlig high bist. Wie du auf dem Hocker sitzt, ganz das brave Mädchen, nur für mich. Willst du, dass ich denen erzähle, was für Drogen du genommen hast?«

Bei der Vorstellung wurde ihr schlecht. »Alle hier wissen, dass ich süchtig war. An dem Tag, als sie mich gefunden haben, war ich schon auf Entzug.«

»Hast du ihnen auch erzählt, warum? Hast du ihnen erzählt, was du gemacht hast, um dir die Drogen zu verdienen? Hast du ihnen gesagt, warum du sie gebraucht hast?«

»Habe ich ihnen erzählt, dass du mir gedroht hast, meine Mutter umzubringen, wenn sie geschlafen hat? Habe ich ihnen erzählt, wie oft du ihr ein Messer an den Hals gehalten hast, wenn sie drauf war, oder deine Hände um ihren Hals gelegt hast, wenn sie ausgeknockt war?«

Arnie lachte. »Im Ernst, das redest du dir immer wieder ein, damit du nachts besser schlafen kannst, nicht wahr? Ich habe Fotos, die eine ganze andere Version erzählen und dich als billiges Flittchen zeigen, nicht mich als Bösewicht. Und ich kann sehr überzeugend sein.«

Tränen brannten in ihren Augen, aber sie schluckte sie herunter. »Und was willst du jetzt?«, fragte sie. Arnie fuhr mit dem Finger über ihren Arm und ihr lief es kalt den Rücken runter.

»Wir werden wieder Freunde sein«, antwortete er und betrachtete ihren Mund ganz genau. Dann sah er ihr in die Augen. »Wir sehen uns bald wieder, Sarah-Jane.«

Seine Schritte entfernten sich und die Tür zum Studio fiel ins Schloss.

Pixie musste sich an die Wand lehnen und atmete heftig aus. So in etwa musste sich Dorothy fühlen, wenn der Tornado sie mit in die Luft wirbelte, außer dass Pixie nicht in Oz gelandet war, sondern in ihrer ganz eigenen Hölle. Sie ließ sich an der Wand heruntergleiten, bis sie mit ihrem Hintern auf dem Boden landete. Sie versuchte, einen klaren Gedanken zu fassen.

Pixie atmete tief ein und aus, um sich wieder zu beruhigen. »Es geht dir gut«, rief sie laut in den Raum und war froh, dass noch niemand da war, »wirklich gut. Alles in bester Ordnung.«

Ihr erster Impuls war, nach Hause zu laufen und sich eine Woche in ihrem Bett zu verstecken; der wich dann aber wieder praktischeren Überlegungen. Arnie wollte sie einschüchtern. Er hatte ihr sogar gedroht. Auf den tonlosen Aufzeichnungen der Überwachungskamera würde man nichts anderes zu sehen bekommen als einen Mann, der mit dem Rücken zur Kamera stand, und etwas, das aussah wie das Aufeinandertreffen von Vater und Tochter, auch wenn Pixie nicht sehr glücklich darüber wirkte. Es würde Aussage gegen Aussage stehen, und da hatte sie schon einmal den Kürzeren gezogen.

Pixie stand auf, hob ihren Fahrradhelm vom Boden und hängte ihn an den Haken, den Cujo extra für sie in die Wand gebohrt hatte. Sie fragte sich, was er wohl von ihr halten würde, wenn er über ihre ganze Vergangenheit Bescheid wüsste. Arnie hatte sie zwar nie vergewaltigt, aber er hatte sie benutzt, sie angefasst, und sie hatte immer noch panische Angst vor ihm.

Ihr Stiefvater hatte irgendwann angefangen, ihr was von den Drogen zu geben, mit denen er dealte, damit sie aufhörte, immer so auszuflippen. Pixie hatte alles genommen, was er ihr gegeben hatte, um der Realität zu entfliehen. Opiate, Beruhigungsmittel, starke Schmerzmittel. Um die

Angst nicht zu spüren und das Gefühl, wertlos und allein zu sein.

Wenn du ihr was sagst, bring ich sie um. Wenn du irgendwem was sagst, bring ich sie um. Wenn du Widerstand leistest, bring ich sie um. Wenn du sie verlässt, bring ich sie um.

Als junges Mädchen hatte sie getan, was sie tun musste, denn sie hatte seine Drohungen für bare Münze genommen. Die Mutter, die sie gekannt hatte, bevor Arnie in ihr Leben getreten war, entfernte sich immer mehr von ihr. Die Sonntagmorgen, an denen sie zusammen alte Filme guckten, waren vorbei, oder die gemeinsamen Abende, die sie damit verbrachten, sich die Soundtracks alter Musicals anzuhören. Geld, um ins Kino zu gehen, hatten sie nie gehabt, dafür schauten sie sich Musical-Ausschnitte auf dem Handy ihrer Mutter an und dachten sich die Geschichten dazu aus.

Für Pixie war es nur eine Frage der Zeit gewesen, bis Arnies voyeuristische Tendenzen und anzügliche Berührungen in Schlimmeres ausarten würden, und sie hatte ihre Mutter immer wieder angefleht, ihn zu verlassen. Sie brachte ihre Mutter sogar dazu, die erforderlichen Papiere zu unterzeichnen, damit sie mit sechzehn von der Schule gehen und arbeiten konnte und damit zum Lebensunterhalt beitrug. Nichts half. Sie schlug vor, in eine andere Stadt oder einen anderen Bundesstaat zu ziehen, aber ihre Mutter wollte bei ihrem Stiefvater bleiben. Auf seine Weise bestritt er seinen Unterhalt, beteiligte er sich an den Kosten für den Wohnwagen. Und er sorgte für Nachschub, um ihre Sucht zu stillen.

Pixie hatte immer Angst gehabt, ihrer Mutter die ganze

Wahrheit zu sagen, weil sie Arnies Drohungen Glauben schenkte.

Bis zu dieser einen Nacht.

*

Zwei harmlos aussehende, steril verpackte Päckchen lagen auf dem Küchentresen. Für Dred hatten sie allerdings die gleiche Wirkung wie Atombomben. Er wollte sie nicht anfassen, er wollte sie nicht öffnen, und noch weniger wollte er die Anleitungen befolgen, die ihm die Frau im marineblauen Hosenanzug neben ihm gab.

Er hatte eine Stunde vor ihrem Besuch nichts mehr gegessen, getrunken und auch kein Kaugummi gekaut. Zum Glück gab es so was wie Hausbesuche. *Diskretion* war das A und O in seinem Leben.

»Und wenn Sie dann bitte das Päckchen öffnen und einen Abstrich Ihrer linken Wange machen könnten, Mister Zander«, redete die Frau ihm mit munterer Stimme gut zu.

Dred nahm das erste Päckchen und zerriss die Verpackung. Er steckte sich das Ende des Tupfers in den Mund, strich damit nach Anleitung über die Innenseite seiner Wange, hoch und runter.

»Sie machen das prima, Mister Zander. Nur noch ein paar Sekunden.«

Zumindest tat es nicht weh. Er wiederholte das Ganze einige Male und streckte der Frau dann den Tupfer entgegen. Sie nahm ihn und steckte ihn zwischen zwei Schaumpolster, an denen eine Karte befestigt war. Dred konnte sich gerade noch zurückhalten, ihr das Ding wieder aus der Hand zu reißen, um es in Brand zu setzen. Wo war Elliott, wenn man ihn brauchte? Der würde das Ding in Nullkommanichts abfackeln.

Aber warum löste das Ganze eine derartige Panik in ihm aus? Es konnte unmöglich sein, dass er der Vater des Babys war. »Gut, und jetzt die rechte Wange.« Die Frau reichte ihm das andere Päckchen.

Dred wiederholte die Prozedur, hoch und runter, und dachte dabei an das Baby im St. Joseph's Krankenhaus. Zumindest in einer Hinsicht hatte Jordan recht. Wenn er tatsächlich der Vater des Kindes war, dann musste er mehr über die Mutter seines Kindes erfahren. Was für ein Mensch war sie? Würde sie eine gute Mutter sein? Wenn sie das Kind behalten wollte, würde er auf jeden Fall dafür sorgen, dass sie immer genug hatte, damit sie und ihre gemeinsame Tochter das bestmögliche Leben führen konnten. Aber wenn nicht, dann ... Bei dem Gedanken fuhr es ihm kalt den Rücken runter. Wenn sie keine gute Mutter war, dann konnte sie sich auf einen erbitterten Kampf gefasst machen, denn eher würde die Hölle zufrieren, als dass er jemals zuließ, dass seine Kinder die gleiche Kindheit erleben mussten wie er. Allerdings hatte er keinen Plan, was er dagegen tun konnte. Er war nicht dazu in der Lage, ein Kind großzuziehen. Und wenn die Mutter das Kind behalten wollte, konnte er sie auch nicht dazu zwingen, es zur Adoption freizugeben. Außerdem hatte Lennon am eigenen Leib erfahren, dass auch Kinder, die von reichen Eltern adoptiert wurden, nicht unbedingt ein glückliches Leben erwartete.

Dred reichte der Frau den zweiten Tupfer. Er hatte tatsächlich vergessen, wie sie hieß.

»Danke, Mister Zander. Würden Sie bitte noch das hier unterschreiben?« Sie reichte ihm einen Kuli und er kritzelte seine Unterschrift auf das Blatt.

»Perfekt. In ungefähr fünf Werktagen werden wir die Ergebnisse für Sie haben.«

Sie verabschiedeten sich voneinander und Dred begleitete sie hinaus.

Er schloss die Tür hinter ihr und spielte an seinem Anker herum. Ein Kind. Er, Vater. Das konnte einfach nicht wahr sein.

Er eilte hinunter ins Studio und begann, eine Melodie in sein Songbuch zu schreiben, die ihm schon länger durch den Kopf schwirrte. Diese Melodie klang so ganz anders als alles, was er jemals zuvor geschrieben oder gesungen hatte, und sie blockierte ihn in seinem kreativen Output. Einen langsamen Rhythmus hatte er im Ohr. Langsamer als Lou Reeds »Perfect Day«. Seelenvoller. Verdammt, kam da gerade etwa ein Gospelsong aus ihm raus? Wie dem auch sei, er musste raus, und solange das nicht passierte, kam er mit den anderen Songs nicht weiter.

Seine Jungs kamen nach und nach ins Studio, als Letzer erschien Sam. Nikan stellte eine braune Papiertüte auf einen kleinen Tisch neben ihn. Darin befanden sich zweifelsohne Nanaimo Bars, seine Lieblingsbrownies. Dred holte einen heraus und biss ab. Cracker-Stückchen, Schokolade und Buttercreme mit Vanillegeschmack. So einfach, und doch so köstlich.

»Also, Jungs. Kurzes Finanz-Update.« Sam stellte seine Kaffeetasse auf dem Klavier ab, die Dred auf der Stelle wieder entfernte. »Super Verkaufszahlen im ersten Quartal. Die

Box mit den ersten drei Alben plus Bonusmaterial war an Weihnachten ein absoluter Verkaufsschlager und hat unsere Zahlen im Januar nach oben katapultiert.«

»Auch die Zahlen zum restlichen Back-Katalog sind dadurch in die Höhe geschnellt«, machte Sam ohne Punkt und Komma weiter.

Na ja, zumindest waren das gute Nachrichten. Dred hatte die Schnauze gestrichen voll von Sams »Das ist nicht genug«-Gemecker, das er kontinuierlich vom Stapel ließ. Immerhin war die CD-Box Dreds Idee gewesen. Und wenn sie 24 Stunden am Tag schufteten, ihr Manager wäre immer noch nicht zufrieden.

Dred sah sich um. Lennon wechselte gerade ein Becken an seinen Drums aus. Elliott hatte Kopfhörer auf und hörte sich etwas auf seinem Laptop an. Nikan hockte auf einem Hocker und schlug mit den Fingern einen Takt auf seine Lehne, und Jordan kniete auf dem Boden und fummelte an einem der Verstärker herum. Keiner hörte Sam mehr zu. Zum ersten Mal hatte er den Eindruck, dass die Band ihrem Manager möglicherweise über den Kopf wuchs.

»Sam, hast du etwas gehört, wer auf dem Konzert in Miami das Foto von mir und Pixie gemacht haben könnte?«, fragte Dred.

»Nein, hab ich nicht. Ich werd da noch mal nachhaken. Gut. Ach so, Samstag macht ein neuer Metal-Radiosender im Distillery District auf. Dred, ich habe denen zugesagt, dass du und Lennon Sonntagnachmittag vorbeikommen würdet.«

»Das wird nicht möglich sein«, entgegnete Dred. »Pix wird den ganzen Tag da sein. Ich habe ihr gesagt, dass ich Sonntag nichts vorhabe.«

»Genau so was hab ich gemeint, als wir letztens im Flieger über stärkeres Engagement geredet haben. Ihr solltet jede Gelegenheit für Publicity nutzen.« Sam stand auf und schlug mit der Hand aufs Klavier.

»Aber was denn für Publicity? Der Radiosender ist ganz neu. Die haben nicht mal eine breite Stammhörerschaft. Und was soll das überhaupt mit diesen ganzen Last-Minute-Aktionen? Das ist in nicht mal achtundvierzig Stunden. Es steht bestimmt schon seit Monaten fest, wann die auf Sendung gehen, und wir als vermutlich bekannteste Band der Stadt wären ein Glückstreffer für die. Was soll also der Scheiß mit unserer Flexibilität?« Dred stand auch auf. »Wie wär's, wenn wir uns mal über dich und deine Scheißplanung unterhalten?«

»Dred, du weißt doch wohl am besten, dass jede Art von Publicity gute Publicity ist. Wenn dir das alles so wichtig ist, wie du sagst, dann wirst du Zeit finden, dahin zu gehen.«

Auch Nikan stand auf.

Warum standen auf einmal alle auf?

»Ich geh an seiner Stelle«, sagte Nikan. »Mir macht das nichts. Aber sag denen Bescheid.«

»Na gut. Aber nur, damit das klar ist, ihr mit eurem Mist, von wegen ›In der Band sind alle gleich‹ –, das ist nicht das, was die Fans wollen. Die wollen Dred. Ich weiß, dass ihr keine Hierarchie in der Band haben wollt, und ich ziehe davor ernsthaft den Hut, aber das interessiert die Fans nicht.«

»Das kann ja sein, aber wir haben Platinstatus mit unseren Platten erreicht.« Dred legte seine Gitarre zur Seite. »Eine Band wie Slipknot interessiert sich einen Scheiß dafür, bei einem neuen, kleinen Radiosender vorbeizuschauen. Ich muss mich an *Canadian-Content*-Vorgaben halten, damit ein gewisser Prozentsatz an kanadischer Musik im Radio erfüllt ist, aber warum sind wir nicht international unterwegs, hä? Warum sind wir nicht bei den großen Radiosendern in England? In Kanada sind wir schon seit fünf Jahren groß raus.«

Sam warf einen Blick auf seine Uhr. »So gern ich hier sitzen und mit dir darüber plaudern möchte, was ich deiner Meinung nach alles falsch mache, müssen wir das verschieben. Ich muss los. Ich schicke Lennon und Nikan noch Details zu Sonntag, und ich werde bei der Security in der Arena noch mal nachhaken, was mit der Aufnahme ist.«

Sam stapfte die Treppe nach oben. Es sah wohl so aus, als würden sie sich unter anderem um einen neuen Manager kümmern müssen.

Sein Handy vibrierte auf dem Tisch, und er sah nach, wer ihm geschrieben hatte.

1° Celsius? Nee, Mann. Ohne mich.

Dred lachte. Hatte sie nachgesehen, wie warm es war, weil sie gerade packte?

Er schrieb ihr zurück. *Ich kenne jede Menge Methoden, dich warm zu halten.*

Es folgte eine lange Pause. Die Art von Pause, die er nicht mochte, weil es bedeutete, dass Pixie zu lange über seine Nachricht nachdachte. Er berührte seinen Anker.

Davon bin ich überzeugt ;-)

Erleichtert las er ihre Antwort, aber diesmal ließ seine Antwort darauf auf sich warten. War es unfair von ihm, mit ihr zu flirten? Er war noch nie so hin und her gerissen gewesen. Er hatte immer mehr zu tun. Wie viel Zeit würde er sich für sie freischaufeln können?

Und würde sie ihn immer noch haben wollen, wenn sie alles über ihn wusste?

*

»Wenn du so weitermachst, hast du bald eine Glatze«, warnte Pixie Cujo, der sich immer wieder mit der Hand über den Kopf fuhr.

Sie bogen gerade auf die I-195 Richtung Flughafen ab und Pixie grinste. Sein Tick hatte ihn verraten. Aber um ehrlich zu sein, war sie genauso nervös wie er.

»Was soll ich sagen? Bei dem Gedanken, dass du allein in ein anderes Land reist, kann man schon mal Haarausfall bekommen. Ich finde, Drea und ich sollten dich als seelische Stütze begleiten.«

»Indem du dich verrückt machst, bist du mir keine große Hilfe, Dad.«

»Sehr lustig! Ich fühle mich gerade wirklich wie dein Vater. Ich fühle mich, als müsste ich in einem Schaukelstuhl auf der Veranda sitzen und das Arschloch mit einer doppelläufigen Schrotflinte verjagen.«

Pixies Flug ging um 7.30 Uhr morgens, und Cujo hatte darauf bestanden, sie kurz nach fünf abzuholen. Als sie Cujo damals kennengelernt hatte, hatte sie viele Monate gebraucht, um zu verstehen, was ihn antrieb, sich so fürsorglich um sie zu kümmern. Sie kannte niemanden, der so sehr darum bemüht war, anderen zu helfen, wie Cujo.

»Mir geht's gut, Cujo, ehrlich.« Sie übertrieb maßlos, aber er musste ja nicht wissen, dass sie sogar überlegt hatte abzusagen.

Ein Anruf genügte, auch jetzt noch. Nach Arnies Erscheinen war sie immer noch aufgewühlt. Seine Berührung hatte eine unsichtbare Schmutzschicht auf ihrer Haut zurückgelassen, die Art von Schmutz, die man auch unter der Dusche nicht abschrubben konnte.

An dem Abend nach seinem Besuch hätte sie sich in den Hintern beißen können, dass sie ihn nicht nach ihrer Mutter gefragt hatte. Sie hatte schlaflos im Bett gelegen und die Zimmerdecke angestarrt, auf der sich silbrige Mondstrahlen abzeichneten, während Fragen über Fragen in ihrem Kopf herumwirbelten. Waren sie immer noch zusammen? Oder noch schlimmer: Wusste ihre Mutter, was Arnie machte? Bei der Vorstellung, dass ihre Mutter stillschweigend über seine Taten hinwegsah, bekam Pixie so schlimme Magenkrämpfe, dass sie sich zusammenrollte. Vielleicht hatten sie sich ja getrennt und ihre Mutter war endlich clean geworden. Pixie wusste aus eigener Erfahrung, wie schwierig es war, von den Tabletten loszukommen. Die ersten zwei Wochen ihrer eigenen Entziehungskur waren eine Qual gewesen. Ohne sich betäuben zu können, musste sie sich dem stellen, was sie erlebt hatte, ein wahrer Albtraum, der nie zu enden schien. Sie weinte tagelang.

»Du brauchst nur was zu sagen, Pix, und ich sitze neben dir im Flieger.«

»Danke für das Angebot, aber ich bin doch kein Kind mehr. Ich brauche keinen Aufpasser. Du würdest ja auch nicht mitkommen, wenn ich ein Date in Miami hätte. Das hier ist nichts anderes. Ich schaff das schon«, sagte sie und tätschelte ihm die Schulter.

»Ich mach mir keine Sorgen um dich, sondern um mich. Ich fühle mich, als würde ich mein Kind zu seinem ersten

Tag an der Uni begleiten, und ich bin ganz klar noch nicht bereit dafür.«

Pixie lachte wieder. »So viel jünger als du bin ich auch wieder nicht, sind doch nur zehn Jahre.«

»Das hat doch nichts mit dem Alter zu tun, Pix. Weißt du noch, was ich dir versprochen habe?«

Sie hatte damals kein Geld für eine Entziehungskur gehabt, und Trent und Cujo hatten ihre ambulante Behandlung in der Klinik bezahlt. In den darauf folgenden Monaten wurde ihr erst bewusst, dass beide zu dem Zeitpunkt selbst sehr wenig Geld hatten, da sie gerade das Studio eröffnet hatten. Sie wusste ihre Hilfe deswegen umso mehr zu schätzen. Trent erzählte ihr später, wie es für die zwei gewesen war, als sie Pixie vor ihrem Studio fanden. Sie hatte ihn an seine Schwester Kit erinnert, die in etwa genauso alt wie Pixie gewesen war, als Kit sich geritzt hatte. Sie hatten aus diesem Grund gar keine andere Wahl gehabt, als ihr zu helfen.

Cujo hatte sie zu ihrem Termin gefahren. Es war so heiß an diesem Tag, dass man auf dem Bürgersteig ein Spiegelei hätte braten können. Ihr Mund so trocken wie der Sand am South Beach, und ihr Kopf pochte, aber sie war fest entschlossen, keine Schmerzmittel zu nehmen. Der nächste freie Parkplatz war einen Block entfernt. Der Weg zur Entzugsklinik fühlte sich an wie der letzte Gang zum Schafott. Wie dickflüssiger Sirup pulsierten klebrig-dunkle Selbstzweifel durch ihre Venen. Was, wenn sie es nicht schaffte?

»Du packst das«, sagte Cujo in dem Moment.

Woher wusste er, was sie gerade dachte? »Ich bin mir nicht sicher«, antwortete sie ehrlich.

»Doch, du packst das. Du bist nicht allein, Pixie. Ich bin für dich da. Das verspreche ich dir.«

»Meinst du als mein Liebhaber?« Sie hatte auf einmal eine Scheißangst davor, was er sich als Wiedergutmachung vorgestellt hatte.

»Nein, Pix. Ich wäre nicht gut genug für dich und außerdem viel zu alt. Aber ich werde für dich da sein, im Gegensatz zu sämtlichen Scheißkerlen, die dich bis jetzt enttäuscht haben.«

»Ja, ich weiß es noch genau«, flüsterte sie.

»Das habe ich damals so gemeint, und das meine ich immer noch so.«

Pixie schwieg. Sie verdankte Cujo und Trent mehr, als die zwei jemals begreifen würden. Niemals konnte sie das wiedergutmachen. Und auch das war einer der Gründe, warum sie ein schlechtes Gewissen hatte, sich mit dem Nähen von Kleidern selbstständig machen zu wollen. Sie wollte Trent und Cujo zwar nicht verlassen, auf der anderen Seite wollte sie aber mehr Aufträge annehmen und möglicherweise mehr Geld mit dem Nähen verdienen können, um sich eine eigene Wohnung zu leisten. Sie hatten versucht, ihr mit einer Engelsgeduld das Tätowieren beizubringen, aber sie würde niemals auch nur ansatzweise so gut werden wie die zwei, und es war an der Zeit, dass alle das endlich einsahen.

Cujo bog zum Terminal ab und stieg aus dem Auto. Pixie ließ sich aus dem SUV heruntergleiten, während er ihren Rollkoffer von der Ladefläche holte.

»Also«, begann er und stellte den kleinen Koffer ab. Er langte in seine Hosentasche und zog einen weißen Umschlag hervor. »Ich hab das hier für dich. Wenn du sie nicht brauchst, gibst du sie mir einfach wieder, wenn du wieder da bist.«

Pixie öffnete den Umschlag, in dem sich eine Kreditkarte befand.

»Da sind sechshundert Dollar drauf.«

»Aber wofür denn?«, fragte Pixie, während sie die Karte herausholte.

»Für Notfälle. Ich will, dass du weißt, dass du nicht gezwungen bist, bei Dred zu bleiben, und dir jederzeit ein Zimmer in einem Hotel nehmen kannst.«

Pixie schlang ihre Arme um Cujo. Sie brauchte das Geld nicht und würde es finanziell auch so schaffen, sich aus der Patsche zu ziehen, aber darum ging es bei der Kreditkarte ja auch gar nicht.

»Danke«, flüsterte sie in die Umarmung.

Cujo nahm sie bei den Armen und drückte sie von sich weg. »Ja, klar. Ich soll dir übrigens von Drea ausrichten, dass du nichts machen sollst, was sie nicht auch machen würde, und wie ich meine Zuckerschnute kenne, bleibt also nicht viel übrig. Pass auf dich auf.«

»Ich bin doch nur sechsunddreißig Stunden weg, Cujo«, lachte sie.

»Diesmal«, erwiderte Cujo grinsend.

Als Pixie Richtung Check-in ging, fragte sie sich, ob Cujo vielleicht recht haben könnte.

*

Etwas stach ihm heftig in die Rippen.

»Hey, Dred. Wach auf, Mann.«

Dred öffnete ein Auge und erblickte Nikan, der mit einem Laptop in der Hand neben seinem Bett stand. Ein Blick Richtung Fenster sagte ihm, dass es draußen noch dunkel war.

»Wie spät ist es?«, fragte er und suchte nach seinem Handy. 6.30 Uhr. Und zwei Nachrichten von Pixie. Wahrscheinlich war sie schon am Flughafen, vielleicht schon im Flieger. Er begann, sie zu lesen.

Nikan riss ihm das Handy aus der Hand und knipste die Lampe an.

»Arschloch, gib mir das zurück«, schnauzte Dred ihn an.

»In einer Minute. Guck dir das mal an.« Nikan reichte ihm den Laptop.

Dred blinzelte mit den Augen und versuchte, seinen Blick scharf zu stellen. *Rückfall bei Preload. Nikan völlig außer Kontrolle.* Er überflog den Artikel und konnte es nicht fassen, wie viel davon den Tatsachen entsprach. Zwischen ihrer Promo-Tour für das letzte Album und den Studioaufnahmen für das neue hatte Nikan wieder eine Entziehungskur angefangen. Mehrere auslösende Momente hatten Nikans Abstinenz auf die Probe gestellt, aber es war auch nicht so, als hätte man ihn mit dem Gesicht in seiner eigenen Kotze liegend aufgefunden. Dred hätte den Kerl am liebsten in Stücke zerrissen, als er las, dass die »der Band nahestehende Quelle« genau das berichtete. Die gesamte Band hatte hinter Nikans Entscheidung gestanden, als er wieder Alkohol trinken wollte, und genauso stand die Band hinter ihm, als er sich freiwillig wieder Hilfe suchte.

»Die haben schon wieder mit diesem verfickten Klischee vom alkoholabhängigen Ureinwohner angefangen. Ich war vier Jahre alt, als wir das Reservat verlassen haben. Damit hat das einen Scheißdreck zu tun.« Nikan begann, hin und her zu laufen. Was kein gutes Zeichen war.

Je mehr Dred las, desto wütender wurde er. In dem Artikel war nicht nur die Rede von Nikans Gegenwart, sondern auch von der Vergangenheit der Band. Es war kein Geheimnis, dass sie in einem Wohnheim für Jungen mit Pflegeeltern aufgewachsen waren. Sie hatten jedoch noch nie öffentlich darüber geredet, was in der Zeit davor mit ihnen geschehen war. Und obwohl niemand Einsicht in ihre Akten haben durfte, hatte das Magazin es geschafft, Ellens Wohnsitz herauszubekommen.

»Scheiße, Mann. Wir müssen Sam darauf ansetzen. Jemand vom Label muss die zwingen, den Artikel zurückzunehmen.«

»Aber was denn zurücknehmen?« Nikan hörte sich niedergeschlagen an. »Ein Großteil von dem, was da steht, stimmt.«

»Ich weiß, aber es schadet nichts, wenn wir mit dem Team über Schadensbegrenzung sprechen, oder?«

»Da ist was dran, Mann. So ein Scheiß, es ist so schon schwer genug, trocken zu bleiben.« Nikan fuhr sich mit den Fingern durchs Haar.

»Das wird dir aber alles nicht zu viel, oder? Wenn doch und wenn du etwas Abstand brauchst, dann geh und nimm dir die Zeit. Mir scheißegal, welche Termine wir einhalten müssen.«

Wenn Dred der Kopf der Band war, dann war Nikan der Kopf ihrer Wahlfamilie. Er war der Älteste, er war der Erste von ihnen, der als Pflegekind bei Ellen landete, und der Erste, der ging. In zwei Jobs hatte er geschuftet, um sich die schäbige Zweiraumwohnung über dem griechischen Restaurant in der Danforth Street leisten zu können und den anderen somit zu ermöglichen, dort wohnen zu bleiben, bis sie selbst Arbeit fanden. Ohne Nikan, der das Steuer übernahm, fühlten sich alle ein bisschen hilflos.

Nikan stand auf und schwang seine Arme durch die Luft, so als würde er sich vorm Training aufwärmen. »Danke, aber ich hab alles im Griff. Ich ruf Sam nachher an.« Er klappte seinen Laptop wieder zu und ging.

Dred ließ sich wieder aufs Kissen fallen. Keine der insgesamt neun Familien, bei denen er gelebt hatte, hatte jemals ein Wort in der Öffentlichkeit darüber verloren, wie schwierig er gewesen war. Zum Beispiel, als er das neu eingerichtete Kinderzimmer in seiner zweiten Pflegefamilie zerstört hatte, weil sie ihm nicht sagen wollten, wo die Asche seiner Mutter verstreut worden war. Hin und wieder fragte er sich, ob nicht doch irgendwer mal die Katze aus dem Sack lassen würde. Mit einer derartigen Story konnte man viel Geld machen. Es war alles möglich, und irgendwie hatte er sich schon damit abgefunden. Es wäre wohl naiv zu glauben, dass es erst geschehen würde, wenn er genug Geld hatte und es ihm dann am Arsch vorbeigehen würde.

Verdammt. Pixie. Dred tastete nach seinem Handy.

Sind unterwegs zum Flughafen … So wie Cujo fährt, werd ich noch seekrank J

Es war schon fast grotesk, wie Trent und Cujo, zwei der riesigsten Kerle, die er jemals kennengelernt hatte, Pixie beschützten, obwohl sie ihm auch ganz allein den Marsch blasen konnte.

Eine weitere Nachricht.

Jetzt ist Boarding. Wir sehen uns in ein paar Stunden, falls der Flieger nicht abstürzt.

Hatte sie etwa Angst vorm Fliegen? Er hatte sie nie danach gefragt.

Ich liege gerade im Bett und denke an dich. Du solltest dich lieber darauf konzentrieren.

Sein Handy vibrierte.

Ich sitze im Flugzeug und denke möglicherweise auch an dich (und lebe noch) x

Dreieinhalb Stunden später stand Dred am Flughafen von Toronto und versteckte sich unter einem grauen Hut, den er sich tief ins Gesicht gezogen hatte. Mit Blick aufs Handy und mit gekrümmtem Rücken versuchte er, sich so unscheinbar wie möglich zu machen. Hin und wieder warf er einen Blick auf die Flugtafel, und als er sah, dass Pixies Flieger gelandet war, klopfte sein Herz ein bisschen schneller.

Vor ihm auf dem Boden standen zwei Kaffeebecher von Tim Hortons, ein Double-Double (zweimal Zucker, zweimal Milch) für ihn, und Weißer Kaffee für sie, außerdem eine Tüte mit seinen liebsten Honey Cruller Donuts.

Die Türen gingen auf, und da war schon Pixie zu sehen, die ein pinkfarbenes Rollköfferchen hinter sich her zog. Dred entdeckte sie, bevor sie ihn sah. Mit funkelnden Augen und hüpfenden Schritten strahlte sie eine gewisse Aufgeregtheit aus. Mal abgesehen von seinen Auftritten, wann hatte er das letzte Mal solch einen von Herzen kommenden Optimismus verspürt?

Er wollte den Moment der Vorfreude so lange wie möglich auskosten und wartete darauf, dass Pixie ihn von sich aus entdeckte. Pixie trug ein eng anliegendes Sweaterkleid, darüber eine offene Lederjacke, ein Anblick, der Dred auf der Stelle geil machte. Als sie ihn endlich sah, breitete sich ein Strahlen auf ihrem Gesicht aus, das durch das gesamte Terminal leuchtete.

Pixie kreischte, ließ den Rollkoffer los und schlang ihre Arme um seine Hüften. »Ich bin in Kanada. Und ich lebe noch. Ich habe das dringende Bedürfnis, den Boden zu küssen, das macht der Papst doch auch immer.«

Dred lachte, nahm sie in die Arme und genoss das Gefühl, wie sie sich an ihn schmiegte. Er seufzte, weil er die guten Vibes spüren konnte, wenn sie zusammen waren. Manche Paare verspürten so was wie Frieden miteinander, aber in ihnen, da brodelte es, da war Potential. Für ... mehr. »Schön, dich zu sehen, Pix.« Er küsste sie auf den Kopf. Auf diesen liebreizenden pinkfarbenen Schopf. Wie wohl ihre richtige Haarfarbe war? Es gab so vieles, was sie noch nicht voneinander wussten. Er verdrängte alle aktuellen Sorgen um Aufnahmen, DNA-Tests und Termine und wiegte sich sanft mit Pixie im Arm hin und her, deren schiere Gegenwart ihm schon guttat. Pixie ließ sich hin und her wiegen und vergrub dabei ihren Kopf in seiner Brust.

Die Schiebetüren nach draußen gingen auf, ein frostiger Wind fegte durch das Terminal und zerrte mit Eisesklauen an ihnen. Pixie bekam eine Gänsehaut. »Ich habe zwar den Flug überlebt, aber ich bin mir nicht sicher, ob ich die wenig überzeugende Version des kanadischen Frühlings überleben werde.«

Meine Güte, diese Augen. Und diese rubinroten Lippen, die danach schrien, geküsst zu werden. Dred beugt sich zu ihr herunter.

»Ich hab dir doch gesagt, dass ich dich warm halten werde«, brummelte er, bevor er sie küsste.

Ihre weichen Lippen schmeckten nach Minze. Er fuhr ihr mit den Fingern durchs Haar. Sie schmiegte sich an ihn, ein unvergleichliches Gefühl, und Dred wurde auf einmal so geil wie noch nie zuvor in seinem Leben. Er konnte einfach nicht genug von ihr bekommen und wollte sie überall gleichzeitig anfassen. Das war nicht nur ein Kuss. Küsse waren in seinem Leben normalerweise flüchtige vergnügliche Momente, eine kurzweilige Ablenkung. Aber das ... Pixie öffnete ihre Lippen und seine Zunge tanzte, ja, sie tanzte förmlich mit ihrer Zunge. Es war, als bildeten die Honey Crullers, ein epischer Songtext und die Leafs als Gewinner des Stanley Cup zusammen das erotische Superpaket.

Dred zog Pixie ganz nah an sich heran, zu nah. Als sie in seinen Mund stöhnte, kam er. Sie ließ ihre Hände unter seinem T-Shirt verschwinden, ihre kühlen Fingerspitzen glitten über seine Haut. Ein Fahrzeug vom Flughafen fuhr an ihnen vorbei und hupte.

Scheiße. Sie standen ja immer noch hier. Er versuchte, seine Fassung wiederzuerlangen, und glitt mit seiner Nase über Pixies Wange bis zu ihrem Ohr.

Scheiß auf all die Leute, die an ihnen vorbeihasteten. Scheiß auf die Touri-Gruppe, die sich lachend an ihnen vorbeischob. Und scheiß aber mal so richtig auf die Flughafenbetreiber, die den Flughafen so weit weg von seinem Bett gebaut hatten.

Kapitel 7

Ach, du heilige Scheiße. Der Kuss und die eiskalte Luft, die sie draußen umhüllte, raubten Pixie den Atem. Jegliche Sorgen, dass sich ihr Wiedersehen als irgendwie beklemmend erweisen könnte, waren von Dreds göttlichen Lippen widerlegt worden. Leider stellte sich jedoch sofort die nächste Sorge ein, dass er nämlich vielleicht noch viel mehr von ihr erwartete, während sie hier war. Und *mehr* war ein Problem. Oder zumindest war es das gewesen.

Pixie blieb stehen, legte den Kopf in den Nacken und beobachtete den Schnee, der auf sie zu und um sie herum wirbelte. »Es schneit und die Schneeflocken bleiben auf meiner Nase und meinen Wimpern liegen«, murmelte sie lächelnd vor sich hin.

»Alles in Ordnung, Pix?«, fragte Dred, der in der einen Hand einen Kaffee hielt und mit der anderen ihren Koffer zog. Dieser große, ganz in Schwarz gekleidete Mann, der ein pinkfarbenes Rollköfferchen hinter sich herzog, war ein großartiger Anblick. Pixie musste lachen.

»Das ist das erste Mal, dass ich so viel Schnee sehe.« Der Schnee war wunderschön und gleichzeitig eiskalt. Sie zitterte und nahm einen Schluck von dem dampfenden Kaffee.

»Normalerweise haben wir gar nicht so viel Schnee im April. Hier.« Sie waren im überdachten Teil des mehrstöckigen Parkhauses angekommen und Dred blieb stehen. Er stellte den Koffer neben dem Parkautomaten ab und zog seinen schweren Mantel aus.

»Was machst du da?«

Er legte ihr den Mantel um die Schultern, wobei er darauf achtete, keinen Kaffee zu verschütten, und sofort wurde ihr wärmer.

»Aber jetzt wirst du frieren.«

Dred wühlte in seiner Hosentasche herum, bis er ein paar Geldscheine und den Parkschein fand, um den Automaten damit zu füttern. »Kennst du denn nicht die Bierwerbung? Ich. Bin. Kanadier.« Dred lachte und weiße Atemwolken erschienen vor seinem Mund. »Und so kalt ist es auch wieder nicht.«

»Du ziehst das auf der Stelle wieder an.« Pixie versuchte, sich den Mantel von den Schultern zu streifen. Dred trug nur einen schwarzen Pulli und eine Mütze. So musste er ja frieren.

Dred legte seine Hände auf ihre. »Nicht nötig.«

Sobald sie in Dreds schwarzem Range Rover saßen, biss Pixie in einen Donut. »Oh, mein Gott. Das sind die besten, die ich jemals gegessen habe.«

Dred langte hinüber, um sich auch einen zu nehmen. Pixie versuchte, nicht darauf zu achten, wie sich die Donut-Tüte auf ihrem Schoß bewegte oder wie sich seine Finger auf ihren Oberschenkeln anfühlten, die in der Tüte nach einem Donut suchten, aber ihre guten Vorsätze schmolzen schneller dahin als der Schnee auf ihrer Haut.

»Allein dafür lohnt es sich, nach Kanada zu kommen. Mann, wie ich die vermisse, wenn wir in unserem Haus in L. A. sind«, sagte er, bevor er selbst abbiss.

Sie verließen den Highway und hielten nach ein paar Minuten vor dem vereisten Schaufenster eines Geschäfts namens Mountain Equipment Co-op.

»Auf geht's«, sagte Dred und stieg aus. Er ging um das Auto herum, öffnete ihr die Tür, nahm ihre Hand und half ihr heraus. »Wir besorgen dir mal kanadataugliche Klamotten.«

Mit einer ausladenden Geste zeigte er auf die Riesenauswahl an Outdoorbekleidung, die sich ihnen präsentierte.

»Das geht auf mich«, flüsterte er in ihren Nacken geschmiegt. »Ich habe in den nächsten vierundzwanzig Stunden einiges mit dir vor, und Teil des Plans ist es, mit dir draußen unterwegs zu sein.«

Nach einigem Herumsuchen entschied sie sich für einen regendichten Anorak mit herausnehmbarem Innenfutter aus Daunen. Der Anorak wurde in der Mitte von einem Gürtel zusammengerafft, so dass sie nicht wie ein Michelin-Männchen aussah. Sie kauften außerdem hohe Winterstiefel, eine Strickmütze und warme Handschuhe.

»Jetzt, wo du ordentliche Klamotten hast, kann der Spaß losgehen.«

Als sie fünf Stunden später in die Einfahrt eines prachtvollen, dreistöckigen Backsteinhauses einbogen, war Pixie um drei Erfahrungen reicher: Sie konnte nicht Schlittschuh laufen, Toronto war eine wunderschöne Stadt, und Dred hatte sie erfolgreich um sämtliche Finger gewickelt. Er war ganz Gentleman, bis auf das eine Mal, als ein erfahrener Eisläufer ihr zu nahe gekommen und sie über den Haufen gefahren hatte. Als der Kerl nämlich ein zweites Mal an ihr vorbeigefahren war, hatte Dred ihn mit der Schulter gerammt und zu Fall gebracht.

Jetzt würde sie sein Haus betreten und damit ihre Komfortzone verlassen.

»Ein tolles Haus hast du. Passt zu dir, dieses gruftig-düstere Ambiente.«

»Gruftig? Das hör ich zum ersten Mal.« Dred holte Pixies Koffer aus dem Auto und führte sie die Stufen zur Tür hinauf, wobei er sie sanft mit der Hand am unteren Rücken hochschob.

»Ach, komm schon. Bei deiner Frisur und diesem finsteren Blick kannst du den kleinen Dracula in dir nicht verleugnen.«

Dred drückte seine Lippen auf ihren Nacken und knabberte ein bisschen an ihr herum, bevor er sie wieder losließ. »Wenn das so ist, kann ich das bestimmt noch öfters machen, oder?«

Pixie beugte ihren Kopf zur Seite, damit Dred besser drankam, und genoss, dass er ihr mit der Zunge über den Nacken fuhr.

Die Eingangstür wurde aufgerissen. »Hey, Pix. Schön, diesen verfluchten Bastard auch mal lächeln zu sehen. Wir wollten gerade gehen.« Nikan öffnete seine Arme, um sie zu umarmen. Ihr blieb nichts anderes übrig, als sich hineinzuwerfen.

Jordan, Elliott und Lennon folgten ihm dick eingepackt durch die Tür.

Lennon drückte sie und wandte sich dann an Dred. »Es

gibt einen neuen, bekloppten Artikel. Anscheinend sind Nikan und ich zerstritten. Ich hab's für dich auf dem Laptop gespeichert. Sam kümmert sich drum.«

Es gab ein großes Durcheinander an Begrüßungen und Verabschiedungen, bis Dred sie mit sanfter Hand ins Haus schob.

Sofort wurde ihr warm und sie knöpfte schnell ihren Anorak auf. Das Haus bestand aus hohen Decken, Altbauelementen und modernen Möbeln. Die Glut eines ausgehenden Kaminfeuers knisterte im geräumigen Wohnzimmer. Jetzt, wo wieder Ruhe eingekehrt war, überkam Pixie eine merkwürdige Nervosität.

»Ich muss dir etwas erklären«, sagte Dred und spielte an dem Anker, den er um den Hals trug. »Ich wohne hier mit der ganzen Band. Wir teilen uns das Haus in L. A. und das hier.«

Pixie hatte sich an den Gedanken gewöhnen müssen, die Nacht mit Dred zu verbringen. Aber zu wissen, dass sie in einem Haus mit einer Gruppe von Männern war, die sie nicht sehr gut kannte, beunruhigte sie doch sehr. Sie dachte an die Kreditkarte, die Cujo ihr gegeben hatte. Sie musste nicht bleiben. Sie konnten eine tolle Zeit miteinander verbringen, ohne dass sie hier übernachten musste. Vielleicht war das …

»Jetzt guck nicht so. Sprich mit mir. Was ist los?« Dred nahm ihre Hand.

Diese Männer waren nicht ihr Stiefvater. Sie waren nicht die Männer, die er mit in den Wohnwagen gebracht hatte.

»Das klingt ein bisschen seltsam, ich weiß«, redete Dred weiter, »wir sind erwachsene Männer und keine Kumpels, die zusammen studieren. Wir sind zusammen in einer Pflegefamilie aufgewachsen, und ich werde einen Teufel tun, über die Beweggründe der anderen zu reden, warum wir zusammen wohnen, aber glaub mir, wir haben gute Gründe.«

»Mir kann hier aber nichts passieren, oder? Kann ich dir vertrauen?«

»Was glaubst du denn? Natürlich. Und was die Band betrifft ... die Jungs sind meine Brüder, in allen Lebenslagen.« Dred nahm ihr Gesicht in die Hände und sah sie aufmerksam an. »Es wird dir nichts passieren. Das verspreche ich dir.«

Eine Erinnerung drängte sich ihr auf, daran, wie sie auf diesem verdammten Hocker saß. Arnie wollte mit zwei Freunden angeln gehen, aber zuerst hatte er die Männer, die sie nicht kannte, in den Wohnwagen eingeladen. Alle lachten, als er sie buchstäblich zur Schau stellte und dann ganz ruhig ihre Haare flocht. Kein Wunder, dass sie Drogen gebraucht hatte, um das zu ertragen.

Pixie verdrängte die Erinnerung wieder. »Lass mich nicht im Stich.«

Dred küsste sie auf die Innenseite der Handgelenke. Eine unerwartete und zutiefst berührende Geste.

»Niemals.« Er lächelte sie an. »Ich würde dir gern das ganze Haus zeigen, aber dafür haben wir jetzt keine Zeit. Wir haben in eineinhalb Stunden eine Reservierung.«

Dred schnappte sich ihren Koffer, und sie gingen zusammen nach oben. In den oberen Etagen des Hauses schien sich das Haus fast wie ein Mehrfamilienhaus aufzuteilen. Jede Tür hatte ein eigenes Schloss, aber die meisten standen auf.

»Das hier ist Elliotts und Lennons Etage«, erklärte Dred, während sie die zweite Etage ansteuerten. »Nikan wohnt hier.« Er deutete auf eine Tür zu ihrer Rechten, als sie sich am Treppenabsatz befanden. »Jordan wohnt im Dachgeschoss, und hier bin ich.«

Sie traten in eine geräumige Junggesellenwohnung, und Dred legte den Koffer aufs Bett. Ein braunes Sofa stand vor dem großen Erkerfenster, davor ein niedriger Tisch. An der Wand hingen mehrere Gitarren, daneben befand sich ein elektrisches Piano. Von dort führten Kabel zu einem Laptop auf einem schwarzen Schreibtisch, an den Boxen und ein Mischpult eingestöpselt waren, das wiederum fast hinter einem Berg von Notenblättern verschwand.

Man kam sich vor wie in einem Luxus-Studentenwohnheim und irgendwie passte das gar nicht zu Dred. Er wirkte darin zu groß, zu eingeengt in dem vorhandenen Raum, obwohl es doch sein Zimmer war.

»Ich merk schon, das war keine gute Idee«, sagte Dred leise, als Pixie sich umsah.

Schließlich schaute sie ihn an, und beim Anblick seines Gesichtsausdrucks blieben ihr die Worte im Halse stecken. Er sah fix und fertig aus.

»Dort ist das Badezimmer. Wir müssen in einer Stunde los. Ich warte unten auf dich.«

Dred wartete nicht auf Pixies Antwort, verließ das Zimmer mit einem lauten Türknall und nahm Pixies Gefühl von Geborgenheit direkt mit.

*

Dred musterte Pixie, die ernüchtert in ihrem Taboulé herumstocherte, und war sich seines Anteils bewusst, der dafür verantwortlich war. Als sie in seinem Zimmer gestanden hatte, war, trotz allerbester Absichten, keine gemeinsame Zukunft mehr zu spüren gewesen. Zumindest im Moment. Was hatte er nur erwartet? Dass sie den Flug auf sich nahm, nur um ihn zu sehen, und er konnte ihr nichts anderes anbieten als ein Schlafzimmer in einer Hausgemeinschaft? Der Architekt hatte beim Umbau des Hauses dafür Sorge getragen, dass jeder von ihnen um die 300 Quadratmeter zur alleinigen Verfügung hatte, dennoch ... er hatte Mitbewohner. Und zum ersten Mal überhaupt machte er sich Gedanken dazu, wie merkwürdig das auf andere wirken musste.

Er würde Jordan niemals verlassen. Um nichts in der Welt würde er zulassen, dass Jordan sich jemals wieder allein gelassen fühlte. Und wenn das bedeutete, dass er mit dem Kerl zusammenlebte, bis sie alt und grau waren, dann war das halt so. Aber wie sollte er das bloß Pixie erklären? Wie konnte er nur die richtigen Worte finden, um zu beschreiben, was ihn und Jordan miteinander verband?

Aus diesem Grund wollte er sich auf keine Beziehung einlassen. Oder zumindest hatte er sich das die letzten Jahre über eingeredet. Als Pixie die Hand nach ihrem Weinglas ausstreckte, wurde ihm auf einmal bewusst, dass seine Beweggründe doch wesentlich komplexer waren. Er spürte förmlich, dass er nicht gut genug für sie war. Sie war so besonders und er bot ihr ein Schlafzimmer in einer Hausgemeinschaft an.

Taboulé, das arabische Restaurant auf der Queen Street, war eines seiner Lieblingsrestaurants. Von den Ma'anek, scharfen libanesischen Lammwürstchen, bis zum Taouk, Spießen mit mariniertem Hähnchenfleisch, alles war so köstlich, dass er immer viel mehr bestellte, als er essen konnte. Jetzt stocherten sie beide lustlos in ihrem Essen herum.

Verdammt. Er spielte an seinem Anker herum, bis der Verschluss ihm in den Nacken schnitt.

»Pixie, es tut mir leid.«

Sie blickte mit diesen großen haselnussbraunen Augen zu ihm auf, aber das übliche Funkeln darin war verschwunden. Sie trug ein schulterfreies Oberteil, das ihn förmlich dazu einlud, genussvoll an der Partie um ihr Schlüsselbein herumzuknabbern.

»Was war denn los? Warum bist du so sauer geworden?« Pixie legte Messer und Gabel aus der Hand.

»Das passiert mir manchmal. Aber es ist besser, wenn ich weggehe, um mich wieder zu beruhigen, als das kurz und klein zu hauen, was gerade in greifbarer Nähe ist. Ich war enttäuscht.« Am Boden zerstört, das traf es wohl eher. Er wollte sie so gern beeindrucken. Es schien ihm wichtiger als alles andere, Pixie beeindrucken zu können. Und weniger als zwei Kilometer entfernt, nördlich der Bloor Street, besaß er sein absolutes Traumhaus. Das er allerdings an jemanden vermietete, der ein hohes Tier an der Börse war und mit seiner Familie glücklich dort lebte.

»Warum warst du enttäuscht?«

»Ich wollte, dass es dir hier bei mir gefällt. Damit du wiederkommst. Stattdessen lade ich dich in die Erwachsenenversion eines studentischen Verbindungshauses ein. Ein schweineteures, 3600 Quadratmeter großes Wohnhaus, das sich immer wie Zuhause angefühlt hat, bis ich dich darin gesehen habe. Da wäre ich gern an einem anderen Ort mit dir gewesen. Das war sehr egoistisch von mir.«

Dred seufzte. Vielleicht sollten sie besser nach Hause fahren und eine Pizza bestellen. Sie nahm seine Hände. »Ist etwas Schlimmes passiert?«

»Ja.«

»Dir?«

»Uns allen.«

Pixie nickte. »Willst du mich immer noch hier bei dir haben?«

»Ja, aber wenn ich nur einigermaßen bei Verstand wäre, würde ich dich mit dem nächsten Flieger nach Hause schicken.« Er versuchte zu lächeln.

»Okay.« Pixie machte eine seltsame Handbewegung, so als würde sie ein Magazin aufschlagen. »Das hier ist ein unsichtbarer Kummerkasten. Alles, was dich gerade beschäftigt, kannst du da reintun.«

»Nein, nicht so was ...«

»Bitte.« Pixie setzte sich aufrecht hin, neigte den Kopf zur Seite und sah ihn durchdringend an.

Dred rollte mit den Augen und tat so, als legte er seine Sorgen in die Box. Jordan. Er konnte ihr nicht genug bieten. Das Haus. Er war nicht gut genug für sie. Seine Mutter. Das Gefühl, es nicht wert zu sein, geliebt zu werden. Es war dumm, um nicht zu sagen albern. Aber tatsächlich beruhigte er sich. Und er hatte seinen Anker nicht gebraucht.

»Bist du fertig?«, fragte Pixie.

»Ja.« Mit etwas Tamtam tat sie so, als würde sie den Deckel schließen und eine Schleife um die Box binden.

»So«, fuhr sie fort und rieb sich die Hände, »ich bin Sarah, aber du kannst mich Pixie nennen.« Pixie reichte ihm ihre Hand.

Er nahm sie und küsste sie auf den Handrücken. Es bedeutete ihm viel, dass sie ihm ihren echten Namen verriet, denn seitdem sie ihn im Hotel in Miami besucht hatte, wusste er, dass sie das gar nicht gern tat. Und dass sie ausgerechnet diesen Moment nutzte, um ihm ihren Namen zu sagen, entfachte einen Hoffnungsschimmer in ihm. Er hatte es wohl doch noch nicht ganz verbockt. »Ich heiße Theodred, aber du kannst mich Dred nennen.«

Pixie lächelte ihn an und der Schimmer verwandelte sich in einen glühenden Feuerball. Zum ersten Mal, seit er denken konnte, war diese latente Wut, die immer aus ihm auszubrechen drohte, nicht mehr zu spüren. Dred küsste Pixies Handinnenflächen.

Sie ließen sich den Rest ihres Abendessens schmecken und toppten das Ganze mit Kunafa Ashta, einer süßen Nachspeise aus Blätterteig und Vanillecreme.

»Meine Güte, bin ich voll«, entfuhr es Pixie, als sie das Restaurant verließen.

Dred packte seine Kreditkarte wieder ein und winkte ein Taxi herbei. Dann fuhren sie zur Roof Lounge im Park Hyatt, damit Pixie die Stadt von oben sehen konnte. Auch wenn die Wahnsinnsaussicht von der kleinen Terrasse sicherlich nur ein kurzer Spaß werden würden, weil es arschkalt war.

»Lennon hat eine Eigentumswohnung nur ein paar Minuten zu Fuß von hier entfernt auf der Bloor Street.« Dred zeigte nach Westen, während das Taxi zum Stehen kam. Ein

Portier beeilte sich, ihnen die Tür zu öffnen. »Die Wohnung war früher das Bedford Ballroom. Er sagt, dass er dort vor über zehn Jahren auf der Toilette entjungfert wurde, der Ort hat also einen sentimentalen Wert für ihn.«

Dred bezahlte den Fahrer und sie fuhren in den 18. Stock. Oben angekommen nahm er Pixie an der Hand, und sie gingen direkt in die kleine Bar, von der aus eine Tür an der gegenüberliegenden Wand nach draußen führte.

»Wow.« Pixie stellte sich ans Geländer und blickte über die Stadt.

Ja, *wow*. So erging es ihm jedes Mal, wenn er hier oben war. Er stellte sich hinter sie und schlang die Arme um sie.

»Das da ist also der CN Tower. Der war vierunddreißig Jahre lang der höchste Turm der Welt, stimmt's? Das habe ich bei Wikipedia gelesen.«

»So was in der Art. Und da drüben ist der SkyDome, wo die Blue Jays spielen. Die Arena ist jetzt nach irgendeinem Sponsor benannt, aber für mich ist das immer noch der SkyDome.«

Dred erinnerte sich an ein Weihnachten, als Maisey ihnen allen Karten für ein Spiel im darauffolgenden Juli geschenkt hatte. Das hatte an einem wunderschönen Sommertag stattgefunden, das Dach der Arena war geöffnet, und vom Lake Ontario kommend wehte eine leichte Brise über sie. Und war einer der wenigen perfekten Tage seiner Kindheit gewesen.

»Im Taxi hast du vorhin erwähnt, dass Lennon ganz in der Nähe ein Penthouse besitzt. Warum lebt er da nicht?«

Pixie drehte sich zu ihm und lehnte sich mit dem Rücken gegen das Geländer. Der Wind wehte ihr das Haar ins Gesicht. Er strich es ihr wieder hinter die Ohren und küsste sie auf den Mund.

»Lass uns wieder reingehen und ich erklär es dir.«

Mit Drinks in der Hand – er hatte einen doppelten Balvenie Malt und Pixie irgendwas Fruchtiges mit einem Cocktailschirmchen – ergatterten sie glücklicherweise noch freie Plätze auf dem Sofa am Kamin. Pixie setzte sich im Schneidersitz darauf und sah Dred an. Der wiederum konnte nicht widerstehen und glitt mit seinen Fingern über ihren Oberschenkel. Er nahm einen großen Schluck Whiskey und beugte den Kopf zu ihr runter, damit er nicht so laut reden musste.

»Wir haben etwa fünfzehn Jahre alle zusammen gelebt … manche etwas länger, manche etwas weniger. Was weißt du über Wohngruppen und Pflegekinder?«

»Nicht viel.«

Wo fing er nur am besten an? Er hatte keine Ahnung. Verspürte aber das dringende Bedürfnis, ehrlich mit ihr zu sein.

»Wenn deine Eltern sterben oder nicht mehr für dich sorgen können, versucht man, dich bei Verwandten unterzubringen. Das nennt man dann Verwandtschaftspflege. Aber solange das ungeklärt ist, kommst du in eine vorläufige Pflegeunterbringung. Wenn es nicht möglich ist, dich bei Verwandten unterzubringen, wirst du zur Adoption freigegeben. Wenn deinen Eltern für immer das Sorgerecht entzogen wird und dich niemand adoptiert, dann bleibst du in Ontario bei Pflegeeltern.«

Pixie drückte seine Hand. »Wie alt warst du?«

»Elf.« Er nahm noch einen Schluck Whiskey und genoss

das Gefühl, als die Flüssigkeit brennend seinen Hals hinunterlief.

»Und seitdem habt ihr alle immer zusammengewohnt?« Pixie entfernte das Schirmchen aus ihrem Cocktail, lutschte das Ende ab und steckte es sich hinters Ohr.

So etwas hätte sich in dieser Luxus-Lounge niemand, nicht mal ansatzweise, getraut. Aber Pixie sah mit ihren sexy Tätowierungen und dem bunten Schirmchen hinter dem Ohr schöner aus als alle hier anwesenden Frauen zusammengenommen. Er fuhr ihr weiter mit den Fingern über den Oberschenkel und sah, wie ihre Augen als Reaktion darauf flackerten.

»Na ja, wir hatten alle … Anpassungsschwierigkeiten. Sobald du achtzehn bist, fällst du aus dem System. Maisey, unsere Sozialarbeiterin, hat uns damals dazu ermutigt, aufeinander aufzupassen. Es war hart, allein klarzukommen. Also haben wir abgemacht, zusammen wohnen zu bleiben, um uns gegenseitig zu unterstützen. Aber gewisse psychische Probleme bestehen leider immer noch.«

»Meinst du, dass das irgendwann anders wird?«

»Die Hoffnung stirbt zuletzt. Sie sind meine Brüder. Das Motto lautet, es wird keiner zurückgelassen und so.«

Pixie schaute ins Feuer, und Dred trank seinen Whiskey aus. Er streichelte immer noch ihr Bein, immer höher, und trotz ihres Gesprächsthemas machte sie das an.

Wenn er doch nur ihre Haut spüren konnte anstelle des eng anliegenden schwarzen Jeansstoffes.

»Dafür verdienst du mehr Respekt als für alles andere, was du mir bisher erzählt hast.« Pixie schaute ihm in die Augen. »Das mein ich ernst.«

Dred beugte sich über sie und küsste sie. »Danke.«

»Ich muss kurz auf die Toilette. Bin gleich wieder da.«

Er sah ihr hinterher, als sie Richtung Ausgang ging, und zog sein Handy hervor, weil er sich eine Eingebung für einen Song notieren wollte.

Es ist der Wahnsinn. Der totale Wahnsinn. Dieser Schmerz. Dieser Wahnsinnsschmerz.

Das taugte für einen super Refrain, wenn Pixie ihn nur zum Rest des Songs inspirieren konnte.

*

Desmond sagt, da war ein Typ vor der Wohnung und hat nach dir gefragt. Hast du jetzt zwei an der Angel, du Herzensbrecherin? ☺ P. S. Ich hoffe, der Rockstar behandelt dich wie eine Königin.

Pixie las Lias Nachricht mehrmals hintereinander und warf Dred einen Blick zu, der gerade dabei war, das Kaminfeuer vorzubereiten. Nach einem spaßigen Nachmittag hatten sie einen ernsten Abend miteinander verbracht, der aber, nachdem sie von der Toilette zurückgekehrt war, um einiges fröhlicher geworden war. Anstatt noch einen Drink in der Bar zu sich zu nehmen, waren sie zurück zu Dred nach Hause gefahren, um sich einen Film anzuschauen.

Zum Thema Königin: Ja. Zum Thema zweiter Kerl: Nein. Kannst du Desmond vielleicht bezirzen, damit er mir eine Nahaufnahme von der Überwachungskamera gibt?

Die Sicherheitsleute in ihrem Wohnhaus hatten ein Faible für Lia. Der Mann, den Desmond beschrieb, musste Pixies Stiefvater sein. Ihr wurde ganz schlecht bei der Vorstellung, dass er unangekündigt vor ihrer Wohnung stand.

»So, das sollte uns für eine Weile wärmen.«

Dred fachte das Feuer an. Irgendwie hatte das etwas ... sehr ... Männliches. Außerdem gab ihr das die Gelegenheit, seinen Hintern zu bewundern. Um nicht zu sagen seinen Knackarsch. Was ihr nach seinen süßen Küssen und der Art und Weise, wie er ihren Oberschenkel gestreichelt hatte, den Rest gab.

Denn da war noch ihr Problem.

Während der Entziehungskur hatte ihr Therapeut versucht, an ihrem gestörten Verhältnis zu intimen Beziehungen zu arbeiten. Ihre Synapsen waren nach jahrelanger Konditionierung fehlgeschaltet. Ihr Stiefvater war ein Voyeur. Er hatte ihr Pornos gezeigt, Pixie dabei beobachtet und sich einen runtergeholt. Manchmal musste sie ihm oder seinen Freunden erotische Geschichten vorlesen und sie lachten Pixie aus, wenn sie während des Vorlesens ins Stocken kam. Es war so beschämend gewesen. Denn manchmal erregten die Geschichten sie sogar, trotz der latenten Angst, die sie immer verspürte. Sie fühlte sich immer noch schmutzig. Ein Gefühl, an dem sämtliche ihrer Versuche gescheitert waren, im Erwachsenenalter eine Beziehung einzugehen.

Der süße Geruch von Popkorn erfüllte die Luft, und vor ihr auf dem Tisch stand eine Flasche Whiskey mit zwei Gläsern.

Mit einem lauten Scheppern stellte Dred das Schüreisen wieder in den Ständer und rückte das Kamingitter zurecht. Einen Moment lang beobachtete er aus nächster Nähe das knisternde Feuer und setzte sich dann neben sie auf die Couch, die so groß war, dass sie problemlos als Bett durchgehen konnte.

»Komm her«, brummte er und zog sie mühelos an sich heran. »Jetzt mal ehrlich, ich hab schon Burger gegessen, die mehr wogen als du.«

Pixie musste lachen. Als sie Dred zum ersten Mal in der Tür des Second Circle hatte stehen sehen, war sie seltsamerweise von seiner Statur eingeschüchtert gewesen. Es war ja nicht so, dass sie mit Trent und Cujo nicht auch täglich große Kerle um sich hatte, aber Dred war noch um einiges kräftiger. Doch jetzt fühlte sie sich in seiner Umarmung geborgen.

»Das nehm ich dann mal als Kompliment. Ich kann so viel essen, wie ich will, ich nehme einfach nicht zu. Als ich jünger war, habe ich es gehasst, so dürr zu sein.«

»Also, dürr bist du heute sicherlich nicht.« Dred streichelte über ihre Taille und glitt mit der Hand unter den Saum ihrer Bluse. Dann griff er nach der Fernbedienung und schaltete den an der Wand befestigten Fernseher ein. »Wonach ist dir?« Er öffnete das Menü.

Es fiel Pixie schwer, eine Entscheidung zu fällen, wenn er sie so anfasste. Er fuhr träge mit seinen merkwürdig geschnittenen Fingernägeln über ihre Haut. Auf fast schmerzhafte Weise war sie sich bewusst, wie er sie mit seinem Körper umgab, und es grenzte an ein Wunder, dass sie überhaupt noch wusste, wie sie hieß.

»Action? Horror? Und jetzt komm mir nicht mit irgendwelchen romantischen Komödien.«

»Wie wär's mit Musicals? *Pitch Perfect?* Oder *Les Misérables? ›Drum schließt euch uns an, jede Frau, jeder Mann, und seid frei.‹*«

Dred legte ihr eine Hand auf den Mund und beendete

damit einen ihrer absoluten Lieblingssongs. »Eher würd ich mir einen Arm abhacken«, erwiderte er todernst.

Pixie kicherte und erlöste ihn. »Wie wär's mit einem guten alten Horrorfilm? Also damit meine ich alt für mich. *Nightmare on Elm Street*, *Poltergeist* oder *Hellraiser*. So was in der Art.«

»Du bist echt immer wieder für eine Überraschung gut.« Dred scrollte durch das Menü. »Wie wär's mit *The Shining*?«

»Perfekt.«

Dred startete den Film, lehnte sich zurück und Pixie machte es sich an seiner Seite bequem. Sie hörte sein Herz schlagen. Langsam und regelmäßig schlug es im Rhythmus der eindringlichen Melodie, mit der der Film begann. Die Kamera schwenkte über einen See in Colorado, bis sie einen Wagen im Visier hatte, der sich den Weg durch einen dichten Wald bahnte. Pixie hatte jedoch Mühe, dem Geschehen zu folgen.

Was war das nur mit Dreds Fingern? Vielleicht war ihr ja vom Kaminfeuer warm, vielleicht wurde ihr aber auch davon warm, dass Dreds Finger ihre sinnliche Bahn mittlerweile knapp über dem Hosenbund ihrer Jeans verfolgten.

Wenn sie sich mehr auf Kubricks außerordentliche Regiearbeit und die symbolische Bedeutung des Zimmers Nummer 237 konzentrierte, würde ihre Erregung vielleicht wieder abflachen. Oder wenn sie Jack Nicholsons Rolle des Jack Torrence analysierte, würde sie vielleicht weniger das Bedürfnis haben, ihre Finger über Dreds Brustkorb gleiten zu lassen, um zu ertasten, ob seine Brustmuskulatur sich wirklich so hart anfühlte, wie sie es sich vorstellte.

Pixie setzte sich auf und streckte ihre Hand nach dem

Whiskeyglas aus – vielleicht würde ja die beißende Flüssigkeit ihre Gefühle unterdrücken. Die Vorstellung, dass ihr erstes Date in seinen Armen endete, möglicherweise sogar in seinem Bett, war befremdlich, aber mit Dred fühlte es sich irgendwie anders an. Sie schwenkte den Whiskey im Glas, bis Dred ihr das Glas aus der Hand nahm und es wieder auf den Tisch stellte.

So wie Dred es auch mit dem Feuer gemacht hatte, schürte er die Glut in ihr. Pixie schaute ihn an und er nahm ihr Gesicht in die Hände.

Als er sie heftig küsste, war von den weichen Lippen, die sie den Tag über hatte kosten dürfen, nichts mehr zu spüren; stattdessen erinnerte sie der Kuss an die aufgestaute Energie, die sich während der Knutscherei auf dem Konzert entladen hatte. Seine Lust auf sie war mehr als deutlich zu spüren.

»Oh Mann«, knurrte Dred.

Der Kuss gab Pixie den Rest.

Er zog sie an sich und sie ließ sich auf seinen kräftigen Brustkorb fallen. Starke Hände glitten über ihren Rücken, das Gefühl war so überwältigend, dass sie nicht weiter darüber nachdachte, welches Ziel diese Hände haben könnten. An ihrem Hintern angelangt, hob Dred sie schließlich hoch und setzte sie rittlings auf sich. Pixie war noch nie mit einem Mann zusammen gewesen, der einen körperlich dermaßen einschüchtern konnte, und seine rohe Kraft machte sie unglaublich an. Sie versuchte mit aller Kraft, Vergangenheit und Gegenwart zu trennen und aufkommende Schuldgefühle zu unterdrücken.

Dred löste sich von ihr. »Tut mir leid, Pix, ich … Verflucht … Noch zehn Sekunden und …«

Pixie kämpfte gegen den Sog an, den Dred in ihr auslöste. Gerade noch hatte sie gedacht, wieder einigermaßen die Kontrolle über sich zu haben, da stöhnte Dred lustvolle Worte in ihren Mund, und sie vergaß sich wieder. Sie ging unter. Pixie drückte sich von seinem Brustkorb ab, hin und her gerissen zwischen der Angst und der Lust weiterzumachen.

»Tut mir leid, Pix. Wenn du in meiner Nähe bist, dann …«

»Ja, ich weiß.« Pixie seufzte und versuchte ihre Gefühle, die Achterbahn fuhren, wieder in den Griff zu bekommen. Sie rutschte unruhig auf seinem Schoß herum.

»Egal, wie gut sich das anfühlt, Pixie, ich versuche zu ignorieren, wie du deinen kleinen Arsch gegen meinen Schwanz drückst.« Er sah sie mit Augen an, die jegliche Regung ausblendeten, aber die harte Wölbung seiner Erektion sagte mehr als genug.

»Es tut mir leid, ich kann nicht«, murmelte sie.

Dred hob sie von seinem Schoß herunter und legte sich in voller Länge auf die Couch. »Komm zurück zu mir, Schneeflöckchen.«

Es gefiel Pixie, dass er sie so nannte. Auch wenn sie bezweifelte, dass sie die Reinheit einer Schneeflocke besaß.

Sie legte sich längs vor ihn und kuschelte sich mit dem Rücken an seinen Brustkorb. Dred schlang seine Arme um sie und zog sie etwas höher, so dass sie mit dem Kopf auf dem Kissen liegen konnte.

Er strich ihr das Haar sanft zurück und küsste ihren Nacken. »Ich werde so lange warten, wie du brauchst, Pix. Und ich bin davon überzeugt, dass wir den besten Sex der Welt haben werden, wenn es so weit ist. Aber glaub ja nicht, dass ich mir jetzt nichts mehr wünschen würde, als dich auf der Stelle auszuziehen und zu nehmen.«

Seine Worte bewirkten, dass sie es auch wollte.

*

Scheiße, ist das hell.

Dred öffnete ein Auge und versuchte, etwas zu erkennen. *Verdammt*. Sie lagen immer noch auf der Couch im Gemeinschaftsraum. Jemand hatte eine Decke über sie geworfen. Wahrscheinlich einer der Jungs, als sie heute Nacht nach Hause gekommen waren. Ihm war unglaublich heiß und er hatte einen Geschmack im Mund, als wäre etwas darin gestorben.

Wenn er es nicht besser wüsste, könnte er schwören, dass ihn ein Oktopus umklammert hielt. Er hob den Kopf, um Pixie anzuschauen. Sie schlief immer noch tief und fest, mit leicht geöffnetem Mund, dennoch wunderschön anzusehen.

Er hatte die dicksten Eier, die man sich vorstellen konnte, aber das hielt seinen Schwanz nicht davon ab zu machen, was er wollte.

Jordan saß am Küchentresen und frühstückte die einzigen Cerealien, die er überhaupt aß, Lucky Charms. Er hatte vor lauter Angst, irgendwann mal ohne dazusitzen, immer ein halbes Dutzend Packungen auf Lager. Es gab sogar eine Klausel in ihrem Vertrag, dass bei jedem Auftritt Lucky Charms bereitgestellt werden mussten. Meine Güte, was waren sie doch für ein kaputter Haufen.

»Morgen, Mann«, sagte Dred leise.

Geschickt befreite er sich aus Pixies Umklammerung und kletterte über die Rückenlehne. Sein Nacken fühlte sich zwar etwas steif an, dennoch hatte er seit Monaten nicht mehr so gut geschlafen.

Bei der Vorstellung, dass Pixie heute nach Hause flog, fühlten sich seine Eier an, als würden Gewichte aus Stahl daran hängen. Sie hatte nicht nur verstanden und akzeptiert, dass er mit den Jungs zusammenlebte, sie respektierte ihn sogar dafür. Die Mädels, die er früher mit nach Hause gebracht hatte, waren vor allem daran interessiert gewesen, mit dem Rockstar zu vögeln, wahlweise auch mit den Rockstars. Groupies, die am liebsten mit der ganzen Band ins Bett gestiegen wären. Nie hatte eine von ihnen danach gefragt, warum die Band im gleichen Haus lebte.

Was wäre, wenn sie nach Hause flog und nie wieder zurückkommen wollte? Oder noch schlimmer, was wäre, wenn er ihr mit seinen unkontrollierten Wutausbrüchen Angst machte? Sie würde ganz bestimmt gehen. Würde sie ihn abschreiben, so wie er es schon von seinen insgesamt neun früheren Pflegestellen kannte? Die einzigen Menschen, die immer hinter ihm gestanden hatten, waren Maisey, Ellen und die Männer in diesem Haus. Neben dem Kühlschrank lag ein Blatt Papier, das er jetzt in die Hand nahm, um weitere Textideen für den Song aufzuschreiben, mit dem er den Abend zuvor angefangen hatte

Ich kann diesen Song nicht schreiben ohne dich. Was mach ich nur ohne dich?

Dred trommelte mit dem Stift nervös auf dem Blatt herum. Die anderen Gedanken waren bis jetzt nur ein Gefühl. Bilder. Nichts, das er schon in konkrete Worte fassen konnte.

Jordan schob ihm eine Tasse Kaffee hin. Dred hatte nicht mal mitbekommen, dass er aufgestanden war.

»Du siehst so aus, als könntest du das gebrauchen«, flüsterte Jordan.

Dred warf einen Blick Richtung Pixie, die immer noch schlief. Ein Teil von ihm wünschte sich, sie nach oben zu tragen und den ganzen Tag mit ihr im Bett zu verbringen. Aber er hatte den plötzlichen Stimmungsumschwung gespürt, als sie sich auf der Couch geküsst hatten. Erst war sie voll bei ihm gewesen, dann hatte sich etwas in ihrem Kopf umgeschaltet und sie hatte ihn weggedrückt. Er musste da unbedingt nachhaken, nicht, weil er auf Sex drängte, das würde er nie tun, aber er wollte, dass sie sich damit auseinandersetzte, was sich in dem Moment zwischen sie gestellt hatte, damit sie es gemeinsam angehen konnten.

»Danke.« Dred nahm einen Schluck Kaffee. Und ja, es war sicherlich männlicher, den Kaffee pechschwarz zu trinken, aber er bevorzugte ihn sehr süß.

»Hattet ihr einen schönen Abend?«

»Ja, fast zu gut«, antwortete Dred grinsend.

Hinter ihm trat jemand in die Küche. »Deinem Zustand nach zu urteilen, kann der Sex ja nicht so geil gewesen sein, ihr habt vorhin ausgesehen wie Teenager, die auf der Couch aneinandergekuschelt geschlafen haben.«

Dred konnte sich danach nicht mehr erinnern, was er mit Hocker oder Kaffeetasse gemacht hatte. Er konnte sich auch nicht daran erinnern, dass er quer durch die Küche gestapft war, weil er nichts anderes mehr im Sinn hatte, als Lennon für seine höchst despektierlichen Bemerkungen an die Gurgel zu gehen.

Jederzeit würde er eine komplett angezogene Nacht mit Pixie auf der Couch einem der gesichtslosen Groupies vorziehen, die er bis zur Besinnungslosigkeit durchgevögelt hatte.

»Halt deine verdammte Schnauze, Lennon.«

Lennon grinste, und Dred nahm ihn noch mehr in die Mangel. »Ich mach doch nur Spaß«, presste Lennon hervor.

Dred rempelte Lennon gegen den Kühlschrank, in dem es mächtig klirrte. »Arschloch.«

»Danke für deine Unterstützung, Jordan«, sagte Lennon vornübergebeugt, der von dem plötzlichen Angriff völlig außer Atem war.

»Die Kuhle hast du dir schön selbst gegraben.« Jordan nahm unaufgeregt einen weiteren Schluck Kaffee. Es würde nicht der erste und sicherlich nicht der letzte Streit sein, der in diesem Haus stattfand. Sie stritten sich ständig, rieben sich immer wieder an ihren unterschiedlichen Persönlichkeiten und Ängsten.

»Sieht so aus, als wenn er heute Nacht nicht so tief graben konnte. Der wäre nicht so auf hundertachtzig, wenn ... ufff!« Lennon klappte zusammen und landete auf dem Boden, nachdem sein Magen mit Dreds Faust Bekanntschaft gemacht hatte. Dred wollte ihn gerade wieder hochziehen, um ihm noch mal eine zu verpassen, als Jordan dazwischentrat.

»Das reicht, Dred, das hat er verdient, aber das war's. Und du ...« Jordan wandte sich an Lennon, der immer noch auf dem Boden kniete und nach Luft schnappte, »du gehst jetzt wieder nach oben und machst dich fertig. Die Probe geht in einer halben Stunde los.«

Dred ließ Lennon los und erblickte Pixie, die irgendwann

während des Gerangels aufgewacht war und jetzt kerzengerade auf der Couch saß und ihn mit weit geöffneten Augen anstarrte.

»Aber ich wollte mir noch was zu essen …«

»Nein, das wolltest du nicht«, unterbrach Jordan ihn. »Hol dir was, wenn du wieder runterkommst.«

Dred hörte den Wasserhahn rauschen, etwas schepperte in der Spüle und die Spülmaschine wurde geöffnet, aber nicht einmal wandte er den Blick von Pixie.

»Wir holen dich dazu, sobald wir die Melodien klar haben«, sagte Jordan, und Dred hörte, wie sich Schritte in Richtung Treppe entfernten.

Pixies Haare waren verwuschelt und sie hatte die Decke um sich gezogen.

Dred hatte Lennon wegen eines blöden Witzes geschlagen, den jeder von ihnen egal wann hätte reißen können, ohne dass er so darauf reagiert hätte. Aber weil es um Pixie ging, war er schneller auf den Füßen gewesen und Lennon buchstäblich an die Gurgel gegangen, bevor Jordan den Satz überhaupt zu Ende gebracht hatte.

Er hatte keine Erklärung dafür, warum Lennons Worte ihn derart getroffen hatten.

Genauso wenig hatte er eine Erklärung dafür, warum diese Frau anfing, ihm so viel zu bedeuten.

Kapitel 8

Pixie wurde vom Geräusch laut scheppernder Gläser wach und öffnete die Augen gerade rechtzeitig, um mitzubekommen, dass Lennon gegen den Kühlschrank gerammt wurde. Dred war offensichtlich der Größere von beiden, er war Lennon gegenüber klar im Vorteil. Lennon machte keinen übermäßig beunruhigten Eindruck. Jordan grinste sogar, auch nachdem Dred Lennon in den Magen geboxt hatte.

Danach verließen alle die Küche, und Pixie, die sich in die Decke gewickelt hatte, blieb zurück und überlegte krampfhaft, wie sie es jetzt am besten anstellte, um im Bad zu verschwinden.

Dred setzte sich zur ihr auf die Couch. »Morgen, Schneeflöckchen.« Er küsste sie sanft, seine Lippen waren warm und einladend.

Pixie wollte Klarheit. »Was war da los?«

»Lennon hat sich wie ein Arsch benommen.«

»Darum hast du ihn geschlagen?«

»Ja. Er war dem hier gegenüber absolut respektlos.« Dred machte eine Handbewegung zwischen ihnen und der Couch.

»Uns gegenüber?«

»Nein, dass wir auf der Couch geschlafen haben.«

»Weil die Couch nicht gut ist?«

»Echt jetzt, Pix, du willst wirklich, dass ich es laut sage?«

»Dass du was sagst?«

Dred schlug die Hände über dem Kopf zusammen.

»Weil wir nicht nackt waren oder es im Bett miteinander getrieben haben. Er hat damit gemeint, dass wir … dass ich dich nicht …«

»Okay, ich verstehe.« Weil sie angezogen auf der Couch geschlafen hatten. »Verletzte Eitelkeit und so?« Pixie versuchte sich erst gar nicht vorzustellen, was Lennon zu ihrem Geheimnis sagen würde.

Dred sah sie an. »Nein, das auf keinen Fall. Mich interessiert es einen Scheißdreck, was er davon halten könnte, wie lange ich kann oder nicht kann. Ich wollte nicht, dass er etwas über dich sagt. Dafür bist du mir zu wichtig. Zu … ach, ich weiß es doch auch nicht.«

Er machte es schon wieder. Dred beschützte sie, ohne sich dessen bewusst zu sein. Ja, er war jähzornig, aber er hatte außerdem ein ausgeprägtes Rechtsbewusstsein, und es gab immer wieder Situationen, in denen er sie instinktiv beschützte. »Ich kann nicht unbedingt sagen, dass ich mit deinen Methoden einverstanden bin, aber danke, dass du meine Ehre verteidigst«, erwiderte sie lächelnd.

»Immer wieder gern, Schneeflöckchen«, flüsterte er ihr ins Ohr. »Das war die beste Nacht. Die ich je hatte.«

»Das meinst du nicht ernst.« Pixie lachte und war gleichzeitig traurig.

Dred knurrte, nahm sie in die Arme und stellte sie auf die Füße. »Soll ich dir zeigen, wie sehr ich es genossen habe?« Er drückte sie fest an sich, und sie konnte die harte Ausbuchtung seiner Erektion an ihrem Bauch spüren. Es erregte und beängstigte sie gleichermaßen zu Tode.

Es wäre jetzt so einfach, Ja zu sagen und zuzulassen, dass er mit ihr nach oben ging, aber einmal dort angekommen, würde sie von den üblichen Gefühlen überwältigt werden.

»Es ist nicht so, als wenn ich es nicht auch wollen würde, Dred. Es ist nur so, …«

»Schon in Ordnung, Pix. Ich will dich zu nichts drängen. Und ich will auch nichts davon hören, dass Lennon mit dem, was er gesagt hat, möglicherweise recht hat.«

Pixie stellte sich auf die Zehenspitzen und küsste ihn; dafür sog er an ihrer Unterlippe.

»Womit hab ich das jetzt verdient?«

Pixie grinste. »Ich will nichts davon hören, dass du befürchtest, dass ich möglicherweise denken könnte, dass er recht haben könnte.«

Nach dem das geklärt war, folgte Dred seinen Jungs nach unten ins Aufnahmestudio, und Pixie duschte lang in seinem luxuriösen Badezimmer. Der hochwertige Duschkopf mit mehr Einstellungen, als man jemals gebrauchen konnte, und die weichsten Handtücher, die Pixie jemals zu spüren bekommen hatte, konnten jedoch nicht darüber hinwegtäuschen, dass das Bad spärlich und schmucklos eingerichtet war. Mit einer Pflanze und ein bisschen Deko ließe sich das schnell ändern. In ein Handtuch gewickelt föhnte Pixie sich die Haare glatt. Dann entschied sie sich für dezente Schminke, tuschte sich nur die Wimpern und legte etwas Lipgloss auf.

Sie verstaute alles wieder ordentlich in ihren Rollkoffer, da summte ihr Handy.

Mann, bin ich froh, dass der Typ nicht Lover Nr. 2 ist ... dann müssten wir uns nämlich ernsthaft über deinen Geschmack unterhalten!

Lia hatte ein Bild angehängt. Arnie hatte versucht, sie in ihrer Wohnung aufzusuchen. Pixie legte ihr Handy zurück. Dass Arnie zurück war, wühlte sie zutiefst auf. Es gab so viel, was sie ihn fragen wollte. Zum Beispiel, was passiert war, nachdem sie aus dem Wohnwagen geflüchtet war. Sie konnte sich nicht vorstellen, dass Arnie die Polizei gerufen hatte, angesichts des Drogenvorrats, der über den ganzen Wohnwagen verteilt gewesen war. Irgendjemand musste aber die Leiche fortgeschafft haben. Bei dem Gedanken wurde ihr übel.

Der Geruch von gebratenem Frühstück drang ins Zimmer, wodurch ihr nur noch schlechter wurde.

Das Timing hatte schon fast etwas Symbolisches, oder zumindest konnte man es Ironie des Schicksals nennen. In der Vergangenheit hatte sie Verabredungen gehabt, weil man das wohl von ihr erwartete. Oder weil Lia sie mit jemandem verkuppeln wollte. Hin und wieder war sie mit einem Kunden im Tattoo-Shop ins Gespräch gekommen, den sie nett fand, und hatte sich auf einen Kaffee einladen lassen. Aber Dred war der erste Mann, der ernsthaft für sie in Frage kam. Das, was sie gerade miteinander aufbauten, könnte genug Dynamik entwickeln, um die anfänglichen Schwierigkeiten miteinander zu bewältigen, auch wenn sie nicht bis zum Ende gehen würden. Wieso tauchte ausgerechnet jetzt, wo sie Dred gefunden hatte, ihr Stiefvater wieder auf, der das krasse Gegenteil von Dred war?

Pixie setzte sich aufs Bett und atmete tief durch. Es

grenzte an Folter, dass sie nicht wusste, was Arnie vorhatte.

So, sie würde sich später darüber Gedanken machen. Sie war in Kanada. Mit Dred. Sie wollte ihre Zeit mit ihm genießen und sich keine Gedanken darüber machen, was ihr Stiefvater von ihr wollte. Unten wartete ein unglaublich attraktiver Mann auf sie. Einer, der darauf bedacht war, es ihr recht zu machen und sie nicht zu drängen. Auch wenn seine geflüsterten Worte sie immer wieder lockten, ihre Ängste Ängste sein zu lassen. Um ihm das zu geben, was ihr Stiefvater und seine Kumpanen ihr niemals hatten nehmen können.

»Perfektes Timing.« Dred stellte zwei große Teller mit Rührei und Bacon auf den Tisch. Es war mittlerweile später Vormittag und sie stürzten sich heißhungrig auf ihr Frühstück. Pixie trank ihr Körpergewicht an Kaffee, und der leichte Kater, den sie vom gestrigen Alkoholkonsum hatte, löste sich auf.

»Also, ich hab mir für heute folgende Optionen überlegt.« Dred trug Vorschläge aus seiner Liste vor, aber Pixie hörte ihm nicht so richtig zu.

Auch wenn sie an seinen Lippen hing. Aber sie überlegte gerade eher, ob sie den Mut haben würde, sich über den Tisch zu beugen, um an seiner Unterlippe zu saugen.

Wenn sie ihm einfach von ihren Blockaden erzählte, würde er sie vielleicht verstehen. Trent und Harper hatten auch einige Schwierigkeiten zu meistern gehabt, als sie zusammenkamen. Aber das hier war anders. Würde Dred ihr überhaupt glauben? Manchmal fiel es ihr selbst sogar schwer zu glauben, was sie alles über sich hatte ergehen lassen müssen. Und sie hatte den Mann umgebracht, der ihr das Einzige nehmen wollte, was sie sich noch hatte bewahren können.

»Was davon möchtest du gern machen?«, fragte Dred.

»Bitte?«

»Wo warst du denn gerade, Pix?«

»Tut mir leid, ich ...«

Dred nahm ihre Hand. »Raus damit, Schneeflöckchen.«

»Nein, ernsthaft jetzt. Was waren bitte noch mal deine Optionen?«

Dred küsste erst ihren Handrücken, dann die Handinnenseite. »Die Optionen waren *Sag mir die Wahrheit oder wir sitzen den ganzen Tag hier.*« Er seufzte, als er ihre Hand wieder losließ und sie auf ihrem Schoß platzierte. »Ich will, dass du mich teilhaben lässt, Schneeflöckchen. An den großen Dingen, den lustigen Dingen, den unbedeutenden Dingen und den traurigen Dingen. An allem.«

Alles zog sich in ihr zusammen. Sie atmete tief durch. War er bereit?

Er drückte ihr Knie. »Vertrau mir.«

»Ich habe ... noch nie ... mit einem Mann ... weißt du, was ich meine?«

*

Sie war rein wie eine Schneeflocke.

Dred wusste, dass es sich um einen Urinstinkt handelte und überhaupt nicht modern oder feinfühlig war, aber verdammte Tat. Sie hatte ihm gerade das beste Geschenk des ganzen Universums gemacht. Noch nie hatte jemand das gemacht, was er mit ihr machen wollte. Er würde ihr erster Mann sein. Pixie errötete, als wäre das eine schlechte Sache.

Dred erinnerte sich an Trents Mahnung, es mit Pixie langsam angehen zu lassen. Hatte sie ihm davon erzählt? »Wissen andere auch davon?«, fragte er.

»Nein.« Pixie löste sich von ihm. »Natürlich nicht. Meinst du etwa, ich geh damit hausieren?« Sie stand auf und brachte ihren Teller zur Spüle.

Scheiße. So hatte er das nicht gemeint. Er hatte endlich etwas, das ihm ganz allein gehörte. Etwas, das niemand ihm wegnehmen konnte. Etwas, das die wunderschöne Frau vor ihm mit ihm teilen wollte.

Sie kam zurück, um auch seinen Teller wegzuräumen, da griff er nach ihrer Hand. »Für jemanden, der Songtexte schreibt, habe ich ein besonderes Talent dafür, ein absoluter Vollidiot zu sein, wenn es darum geht, die richtigen Worte zu finden.«

Pixie sah ihm in die Augen, und für einen kurzen Augenblick erkannte er in ihrem Gesicht die Worte, die sie nicht sagte. Trents und Cujos Beschützerinstinkt, Pixies Zögern, ihre Verlegenheit. Sie hatte nicht freiwillig noch nie mit jemandem geschlafen. Sie hatte Angst. Die daher rührte, dass sie etwas Furchtbares durchgemacht hatte. Sie war wie er, und obwohl ihr Leid ihn schmerzte, bedeutete das aber auch, dass sie ihn verstand. Und er verstand sie.

»Sag es mir noch mal, Schneeflöckchen.« Er zog sie an sich, bis sie auf einer Augenhöhe waren.

Pixie schüttelte sanft den Kopf. Dred legte ihre Hand auf sein Herz.

»Gib mir die Möglichkeit, dir zu sagen, was ich mit dem

Herzen gespürt habe, um die Worte, die in meinem Kopf waren, wiedergutzumachen.«

»Ich bin Jungfrau. Da hast du's. Bist du jetzt glücklich?« Sie wand sich in seinen Armen, was angesichts ihres Gesprächsthemas dazu führte, dass sein Schwanz schnell die Habacht-Stellung einnahm. Nicht, dass der bald Druck ablassen würde. Denn Dred würde Pixie so lange wie nötig umwerben, bevor er das erste Mal mit ihr ins Bett ging.

»Das macht mich total euphorisch, Pixie. Und gleichzeitig furchtbar nervös. Dass du überhaupt dazu bereit warst, so etwas Kostbares mit mir zu teilen, das ist das größte Geschenk, das du mir machen konntest.«

Pixie legte ihren Kopf an seine Schulter und ließ die Hände baumeln. Eine ganze Zeit lang passierte nichts. Dann spürte Dred ihre warmen Lippen an seinem Nacken, und er zog sie fester an sich. Sie hinterließ eine glühende Kussspur vom Nacken bis zum Kiefer, bis sie mit den Lippen seinen Mund fand.

Sie befreite ihre Hände aus seiner Umarmung und umfasste sein Gesicht, wodurch er sich irgendwie ... wertgeschätzt fühlte. Er fuhr mit den Händen über ihre Taille, entlang der weichen Erhebung ihrer Brüste, um schließlich ihr Gesicht auf die gleiche Weise in seine Hände zu nehmen wie sie. Er folgte ihrem Beispiel und küsste sie, etwas inniger, wobei er unbedingt dem Drang widerstehen musste, sie auf den Küchentresen zu heben, um sie auf der Stelle dort zu nehmen. Bevor das geschehen konnte, lag noch ein langer Weg vor ihnen. Es loderte in ihm. Er glühte förmlich für sie. Aber zum ersten Mal überhaupt freute er sich darauf, sich Zeit zu nehmen – um Pixie zu helfen, ihre Sexualität zu entdecken.

Dred löste sich heftig atmend von ihr. Ihre vom Knutschen geschwollenen Lippen waren zum Reinbeißen. »Wir brauchen Grundregeln, Schneeflöckchen.«

»Ach so?«

»Ja.« Er fuhr ihr mit den Fingern durchs Haar und ließ seine Hände ihren Rücken hinabgleiten. »Ich möchte, dass du dich sicher fühlst mit mir. Die erste Regel lautet also, du wählst den Zeitpunkt, ich wähle die Art und Weise.«

»Du wählst die Art und Weise?«, hauchte Pixie.

Ja, genau ... weil ihm Kontrolle im Bett noch wichtiger war als Musikmachen.

Dred nickte. »Vertrau mir.«

»Willst du eigentlich nicht wissen, warum?« Pixie sah ihn fragend an.

Darüber musste er nicht mal nachdenken. »Nein«, antwortete er kopfschüttelnd. »Du wirst es mir schon erzählen, wenn du bereit bist. Aber eine Frage hätte ich jetzt doch an dich.«

»Was denn?«, fragte Pixie nervös.

»Dein Beweggrund. Es geht dir nicht darum, dich für den richtigen Menschen aufzusparen, oder?«

Pixie schüttelte den Kopf. »Ich hab's schon mal versucht, Dred. Es gab nie ein gutes Ende.«

Was war er doch für ein Glückspilz, dass jedes andere Arschloch, das die Möglichkeit gehabt hätte, es vergeigt hatte. »Dieses Mal gibt es ein gutes Ende. Weil Regel Nummer zwei nämlich lautet, dass ich verspreche aufzuhören, wenn du es sagst. Ich will, dass wir es versuchen. Ich will dich ausziehen, dich lecken. Ich will, dass du mich ausziehst und mich leckst und Spaß daran hast. Und falls es noch weiter geht, will ich meine Finger überall an und in dir haben, es sei denn, du willst es nicht. Ich will nicht jedes Mal um Erlaubnis bitten müssen, bevor ich dich berühre, oder wieder auf dem Thema rumreiten und uns daran erinnern. Ich will es genießen. Dich genießen.«

Und weil er sie so unwiderstehlich fand, küsste er sie wieder. Die Regeln schienen zu wirken, sie krallte sich in seine Schultern und schmiegte sich an ihn. Ein himmlisches Gefühl. Er streichelte über ihren Hintern, knetete ihn, zog sie an sich und unterdrückte ein Grinsen, als sie aufstöhnte.

»Kann ich eine Regel hinzufügen?«, fragte Pixie und klebte dabei fast an seinen Lippen.

Dred nickte und wartete gespannt darauf, was es war.

»Behandle mich nicht wie ein rohes Ei. Ich gehe nicht kaputt, Dred.«

»Einverstanden.« Um sein Einverständnis noch zu unterstreichen, glitt er mit seinen Händen unter ihre Jeans und über ihren nackten Hintern.

Als Pixie nach Luft rang, lachte Dred auf. »Na? Bist du bereit für die Probe?« Er wechselte das Thema und hoffte, damit die erhöhte Blutzufuhr in seinem Schwanz in andere Bahnen zu lenken. Zu 90 Prozent fühlte er mit Pixie, zu 10 Prozent war er bereit, sie in allen nur denkbaren Stellungen zu nehmen, daher entschied er sich jetzt für ein Ablenkungsmanöver.

Dred zeigte Pixie das komplette Studio; das hatte er mit einer anderen Frau noch nie gemacht. Eigentlich waren die Groupies total geil darauf, aber er hatte keine Lust, den Ort, in dem er nach Inspiration suchte, mit bedeutungslosen Erinnerungen zu besudeln. Sie hinterließen möglicherweise

Spuren an seinem Arbeitsplatz, die sich auf die Musik, die dort entstand, auswirken würden.

Die Probe dauerte etwa zwei Stunden. Dred schaffte es erstaunlicherweise, sich zu konzentrieren, auch nachdem Pixie die Bombe hatte platzen lassen. Nikan probierte sich an dem Refrain für den Song aus, an dem sie gerade arbeiteten, in dem alle vier Gitarren komplexe, jeweils sehr unterschiedliche Melodien spielten, und es dauerte eine Weile, bis das Timing stimmte. Sie machten kurz vorm Mittagessen eine Pause, um noch einige Änderungen zu besprechen. Lennon versuchte Pixie einen einfachen Rock-Groove im Achtelrhythmus am Schlagzeug beizubringen, sie trommelte wenig erfolgreich auf dem Becken, der großen und kleinen Trommel herum und lachte laut. Als Lennon es ihr noch mal vorspielte, um ihr zu zeigen, wie es ging, stimmte Pixie *Billie Jean* an.

Dred musste zweimal hinhören. Ihre Stimme war ... perfekt. Klarer Ton, Stimmlage, Volumen. Alles passte. Er hatte sie schon mal summen oder leise singen hören, aber das hier hatte richtig Kraft. Jordan stimmte mit seinem Bass ein und Pixie geriet ins Stottern.

»Nein«, rief Lennon, »mach weiter.«

Nikan und Dred hängten sich ihre Gitarren wieder über die Schultern. Nikan übernahm mit seiner E-Gitarre den Geigenpart und Dred das Gitarrensolo.

Dred bedeutete Pixie mit dem Kopf, sich zu ihm ans Mikrofon zu stellen, aber sie schüttelte vehement den Kopf. Er lachte. Manchmal vergaß er, wie viel Spaß es machte, einfach nur so zu spielen. Und nicht nur ihre eigenen Songs. Vielleicht sogar ein ganz anderes Genre. Lieblingssongs von anderen Künstlern, Songs, die sie als Jugendliche gespielt hatten, als sie noch nicht ihr eigenes Repertoire hatten.

Als das Lied zu Ende war, jubelte Pixie, und Lennon gab ihr ein High-Five. Dred setzte seine Gitarre ab und wartete darauf, dass sie sich zu ihm gesellte.

»Na, du lässt mich wohl warten, was?«, neckte er sie, als sie sich den Weg schließlich zu ihm gebahnt hatte und die Arme um seine Taille schlang.

»Das hat Spaß gemacht«, sagte sie mit großen funkelnden Augen.

»Deine Stimme ist ja der Hammer.« Ja, das war sie. Dred bekam auf einmal jede Menge dummer Gedanken. Am liebsten hätte er sie gefragt, ob sie Lust hätte, gemeinsam mit ihm ein Lied aufzunehmen.

Pixie zuckte mit den Schultern. »Ja, ist ganz okay.«

»Mehr als okay, Pix. Die ist super«, kommentierte Nikan und klopfte ihr im Vorbeigehen anerkennend auf die Schulter.

Dred küsste sie und knabberte an ihrer Unterlippe. »Du schmeckst so gut, meine Süße.« Er löste sich von ihr und stellte seine Gitarre zurück in die Halterung. »Lass uns was essen.«

Ihr spätes Mittagessen bestand aus verschiedenen Käse- und Wurstsorten mit Weintrauben und frischem Brot, das er zuvor im St. Lawrence Market geholt hatte.

Als sie fertig gegessen und aufgeräumt hatten, gingen sie nach oben, weil Pixie packen musste. Dred wollte noch nicht, dass sie ging. Sie hatte frischen Wind mit ins Haus gebracht, und auch wenn er sie nur ungern mit den Jungs teilte, hatte sie allen gute Laune gemacht.

»Wie viel würde es mich kosten, damit du einen Tag länger bleibst?«, fragte Dred sie. Mit jedem Kleidungsstück, das sie in ihrem Koffer verstaute, starb etwas in ihm.

»Es würde mich meinen Job kosten«, antwortete sie und lächelte in seine Richtung.

»Nein, das würde es nicht. Trent und Cujo hast du doch um deinen kleinen Finger gewickelt.«

Pixie schloss ihren Rollkoffer.

»Den nehm ich.« Dred stand vom Sofa auf und schnappte sich den Koffer mit einer Hand, um ihn auf dem Boden abzustellen. Dann nahm er Pixie in die Arme und legte sie aufs Bett. Er legte sich neben sie und sah sie an. Dann zog er sie sanft an sich und genoss es, wie sie sich an ihn schmiegte, auch weil er so ihre Brüste spüren konnte. Genau hier hätten sie die letzte Nacht schlafen sollen. Hier in seinem Zimmer, wo sie eine Erinnerung geschaffen hätten, die ihn über die Zeit hinweggetröstet hätte, wenn sie nicht da war.

»Danke für ein tolles Wochenende«, hauchte sie, »ich hab es sehr genossen.«

»Immer wieder gern, Schneeflöckchen.« Seine Hände waren überall gleichzeitig. Mit der einen streichelte er über ihren Rücken, mit der anderen über ihre Brust. Dann überraschte Pixie ihn, als sie sich plötzlich auf ihn setzte und sein Gesicht abküsste. Allerlei Gedanken stürmten auf ihn ein. Er brachte kein Wort heraus und traute sich kaum zu atmen, weil er ihr keine Angst machen wollte. Er wollte sie. So sehr. In allen möglichen Stellungen, die er sich schon so oft ausgemalt hatte.

Mit einer schnellen Bewegung dreht er Pixie um und kam

auf sie zu liegen. Sie schnappte nach Luft. »Erinnerst du dich an die Regeln, Pix? Ich schwöre dir, es wird alles gut. Lass uns ein bisschen spielen.«

*

Lass uns ein bisschen spielen.

Die Worte hallten in ihrem Kopf wider, während sie versuchte, die Tatsache zu verarbeiten, dass sie unter einem Mann lag, der sich jetzt alles von ihr nehmen konnte, was er wollte.

Stattdessen sah er sie mit einer Mischung aus roher Kraft und Hoffnung an.

Pixie nahm seine Hand und führte sie unter ihre Bluse. Die Worte ihres Stiefvaters drehten eine Endlosschleife in ihrem Kopf. *Es lohnt sich ja kaum, sie anzugucken, Sarah. Ich sollte mir ein Mädchen mit weiblicheren Rundungen suchen.* Sie schloss die Augen und hoffte, dass Dred an ihrer zierlichen Figur Gefallen fand.

»Zwei Fragen hab ich, Schneeflöckchen«, stieß Dred schroff hervor. »Erinnerst du dich an Regel Nummer drei?«

Sie war nicht aus Glas. Sie würde damit fertigwerden. Pixie nickte.

»Regel Nummer zwei?« Er saß jetzt rittlings auf ihren Oberschenkel und leckte sich über die Lippen, während er sie musterte.

Oh, mein Gott. »Ausziehen und lecken.«

Dred gluckste. »Ja, das auch. Aber du bestimmst, wie weit es geht, okay?« Seine Finger machten sich an ihrem ersten Knopf zu schaffen und öffneten ihn.

»Das werde ich. Versprochen.«

Er beugte sich über sie und küsste sie wieder, wobei er diesmal ihre Zunge in seinen Mund sog. Dred öffnete noch mehr Knöpfe, aber Pixie war viel zu sehr von ihm eingenommen, um sich Gedanken zu machen. Als er sich schließlich von ihr abdrückte, öffnete er ihre Bluse ganz. »Meine Herren, das sieht sogar besser aus als in meinen wildesten Vorstellungen.«

»Du hast dir das vorgestellt?«, flüsterte sie.

»Fändest du es schlimm, wenn ich dir sagen würde, dass ich mir einen runterhole, während ich mir das vorstelle?« Dred ließ jetzt beide Hände unter dem Bündchen ihres BHs verschwinden. Er umfasste ihre Brüste und sog durch den Stoff der Unterwäsche an ihrem Nippel. Pixie bog vor lauter Erregung den Rücken durch.

Dreds Hände glitten über ihren Rücken und öffneten den BH-Verschluss. Es überraschte sie, dass er ihren BH nicht ganz auszog, sondern nur die Körbchen hochschob.

Zärtlich machte er sich wieder über ihre Nippel her. Diese Zunge, die über ihre Brüste leckte, erregte sie dermaßen, dass sich die Worte, die aus der Vergangenheit nachhalten, in nichts auflösten. Pixie konnte sich im Hier und Jetzt entspannen. Sie konnte dem Mann vertrauen, der sie buchstäblich fest in seinen Händen hielt.

Pixie zog am Haargummi, mit dem Dred sich die Haare immer zu einem Pferdschwanz zusammenband, so dass sich sein schwarzes wallendes Haar um ihn ausbreitete. Sie fasste mit einer Hand hinein und zog sanft daran. Dred blickte auf, war aber immer noch damit zugange, an ihrer Brustwarze zu lecken, als handelte es sich um einen Dauerlutscher.

»Das gefällt dir, ja?«, grinste er, als sie wieder an seinem Haar zog.

»Vielleicht.«

Dred küsste ihre Brust, ihre Lippen, ihren Nacken. Seine Hände waren überall gleichzeitig auf ihrem Körper, manchmal ehrfürchtig, manchmal grob. Ihr gefiel beides. Und von seiner hemmungslosen Art, sie zu erkunden, inspiriert, zog sie ihm ein kleines Stück das T-Shirt über den Rücken. Dred richtete sich auf und übernahm den Rest, zog sein Shirt mit einer schnellen Bewegung über den Kopf. Dann fanden seine Hände schnell den Weg zurück zu ihren Hüften.

Unfassbar. Dieser Mensch war unfassbare Perfektion. Muskeln an genau den richtigen Stellen. Dieser breite Brustkorb, das Sixpack … *Ernsthaft?!* Seine Tätowierungen, dieses Haar und dieses Talent. Sie hatte ihn natürlich schon im Hotel gesehen. Aber nicht so nah und so intim und auf einmal fühlte sich ihr eigener Körper fürchterlich unzureichend an. Es fehlte an allem, verglichen mit dem, was er ihr zu bieten hatte.

Pixie zog die Bluse wieder zu, und Dred reagierte sofort. Er richtete sich auf und legte sich neben sie. Über seiner sichtbaren Erektion spannte sich der Jeansstoff. Dred legte einen Arm über seine Augen und atmete schwer.

»Kann ich dich was fragen, Schneeflöckchen?« Seine Stimme klang leise, aber nicht verärgert. Nicht verärgert war gut. Er nahm ihre Hand.

»Ja klar«, antwortete sie und machte zwei Knöpfe ihrer Bluse wieder zu.

»Was hat dir so Angst gemacht, dass du aufhören wolltest? Was hab ich getan?«

Was *er* getan hatte? Es lag nicht an ihm. Es lag an ihr. Sie war nicht genug. »Du hast dich ausgezogen«, erklärte sie.

Dred drehte sich auf seine Seite und legte ihr eine Hand auf die Wange. »Man kann aber sagen, dass du damit angefangen hast. Ich bin nur deinem Beispiel gefolgt. Ich finde es nicht schlimm, dass wir aufgehört haben, aber ich denke, wenn wir verstehen, woran es lag, können wir es … du weißt schon … nächstes Mal besser machen.«

»Kannst du bitte mal aufhören, so verdammt perfekt zu sein?«

Dred lachte. »Davon bin ich weit entfernt, Pix.«

»Na ja, aus meiner Perspektive vorhin sah es aber ganz danach aus.«

»Warte mal. Weil … ich mich ausgezogen habe … hast du dich … wie soll ich sagen … geschämt?«

»Du kannst einen ganz schön … einschüchtern. Also dein Anblick. Und ich bin …«

»Was denn? Perfekt.«

»Nein«, rief sie aus. »Ich bin dünn und knochig und klein und …«

»Perfekt«, unterbrach er sie und stemmte sie kurzerhand hoch, so dass sie rittlings auf ihm zu sitzen kam.

Ihr Unterleib passte sich ihm perfekt an, und sie spürte ein dringendes Bedürfnis, zum Höhepunkt zu kommen. In solchen Situationen machte sie immer wieder einen Rückzieher, weil sie sich schämte. Dred sah sie jedoch an, als wäre sie für ihn die einzige Frau auf der ganzen Welt, und die Scham verflog.

Trotz ihres Entschlusses, nicht weiterzugehen, wollte sie nichts mehr, als sich an ihm zu reiben. Dred öffnete ihren

Hosenknopf und ließ sie dabei nicht aus den Augen. Das Wort »Stopp« lag ihr auf der Zunge. Durch die leichte Vibration des Reisverschlusses, den Dred runterzog, näherte sie sich immer mehr dem Höhepunkt. *Wollte sie wirklich, dass er aufhörte? Oh, Gott.* Er zog die Jeans über ihre Hüften, und ihr Slip kam zum Vorschein. *Was hatte sie bloß geritten, diesen bunt gestreiften, unsexy Slip anzuziehen?*

Dred sah Pixie mit brennenden Augen und leicht geöffneten Lippen an, er atmete schwer. Mit dem Daumen befummelte er sie durch ihr Höschen und fand ihre Klitoris. Pixie keuchte, war kurz davor zu explodieren.

Sie packte sein Handgelenk, konnte aber nicht Nein sagen. Wollte es nicht. Wollte nicht aufhören mit dem, was der sexuellen Erfahrung am nächsten kam, die sie sich schon immer gewünscht hatte. Dred nahm seinen Daumen wieder weg. *Nein. Das ist ganz bestimmt nicht, was ich will.* Wie konnte sie ihm das sagen, ohne dass sie zickig wirkte?

»Regel Nummer zwei«, stieß Dred schroff hervor.

Er würde aufhören, wenn sie das wollte. Das wusste sie, auch wenn er heftig atmete und sie mit diesem lüsternen Blick bedachte. Sie wünschte sich, dass dieser Mann ihr etwas gab, das ihr noch nie jemand gegeben hatte. »Bitte.«

Als sein Daumen wieder mit den kreisenden Bewegungen anfing und fest zudrückte, spürte sie innerlich erste Funken. Sie brauchte noch ein bisschen mehr ... *oh, Gott.* Dred bewegte sich unter ihr, rieb seinen harten Schwanz an ihr. Ohne nachzudenken, rieb sie sich an ihm und fand einen Rhythmus und die richtige Stelle, um loslassen zu können.

»Dred ... bitte ... ich ...« Sie spürte, wie sich der Druck überall aufbaute. In ihrem Oberkörper, zwischen ihren Beinen.

»Na los, Schneeflöckchen. Komm schon.« Es klang fast wie ein Befehl. »Ich will dich kommen sehen.«

Und sie kam.

*

Pixie dabei zuzusehen, wie sie gegen den Drang ankämpfte, um dann auf ihm zu explodieren, brachte Dred an seine Grenzen. In seinen Eiern vibrierte es, und wenn sie sich weiterhin so an ihm rieb, würde er in seinen Jeans kommen. Und warum eigentlich nicht? Dann konnte er ihr zeigen, wie unglaublich scharf sie war. Sie klappte auf seinem Brustkorb zusammen und blieb dort liegen. Wären da nicht die Küsse, die sie hin und wieder auf seinem Oberkörper verteilte, hätte er schwören können, dass sie eingeschlafen war.

Die Uhr an der Wand zeigte an, dass er keine Zeit mehr hatte. Zum Glück hatte es seit gestern Morgen, als er Pixie abgeholt hatte, nicht mehr geschneit, die Fahrt zum Flughafen würde also fix gehen. Er war noch nicht bereit, sie gehen zu lassen. Miami war aus seiner Sicht Millionen von Meilen entfernt, und ihre gemeinsame Zeit war wie im Sturzflug vergangen. Am liebsten würde er jetzt genau so zusammen mit ihr einschlafen und noch zwei Tage dranhängen. Dred tätschelte ihren Rücken. »Auch wenn ich überhaupt keine Lust darauf habe, wir müssen los.«

Pixie setzte sich langsam auf und rieb sich die Augen. »Jetzt schon?«

Auch Dred setzte sich auf und schlang seine Arme um sie. Er küsste sie zärtlich. »Leider ja. Ich danke dir. Dass ich das alles gemeinsam mit dir erleben durfte.«

Pixie lächelte schüchtern. »Ich glaube, ich sollte eher dir danken. Und was ist jetzt mit dir?«

Dred lachte. »Solang du kein Problem mit Selbstbefriedigung hast, ist alles gut.«

»Mit der hatte ich viele Jahre eine innige Freundschaft«, neckte Pixie ihn. »Ich mach mich schnell frisch.«

Als sie ins Bad ging, sah er ihr hinterher und stand auf, um sich selbst wieder einigermaßen herzustellen und sie fahren zu können. Sein Handy klingelte. Dr. Meltz.

»Hallo.« Dred ging dran und steckte gleichzeitig seine Autoschlüssel ein.

»MisterZander. Ich habe Ihre Ergebnisse. Ich weiß, dass Sie schon gespannt darauf warten.« Gespannt? Das war die Untertreibung des Jahres.

Dred setzte sich auf die Bettkante. Er hörte Pixie wieder einen dieser lächerlichen Broadwayhits singen. *With one smile, I'm the girl next door. Or the love that you've hungered for.*

»Und?«

»Der kombinierte Vaterschaftsindex war leicht unter 37 000 zu eins. Anders ausgedrückt liegt die Wahrscheinlichkeit, dass Sie Petal Veitchs Vater sind, bei 99,99 Prozent.«

Ich habe ein Kind. Ich habe ein Kind. Ich habe ein Kind. Scheiße.

Dred legte auf, ohne sich zu verabschieden. Er stürmte aus seinem Zimmer, hinauf in Jordans Zimmer, weil er unbedingt räumlichen Abstand zwischen sich und Pixie und dem perfekten Nachmittag, den sie miteinander verbracht hatten, benötigte. So gelang es ihm vielleicht, seine Enttäuschung über sich selbst besser in den Griff zu bekommen. Ohne zu klopfen, stieß er die Tür so heftig auf, dass die Klinke sich in die Wand aus Gipskarton grub.

Jordan sprang erschrocken auf. »Alles okay?«

Dred würgte. Er konnte nicht antworten, weil Gallensaft und Erbrochenes und was auch immer sich in seinem Magen befand, versuchten, sich einen Weg nach draußen zu bahnen. Er drehte sich um und boxte gegen die Wand. »Nein.« Er schlug noch mal zu. »Nein.« Und noch mal und noch mal, bis keine Haut mehr auf seinen Fingerknöcheln zu sehen war. Er spürte nur noch rasende Wut in sich. Er war nicht zum Vatersein gemacht. Welches Kind freute sich schon darüber, den ungewollten Sohn eines Junkies zum Vater zu haben?

Als der obere Teil der Wand nur noch aus Stützbalken und Dämmung bestand, machte Dred unten weiter. Er trat dagegen und rammte seine Knie hinein, bis er völlig mit Staub bedeckt war und keine Kraft mehr hatte. Er ließ sich gegen die zerstörte Wand fallen und zog die Knie mit seinen blutenden Händen an die Brust.

»Warum, Jordan? Warum?«

Jordan bahnte sich einen Weg durch die Überreste der Gipskartonwand.

Er schloss die Tür, dann setzte er sich neben Dred.

»Hast du es geschafft, dich zusammenzureißen, bis du oben warst? Alles okay mit Pixie?«, fragte Jordan mit ruhiger Stimme.

»Ja, sie war im Bad.«

»Du bist also Vater, was?«

Dred nickte. »Ich kann nicht … Ich weiß nicht, wie …«

»Wir kriegen das schon hin. Aber jetzt musst du erst mal wieder klarkommen. Find 'ne gute Ausrede, warum du auf einmal aussiehst, als hättest du ein Mehlbad genommen, und bring Pixie zum Flughafen. Du musst jetzt noch ein paar Stunden so tun, als wäre alles in Ordnung.«

Dred sah sich in Jordans erbärmlichem Dachzimmer um. Ein einfaches Bett mit einem Kissen und einer Bettdecke. Ein kleiner Schrank stand links von ihm, darin ein Minimum an Kleidung. Keine Gardinen an den Fenstern, keine Teppiche, um den harten Boden etwas weicher zu gestalten. Es war ein richtiger Kampf gewesen, ihn davon zu überzeugen, diesen düsteren Raum durch das zentrale Heiz- und Belüftungssystem mitzuversorgen, als sie das Haus hatten renovieren lassen. Eine dünne Staubwolke schwebte durch einen vereinzelten Sonnenstrahl.

»Tut mir leid, dass ich dein Zimmer zerstört habe.«

»Ach, na ja, die Wand musste sowieso mal wieder aufgefrischt werden.«

Dred stand auf und klopfte sich den Staub von der Jeans. So ein Scheiß. Seine Hände taten höllisch weh. Da er sich nicht sicher war, ob er fahren konnte, bestellte er einen Wagen. Jordan warf ihm noch einen Hut zu, unter dem er seine eingestaubten Haare verbarg. Dred warf noch einen letzten Blick auf die Verwüstung, dann hastete er in den Waschraum und zog sich saubere Sachen an.

Als er zurück in sein Zimmer ging, wartete Pixie auf dem Sofa sitzend auf ihn und hatte den Blick nach draußen gerichtet.

»Wir müssen los, Schneeflöckchen.«

»Wo warst du denn?« Sie kam auf ihn zu, um sich an ihn zu schmiegen, und streckte ihm im perfekten Winkel ihr Gesicht entgegen. Es wäre gut, sie zu küssen. Da anzuknüpfen, wo sie stehengeblieben waren, bevor das Handy geklingelt hatte. Aber es gelang ihm nicht. Er war verwirrt, fühlte sich elend und dumm.

»Wir müssen los«, wiederholte er kühl und konnte es kaum ertragen, als sich ein Ausdruck höchster Verwirrung über Pixies Gesichtszüge legte. Er nahm den Koffer in die Hand.

»Meine Güte, was ist denn mit deinen Händen passiert?« Sie wollte über die lädierte Hand streicheln, mit der Dred den Koffer hielt, aber er zog sie schnell zurück. »Hatte es was mit dem Hämmern zu tun, das ich von oben gehört habe?«

Dred war kein guter Lügner. Er war den Großteil seines Lebens angelogen worden und versuchte, es selbst zu vermeiden. Aber wie sollte er das bloß erklären? »Ja, Jordan baut sein Zimmer um. Er hat Hilfe gebraucht, um Teile der Wand einzureißen.«

Pixie nahm seine freie Hand und küsste sanft seine Fingerknöchel.

Da hupte es draußen und Dred scheuchte sie die Treppen hinunter. Der Fahrer verstaute den Koffer und während der gesamten Fahrt saßen sie schweigend da. In Dreds Kopf surrte es nur so. Erinnerungen an seine Mutter überkamen ihn, daran, was sie sich darunter vorgestellt hatte, für ein Kind da zu sein. An einem Sommertag, da war er etwa sieben Jahre alt gewesen, war sie mit ihm in einen Park um die Ecke gegangen, damit er spielen konnte. Als es dunkel wurde, bekam er es mit der Angst zu tun. Es wurde immer später und fremde Menschen tauchten auf. Da versteckte er sich hinterm hohen Gebüsch. Irgendwann traute er sich, nach Hause zu rennen. Die Haustür stand auf und seine

Mutter lag bewusstlos auf der Couch. Da war es ein Uhr morgens.

Der Wagen bremste auf der Höhe ihres Terminals und der Fahrer stieg aus, um ihr die Tür zu öffnen.

»Steigst du mit aus?«, fragte Pixie. Er hasste die Unsicherheit in ihrer Stimme und die Tatsache, dass er dafür verantwortlich war.

»Wahrscheinlich besser nicht.« Würde er sie wirklich auf diese Weise gehen lassen?

»Okay, ja ... wir sehen uns dann, hoffentlich.«

Das ist ihr gegenüber nicht fair. »Mach's gut, Pixie.«

Pixie stieg aus dem Auto und ging Richtung Terminal. Dred sah ihr hinterher. *Mach schon, dreh dich um und sieh mich an. Bitte, Schneeflöckchen.* Sie drehte sich nicht um. Mit hochgezogenen Schultern und langsamen Schritten entfernte sie sich. Dann öffneten und schlossen sich die Schiebetüren und Pixie verschwand aus seinem Blickfeld.

Der Fahrer setzte sich wieder hinters Lenkrad. »Fahren wir zur gleichen Adresse zurück, Sir?«

Wollte er wirklich zurück nach Hause, wo seine allgegenwärtige Vergangenheit auf ihn wartete, während seine mögliche Zukunft kurz davor war, sich in den nächsten Flieger zu setzen und sich aus seinem Leben zu entfernen?

»Warten Sie«, bat Dred den Fahrer und sprang aus dem Auto. Er sprintete ins Terminal und wich dabei so gerade eben einer Familie aus, die mindestens genauso viele Koffer wie Kinder hatte. *Mit welcher Airline war sie noch mal geflogen? American?* Dred überflog die Tafel mit den Abflugzeiten und den Nummern fürs Check-in.

Dred hastete weiter und erblickte ihren wunderbaren

pinkfarbenen Schopf. Er holte sie ein und griff nach ihrer Hand.

»Hey.« Pixie entriss sie ihm wieder. Er hoffte, dass sie nur nicht gesehen hatte, dass er es war.

»Ich bin's. Komm mit.« Er zog sie in eine ruhigere Ecke.

»Was …«

Dred nahm ihr Gesicht in seine Hände und küsste sie. So hätte er sie küssen sollen, als er vorhin in sein Zimmer zurückgekehrt war und sie ihn fragend angeschaut hatte, und genau so hätte sie es verdient gehabt, bevor sie aus dem Wagen ausgestiegen war. Er ignorierte den Kamerablitz links von ihm, verdrängte sämtliche Gedanken daran, dass er Vater war, und versuchte, ihr zu zeigen, wie viel sie ihm inzwischen bedeutete. Als sie endlich reagierte und ihn zurückküsste, war das ein Gefühl, das ihn bis in sein tiefstes Innerstes berührte.

»Tut mir leid, Pix«, raunte er an ihre Lippen gepresst.

»Ich weiß nicht, was ich falsch gemacht habe, Dred.«

»Falsch gemacht? Du hast gar nichts falsch gemacht. Hast du das die ganze Zeit geglaubt? Mann, bin ich ein Arschloch. Entschuldige. Ich hatte vorhin einen Anruf, bevor wir losgefahren sind. Und ich weiß noch nicht, wie ich damit umgehen soll.«

»Kann ich irgendwas tun?«

Er konnte ihr nicht sagen, was los war. Noch nicht. »Bitte glaub an mich, Pixie.«

Kapitel 9

Petal war drogensüchtig.

Dred bekam die Worte nicht mehr aus seinem Kopf. In den 48 Stunden, seitdem Pixie nach Hause geflogen war, hatte Dred einen Riesenwirbel veranstaltet, unter anderem Rechtsanwälte und Sozialarbeiter eingeschaltet. Was ihn antrieb, war eine nicht enden wollende Wut und sein unbedingter Hass auf Drogen. Er hatte nicht nur eine Frau geschwängert, nein, zu allem Überfluss war sie auch noch drogensüchtig. Was hatte er sich bloß dabei gedacht?

Die U-Bahn verließ gerade die Station Dufferin, an der nächsten musste er aussteigen. Landsdowne. Seine Tochter lebte in einer schäbigen Hausgemeinschaft südlich der Bloor Street. Zwischen Zuggleisen und Stripclubs. Das kam ihm sehr bekannt vor.

Dred selbst wusste nicht, wo er geboren war. Er hatte keine Geburtsurkunde. Er war sich nicht einmal sicher, dass Theodred Zander sein richtiger Name war. Das Erste, woran er sich erinnerte, war Weihnachten in Hamilton. Es war schrecklich, weil er keinen Wintermantel hatte und weil seine Mutter ihre »Vitamine«, so nannte sie das, durch die kaputte Öffnung einer Glasflasche zu sich nahm.

Seine Schulzeit war einfach nur ein Witz gewesen, weil er so oft umgezogen war. Burlington, Imola, Brampton. Die Schulbehörden hatten irgendwann seine Spur verloren, weil seine Mutter meistens weiterzog, bevor irgendwelche Ämter informiert werden konnten.

Sie waren kurz vor Lansdowne. Dred stand auf und nahm die Tasche, die voll mit Geschenken war, um gleich auszusteigen.

Er verließ die U-Bahn-Station und lief zu der Adresse, die man ihm gegeben hatte. An einem arschkalten Tag im Februar, als Dred um die neun gewesen war, hatte ihm seine Mutter ein zerfleddertes Exemplar von *One Fish, Two Fish* aus dem Secondhandladen mitgebracht. Eigentlich war er schon zu alt für Dr. Seuss, aber er wollte ihr unbedingt zeigen, wie sehr er sich über das unerwartete Geschenk freute, und dankte ihr überschwänglich. Sie hatte endlich an ihn gedacht. Es fühlte sich für ihn wie ein positiver Neuanfang an, bis sie ihn dazu aufforderte, das Buch im Badezimmer zu lesen, während sie ihren »Freund sehen« wollte. Im Rhythmus des Gestöhnes unehrenhafter Besucher hatte er es so oft gelesen, dass er immer noch jedes Wort auswendig aufsagen konnte.

Dred kam vor dem wenig einladenden, dreistöckigen Haus zu stehen. Am Fenster im Erdgeschoss hing ein Bettlaken anstelle einer Gardine. Der Fensterrahmen war verrottet, an der Innenseite des Fensters lief Kondenswasser herunter. Der Garten war schon lange nicht mehr gemäht worden, in allen Ecken stapelten sich Müllsäcke.

Dred stand vor der Haustür der Mutter seines Kindes, die er nicht mal mit Gewissheit wiedererkennen würde, und fühlte sich unsäglich elend. Er hatte am Abend zuvor kurz mit Petals Mutter Amanda gesprochen. Sie hatte sich stoned angehört, aber die Sozialarbeiterin hatte ihm versichert, dass Amanda unter strenger Aufsicht stand. Dank der wunderbaren Hebamme, die Petals Symptome schnell erkannt hatte, war das Jugendamt informiert gewesen, bevor Petal überhaupt aus dem Krankenhaus entlassen worden war.

Es gab vier Wohnungen in dem Haus und Dred drückte auf die Klingel für Apartment Nr. 3. Nur kurz darauf öffnete sich die Tür.

Amanda stand vor ihm. Groß, blond, hübsch, ordentlicher Vorbau. Genau sein Typ Frau. Jetzt, bei Tageslicht, konnte er die dicke Schicht Make-up erkennen, die sie aufgelegt hatte, sowie die rissigen, aufgesprungenen Lippen.

»Dred«, seufzte sie erleichtert und strahlte ihn übers ganze Gesicht an. »Wie geht es dir?«

Da stimmte doch was nicht. Sie strahlte zu viel, war zu fröhlich, im Vergleich zur Hilflosigkeit, die er verspürte.

»Hey, Amanda. Wo ist Petal?«

»Sie ist in meinem Zimmer. Komm rein.«

Während Amanda ihn nach oben führte, näherten sie sich immer lauter werdendem Babygeschrei. Im zweiten Stock kam ein langhaariger Typ aus einem Zimmer. »Hey, bist du nicht …? Du siehst aus wie der Sänger von Preload.«

»Nein, Mann. Da irrst du dich. Aber das passiert mir oft.«

Im dritten Stock öffnete Amanda eine Tür, die sie nicht abgeschlossen hatte, als sie runtergekommen war, um ihn reinzulassen. Das Zimmer war vollgestopft mit Sachen. In einer Ecke gab es einen kleinen Waschraum. Die Tür dazu war weit geöffnet und gab die Sicht auf Toilette und Waschbecken frei. Keine Dusche. Neben der Toilette stand eine kleine Plastikwanne, wahrscheinlich die Babywanne.

In der anderen Ecke stand ein ungemachtes Doppelbett. Poster von Preload, Avenged Sevenfold und anderen Bands schmückten die Wand. Auf dem Boden neben dem rostigen Heizkörper befand sich ein Körbchen, darin die Quelle des Geschreis. Die Sozialarbeiterin hatte ihn wegen des Schreiens vorgewarnt, eine Nebenwirkung des neonatalen Abstinenzsyndroms. Dred fragte sich kurz, was die anderen Mitbewohner wohl über den Neuankömmling dachten. Er musste die zwei so schnell wie möglich aus dieser Absteige rausholen und ihnen ein besseres Zuhause verschaffen.

Dred ließ die Tasche fallen und näherte sich seiner kleinen Tochter. Sein Herz raste. Kurz flackerte der Gedanke auf wegzurennen. Weit weg von ihr, von der Verantwortung und von der Tatsache, dass sein Herz kurz davor war zu explodieren.

Ein hochrotes Gesicht, das die Wut hinausschrie, sah ihn an und bildete einen krassen Kontrast zum rosafarbenen Strickmützchen, das sie trug, und dem cremefarbenen Deckchen, in das sie gewickelt war. »Du bist also Petal?« Dred bot ihr seinen kleinen Finger an. Petal griff danach und hielt ihn mit zitterndem Fäustchen fest, während sie weiterschrie. Dred holte sie vorsichtig mitsamt der Decke aus dem Babybettchen. Das Mützchen, das sie trug, rutschte ihr über die Augen, was sie nur noch wütender machte. Dred rückte es ihr sofort wieder zurecht.

Als Petal in seinen Armen lag, beruhigte sie sich allmählich, und das schrille Babygeschrei wich einem schluchzenden Schluckauf. Braune Augen mit goldenen Sprenkeln, die exakte Kopie seiner Augen, weiteten sich und sahen ihn an.

Dred begann, etwas zu summen, und das Schreien hörte ganz auf. Das war sein Kind. Sein Kind. Ein Teil seines Herzens, ein Teil seiner Seele. Was wusste er schon von Kindern? Er wollte ihr all das geben, was er nicht bekommen hatte. Wünschte ihr, dass ihr alle Möglichkeiten offenstanden, im Gegensatz zu seiner Kindheit. Sie hatte Besseres verdient als diese beschissene Wohnung, sie hatte auch Besseres verdient, als ein Leben lang mit ihm auf Tour zu sein. Sie hatte eine Familie verdient, die sie lieben und wertschätzen würde. Aber die Vorstellung, dass sie nicht bei ihm sein konnte, entzündete ein wahres Feuer in ihm.

Petal zog seinen kleinen Finger an ihren Mund und sog sanft daran. Sie hatte winzig kleine Fingernägel und ihr dunkelbraunes Haar lugte in kleinen Büscheln unter ihrer rosafarbenen Mütze hervor. Petals Mutter war blond, sie war ganz nach ihrem Vater geraten, und alles in ihm schwoll vor Stolz an.

Amanda stellte sich neben ihn und legte ihren Kopf auf seine Schulter. »Wir haben ein kleines Wunder vollbracht, Theo.«

Er hasste diesen Namen. Seine Mutter hatte ihn immer Theo genannt. Seine erste Betreuerin hatte ihn so genannt, kurz bevor sie ihn bei einer Pflegefamilie zurückgelassen hatte, wo die zwei älteren Söhne ihn jede Nacht verprügelten.

Aber mit einer Sache hatte Amanda recht, Petal war ein Wunder. Und er wollte und konnte das Richtige für sie tun.

»Wir müssen darüber reden, was das Beste für Petal ist«, sagte Dred und schaffte Abstand zwischen sich und Amanda. Sie war zu nah in seine Privatsphäre getreten und da gehörte sie nicht hin. Er bereute seine Entscheidung, sie bei sich zu

Hause zu besuchen. Die Sozialarbeiterin hatte ihm angeboten, ein persönliches Treffen zu arrangieren, aber er hatte nicht länger warten wollen, um Petal zu sehen. Plötzlich überkam ihn das dringende Bedürfnis, Petal mit zu sich nach Hause zu nehmen, und er setzte sich auf den einzigen Stuhl in dem Raum. Petal kämpfte gegen den Schlaf an, langsam, aber sicher, fielen ihr jedoch die Augen zu.

»Was meinst du damit?«, hakte Amanda nach.

»Ich glaube nicht, dass du oder ich, also dass wir dafür geeignet sind, ihr ein gutes Zuhause zu bieten.« In dem Moment, als er die Worte aussprach, blieb sein Herz stehen und zersprang in tausend Teile. Jetzt, wo er Petal in den Armen hielt, war die Vorstellung, sie in den Armen eines anderen Menschen zu sehen, unerträglich.

Amanda nahm eine Zigarette aus der Schachtel vom Tisch sowie ein Feuerzeug und ging zum Fenster. Sie öffnete es und zündete ihre Zigarette an, genau wie seine Mutter früher.

»Du willst, dass ich sie weggebe?« Mit den Worten kam Zigarettenrauch aus ihrem Mund.

»Ich weiß nicht, was richtig oder falsch ist, aber ich will, dass sie eine schönere Kindheit hat als ich damals. Schöner als das hier.« Er sah sich im Zimmer um. »Willst du das nicht?«

Amanda lachte. »Natürlich will ich das.« Dann war nur das Knistern der Zigarette zu hören, an der sie zog.

»Ich weiß nicht, was daran so lustig sein soll.«

»Petal bleibt bei mir, und sie wird es viel besser haben als das hier. Warum glaubst du wohl, dass ich dich ausgesucht habe?«

Was ging hier vor sich? »Ich versteh nicht ganz.«

»Du hast 'ne Menge Geld, du kannst dir uns leisten. Ich wollte das so sehr, zum Glück hab ich nachgeholfen, damit es auch wirklich klappt.«

»Was meinst du damit?«

»Soll ich dir ein Bildchen malen, Theo?«

Er stand da mit Petal im Arm und sah sie verwirrt an. »Anscheinend brauch ich eins. Komm schon, Amanda.«

»Als du ins Bad gegangen bist, habe ich mit der Nadel meiner Brosche ein Loch in das Kondom gestochen, das du auf den Nachttisch gelegt hast. Ja, ich weiß, 'ne kindische Nummer. Aber es ist jetzt, wie es ist. Ich werde deine Tochter nicht weggeben. Und wenn du willst, dass ich gut für sie sorge, solltest du besser dein Scheckbuch zücken.«

*

Pixie beobachtete, wie die Nadeln immer wieder in ihren Arm stachen. Trent sorgte dafür, dass sie tief genug in die Haut eindrangen, um ihr ein wunderschönes Pink zu verpassen, ohne jedoch die Haut dabei zu verletzen. Trent und Cujo hatten jede einzelne Blume auf ihrem Arm tätowiert. Jede Blume erzählte ihre eigene Geschichte, aber alle standen für das Gleiche. Das Leben ist schön, und bei guter Pflege blüht es. Die pinkfarbene Orchidee, die gerade auf ihrem Arm entstand, hatte zwei Bedeutungen. Sie hatte die Rückkehr ihres Stiefvaters überlebt, und es war an der Zeit, dass sie ihre Beziehung mit Dred aufblühen ließ.

Pixie war sich nicht sicher, worum es bei dem Anruf gegangen war, den Dred am Montag bekommen hatte, aber sie hatten sich gestern Nachmittag einige Nachrichten geschickt. Am Abend hatte er einen Auftritt in New York. Fernbeziehungen waren nicht einfach, aber sie war nicht der bedürftige Typ Frau. Außerdem verband Dred mit der Band weit mehr, als dass sie nur Kollegen waren, darauf ließ zumindest ihre Wohnsituation schließen.

Pixie lehnte sich zurück und seufzte. Sie fühlte sich wohl im Second Circle, und was noch viel wichtiger war, hier war es warm. Der Anorak hing im Schrank, die Stiefel standen bei ihr zu Hause im Flur. Noch als sie nach Toronto geflogen war, hatte sie beklagt, dass der Frühling in Miami kühler ausfiel als sonst, aber jetzt kamen ihr die gleichen Temperaturen fast tropisch vor.

»Willst du darüber reden, warum du dir die hier machen lässt?«, fragte Trent und hörte kurz mit dem Stechen auf. Sie hatten schon geschlossen, außer ihnen war keiner mehr im Studio.

»Wenn ich Nein sage, lässt du mich dann in Ruhe?« Sie grinste ihn an, er grinste zurück und seine Grübchen kamen zum Vorschein, die Harper immer ganz verrückt machten.

»Wahrscheinlich nicht.«

Pixie sah keinen Sinn darin, das Geschehene noch mal aufzuwärmen. Trent hatte sie gesehen, als es ihr so richtig dreckig ergangen war, und war zum Glück immer noch für sie da. Auf keinen Fall wollte sie ihm die ganze Geschichte erzählen. Was sollte er schon mit der Information anfangen, dass man sie jahrelang gedemütigt und gezwungen hatte, sich zu entblößen? Würde er überhaupt verstehen können, warum sie jemanden aus Notwehr umgebracht hatte? Natürlich war sie keine Mörderin, daran bestand für sie auch aus heutiger Sicht kein Zweifel, aber genauso sicher war sie sich, dass man sie vor Gericht wegen Totschlags anklagen würde. Was würde dieser wunderbare Mann dann von ihr denken?

»Pix?«

Er würde nicht locker lassen, aber das war ihr schon klar gewesen, bevor sie sich auf den Tätowierstuhl gesetzt hatte.

»Ich habe jemanden von früher gesehen.« *Früher* war das Synonym geworden für die Zeit zwischen ihrer Geburt und dem Tag, an dem Trent und Cujo sie fanden. Trent machte den letzten Feinschliff an der Schattierung. Dann legte er sein Tätowierwerkzeug zur Seite – wehe, jemand sagte dazu Tätowierpistole, das konnte er auf den Tod nicht leiden – und wischte ihren Arm ab.

»Geht's dir gut?«

Nicht wirklich. »Natürlich«, log sie. Pixie zeigte mit dem Kinn auf ihre neue Tätowierung. »Ich habe doch meinen Schutzschild hier.« Ihre Tätowierungen waren ihre Rüstung, das Gegenstück zu den silbernen Armbändern von Wonder Woman, mit denen sie Geschosse abwehren konnte. Pixie stellte sich jeden Tag vor den Spiegel im Badezimmer und rief sich die Geschichte zu jeder einzelnen Blüte in Erinnerung; das half ihr, jeden Tag mit einer positiven Einstellung zu beginnen.

Trent cremte ihren Arm mit Salbe ein und wickelte ihn in Folie.

»Bitte schön, meine Liebe. Du weißt ja, worauf du zu achten hast.«

»Danke, Trent. Perfekt wie immer.«

Trent stand auf und begann, seine Gerätschaft auszustöpseln. »Du weißt, dass wir immer für dich da sind, ja? Also, wenn du uns brauchst.«

Pixie rutschte ans Ende der Liege und drückte auf das Klebeband, das Trent um den Arm gewickelt hatte. Sie war hin und her gerissen, ob sie ihm erzählen sollte, was los war, aber was würde das schon ändern? Solange sie nicht wusste, was Arnie vorhatte, war es sinnlos, darüber zu reden. Sie wünschte sich nichts mehr, als dass alles einfach aufhörte. Sie räumten zusammen die Tätowierstation auf, danach setzte Trent sie auf dem Weg zu Frankie's, wo Harper einen Kampf hatte, zu Hause ab. Harper hatte mit dem Kampftraining angefangen, um sich vor ihrem Ex, der sie misshandelt hatte, schützen zu können. Dann hatte sich aber herausgestellt, dass sie ein Naturtalent war. Ihr erster Amateurkampf war im Juli, und Trent war so stolz auf seine Verlobte, aber gleichzeitig graute ihm auch davor.

Pixie wartete, bis Trents Plymouth aus ihrem Blickfeld verschwand, um ins Haus zu gehen. Es war ein wunderschöner Abend. Jetzt, wo die Sonne untergegangen war, waren die Temperaturen zwar etwas frischer, aber das war nichts, womit sie nicht fertigwerden würde, nachdem sie sich in Kanada den Arsch abgefroren hatte. Die salzige Luft hatte sie dort außerdem vermisst. Etwas weiter weg spielte ein Straßenmusiker Gitarre. Pixie hatte das Gefühl, das kubanische Lied zu kennen, es hörte sich an wie etwas von Eliades Ochoa, aber sie war sich nicht sicher.

»Du hast mich warten lassen. Wo warst du?« Arnie löste sich aus dem dunklen Schatten des Gemäuers ihres Hauses. Sie hätte es besser wissen müssen, ein Wiedersehen war unvermeidlich gewesen. Warum hatte sie sich nicht besser auf die Wahrscheinlichkeit vorbereitet, dass er sich ihr nähern würde, wenn sie allein war? So ein Mist. Warum war sie nicht direkt ins Haus gegangen, als Trent sie abgesetzt hatte?

Pixie sammelte all ihren Mut zusammen und stand ihre Frau. »Ich bin dir keine Erklärung für nichts schuldig. Wenn du mich jetzt bitte entschuldigen würdest.« Sie hob das Kinn und wollte an ihm vorbeigehen.

»Wir sind noch nicht fertig miteinander.« Arnie packte ihren Arm und drehte ihn um. »Du hast allen Ernstes gedacht, du könntest darüber entscheiden, wann ich mit dir fertig bin?«

Pixie befreite sich aus seinem Griff, woraufhin Arnie sie am Handgelenk zu packen bekam und hart zudrückte. Er hielt sie so fest, dass ihre Haut brannte, als sie versuchte, sich loszureißen. Während der gesamten Zeit lächelte er sie an. »Hast du wirklich gedacht, es wäre so einfach?«

Pixie zitterte am ganzen Körper und keuchte. Sie musste in die Wohnung, sich in Sicherheit bringen, und zwar so schnell wie möglich. Männer wie er lebten davon, Frauen zu erniedrigen. Sie versuchte wieder, sich loszureißen, aber Arnie hielt sie mit eisernem Griff fest. Er beugte sich über sie, schnupperte an ihrem Nacken und machte dabei zischende Geräusche, die ihr eine Gänsehaut bescherten.

Mit einer Hand durchwühlte Arnie ihre Handtasche, bis er ihr Portemonnaie fand. Ihr ganzes Leben befand sich darin. Alle persönlichen Angaben, ihre Karten.

»Was fällt dir ein?«, flüsterte sie und musste hilflos mit ansehen, wie er den Fünfzigdollarschein herausnahm, den sie am Nachmittag abgehoben hatte. Langsam schloss er das Portemonnaie wieder und ließ es zurück in die Tasche fallen.

»Ich zeig dir nur, dass ich es ernst meine.« Er faltete den Geldschein zu einem kleinen Rechteck zusammen, steckte ihn zwischen zwei Finger und salutierte mit einem widerlichen Grinsen im Gesicht. »Wir sind miteinander fertig, wenn ich das sage. Und jetzt, wo ich sehe, wie du dich entwickelt hast, bin ich sicherlich noch nicht fertig.«

*

Razzmatazz hatte, dem Soundcheck nach zu urteilen, keine Ahnung, was auf sie zukam. Sie waren in Barcelona, Preload hatten es bis jetzt noch nicht geschafft, in Spanien groß rauszukommen, und sie hatten sich deswegen die Gelegenheit nicht entgehen lassen, Seite an Seite mit einem der größten spanischen Metal-Acts aufzutreten, auch wenn sie dafür einen nervigen Langstreckenflug und weniger Zeit für die Studioaufnahmen in Kauf nehmen mussten.

Als der Soundcheck beendet war, fuhren sie ins Gotische Viertel zum Mercer Hotel, ihrem Lieblingshotel in Barcelona. Die Innenarchitektur bestehend aus Sichtmauerwerk kombiniert mit Glas und Chrom. Es wirkte einladend und zugleich minimalistisch, entsprach also ganz Jordans Geschmack.

Da sie ihre Taschen vom Flughafen direkt ins Hotel hatten bringen lassen, konnten sie entspannt einchecken und sich die Schlüssel geben lassen.

Dred stürzte sich, als er sein Zimmer bezogen hatte, sofort unter die Dusche. Während der Probe war er angespannt gewesen und hatte ganz schön geschwitzt. Wenn sie ihre eigene Crew dabei hatten, lief alles etwas glatter als bei den gelegentlichen Gastauftritten, zu denen sie selten das komplette Team mit einflogen. Der heiße Wasserstrahl entspannte ein wenig seine verspannte Nackenmuskulatur, während er sich abschrubbte.

Petal, Pixie, der Auftritt, das Album. Vielleicht war es nicht die schlaueste Entscheidung gewesen, Amanda zehntausend Dollar zu geben, aber er wünschte sie sich so schnell wie möglich raus aus diesem Rattenloch. *Nein.* Er wünschte sich Petal so schnell wie möglich raus aus diesem Rattenloch. Nachdem er seine Tochter zurück in die Wiege gelegt hatte und sich von ihr verabschieden musste, hatte er Amanda einen Einlauf verpasst. Er hatte sich dermaßen zusammenreißen müssen, um nicht die ganze Bude kurz und klein zu schlagen, aber ein Ton von seiner Tochter hatte gereicht, um seine Wut wieder in den Griff zu bekommen. Am meisten machte ihm die Tatsache zu schaffen, dass Amanda das Kondom mit Aussicht auf ein komfortableres Leben absichtlich durchlöchert hatte, ohne einen Gedanken an das Kind zu verschwenden, das sie erzeugen würden.

Am Donnerstag hatte Dred mit Petals zuständiger Sozialarbeiterin gesprochen sowie mit einem auf Sorgerecht spezialisierten Anwalt, den Sam ihm besorgt hatte. Dred war ja davon ausgegangen, dass sie einfach Pech gehabt hatten und dass Amanda über die Schwangerschaft genauso geschockt gewesen war wie er – bis sie ihr Geheimnis ausgeplaudert hatte. Dreds erste Reaktion war gewesen, seinen Mann zu stehen und ihnen nur Gutes zu tun, auch wenn das bedeutete, dass er Amanda, wenn sie es wünschte, eine Luxusvilla im Bridal Path, einem der teuersten Distrikte in Toronto, kaufte. Mittlerweile war er aber davon überzeugt, dass Amanda keinen Cent verdient hatte.

Alles, was er ihnen geben würde, würde auf Petals Namen laufen. Wenn er ein Haus kaufte, dann auf seinen und Petals Namen. Er würde für alles, was Petal benötigte, selbst zahlen. Amanda würde ein Minimum an Unterhaltszahlung bekommen. Seiner Tochter würde es an nichts fehlen, aber dieses hinterhältige Luder, das ihn reingelegt hatte, würde keinen Cent extra bekommen.

Dann war da noch das Foto, das jemand von ihm und Pixie am Flughafen gemacht hatte, als sie sich leidenschaftlich geküsst hatten. Irgend so ein nichtsnutziger Blogger hatte das Foto gekauft. Pixie hatte stoisch darauf reagiert, aber danach war keine Gelegenheit mehr gewesen, wirklich darüber zu reden. So eine Fernbeziehung erwies sich als schwieriger, als er es sich vorgestellt hatte. Es war gar nicht so einfach, ihre Leben aufeinander abzustimmen. Zwischen ihren Diensten und seinem übervollen Terminplan schafften sie es so gerade eben, hin und wieder kurz zu telefonieren oder sich Nachrichten zu schreiben. Immer mehr drängte sich ihm der Gedanke auf, dass es purer Egoismus war, weiter an Pixie dranzubleiben, aber beenden wollte er das Ganze auch nicht.

Bald musste Dred ihr von Petal erzählen, aber noch war das alles zu frisch und zu neu. Außerdem hatte Pixie es verdient, von Angesicht zu Angesicht darüber aufgeklärt zu werden. Er wollte dabei Pixies Hand halten, sie in die Arme nehmen und ihr versichern, dass Petal nichts an seinen Gefühlen für sie änderte.

Dred stellte die Dusche aus und nahm ein Handtuch. Nachdem er sich kräftig abgerubbelt hatte, ging er nackt aus dem Badezimmer. Ein guter Grund, warum er eine Wohnung für sich brauchte, er wollte einfach nackt herumlaufen können, wenn ihm danach war. Die Jungs hatten untereinander zwar wenig Hemmungen. Sie lebten schon immer auf engstem Raum zusammen, ob früher in der Pflegefamilie, im Tourbus oder in ihren Häusern in L. A. und Toronto, und sie hatten schon so ziemlich alles voneinander gesehen. Aber Dred brauchte etwas, das nur ihm gehörte, um herauszufinden, wer das Individuum Dred war, anstatt immer als Teil einer Gemeinschaft zu leben. Außerdem wollte er überall und wann auch immer er Lust darauf hatte Sex haben können.

Als Pixie ihm gesagt hatte, dass sie noch Jungfrau war, hätte er sich fast verschluckt. Seine sexuellen Vorlieben gingen etwas weiter als die der meisten Menschen. Er liebte die dunkle Seite des Sex. Er brauchte Sex, um das Leben etwas erträglicher zu machen. Sex inspirierte ihn. Er mochte alle Spektren, vom zärtlichen Sex bis hin zum dunkel-dreckigen Sex. Jetzt gerade brauchte er es dunkel und hart. Etwas gegen die Verspannung, die auch unter der Dusche nicht weggegangen war. Es war zwei Uhr morgens. In Miami war es jetzt vielleicht acht Uhr. Er hoffte, dass Pixie Spätdienst hatte.

Er schnappte sich sein Handy und klingelte Pixie per Video-Call an.

»Hey«, krächzte sie und strich die Bettlaken um sich herum glatt. Ihr Kopf lag auf dem Kissen.

»Hey, Süße. Schlag mal das Laken auf, ich möchte sehen,

was du anhast.« Er hoffte, gar nichts, aber so wie er sie kannte, hoffte er vergeblich.

Pixie tat wie geheißen, und er musste grinsen. Sie trug ein pinkfarbenes Tanktop, durch das sich ihre Brustwarzen abzeichneten. Wen interessierte schon, wie groß Brüste waren, wenn man es mit solch reizvollen Nippeln zu tun hatte? Zu dem Top trug sie eine lockere Pyjamahose, die pink-weiß gepunktet war.

Ihr Outfit war wenig sexy, dennoch hätte er jetzt gern neben ihr gelegen.

»Langweilig«, kommentierte sie.

»Wunderschön«, widersprach er. »Ich möchte spielen, Pix. Was sagst du?«

»Du willst Telefonsex?«, fragte sie mit hochgezogenen Brauen.

»Ach, Süße. Ich will viel mehr als nur Sex. Ich habe heute während der Probe an unsere gemeinsame Zeit in Toronto gedacht.«

Mit der freien Hand umfasste Dred seinen Schwanz. Machte langsame und feste Bewegungen, außer Sichtweite der Kamera.

»Ich musste auch daran denken. Woran hast du denn genau gedacht?«

Dred wollte sich ihr gegenüber auf keinen Fall verstellen müssen. Insbesondere was seine Sexualität betraf. »Wenn ich dir das ganz ehrlich beantworte, Schneeflöckchen, gefällt dir das vielleicht nicht.«

Pixie lächelte ihn durch diese perfekten Wimpern an. »Lass es drauf ankommen. Regel Nummer drei. Daran halte ich mich.«

Darauf versuchte Dred, die Erregung, die in ihm aufwallte, erst mal zu ignorieren. »Also, ich habe daran gedacht, wie meine Finger rochen, nachdem ich es dir gemacht hatte. Und wie sie geschmeckt hätten, wenn du mir erlaubt hättest, sie ganz tief in dich hineinzuschieben. Oh Mann, hätte ich dich gefingert. Ich bin so geil darauf. Du nicht?«

»Ich … äh …«

»Spiel mit mir, Pix. Bitte. Bist du nicht geil darauf? Mein Schwanz ist bei der Vorstellung so hart geworden. Und wenn du irgendwann bereit bist, will ich, dass du es mir machst. Und ich will, dass du dich berührst. Ich will, dass dich dieses Gespräch so anmacht wie mich. Spiel mit mir, Schneeflöckchen. Mach mit mir, was du willst.«

Mach mit mir, was du willst. Diese Worte kamen nur so herausgesprudelt.

»Als ich im Flieger nach Hause saß, habe ich mich gefragt, wie es gewesen wäre, wenn ich den Reißverschluss deiner Jeans geöffnet hätte«, sagte sie.

Geil. Sie wollte spielen. Und auch wenn er auf Sex der dunkleren Variante stand, ihre süße Art machte ihn gerade umso geiler.

»Hast du dir vorgestellt, wie ich aussehe, wenn ich ganz hart bin? Und was du dann mit mir machen würdest?«

Pixie holte tief Luft. »Ich würde ihn in die Hand nehmen und damit spielen. Dich spüren.«

»Willst du, dass ich es mir jetzt für dich selbst mache?«

»Willst du das?«

»Du hast ja keine Ahnung, was ich alles für dich machen würde. Erzähl mir was, Schneeflöckchen.«

»Ich würde dich lecken. Dich in meinen Mund nehmen.«

Dred erschauerte. Das war sicherlich nicht die erotischste Anmache, die er je gehört hatte, aber aus dem Mund seiner jungfräulichen Freundin machte ihn das so geil wie noch nie zuvor.

»Wie würde ich schmecken?«

»Ich denke … vielleicht ein bisschen salzig. Ich würde erst mal deine Eichel lecken.« Pixie wandte sich ab und vergrub ihr Gesicht in das Kissen, bis sie ihn wieder anschaute. »Ich kann nicht glauben, dass ich das gerade gesagt habe.«

»Ich stelle mir deinen Mund von innen vor. Er ist eng und feucht. Warm. Du kniest vor mir. Wir sind in einer Hütte am See. Draußen. Und deine perfekten Lippen gleiten an mir rauf und runter.«

Pixie steckte, einem überwältigenden Bedürfnis folgend, die Hand zwischen ihre Beine. Als ihr bewusst wurde, was sie gerade machte, nahm sie die Hand schnell wieder weg.

»Nein, lass deine Hand, wo sie ist. Mach, wonach dir ist, Pix. Willst du sehen, wonach mir ist?«

»Nein.« Eine klare Ansage, die er respektierte, auch wenn es einen Versuch wert wäre. Aber der Bildschirmausschnitt seines Handys blieb brav auf sein Gesicht gerichtet.

Zögernd führte sie die Hand wieder zwischen ihre Beine und bäumte sich gegen ihre Handinnenfläche auf. Dreds Hand wurde immer schneller und wartete auf das verräterische Zusammenziehen.

»Ich will, dass du dich auf mein Gesicht setzt und mir zeigst, wie du kommst. Und wenn du kommst und ganz nass bist, will ich, dass du mit deinem wunderbaren Becken tiefer rutschst, bis du über meinem Schwanz bist. Dann setzt du dich richtig drauf, langsam oder schnell … weil ich dich mindestens zweimal nehmen werde … ist mir also egal, was wir als Erstes machen.«

Pixie öffnete den Mund und schnappte nach Luft. Sie kniff die Augen zusammen, alles in ihr zog sich zusammen. Dred wurde Zeuge des geilsten Orgasmus, den er jemals gesehen hatte. Ein Anblick, bei dem er sich gehen ließ und selbst kam.

Kapitel 10

Ich hatte Telefonsex und es war geil.

Pixie grinste vor sich hin, als sie ihr Fahrrad am Zaun hinterm Second Circle anschloss. Es hatte ihr aber Angst gemacht, als Dred ihr zeigen wollte, wie er es sich selbst machte. Arnie hatte sie früher gezwungen, sich stundenlang Pornos anzuschauen, und bei der Vorstellung, Dred mit der Live-Cam zuzuschauen, hatte sie laut »Stopp!« gerufen. Worauf er sofort reagiert hatte und mit der Kamera wieder weg von seiner Erektion geschwenkt war ... Sie bekam eine Gänsehaut, wenn sie nur daran dachte. Seitdem er sie aber aufgefordert hatte, sich seinen Schwanz vorzustellen ... nun ja ... konnte sie damit nicht mehr aufhören.

Das Studio machte erst in einer halben Stunde auf, aber als sie die Tür öffnete, schallte ihr schon laute Musik entgegen. Heavy Metal war wirklich nicht ihr Ding, aber die Jungs standen total darauf. Drinnen sang Cujo lautstark zu einem Lied mit, das sie nicht kannte.

»Ich hab mir gedacht, ich spiel mal *Loverboy* für dich«, rief er ihr zu, als er sie entdeckte.

Pixie drehte am Lautstärkeregler, um die Musik leiser zu machen. Sie hatte eine ganz klare Meinung dazu, ob Madonna oder Elaine Page die bessere Evita abgaben, und bei Bedarf könnte sie einen ganzen Aufsatz darüber schreiben. Von Metal hatte sie zwar keine Ahnung, aber was sie gerade hörte, klang besser als das, was hier sonst so gespielt wurde.

Cujos Handy steckte in der Ladestation, und vom Albumcover, das auf dem Display zu sehen war, starrte ihr Dred entgegen. Das fühlte sich sehr seltsam an.

»Wann seht ihr euch das nächste Mal wieder?«, frage Cujo.

Ach, viel zu lange hin. Sie hatten gestern noch versucht, neue Termine zu finden. Beim Gedanken an das gestrige Telefonat schoss Pixie die Röte ins Gesicht. »Dred ist in Barcelona. Er fliegt heute zurück nach Toronto. Sind noch mindestens zwei Wochen hin. Die Jungs haben bald auch einen Auftritt in Brasilien.«

Cujo ging zum Schrank und öffnete ihn. Normalerweise klemmte die Schranktür ein bisschen, und man musste sie immer mit einem kräftigen Ruck öffnen. Heute nicht. Tätowierfarben und andere Utensilien flogen heraus und verteilten sich auf dem Boden. Einige der Farbtöpfchen platzten dabei auf und hinterließen ihre Spuren auf dem Boden.

»So ein Scheiß«, schimpfte Cujo und betrachtete das niegelnagelneue Muster aus gelben Farbklecksen auf seiner Jeans.

Pixie kicherte und Cujo warf ihr einen bösen Blick zu. »Brauchst du Hilfe? Versuch, schnell deine Jeans zu retten, ich kümmere mich um den Schrank und den Boden.«

»Danke, Pix.«

Pixie suchte als Erstes die Fläschchen zusammen, die

nicht kaputt gegangen waren, schritt dabei vorsichtig durch das Chaos am Boden und stellte sie zurück auf die Regale. Nachdem sie alles Rettenswerte aufgesammelt hatte, zog sie sich ein paar Handschuhe über und begann, die Tinte aufzuwischen. Der Boden würde eine gründliche Reinigung benötigen. Nachdem sie das Schlimmste beseitigt hatte, sammelte sie die ganzen benutzten Papiertücher ein und ging raus, um sie zusammen mit ihren Handschuhen im Müllcontainer im Hof zu entsorgen.

»Hallo Pixie.« Arnie kam auf sie zu, und beim Klang seiner Stimme zog sich ihr Magen zusammen.

»Was willst du?«

»Das hat mir nicht gefallen, wie wir gestern auseinandergegangen sind, Pixie. Ich darf dich doch Pixie nennen, oder? So nennen dich doch deine Freunde.«

Den Kosenamen, den Cujo ihr vor Jahren gegeben hatte, aus dem Mund des Mannes zu hören, der fast ihr Leben zerstört hätte, beschmutzte eines der wenigen Dinge, die ihr wichtig waren. »Nein, darfst du nicht«, erwiderte sie forscher, als ihr eigentlich zumute war. »Am liebsten wäre es mir, du würdest mich gar nichts nennen.«

Arnie lachte und rieb sich übers Kinn. »Tja, das tut mir wirklich leid, Pix.« Das P sprach er dabei übertrieben aus und das X zischte er.

»Lass mich in Ruhe. Deine Psychospielchen sind echt lächerlich.« Sie sah hoffnungsvoll zur Hintertür. Cujo würde sicher bald nach ihr schauen, wenn sie nicht wieder zurückkam. *Wer fing gleich noch an zu arbeiten? Warum fiel es ihr so schwer, einen klaren Gedanken zu fassen?* Wenn Trent noch kam, würde er hinterm Studio parken. Lia und Eric kamen immer durch die Vordertür rein. Sie wollte vermeiden, dass die anderen sie mit Arnie sahen.

»Ich will Geld.«

»Geld?«

»Natürlich will ich Geld. Falls du nicht noch andere Zahlarten auf Lager hast.« Arnie musterte sie lüstern von oben bis unten. Früher war ihm ihr Körper vom Becken abwärts keinen Fick wert gewesen. Und ihre Brüste hatten seiner unwerten Meinung nach die Größe von Walnüssen gehabt. Er leckte sich über die Lippen und sah Pixie wieder in die Augen. Pixie musste sich zusammenreißen, um sich nicht zu übergeben.

»Ich habe kein Geld«, log sie ihn an. Ihr eigener Schneiderladen für Kinderbekleidung war ihr großer Traum, und den würde sie sich sicherlich nicht von ihm zerstören lassen.

»Hast du wirklich geglaubt, dass es so einfach wird? Dass ich den Fünfzigdollarschein nehme wie ein Hund, dem man unterm Tisch Essensreste zusteckt, und dann verschwinde?« Arnie lachte. »Guck dich doch mal um, Sarah-Jane. Du hast eine Traumwohnung. Du arbeitest für einen Fernsehstar. Dein Freund ist ein Rockstar. Da ist ganz klar mehr als ein Fuffi drin.«

»Du kriegst kein Geld von mir.« Irgendwann war Schluss. Vielleicht war es auch einfach an der Zeit, für das geradezustehen, was sie getan hatte. Im Rahmen ihrer Therapie von vor einigen Jahren hatte sie über ihre Vergangenheit geredet, und sicherlich konnte sie der Reha-Klinik gegebenenfalls ihr Einverständnis zur Veröffentlichung der Aufzeichnungen geben.

Arnie näherte sich ihr. Für jeden Schritt, den er auf sie

zuging, machte sie einen Schritt zurück, bis sie sich nur noch gegen den Container drücken konnte.

»Ich komme nächste Woche wieder, Sarah-Jane.« Mit seinen dicken Wurstfingern tätschelte er ihr wie früher übers Haar. »Und als kleine Zugabe gibt es dann einfach mal fünfhundert, was meinst du?«

»Nein, Arnie, auf keinen …«

Arnie riss so kräftig an ihren Haaren, dass ihr Kopf zur Seite schnellte. »Du machst, was ich sage, ist das klar? Oder ich zeige deinem Freund die Fotos, und wenn er gesehen hat, wie du mal warst, wird ihm die Lust auf dich vergehen.«

»Pix.« Cujos Stimme erklang aus dem Studio. Arnie ließ sie schnell los und ging auf Abstand. Pixie zitterte am ganzen Leib. Die Tür ging auf und Cujo erschien. »Alles in Ordnung, Pix?« Er stellte sich neben sie.

»Na klar«, antwortete Arnie lächelnd. »Ich habe mich nur nach eurem Laden erkundigt. Bin auf der Suche nach 'nem neuen Bildchen.«

Cujo legte einen Arm um Pixie und zog sie an sich. »Kann ich vielleicht weiterhelfen?«

»Ich hab nur gefragt, wie viel es mich in etwa kosten würde. Jetzt gerade kann ich mir das nicht leisten, aber nächste Woche sollte ich genug zusammenbekommen, dann komm ich vielleicht noch mal wieder.«

»Ja, mach das.« Cujo begleitete Pixie zurück ins Studio. »Alles in Ordnung mit dir? Der Typ wirkte nicht so cool auf mich.«

Nicht so cool. Das war wohl die Untertreibung des Jahres.

*

»Was soll das heißen, ich kann sie nicht sehen?«

Dred stapfte über den teuren blauen Teppich in der schnieken Rechtsanwaltskanzlei an der Ecke York und Adelaid, hin und wieder her. Jean Szalavitz, deren Nase eine Brille schmückte, war ihm als eine der besten Anwältinnen für Familienrecht in Toronto empfohlen worden, aber im Augenblick sah er das nicht so.

»Miss Veitch als Hauptbezugsperson und Mutter des Kindes, das gestillt wird ...«

»Angeblich«, fügte er hinzu.

»Das stimmt. Angeblich. Aber das hat zur Konsequenz, dass es schwierig wird, die Richter davon zu überzeugen, das Baby über längere Zeiträume der Fürsorge der Mutter zu entziehen. Sie nimmt an einem ambulanten Drogenentzugsprogramm teil und hält die regelmäßigen Termine mit dem Kinderarzt und der Sozialarbeiterin ein.«

»Aber warum kann ich sie nicht sehen?«

»Weil sie mit dem Geld, dass Sie ihr gegeben haben, umgezogen ist und ihrem Rechtsanwalt angeordnet hat, dass jegliche Kontaktaufnahme über ihn zu laufen hat.«

»Sie versteckt Petal vor mir?«

»Eigentlich nicht, aber tatsächlich doch. Sie hat das alleinige Sorgerecht beantragt. Einige Details aus Ihrer Vergangenheit sind ja allgemein bekannt, und die Tatsache, dass Sie in einem Haus voll mit Männern leben, wird vielleicht nicht als idealer Ort angesehen, um ein kleines Mädchen großzuziehen. Insbesondere, weil das Baby noch so klein ist und auch von seiner Mutter abhängig ist, wird es schwierig, einen Richter davon zu überzeugen, dass das Kind es woanders besser haben wird als bei der Mutter.«

»Aber mein Kind wurde drogenabhängig geboren. Das spricht ja wohl kaum für eine psychisch gesunde und fähige Mutter.«

»Theodred, es besteht meiner Ansicht kein Zweifel daran, dass man Ihnen ein teilweises Sorgerecht in irgendeiner Form zusprechen wird. Das kanadische Rechtssystem versucht, die väterlichen Rechte zu respektieren. Und ich werde noch heute gerichtliche Schritte einleiten, damit Ihnen das Sorgerecht so schnell wie möglich zugesprochen wird. Aber bis dahin müssen wir uns an ihren Anwalt wenden. Und auch wenn die Versuchung groß ist herauszufinden, wo sie sich befindet, um ihr einen Besuch abzustatten, rate ich Ihnen dringend davon ab.«

Mehr ertrug Dred einfach nicht, er beendete das Gespräch und verließ die Anwaltskanzlei. Manchmal schützten Gesetze die Rechte der falschen Menschen. Er lief die vier Kilometer nach Hause. Der Frühling hatte endlich angefangen, sich zu zeigen, aber eigentlich war ihm gerade mehr nach Eissturm zumute, nach gefährlich und eiskalt. Dred knallte die Haustür so laut zu, dass die Fenster schepperten.

Er zog seine Jacke aus und hängte sie an den Wandhaken. *So ein Mist.* Die Anwältin hatte recht. Er war ein erwachsener Mann und hatte einen albernen Kleiderhaken in der Wand wie in einem Kinderhort. Irgendetwas musste geschehen, aber was? Er konnte natürlich der Familie, die in seinem Haus in Rosedale wohnte, kündigen und selbst dorthin ziehen. Aber wie würde es dann mit Jordan weitergehen? Vielleicht konnten die anderen Jungs mit ihm im Haus wohnen bleiben, bis die juristische Ausgangssituation klarer war.

Vom Wohnzimmer her drangen Stimmen zu ihm durch.

Nikan war sauer, was nicht oft vorkam. Er war der Friedensstifter unter ihnen, den so gut wie nichts aus der Ruhe brachte. Dred ging hinein. Lennon saß neben dem Kamin auf dem Boden. Jordan und Elliott teilten sich die Couch. Sam saß im Sessel, und Nikan tippte sich mit dem Zeigefinger gegen die Stirn. Ein sicheres Anzeichen für seine schlechte Laune.

»Du bist spät dran«, bemerkte Sam genervt. »Ich verlang echt nicht viel von euch. Aber sei bitte pünktlich zu unseren Team-Meetings.«

»Fick dich, Sam. Wenn unsere Besprechungen jede Woche zur gleichen Zeit stattfinden würden, dann wäre es ein bisschen einfacher, den Überblick zu behalten.«

»Wie ist es gelaufen?«, wollte Jordan wissen.

»Frag nicht.« Dred setzte sich Sam gegenüber auf einen Sessel. »Ich bin zurückgelaufen, weil ich etwas Zeit für mich gebraucht habe.«

»Wo warst du?«, hakte Sam nach.

»Bei einer Rechtsanwältin. Wegen Petal.«

Sam beugte sich vor und stützte sich mit den Unterarmen auf den Oberschenkeln ab. »Du hast genug Geld, um dafür zu sorgen, dass du wieder deine Ruhe hast.«

Lennon sprang auf. »Damit er seine Ruhe hat? Seine Ruhe, ja? Du redest da gerade über sein Kind, du herzloses Arschloch.«

Sam stand auf. »Was denn? Glaubt ihr wirklich, dass es für das Baby das Richtige wäre, hier aufzuwachsen?«

Damit hatte Sam einen empfindlichen Nerv getroffen. Alles, was die Anwältin über seine Wohnsituation gesagt hatte, stimmte. Für Petal und vielleicht sogar für ihn und Pixie war es das einzig Richtige, in ein eigenes Haus zu ziehen. Aber verdammt noch mal wie? Dred blickte von Jordan zu Sam. »Es ist allemal besser, als mit einer Junkiemutter aufzuwachsen, das kann ich dir sagen!«, schrie er aufgebracht.

Stille. Als hätte jemand am Ende den berüchtigten *Mic drop* gemacht.

Dred zwang sich, wieder ruhiger zu atmen. Kurz wünschte er sich Pixie an seiner Seite. Sie schaffte es, ihn zu beruhigen, wenn er wütend war. Er erinnerte sich an den Augenblick, als Sam Pixie in seinem Hotelzimmer vorgefunden hatte. Mann, war er da wütend gewesen, aber sie hatte ihm die Hand auf die Brust gelegt, und die Wut war verpufft, wie wenn man eine Nadel in einen Luftballon piekste. Langsam, aber sicher setzten sich alle wieder hin. Nikan ging zu Dred, klopfte ihm auf die Schulter und setzte sich auf Dreds Armlehne.

»Warum lässt du mich das nicht regeln?«, bot Sam versöhnlich an. »Ich kann mich um die Anwälte kümmern. Und du kannst dich auf das Album konzentrieren.«

Auch Dred hatte sich wieder hingesetzt. »Nein danke, Sam. Du kümmerst dich um mein berufliches Leben und ich kümmere mich um mein privates Leben. Worüber habt ihr euch vorhin gestritten, als ich reingekommen bin?«

»Sam will uns noch mehr Termine für den Anfang der Europatournee aufhalsen«, erklärte Nikan, den Blick auf das Kaminfeuer gerichtet. »Wir werden dann noch nicht ganz mit unserem Album fertig sein. Wir werden vorher keine Zeit haben, die neuen Songs zu üben oder für Live-Shows zu arrangieren. Wir würden die Termine gern ans Ende der Tour hängen.«

»Das ist doch sinnvoll. Wo also liegt das Problem, Sam? Du ballerst uns mit Terminen voll, und bald dreht hier einer von uns deswegen noch durch.«

»Okay.« Sam rieb sich dramatisch die Hände. »Dann beende ich hiermit dieses Gespräch. Ihr wollt nicht wie das Label, ich werde es sie wissen lassen. Aber eines Tages werdet ihr von jemandem ersetzt werden« – Sam sah sie alle nacheinander an –, »der sich nach den Vorstellungen des Labels richtet. Ich reiß mir den Arsch für euch auf, aber ihr wisst das einfach nicht zu schätzen.«

»Sam«, versuchte Nikan es erneut, diesmal bedächtiger und wieder im Friedensstifter-Modus, »natürlich wissen wir das zu schätzen. Aber deren Vorstellungen sind manchmal schlichtweg lächerlich, und ich bin mir ziemlich sicher, dass du das weißt, wenn du sie an uns weitergibst. Könntest du wenigstens so tun, als würdest du das auch so sehen? Sind wir nicht ein Team, oder arbeitest du für die?«

»Natürlich arbeite ich für euch. Schon immer«, antwortete Sam.

»Gut. Dann sollten wir das irgendwie hinkriegen.«

Ein paar Stunden später, nachdem sie zu Abend gegessen hatten, fand Dred sich allein in seinem Zimmer wieder. Er schnappte sich das Handy und rief Pixie an. Das Studio musste jetzt schon geschlossen haben, und er hoffte, dass sie zu Hause war. Es klingelte einmal und schon war Pixie dran.

»Hey, warte, ich mach das kurz leiser«, begrüßte Pixie ihn.

Er hörte laute Musik im Hintergrund, natürlich ein Musical. Irgendwas über die Crème de la crème in der Schachwelt und Yul Brynner, eine durchaus merkwürdige Kombination.

Auf einmal war nichts mehr zu hören. »Was war denn das, Schneeflöckchen?«

Pixie lachte, was nach einem Tag wie diesem wie Musik in seinen Ohren klang. »Der Chess-Soundtrack. Das haben damals die Jungs von Abba geschrieben, über ein Schachturnier während des Kalten Krieges. Ich muss dir wohl noch einiges beibringen.«

»Ach so. Nee, lass mal. Das hört sich mega-langweilig an. Ich bin auch ohne glücklich, danke. Was machst du gerade?« Dred ließ sich aufs Sofa fallen, lehnte sich mit dem Rücken gegen eine Arme lehne, legte die Füße auf die andere.

»Ich schmiede gerade Pläne für meinen freien Tag morgen.«

»Du machst einen Abend vorher Pläne für deinen freien Tag?«

»Ja, weil ich versuche, all die Dinge wie Wandern, Nähen, Browniesbacken und Visitenkartenmachen unter einen Hut zu bekommen, außerdem will ich zum etwa 525 600. Mal *Rent* anschauen.« Pixie gluckste. »Das kannst du gar nicht nachvollziehen, was?«

»Aber so was von gar nicht.«

»Hör dir später mal *Seasons of Love* aus dem *Rent*-Musical an. Dann verstehst du es vielleicht ein bisschen besser.«

Dred atmete tief durch. Nur ein paar Minuten mit ihr am Telefon reichten, und schon war er wieder ganz entspannt. Mit ihr fühlte er sich stark. »Das hört sich nach einem perfekten Tag morgen an, Schneeflöckchen.«

»Ich wünschte, wir könnten ihn zusammen verbringen.«

Dred seufzte. Ja, das wünschte er sich auch. Er hatte keine Ahnung, wo seine Tochter war. Und seine Kreativität war futsch. Zum ersten Mal seit Langem konnte er die Einsamkeit, die als Kind sein ganzes Leben eingenommen hatte, wieder spüren. Bis in sein tiefstes Innerstes.

Und dann hatte er auf einmal eine Idee, die so einleuchtend war, dass er sich fragte, warum er nicht schon eher darauf gekommen war.

*

Pixie schnürte ihre Wanderschuhe fest zu. An der Tür lehnte schon der Rucksack, darin ein dünner Pulli, eine Wasserflasche und ihr Mittagessen. Sie überprüfte noch einmal die Wanderroute auf ihrem Handy. Mit dem Bus bis Coral Gables, um dort den Fairchild Tropical Botanic Garden zu besuchen, und von da aus weiter auf dem Old Cutler Trail, um die fünf Meilen zurück zum Coconut Grove zu laufen. Dort wollte sie sich dann ein Abendessen in einem kleinen Café mit Außenterrasse gönnen, bevor sie nach Hause zu den Brownies zurückkehren würde, die gerade noch in der Mache waren.

Wie von Zauberhand summte genau jetzt der Timer am Ofen, und Pixie holte die Brownies heraus. Die rochen so gut, dass sie der Versuchung kaum widerstehen konnte, einen zu essen, obwohl sie gerade erst gefrühstückt hatte.

Lia kam in die Küche gestürzt, ihr rotes Haar hatte sie im klassischen Retrolook der 1940er-Jahre aufgerollt, so wie sie es am liebsten trug. »Oh, mein Gott. Was auch immer es ist, ich will was davon.« Sie schenkte sich Kaffee in einen Thermobecher und schüttete noch Unmengen an Kaffeesahne drauf.

Pixie schnitt einen Brownie auf und servierte Lia ein großes Stück auf einer Serviette, genau wissend, dass sie ihr mit einem zu kleinen Stück erst gar nicht zu kommen brauchte.

»Du bist die Beste.« Lia betonte ihre Worte durch einen Luftkuss, den sie neben Pixies Wange hauchte. »Bis heute Abend, meine Liebe.«

Mit einem lauten Türknall war Lia verschwunden.

Die Brownies sahen so gut aus, dass Pixie sich selbst auch ein kleines Stück abschnitt. Sie steckte es sich in den Mund und ließ sich die weiche schokoladige Herrlichkeit schmecken.

Es klopfte an der Tür. Lia hatte bestimmt ihre Schlüssel vergessen. Pixie öffnete die Tür. »Du würdest noch deinen Kopf vergessen, wenn du ihn nicht …«

»Dein Tag hörte sich so perfekt an, da musste ich ihn einfach mit dir verbringen.« Dred hob sie an der Taille hoch. Er trug sie hinein, stieß die Tür mit dem Fuß zu und drückte sie dann dagegen. Pixie hörte ein lautes Plumpsen, was von der Tasche kam, die Dred losgelassen hatte.

Der küsste sie stürmisch. Noch nie hatte sie sich so gewollt gefühlt, hatte ein Kuss sie so ausgefüllt. Sie wuschelte mit den Händen durch sein Haar und zog dann kräftig daran. Er war wirklich da. Er drückte sie gegen die Tür und hielt sie an ihrem Hintern fest. Pixie fühlte sich in seinen Armen sicher. Sie stöhnte, als seine Zunge sich einen Weg zwischen ihre Lippen bahnte. Atemlos empfing sie seine Wärme und genoss die Art, wie er sie erforschte.

Sie hielt die Intensität kaum noch aus, da löste Dred sich von ihr und drückte seine Stirn gegen ihre, eine zärtliche Geste, die im Kontrast zu seiner stürmischen Begrüßung stand. »Ich hab dich vermisst, Pix.« Er schlang seine Arme um sie und zog sie fest an sich.

Als Pixie die steinharte Erektion an ihrem Bauch spürte, merkte sie, dass er aus Rücksicht ihr gegenüber aufgehört hatte. Nicht, weil er es wollte. Aber sie wollte es ja auch nicht. Sie wollte, dass dieser Moment nie aufhörte. Sie wollte nicht darüber nachdenken, was vorher gewesen war. Und ganz bestimmt wollte sie nicht sein Mitleid, das ihr unangebracht erschien, und dass er sie wie ein rohes Ei behandelte. Sie wollte, dass dieser Mann sie nahm, als würde sein Leben davon abhängen.

»Schmeckt so, als hätte ich auch vermisst, Brownies mit dir zu backen.« Dred löste seine Stirn von ihrer. Seine rauchige Stimme löste wohlige Schauer in ihr aus. »Was steht als Nächstes auf dem Plan? Wandern?«

Pixie sah ihn durch halb geschlossene Augenlider an und hoffte inständig, dass sie nicht so nervös aussah oder sich so anhörte, wie sie sich fühlte.

»Können wir spielen?«

Dred entglitten die Gesichtszüge, bevor sich ein fettes Grinsen über sein Gesicht ausbreitete. »Spielen?«

»Spielen«, bestätigte sie selbstbewusst.

Dred stöhnte. »Mein. Absolutes. Lieblingswort. Wo ist dein Zimmer?«

Pixie zeigte Richtung Flurende nach hinten und lachte, während er sie eilig ins Zimmer trug. Dort legte er sie sanft aufs Bett und positionierte sie so, dass ihre Beine über die Bettkante hingen. »Was war noch mal Regel Nummer zwei?« Während Dred fragte, war er schon damit beschäftigt, ihr die Wanderschuhe und Socken auszuziehen.

»Lecken und saugen?«

»Ach, immer dieses Lecken und Saugen. Du sagst Stopp«, erinnerte er sie. Dred stand auf und zog sich selbst Stiefel und Socken aus.

Er beugte sich über sie, platzierte seine Hände rechts und links von ihrem Kopf, stand aber immer noch mit den Füßen auf dem Boden. Er berührte sie nicht, bedeckte sie dennoch vollständig.

Die Sonne schien durch die Fenster und machte, dass ihre Ängste wie weggeblasen waren.

»Hängst du an diesem Shirt?« Dred schmiegte sich an ihren Hals, was sie auf wunderbar verrückte Weise kitzelte.

»Das ist ein altes Work-out-Top«, antwortete sie.

Dred packte es am Nacken und zerriss es. Eine furchtbar primitive Geste, aber er zwinkerte ihr zu, und sie schmolz noch ein bisschen mehr dahin. »Ich kauf dir ein neues.«

Dred vergrub sein Gesicht zwischen ihren Brüsten und atmete die Luft dort tief ein. Dann küsste er sie, knabberte und biss und leckte mit seiner rauen Zunge über ihre zarte Haut. Dred ließ sich zwischen ihre Beine fallen und küsste jetzt ihren Bauch. »Du schmeckst einfach himmlisch.«

Pixie tauchte die Hände in seinen Haarschopf und zog leicht daran. Sein darauffolgendes Stöhnen war nur die Bestätigung, wie sehr er darauf stand.

Dred machte sich an ihrem Hosenknopf zu schaffen, nicht ohne ihr vorher genau in die Augen geschaut zu haben. Wortlos wartete er darauf, dass sie ihm ihr ausdrückliches Okay gab, damit er weitermachen konnte. Pixie war selbst darüber überrascht, wie sehr sie es wollte. Sie nickte und schnappte nach Luft, als er den Knopf aufmachte und ihr die

Shorts über die Hüften zog. So lag sie jetzt nur noch in ihrer baumwollenen Sportunterwäsche da. Sexy ging anders, aber immerhin hatte sie sich epiliert.

Dred stand zwischen ihren Beinen. Er riss sich die Lederjacke vom Leib, zog sein T-Shirt über den Kopf und den Gürtel aus seiner Hose. Sie konnte seine Erektion sehen, die deutlich gegen den Jeansstoff drückte, und da wurde sie ganz mutig, setzte sich auf und streichelte die Stelle. Dred gab einen Zischlaut von sich. Er legte seine Hand darüber und erhöhte den Druck auf seine Beule. Dann warf er den Kopf in den Nacken, und mit diesen breiten Schultern und dem nackten Brustkorb hatte er das Antlitz eines furchterregenden Kriegers.

Pixie hörte auf ihr Bauchgefühl; es sagte ihr, dass Dred der richtige Mann und außerdem jetzt der richtige Zeitpunkt war, um ihre Ängste loszulassen. Sie öffnete den Knopf seiner Jeans und zog den Reißverschluss herunter.

»Deine Finger könnten den keuschesten Engel in Versuchung führen.«

Er hob sie an der Taille hoch, und mit einer schnellen Bewegung beförderte er sie beide vollständig aufs Bett. Mit den Zähnen öffnete er den Verschluss ihres Sport-BHs und befreite ihre Brüste. Ihre Brustwarzen wurden in der kühlen Luft sofort ganz hart.

»Meine Güte, die sind so empfindlich«, seufzte Dred, bevor er eine in den Mund nahm und kräftig daran sog. Stromstöße durchfuhren sie, und wenn sie es nicht besser wüsste, könnte sie schwören, dass er sie damit gleich zum Höhepunkt brachte. Mit der anderen Hand knetete er kräftig die andere Brust. Keine zärtlich-verspielten Berührungen, sondern auf eine kräftige, sie einnehmende Art. In ihrem Kopf war für nichts anderes mehr Platz als für das Gefühl, das Dred in ihr auflodern ließ.

Dred stand plötzlich auf und schmiss sein Portemonnaie auf den Nachttisch. Jeans und Unterhose hatte er so schnell auszogen, dass ihr nichts anderes übrig blieb, als diesen unglaublich gut aussehenden, nackten Mann in ihrem Schlafzimmer anzustarren. Er trug nur noch einen Anker an einem schwarzen Lederband um seinen Hals.

»Du bist so ...« Ja, was denn? Schön? Beeindruckend? Riesig?

»Ich nehm es mal als Kompliment, dass du keine Worte findest«, grinste er sie an. Mit den Daumen fuhr er unter den Saum ihres Höschens und zog es langsam über ihre Hüften und Beine, wobei er hier und da innehielt, um sie an Stellen zu küssen, die er nach und entblätterte. Als sie ganz nackt war, legte Dred sich wieder aufs Bett und zog sie an sich. Zum ersten Mal in ihrem Leben machte Pixie die Erfahrung von nackter Haut an nackter Haut. Ein wunderbares und gleichzeitig beängstigendes Gefühl, die Nähe sowohl einengend als auch befreiend.

Dreds Hände waren überall gleichzeitig, zeichneten die Linie ihrer Hüfte nach, zwischen ihren Pobacken, an der Wölbung des Oberschenkels. Seine Lippen sogen sie leer. Mit dem Gefühl, zu sehr auf die Rolle der passiven Beobachterin reduziert zu werden, ließ Pixie ihre Hände über seine Schultern und an den Armen heruntergleiten, wobei es ihr besonders gefiel, wie sich seine Muskeln unter ihren Händen anspannten.

Dred fiel wieder über ihren Mund her. Dann küsste er

sich den Weg hinunter, und Pixie zuckte zusammen, als sie seinen warmen Atem auf ihrer empfindlichsten Stelle spürte. Mit den Schultern spreizte er ihre Beine. »Hatte jemals schon ein anderer das Vergnügen, bis hierher zu kommen, Schneeflöckchen?«, fragte er mit heiserer Stimme.

Pixie stemmte sich auf ihre Ellbogen und schüttelte den Kopf.

Dred schloss die Augen, als würde er beten, und atmete tief durch. »Alles daran ist ... es ist der siebte Himmel, Pix.« Er öffnete die Augen wieder, sie funkelten voller Lust. Er warf ihr noch einen Blick zu, dann spreizte er mit den Fingern ihre Schamlippen und vergrub sein Gesicht zwischen ihren Beinen. Pixie keuchte und bog ihren Rücken durch, als er sie mit der Zunge berührte und offensichtlich versuchte, sie zu Tode zu quälen. Als er noch einen Finger zur Hilfe nahm und diesen langsam hinein- und hinausgleiten ließ, wurde ihr schwindelig. Sie versuchte, Worte für die Gefühle zu finden, die sie durchfuhren, als ihr Höhepunkt sich langsam ankündigte. Magisch? Nicht mal das beschrieb es auch nur annähernd.

Sie versuchte, etwas auf der Matratze hochzurutschen, weg von dem Gefühl, das Dred in ihr erzeugte, aber der legte einfach seine Hand auf ihren Bauch und hielt sie auf diese Weise fest. Als sie kam, rief sie seinen Namen.

*

Dred spürte, wie sie sich um seine Finger zusammenzog, hörte sie seinen Namen rufen, als sie kam, und nichts auf der Welt hätte ihn darauf vorbereiten können, wie sich das anfühlte, zumal er der erste Mensch war, der die Ehre hatte, sie derart zu beglücken. Ihm war, als hätte ihm jemand mitten ins Herz geschossen und als würde er jetzt mit offenem Brustkorb dort liegen. Pixie war vielleicht diejenige, die nackt vor ihm im Bett lag, aber er war derjenige, der sich bloßgestellt fühlte.

Glücklicherweise war strahlender Sonnenschein, und so hatte er jede ihrer Regungen mit ansehen können. Ein strahlendes Leuchten gegen die Dunkelheit in ihm.

Dred legte sich neben sie, leckte seine Lippen und schmeckte sie nach. Pixie sah ihn durch halb geschlossene Lider an. Sie hatte gerötete Wangen und ein leichter Schweißfilm zierte ihre perfekte Haut. Würde er sie wirklich ihrer Jungfräulichkeit berauben? Wollte er ihr wirklich diesen Schmerz zufügen? *Verdammt.*

»Als ich klein war, habe ich, wenn es schneite, Stunden damit verbracht, den Schneeflocken zuzuschauen, aber ich schwöre bei Gott, keine von ihnen war so perfekt wie du, Pix.« Er küsste sie, und sie schmiegten sich aneinander. Pixie antwortete nicht, seufzte jedoch in seinen Mund und fuhr ihm mit den Händen durchs Haar.

Dred nahm das Kondom aus seiner Brieftasche und stülpte es über. Sie hatte ein zärtliches, liebevolles und erinnerungswürdiges erstes Mal verdient, auch wenn ihm so sehr danach war, sie hart zu nehmen. Sie an den Hüften zu packen und in sie hineinzustoßen, immer und immer wieder. Pixie beobachtete ihn. Keiner von beiden sagte etwas, und er fragte sich, ob sie auch Mühe hatte, Worte dafür zu finden, was zwischen ihnen passierte. Worte wurden diesem perfekten Moment einfach nicht gerecht.

Dred legte sich wieder zu ihr aufs Bett, zwischen ihre Beine. Er unterdrückte ein selbstzufriedenes Grinsen, als sie ihre Beine für ihn spreizte.

Mit einer Hand stützte er sich ab, mit der anderen führte er seinen Schwanz ein. Er sah ihr dabei die ganze Zeit in die Augen, in denen sich gleichzeitig große Angst und unglaubliche Lust widerspiegelten. »Bitte spiel mit mir«, flüsterte sie.

Er drang ein paar Zentimeter in sie ein. Es war göttlich. Sie war so nass und bereit, als hätte sie ihr Leben lang nur auf ihn gewartet. Er zog sich wieder ein Stückchen raus und stieß wieder in sie hinein, diesmal ein wenig kräftiger, und spürte den Widerstand in ihr. Er drückte sein ganzes Körpergewicht auf sie, küsste sie hingebungsvoll, dankbar, dass sie ihn ausgesucht hatte, wollte sie so dringend. Er wollte ihr zeigen, wie unglaublich perfekt und einzigartig sie war. Und was noch viel wichtiger war, er wollte ihr zeigen, dass sie zu ihm gehörte, in jeder nur erdenklichen Weise. Sie entspannte sich unter ihm, er zog sich wieder heraus und stieß noch einmal kräftig zu. Diesmal zerriss er das dünne Häutchen und er füllte sie ganz von innen aus. Jetzt lag sie verkrampft unter ihm und unterdrückte ein leises Wimmern. Er hielt sie ganz fest. Als sie ihre Beine um ihn schlang, kam er fast. Es fehlte nicht mehr viel, aber er wollte unbedingt mit ihr zusammen kommen.

Er löste sich von ihr und sah ihr in die Augen, die sich mit Tränen gefüllt hatten. Es zerbrach ihm das Herz. Er hatte ihr wehgetan, was zu erwarten gewesen war, aber es machte es ihn fertig, dass dieser Moment für sie nicht genauso perfekt war wie für ihn. »Alles in Ordnung, Schneeflöckchen? Ich kann sofort aufhören.« Es würde ihn zwar schier umbringen, sich aus ihr rauszuziehen, aber er würde keine Sekunde zögern.

»Also, ich habe nur ... Ich habe so lang gewartet ... und du ... das ist ...«

»Ein gottverdammtes Wunder.« Er löste sich etwas von ihr, sah dorthin, wo sie miteinander vereint waren. »Schau mal, wie perfekt wir ineinanderpassen.« Beim Anblick seines Schwanzes, der aus ihr herausglitt, spürte er, wie sich seine Eier zusammenzogen. Das würde nicht mehr lang gutgehen. Auch Pixie beobachtete das genau. »Siehst du, wie du mich in dir aufnehmen kannst? Siehst du, wie hart du mich machst? Hast du eine Ahnung, wie hart es für mich ist ... jetzt in diesem Moment ... nicht in dir zu kommen?«

Er zog eines ihrer Beine hoch, beugte es auf Hüfthöhe und küsste sie. Der veränderte Winkel ermöglichte es ihm, schneller, tiefer in sie einzudringen.

»Dred, ich ... So, mach's mir so. Bitte.«

Sie kam und zog sich um ihn zusammen. Er spürte die Vibration bis ins Mark. Und ohne einen weiteren Gedanken darüber zu verlieren, folgte er, kam ganz tief in ihr.

Schließlich lag er völlig von seinen Gefühlen überwältigt da. Kein anderer konnte behaupten, ihr Erster gewesen zu sein. Diese Erinnerung war ausschließlich ihm vorbehalten. Allein bei dem Gedanken daran bekam er Lust, sie wieder zu nehmen, wieder und wieder. Sosehr er sich wünschte, so liegen zu bleiben, rollte er sich auf die Seite und nahm Pixie mit sich, die immer noch außer Atem war. Ihr Herz pochte im gleichen Takt wie seins.

Als Dred am Abend zuvor den Privatjet gebucht hatte,

hatte er nur im Sinn gehabt, Pixie zu sehen. Als er dann später im Flieger saß, stellte er sich natürlich verschiedene Szenarien vor, die sich abspielen konnten, musste aber erstaunlicherweise feststellen, dass sich für ihn jedes Endergebnis richtig anfühlte. Ob sie nun den ganzen Tag wandern gehen oder sich mit erotischen Fesselspielen durchvögeln würden. Was auch immer sie wollte.

Er hatte nicht damit gerechnet, dass die ersten Worte aus ihrem Mund ihn zum Spielen einladen würden. Ihre Vorstellungen von Spielen gingen zwar noch auseinander, aber er konnte es kaum erwarten, sie zu erziehen. Er streichelte über ihr Haar und grinste, als sie seufzte.

»Alles in Ordnung?«

»Mmhhh. Besser als in Ordnung.« Sie schmiegte sich noch enger an ihn, und er schlang seine Arme um sie.

Dred sah durch das große Fenster, das sich über die gesamte Zimmerlänge zog. Der Himmel über Miami und das Wasser in der Biscayne Bay strahlten um die Wette um das leuchtendste Blau. Wohlige Wärme durchfuhr ihn, und er war sich nicht sicher, ob das vor allem etwas mit der Frau in seinen Armen zu tun hatte und weniger mit dem Panorama, das sich vor ihm ausbreitete.

»Danke, Dred, dass du mein Erster warst. Ich hatte gar keine Zeit zum Nachdenken.«

»Ist das gut oder schlecht?« Er küsste sie auf die Stirn, dann hob er ihr Kinn, um sie besser anschauen zu können.

»Es war perfekt. Wenn ich Zeit gehabt hätte, darüber nachzudenken, hätte ich aufgehört. Mehr aus Angst vor dem Unbekannten als vor echter Panik.«

Panik war allerdings etwas, das Dred gut nachvollziehen

konnte. Er musste ihr von Petal erzählen, und der Gedanke daran belastete ihn sehr.

Pixie spielte mit pink-lackierten Fingern an seinem Anker herum, drehte ihn hin und her. Er nahm ihre Hand, damit sie aufhörte. »Ich hab dir nicht wehgetan, oder?«

»Mit Schmerzen hab ich gerechnet. Das, was am Ende passiert ist, damit hab ich nicht gerechnet.« Sie errötete und zog den Kopf ein.

Dred griff schnell nach einem Papiertaschentuch und entsorgte das Kondom. Dann lagen sie noch eine Weile zusammengekuschelt da und hatten es nicht eilig, aus dem Bett zu steigen. Dred spürte, dass er Pixie von Petal erzählen musste. Er wollte keine Geheimnisse zwischen ihnen. Es war Pixie gegenüber nicht fair und Petal gegenüber auch nicht. Sie war ja kein schmutziges Geheimnis.

Dred führte Pixies Finger an seine Lippen und küsste sie. »Ich muss dir etwas erzählen, aber ich habe eine Scheißangst davor.«

Sie sah ihn beunruhigt an. »Was denn?«

Dred atmete tief durch, weil er wusste, dass er Pixie damit schocken würde. »Ich bin vor Kurzem Vater geworden, ich habe eine kleine Tochter ... Warte, wo willst du hin?« Pixie wand sich aus seinen Armen und verzog sich ans Bettende. Dort hing auch ihr Seidenkimono am Bettpfosten, den sie schnell überzog und an der Taille festzurrte.

»Du bist Vater? Meine Güte ... Bist du in einer festen Beziehung?« Sie versuchte aufzustehen, aber er hielt sie am Arm fest und zog sie zu sich runter, wogegen sie sich vehement wehrte.

»Nein, das bin ich nicht. Und bitte vertrau mir. Ich bin

zwar nicht stolz auf das, was passiert ist, aber ich habe rein gar nichts falsch gemacht, bis auf die Tatsache, dass ich vor etwa neun Monaten Sex mit der falschen Frau hatte. Also hör bitte auf, dich loszureißen, und hör mir zu.«

Pixie hielt inne. »Bin ganz Ohr.«

Ihr verletzter Gesichtsausdruck war kaum auszuhalten. Innerhalb einer Stunde hatte Dred es geschafft, dass Pixie himmelhochjauchzend und zu Tode betrübt war. Er war ein Riesenarsch. »Also, meine Mutter hatte psychische Probleme. Meine Kindheit war alles andere als rosig. Ich wollte deswegen nie Kinder, zum einen wegen meiner eigenen Kindheitserfahrungen, zum anderen, weil ich ein sehr unstetes Leben führe.«

Pixie wurde ganz blass. *So ein Mist.* Weswegen? War sie geschockt von seiner Geschichte? Wünschte sie sich eigene Kinder? *Verdammt.* Warum hatte er nicht vorher darüber nachgedacht?

»Wie dem auch sei, ich war immer vorsichtig, und … ich … ähm, ja, hatte immer meine eigenen Kondome dabei. Aber ich bin mit einem Trick reingelegt worden, der älter ist als die Bibel. Und jetzt habe ich ein Kind.« Dred setzte sich auf und ohrfeigte sich innerlich, dass er seine unmöglichen Probleme in Pixies Schlafzimmer ausbreitete. Ihre blendend weißen Bettlaken wirkten auf einmal zu sauber für seine Haut.

»Verdammt, Pixie«, sagte er mit leiser, rauer Stimme. »Das ist ja nicht nur ein Kind. Dieses süße kleine Ding heißt Petal.«

»Was ist mit der Mutter?« Pixie rutschte wieder zu ihm rüber.

»Ist eine elendige Schlampe, die mich reingelegt hat. An dem Tag, an dem du nach Hause geflogen bist, habe ich von Petal erfahren. Das war der Anruf, weißt du?«

»Was wirst du tun?«

»Es ist solch eine Ironie des Schicksals, Pix. Ich weiß es nicht. Aber ich habe Anwälte, die sich darum kümmern. Und Sozialarbeiter, weil Amanda auch während ihrer Schwangerschaft Drogen genommen hat. Petal ist mit neonatalem Abstinenzsyndrom geboren.« Dred schüttelte fassungslos den Kopf und ließ ihn auf die Knie sinken. »Meine Tochter ist drogenabhängig geboren.« Bei den Worten blieb Dred die Stimme weg.

»Oh, mein Gott.« Pixie rang nach Luft. »Das tut mir so leid, Dred.« Sie kniete sich hin und umarmte ihn tröstend.

»Ich wollte nicht, dass unsere Beziehung so anfängt, Pix«, flüsterte er. »Als ich heute Morgen in den Flieger gestiegen bin, hab ich ja nicht mal damit gerechnet, dass sich der Tag heute so entwickeln würde. Aber ich will keine Geheimnisse zwischen uns. Was sagst du?«

Kapitel 11

Die Anzeige auf dem Wecker wechselte gerade von 3.59 auf 4.00 Uhr morgens. Seit einer Stunde lag Pixie wach und verfolgte den minütlichen Wechsel auf dem Display.

Der Wecker war auf 5 Uhr gestellt, da Dreds Privatjet ihn um 6.30 Uhr zurück nach Toronto bringen würde, aber an Schlaf war nicht mehr zu denken.

Sie lag mit dem Rücken an seinen Brustkorb gekuschelt, er hatte seine Arme um sie geschlungen. Gedanken prasselten in einem Tempo, das so manchem von Dreds Songs alle Ehre machen würde, auf sie ein. Er hatte ein Kind. Er wollte keine Geheimnisse. Er hasste Amanda dafür, dass sie während der Schwangerschaft Drogen genommen hatte. Sie fragte sich, warum sie ihm nicht sofort alles erzählt und reinen Tisch gemacht hatte. Möglicherweise hatte es etwas mit seinem angewiderten Gesichtsausdruck zu tun, während er von seiner Mutter und der Mutter seines Kindes erzählte. Wenn der Gedanke an Drogenkonsum eine derartige Abscheu in ihm auslöste, dann hatte sie schon eine genaue Vorstellung, was passieren würde, wenn sie ihm erzählte, dass man sie gezwungen hatte, sich an schlimmen Dingen zu beteiligen oder diese mitanschauen zu müssen.

Gleichzeitig machte sie der Gedanke, dass er gleich nach Toronto zurückflog, fix und fertig. Würde er nur nicht so weit weg wohnen und wäre er nicht ausgerechnet ein internationaler Rockgott. Aber dann wäre er wiederum auch nicht Dred.

Pixie schlüpfte aus dem Bett und ging in ihr Nähzimmer, das sie eigentlich gar nicht gewollt hatte, aber Lia hatte darauf bestanden, es ihr zur Verfügung zu stellen. Regelmäßig hatten sie deswegen Streit. Ihr Rucksack lag auf dem Arbeitstisch. Sie öffnete ihn und holte den Umschlag mit den fünfhundert Dollar heraus, die Arnie von ihr verlangte.

Würde sie ihm wirklich ihr hart verdientes Geld in den Rachen schmeißen? Und was passierte, wenn sie keins mehr hatte? Arnie würde sicherlich immer wiederkommen. Sie zögerte doch nur das Unvermeidbare hinaus, während sie verzweifelt nach anderen Lösungen suchte. Ob sie ihm sagen sollte, dass sie nicht mehr als das hatte, es ihm aber gern gab, wenn er für immer wegging? Wie naiv von ihr. Sie stellte sich alle möglichen Optionen vor, aber alle endeten damit, dass Arnie der Polizei erzählte, dass sie Brewster getötet hatte.

Sie steckte den Umschlag wieder in den Rucksack.

»Warum bist du so früh auf ?« Dreds nackte Silhouette füllte den Türrahmen aus.

»Du weißt schon, dass ich eine Mitbewohnerin habe, ja?«, flüsterte Pixie.

Dred folgte ihrem Blick, der an seiner Erektion hängenblieb. Er zuckte mit den Achseln, und Pixie errötete. Er ging auf sie zu und nahm sie in die Arme. »Ich will mich in deiner perfekten Muschi verlieren«, brummte er und zog sie an sich. »Komm zurück ins Bett und spiel mit mir, bevor ich in das gottverdammte Flugzeug steigen muss.«

»Du meinst den gottverdammten Privatjet, den du gleich für dich allein haben wirst, in dessen Luxus du davonsegeln wirst und der dich ein kleines Vermögen gekostet hat?«

Dred kuschelte sich von hinten an sie. »Ja, genau den«, murmelte er.

Pixie ließ sich überreden, wieder mit ins Bett zu kommen.

Als der Wecker eine Stunde später klingelte, lag sie völlig verschwitzt und mit hämmerndem Herzen da.

»Ich will noch nicht gehen, Schneeflöckchen.« Dred strich sanft über Pixies Gesicht, drückte sich von ihr ab und glitt aus ihr heraus, was ein Gefühl der Leere in ihr zurückließ. Er küsste sie noch einmal und ging ins Bad, das zu ihrem Zimer gehörte. Sie hörte, wie Dred den Duschstrahl aufdrehte und überlegte kurz, ob sie sich zu ihm gesellen sollte. Ein Blick auf die Uhr reichte jedoch, um den Gedanken wieder zu verwerfen, denn er musste bald los. Er hatte einen Wagen bestellt, der ihn abholen würde.

Eine halbe Stunde später standen sie in der Wohnungstür und verabschiedeten sich flüsternd, um Lia nicht zu wecken.

»Wann werde ich dich wiedersehen?«

»Ich weiß es nicht, Pix. Ich bin mehr als bereit, so was hier wieder zu machen oder dir, wenn du Zeit hast, den Flug zu bezahlen. Auch wenn es nur für einen Tag ist. Ich bin allerdings spätestens in knapp zwei Wochen wieder zurück, weil wir eine neue Folge für die Show aufnehmen.«

Trend und Dred waren Juroren in der Fernsehshow *Inked*,

wo als Hauptpreis ein eigenes Tattoostudio winkte. Trents und Harpers Geschichte zu Ehren wurde das nächste Mal eine Spezialfolge im Second Circle gedreht, wo die Teilnehmer die Aufgabe bekommen würden, Cover-ups für Narben zu tätowieren.

»Wir sehen uns also in spätestens zwei Wochen.«

Dred küsste sie sanft. »Ja, aber ich ruf dich an, damit wir ein bisschen spielen können. Stell dich schon mal drauf ein.« Er löste sich von ihr und öffnete die Tür. »Ich werde dich vermissen, Pix.«

»Ich werde dich auch vermissen«, flüsterte sie, als die Tür zufiel.

Pixie ging zurück ins Bett, die Laken waren immer noch warm und rochen nach Dred. Was würde er wohl von ihr halten, wenn sie ihm erzählte, dass sie seit sechs Jahren clean war und dass die Drogen, die sie genommen hatte, die Drogen, die ihr Stiefvater ihr gegeben hatte, ihr geholfen hatten, einige der schlimmsten Momente ihrer Jugend zu überstehen? Sie wickelte sich in die Bettlaken, schloss die Augen und döste wieder ein.

Einige Stunden später klingelte es an der Tür und sie antwortete über die Türsprechanlage.

»Lass mich rein, Sarah-Jane.« Arnie.

»Ich komme runter.«

»Nein, du lässt mich rein.«

Das war das Letzte, worauf sie Lust hatte, und sie weigerte sich, ihm aufzumachen. »Ich bin in ein paar Minuten unten.«

Pixie ignorierte sein penetrantes Klingeln. Sie zog sich an, schnappte sich den Umschlag und eilte mit einem unguten Gefühl zum Aufzug. Er war sauer. Aber um ehrlich zu sein, das war sie auch, auch wenn sie jetzt vor Angst schwitzige Hände hatte. In besagten Händen hielt sie das Geld, das sie für ihren Traum benötigte, ihren eigenen Laden zu eröffnen. Mit fünfhundert Dollar konnte sie viele Stoffe kaufen. Ein Signal kündigte an, dass sie unten angekommen war. Erhobenen Hauptes verließ sie den Aufzug, auch wenn sie innerlich vor Angst zitterte.

Arnie kam ihr mit wutverzerrtem Gesicht entgegen. Desmond, der Pförtner, saß an seiner gewohnten Stelle. Im Notfall würde er schnell genug hinter seinem Schreibtisch hervorspringen und verhindern können, dass Arnie ihr etwas antat. Pixie hielt Arnie den Umschlag entgegen, den er gierig an sich riss.

»Los, wir gehen nach oben. Hol den Fahrstuhl.« Vor lauter Wut hatte er rote Flecken im Gesicht.

»Nein, Arnie. Du wirst keinen Fuß in mein Zuhause setzen.«

»Ist alles in Ordnung, Pixie?«, rief Desmond ihr hinter seinem Empfangstresen zu.

Pixie nickte. »Ja, danke. Arnie geht gleich wieder.«

Arnie stellte sich hinter einen großen Blumenkübel mit tropischen Farnen, die eine Illusion von Sichtschutz erzeugten. »Ich hab dir etwas mitgebracht, Sarah-Jane. Eine Art Andenken. Über das du dich vielleicht freuen wirst.«

»Was auch immer es ist, ich will es nicht. Du hast das Geld, also geh jetzt. Lass mich in Ruhe oder ich ...«

»Oder du was?« Er legte ihr ein Tuch mit Leopardenmuster in die Hände, und Pixie erstarrte. Beim Anblick des Stoffes in unmittelbarer Nähe zu ihren Handgelenken wurde ihr schlecht. Es war Jahre her, dass er ihr damit die Hände auf dem Rücken zusammengebunden hatte, aber die Erinnerungen daran waren immer noch sehr präsent.

Arnie nahm ihr das Tuch wieder aus den Händen. »Siehst du? Hattest du vergessen, was? Es hat dir doch gefallen, was wir miteinander getrieben haben. Wenn du mich also nächstes Mal wieder nicht in deine Wohnung lässt, dann werde ich auf das Tuch zurückgreifen.« Arnie strich ihr das Haar aus dem Gesicht und Pixie erschauerte.

»Ich geb dir zwei Wochen. Dann will ich einen Tausender, und du wirst mir gegenüber gefälligst … etwas liebenswürdiger sein. Und falls das nicht funktioniert«, fügte er hinzu, »zeige ich deinem Boss, deinem Freund und der Polizei die Beweisbilder, dass du Brewster umgebracht hast.«

*

Vielleicht war seine Anwältin doch besser, als er ihr anfangs zugetraut hatte.

Am Abend zuvor hatte er eine E-Mail mit Amandas neuer Adresse bekommen. Sie hatte jetzt eine Wohnung in Liberty Village, nicht sehr weit von Exhibition Place entfernt. Und er würde sie in einer Stunde dort treffen.

Er musterte seine Schüssel mit Frühstückszerealien. Wenn es nach ihm ginge, würde er nach dem Treffen mit Petal in den Flieger steigen, um gemeinsam mit Pixie abzuhängen. Oder er würde sie herfliegen lassen, damit sie Petal kennenlernte. Auch wenn sie sich erst vor zwei Tagen gesehen hatten. Stattdessen schlang er sein Frühstück hinunter, um Amanda zu treffen, bevor er später nach Brasilien flog, wo sie vier Tage Promo-Tour vor sich hatten, die mit einem Festival endete. Es stand ihm so gar nicht der Sinn danach.

Außerdem war er hin und her gerissen, was für Petal das Beste war. Die beste Lösung für Petal war sicherlich ein ordentliches Zuhause mit zwei liebevollen Eltern, am liebsten ein Ehepaar, das schon seit Jahren versuchte, eigene Kinder zu bekommen. Ein Ehepaar, das sich so sehr nach einem Kind sehnte, dass sie Petal bis zum Gehtnichtmehr verhätscheln würden. Das Problem war, dass Dred jedes Mal, wenn er sich Petal in den Armen eines anderen Menschen vorstellte, keine Luft mehr bekam.

Er schnappte sich sein Songbuch und fügte noch ein paar Zeilen zum Text hinzu, den er eigentlich für Pixie geschrieben hatte. *Ich kann ohne dich nicht atmen. Ich kann ohne dich nicht einmal dieses Lied singen.*

Wie schaffte er es nur, an Bedeutung in Petals Leben zu gewinnen? Oder in Pixies Leben?

Wenn das Herz sich nach etwas ganz Bestimmtem sehnt, bekommt es dann auch, was ihm fehlt?

Liebte er Petal? Oder Pixie? Vielleicht beide.

Er konnte keinen klaren Gedanken fassen, ging zur Spüle und kippte die Milch aus, bevor er die Schüssel ausspülte und in die Spülmaschine stellte.

Koffer und Handgepäck standen fertig gepackt im Flur. Jordan würde sie nachher in den Wagen schmeißen, der ihn zum Flughafen brachte.

Dred schnappte sich die Tüte mit Vorräten, die er für Amanda und Petal gekauft hatte, und wartete draußen auf das Taxi, das er gerufen hatte.

Zum Glück war der Schnee geschmolzen, dennoch gab

es Baustellen, die den Verkehr Richtung Gardiner Expressway aufhielten, und bis Dred vor Amandas Tür stand und klingelte, waren vierzig Minuten vergangen. Die Jungs holten ihn in etwa einer Stunde ab.

Er stieg in den Aufzug, um in den vierten Stock zu gelangen, in dem sich Amandas Wohnung befand. Das Wohnhaus war gepflegt. Irgendwo hörte er ein Baby schreien. Das musste Petal sein. Er beeilte sich, ihre Tür zu finden, und klopfte.

Amanda öffnete ihm. Unter der zu dick aufgetragenen Schminke schimmerten dunkle Augenringe durch, aber sie war ordentlich angezogen. Das Babygeschrei schien ihr unangenehm zu sein.

»Komm rein«, sagte sie betont fröhlich.

Dred versuchte, seinen Frust zu verbergen. Was sollte dieses einladende Getue, wenn sie Petal bewusst vor ihm versteckt hielt? Aber seine Anwältin hatte ihm den Rat gegeben, die bestmögliche Strategie zu verfolgen und gute Miene zum bösen Spiel zu machen, damit Amanda nicht die Kommunikation verwehrte.

»Hier.« Dred reichte ihr, was er mitgebracht hatte. Auf einem Sofa saß ein vornehm aussehender Mann mit silbergrauen Haaren, der einen eleganten Anzug trug.

Amanda holte die Sachen aus der Tüte und stellte alles auf den Tisch. Windeln und Feuchttücher, die ja ein wahres Vermögen kosteten. Außerdem einige Geschenke für Petal, ein paar süße Strampler, Spielzeug und eine Auswahl an Büchern, die ihm die Verkäuferin im Buchladen für Babys empfohlen hatte. »Danke.«

»Wo ist Petal? Kann ich sie sehen?« Sie musste doch in den Arm genommen und getröstet werden. Wäre Lennon dabei, der würde durchdrehen, weil das weinende Baby ignoriert wurde.

»Theo, ich möchte dir meinen Anwalt vorstellen, Bernie Kates.«

»Ich bin nicht hergekommen, um deinen Anwalt kennenzulernen. Ich möchte meine Tochter sehen. Und nenn mich bitte Dred.«

»Ich kann dich jederzeit rausschmeißen, Theo. Und ich habe einen Zeugen. Setz dich also bitte zu uns.«

Dred sah in die Richtung, aus der das Schreien kam, und war hin und her gerissen zwischen dem, was jetzt gerade oder langfristig richtig war. In Gedanken bat er Petal um Verzeihung. »Könntest du wenigstens kurz zu ihr gehen und sie ein bisschen beruhigen?«

»Nicht, bis wir geredet haben.«

Dred klingelten die Worte seiner Anwältin im Ohr, seine Wutanfälle in dieser Sache besser im Zaum zu halten. »Das fühlt sich wie ein Hinterhalt an. Ich sollte vielleicht besser meinen Anwalt anrufen.«

»Also, bitte, Mister Zander. Wir unterhalten uns doch nur. Ein Gespräch, das keine rechtlichen Konsequenzen haben wird.«

»Was wollen Sie von mir?« Das Babygeschrei wurde immer lauter und proportional dazu stieg sein eigener Stresspegel. Er wusste aus eigener Erfahrung, was es bedeutete, als Baby alleingelassen zu werden und stundenlang zu schreien, in der Hoffnung, auf den Arm genommen zu werden. Um dann irgendwann festzustellen, dass niemand kam, um nach einem zu sehen, um einen zu lieben und zu halten, da zu sein. Irgendwann hörte das Baby auf, nach Aufmerksamkeit zu schreien, die ihm nie zuteilwurde, und zog sich in sich zurück.

»Ich möchte mich mit dir darüber unterhalten, wie wir die Zeit bis zur Sorgerechtsverhandlung überbrücken, in der du Petal sehen willst. Wenn du sie in der Zwischenzeit sehen möchtest und dafür zahlst, werde ich kein alleiniges Sorgerecht beantragen.«

Wie jetzt? »Was meinst du damit?«

Bernie beugte sich vor. »Miss Veitch meint damit, dass sie sich bereiterklärt, von der Beantragung des alleinigen Sorgerechts abzusehen, wenn Sie ihr ab jetzt finanzielle Flexibilität in Bezug auf eine Schlichtung garantieren. Miss Veitch wünscht eine größere Wohnung als diese 3-Zimmer-Wohnung. Außerdem erwartet sie die Zahlung einer noch nicht festgelegten Summe zu ihren Händen am Anfang jedes Besuchs.«

»Wir führen hier kein Gespräch«, sagte Dred, der unruhig wurde und hin und her lief. »Ich hatte recht, das ist ein mieser, unprofessioneller Hinterhalt. Ich werde Sie beide anzeigen.«

Petals Schreien wurde immer schriller und fühlte sich wie Peitschenhiebe auf der Haut an. Er hielt es kaum noch aus.

»Und Sie wollen uns mit welcher Begründung anzeigen? Was Miss Veitch und mich betrifft, hat dieses Gespräch nie stattgefunden, und mit Ihrem aggressiven Gebaren gegenüber Miss Veitch haben Sie versucht, sie während Ihres Besuchs einzuschüchtern. Wenn ich nicht gewesen wäre, um dazwischenzugehen, wer weiß, was sonst noch geschehen wäre.«

»Das ist Erpressung«, stieß Dred aus.

»Nein, Überzeugungskraft«, korrigierte Amanda ihn.

Verfluchte Scheiße. Er würde hier gleich rausstürmen, ohne Petal gesehen zu haben. Dred wollte für den Notfall in der Lage sein, an einen Lügendetektor angeschlossen schwören zu können, dass in seiner Forderung, Petal zu sehen, keinerlei Aggression enthalten war.

Dann geschah das Unerwartete.

Petal hörte auf zu schreien.

Dred rannte durch die Wohnung, öffnete eine Tür nach der anderen, bis er Petal fand, die in einem leeren Zimmer in ihrer Wiege lag. Er nahm sie heraus und drückte sie an sich. Petal schmiegte sich schniefend an seine Schulter, ihr Herzchen klopfte aufgeregt.

»Ich bin doch da, meine Kleine. Ich bin bei dir. Ich werde immer bei dir sein. Davon wird mich niemand mehr abhalten können.«

»Mister Zander, ich rate Ihnen, das Baby wieder an die Mutter zu übergeben. Gehen Sie doch mal auf die Webseite des kanadischen Justizministeriums und schauen Sie sich die Paragraphen zum Sorgerecht an. Ich versichere Ihnen, dass Gerichtsurteile in Sorgerechtsfällen zu achtzig Prozent zugunsten der Mutter gefällt werden. Ich lege Ihnen nachdrücklich ans Herz, Miss Veitch aktuellen Vorschlag zur gütlichen Einigung anzunehmen.«

Dred fühlte sich, als hätte man ihn in Maschendrahtzaun gewickelt, und musste sich für heute geschlagen geben. Wenn er mit Petal in den Armen die Wohnung verließ, würden sie gemeinsam bezeugen, dass er gewalttätig geworden war oder, noch schlimmer, dass er sie entführt hatte.

Dred streichelte Petal über den Rücken, tröstete sie und küsste sie auf die Stirn. Petal war in seinen Armen eingeschlafen, und trotz der beschissenen Situation schwoll sein Herz vor Stolz an, dass sie sich mit ihm sicher genug fühlte, um genau dies tun zu können.

»Ich komme wieder, meine Kleine, das verspreche ich dir«, flüsterte er ihr zu, als er sie zurück in die Wiege legte.

*

In Miami war das Undenkbare geschehen, es war kalt geworden. Der Temperatursturz von überdurchschnittlich warm zu unterdurchschnittlich kalt traf alle völlig unvorbereitet. Auch wenn es etwas übertrieben war, trug Pixie den Anorak, den Dred ihr gekauft hatte. Ihr war damit sogar ein bisschen zu warm, aber immer noch besser als Lia, die nur mit dünner Jacke und einem Tuch bekleidet war und vor Kälte zitterte.

Sie holte ihr Handy raus und machte ein Selfie für Dred, das sie als Foto an die folgende Nachricht hängte:

Frühling in Miami. Kommst du, um mich zu wärmen?

Sie und Lia waren an diesem Samstag beide zum Spätdienst eingeteilt und sie wollten vorher zusammen in ihren Lieblingsvintageladen. Pixie war auf der Suche nach einem bestimmten Stoff für ein Kleid, das sie nähte, aber erst musste sie noch zur Bank. »Worüber lachst du denn gerade?«, fragte Lia sie und versuchte, einen Blick über ihre Schulter zu erhaschen.

Pixie zeigte ihr das Foto, das sie von sich im Anorak gemacht hatte, und Lia musste auch lachen.

»Dein Rockstar sollte dich für den Tag nach Brasilien fliegen lassen. Dort ist es bestimmt wärmer als hier.« Lia blies warme Luft in ihre Hände. »Frag ihn, ob er dir einen Düsenjet organisiert. Wir schwänzen die Arbeit, und ich komme mit dir und gucke, ob ich mir nicht einen netten Brasilianer angeln kann, der zumindest vierundzwanzig Stunden lang weiß, was er an mir hat.«

Pixie lachte. Ihr Handy vibrierte. Sie entfernte sich ein Stück von Lia und checkte ihre Nachrichten. *Ach, du liebe Güte.* Ein Foto vom Hals abwärts bis hin zu der Pracht an Bauchmuskeln. Ein weißes Bettlaken war strategisch über seinen ... nun ja ... platziert, und darunter befand sich seine Hand, die so aussah, als würde sie ... ihn halten. *Herrje.*

Frühling in Brasilien. Bei unserem nächsten Treffen werde ich dich warmhalten. Dann mit weniger an!

Pixie wurde knallrot im Gesicht. Sie schämte sich dafür, dass das Foto sie mindestens genauso anmachte, wie seine offen zur Schau gestellte Sexualität sie schockierte. Mit ihrer vernünftig-pragmatischen Art würde sie nie auf den Gedanken kommen, solche Fotos zu verschicken. Mit solchen Bildern fand man sich irgendwann in Rache-Pornos wieder. Aber etwas in ihr wollte es wagen, vielleicht ein bisschen ... sexyer zu sein, als sie es bis jetzt gewesen war.

Sie atmete tief durch. *Ich wäre jetzt gern dabei, um dir zuzuschauen.*

Es gab eine kurze Pause, dann vibrierte ihr Handy wieder. *Du kannst von da zuschauen, wenn du Lust hast. Wechsel zu Videomodus* ☺

Lia sah sie neugierig an. *Im Leben nicht.* Niemals würde sie an irgendeiner Straßenkreuzung mitten in Miami dabei zuschauen, wie der heißeste Typ der Welt sich für sie einen runterholte. Das wäre nämlich … geil, wunderbar, sexy … falsch.

Pixie antwortete schnell. *Mein Kopf sagt Nein, aber der Rest …*

Die Antwort ließ nicht lang auf sich warten. *MEIN Kopf sagt Ja ;-) Aber der Rest kann dich verstehen. Ich vermisse dich, Schneeflöckchen.*

Ich vermisse dich auch.

Pixie wäre jetzt auch am liebsten dort. Sie hatte nicht nur größte Lust, Rio de Janeiro zu sehen, den Strand von Ipanema und die riesige Christusstatue, nein, sie wollte vor allem wegen Dred da sein. Die Vorstellung, sowohl den Mann als auch die Sehenswürdigkeiten von Brasilien zu erkunden, war gleichermaßen verlockend.

»Wir sehen uns gleich im Laden«, sagte Pixie zu Lia. »Ich muss noch Geld holen.« Gelogen war das nicht. Lia sollte nur nicht mitbekommen, dass sie so viel Geld abhob.

Pixie hasste es, große Geldsummen mit sich herumzutragen, seitdem sie an ihrem ersten Tag in Miami ausgeraubt worden war, wenn sie aber wartete, bis sie mit dem Shoppen fertig waren, würde Lia mit in die Bank kommen und sehr wahrscheinlich mitbekommen, wie viel Geld Pixie abhob. Und dann würde Lia Fragen stellen. Nicht so gut. Nicht so gut war außerdem, dass sie noch keine Ahnung hatte, wie sie dem Ganzen ein Ende bereiten konnte.

Bis jetzt gab es zwar verschiedene Optionen, aber alle waren problematisch. Sie konnte es darauf ankommen lassen und Nein sagen, dann würde er sicherlich zur Polizei gehen. Sie konnte sich einen Anwalt suchen, selbst zur

Polizei gehen und die Wahrheit sagen. Sie konnte es Cujo und Trent erzählen, sie um Hilfe bitten, vielleicht würden sie sogar mit ihm reden. Sie konnte ihm weiterhin Geld geben.

Pixie bekam Kopfschmerzen. Vielleicht sollte sie Trent und Cujo erst mal erzählen, dass ihr Stiefvater wieder aufgetaucht war.

Sie ging in die Bank und stellte sich bei einem Kassierer an, den sie nicht so gut kannte – damit weniger Fragen gestellt wurden. Sie stand schon in der Schlange, da übernahm Cedro, ihr Lieblingsmitarbeiter, den Platz des anderen.

»Guten Tag, Miss Pixie. Sie sehen heute ganz wunderbar aus. Was kann ich für Sie tun?« Er war noch damit beschäftigt, sein Namensschild an der Arbeitskleidung zu befestigen, und offenbarte dabei strahlendgelben Nagellack.

»Ich möchte etwas abheben, und zwar …« Nein, das konnte sie nicht bringen. So viel Geld konnte sie nicht bei Cedro abheben. Sie musste noch mal wiederkommen. »Ich hätte gern fünfzig Dollar.«

»Das hätte Ihnen auch der Automat ausgespuckt«, sagte Cedro grinsend und nahm ihre Karte.

Pixie dachte schnell nach. »Ich weiß, aber dann hätte ich Ihr fröhliches Gesicht nicht zu sehen bekommen. Wann kommt denn Ihr gut aussehender Freund mal wieder vorbei, um sich was stechen zu lassen?«

Cedro lachte. »Ich glaube, der hat schon genug Tätowierungen.«

Cedro ging das übliche Prozedere durch und holte das Geld aus der Kasse. »Wie läuft es mit der Gründung des eigenen Ladens?«, fragte er.

Bei der Frage verspürte Pixie ein heftiges Stechen im Herz.

»Rückt immer näher«, antwortete sie so vage wie möglich.

Cedro zählte das Geld auf dem Tresen ab. »Das freut mich sehr für Sie. Viel Glück damit.«

Pixie steckte das Geld ins Portemonnaie und verließ das Gebäude. Als sie wieder draußen war, öffnete sie den Reißverschluss ihres Anoraks und setzte sich auf eine Bank. Ihr war gar nicht mehr nach Shoppen. Ihr war nach Weinen zumute. Wie würde das Ganze ausgehen? Arnie würde nicht aufhören, bis er nicht alles hatte, was er wollte, und zu ihrem Entsetzen schien er sich nicht nur für ihr Geld zu interessieren. Eher ging sie ins Gefängnis, als dass etwas Derartiges passierte. Sie hatte ihm bis jetzt 550 Dollar gegeben, jetzt wollte er tausend. Und auch wenn sie ihm die tausend gegeben hatte, würde er den Rachen immer noch nicht voll bekommen.

Was nützte es, wenn sie Trent und Cujo davon erzählte? Sie würden an der Situation nichts ändern können. Sie würden nur wahnsinnig enttäuscht sein, im Nachhinein zu erfahren, dass sie jemandem Unterschlupf gewährt hatten, der dazu in der Lage war, einen Menschen umzubringen – und sei es in Notwehr. Ihre Blicke würde sie nicht aushalten. Sie wusste, dass sie zu ihr halten würden, dennoch würde ihre Beziehung für immer verändert sein; nicht auszudenken, wenn das Ganze an die Öffentlichkeit geriet und sie den guten Ruf, den Second Circle hatte, ruinierte. Sie hatten ihr gesamtes Hab und Gut in das Studio investiert, mit dem sie heute so erfolgreich waren. Würde Trent vielleicht sogar seinen Job bei *Inked* verlieren?

Vielleicht sollte sie einfach kündigen … Abstand zwischen sich und das Studio bringen. Bei dem Gedanken wurde ihr schlecht und sie war froh, dass sie noch nicht gefrühstückt hatte.

Und dann war da noch Dred, der erste Mann in ihrem Leben, in den sie sich verliebt hatte. Was würde er bloß von ihr halten, wenn alles an die Öffentlichkeit kam?

*

Mit Hilfe eines engagierten Check-in-Agents im Galeão International Airport, der außerdem zufällig ein Metal-Fan der ersten Stunde und furchtbar enttäuscht war, dass er das größte Open-Air-Konzert des Jahres in Rio verpasste, schaffte Dred es, sich einen Sitzplatz in der Business-Class des letzten Flugzeugs Richtung USA zu sichern.

Er war von der Bühne herunter direkt in ein wartendes Taxi gestiegen, das sich einen Weg durch den dichten nächtlichen Verkehr gebahnt hatte. Der Rest der Band hatte für seinen Umweg auf dem Weg nach Hause größtes Verständnis. Der Check-in-Agent sorgte dafür, dass er in der VIP-Lounge schnell unter die Dusche hüpfen konnte. Dort konnte er auch sein Bühnenoutfit gegen etwas Bequemeres für den dreizehnstündigen Flug mit kurzer Zwischenlandung in Atlanta wechseln.

Als Dred in Miami aus dem Flugzeug stieg, war es zehn Uhr morgens. Er bahnte sich einen Weg zum Ausgang, setzte sich in ein Taxi und bat den Fahrer, direkt zum Second Circle zu fahren.

Er und Pixie hatten sich vor einer Woche zum letzten Mal

gesehen und ihm wurde allmählich klar, dass eine Fernbeziehung mehr Planung seinerseits erforderte als bisher. Sie brauchten Regeln, zum Beispiel die Höchstdauer, die sie einander nicht sahen, oder dass er immer dafür verantwortlich sein würde, die Flugtickets zu kaufen. Noch vor einem Monat hatte er keine eigene Familie gehabt, und jetzt hatte er Petal und Pixie. Dred war fest entschlossen, sie nicht zu enttäuschen.

»Sie können hier halten«, bat er den Fahrer einige Meter vom Studio entfernt und hoffte, damit den Überraschungsmoment noch ein klein wenig mehr hinauszögern zu können. Er konnte Trent, der konzentriert an einer Tätowierung arbeitete, durch das Schaufenster hindurch sehen. Cujo stand neben dem Empfangstresen. Als Cujo sich nach links wandte, konnte Dred sehen, dass er sich mit Pixie unterhielt, die gerade über etwas lachte. Es war das schönste Lachen der Welt.

Dred öffnete die Tür zum Studio und trat hinein. Sie würden sich zum ersten Mal richtig öffentlich zeigen, und Dred war sich nicht sicher, ob sie mit der Art von Begrüßung, die er sich vorstellte, einverstanden war. Seine Sorgen erwiesen sich als unnötig. Als sie hochsah, um zu sehen, wer hereingekommen war, kreischte sie auf.

»Oh, mein Gott!« Sie rannte um den Tresen herum und warf sich in seine Arme. Ihm blieb also nichts anderes übrig, als sie aufzufangen. »Du bist wirklich hier.« Sie übersäte ihn mit Küssen, und ihm war natürlich bewusst, dass alle Blicke im Studio auf sie gerichtet waren, aber es kümmerte ihn herzlich wenig.

»Hey, Schneeflöckchen«, begrüßte er sie, bevor er sie genau so küsste, wie *er* sich das vorgestellt hatte. Sie schmeckte fruchtig, nach Jelly Beans, so süß, so ganz Pixie.

»Was hab ich dir zum Thema Personalanbaggern gesagt?« Trent klopfte ihm zur Begrüßung auf den Rücken.

Dred ließ Pixie wieder runter, hielt sie aber fest im Arm. Trent und er gaben sich die Hand. »Ich freu mich auch, dich zu sehen.«

»Aber was machst du denn hier?«, fragte Pixie ihn und grinste ihn so breit an, dass sich jeder Moment in dem beschissenen, unbequemen Nachtflieger gelohnt hatte.

Auf einmal war er gar nicht mehr müde. »Ach, ich war in der Nähe, da wollte ich mal kurz vorbeischauen.« Er küsste sie wieder.

»Ich muss gleich kotzen. Oder dir eine verpassen. Oder beides.« Cujo nahm Dreds Hand und klopfte ihm so kräftig auf die Schulter, dass er fast aus dem Gleichgewicht geriet. Es war nicht wirklich böse gemeint, aber es sollte auch nicht zu nett sein.

Dred grinste. Er verstand Cujos Beweggründe und war froh, dass Pixie jemanden hatte, der sie beschützte, wenn sie in Miami war und er nicht da sein konnte.

»Viertausend Meilen Entfernung kann man ja wohl kaum als in der Nähe bezeichnen«, widersprach Pixie. Sie stellte sich auf die Zehenspitzen und küsste ihn schnell auf den Mund. »Aber ich bin sehr froh, dass du vorbeigekommen bist.«

»Wann bist du fertig mit der Arbeit?«

»Nicht vor fünf und Eric ist krank, ich kann also wirklich nicht vorher gehen.« Sie nahm ihn an die Hand und ging mit ihm in die leere Küche.

Als sie außer Sichtweite waren, ließ Dred seine Hände über Pixies Hintern gleiten, und er verpasste ihr einen Knutschfleck am Hals. »Mach dir mal keinen Kopf. Ich bin gekommen, weil ich dich sehen wollte. Wo, ist mir egal«, brummte er.

Er musste grinsten, als sie ihren Kopf zur Seite bog, damit er besser an ihren Mund kam. *Mmmhhh.* Sie schmeckte so gut. Er stand gerade da und umschlang mit einem Arm ihre Taille. Es war aussichtslos, mit ihr hier das zu machen, was ihm vorschwebte. Sein Flieger nach Hause ging um 21.15 Uhr, er musste also spätestens gegen sieben ihre Wohnung verlassen. Er musste mit Trent reden und ihn davon überzeugen, dass der sein Mädchen eine Stunde früher nach Hause gehen ließ.

»Ich freu mich so, dich zu sehen, Dred. Ich hatte eine Scheißwoche, und ich hab dich echt vermisst.«

»Ich habe auch die ganze Zeit an dich gedacht. Ich weiß zwar nicht so genau, was das über uns aussagt, aber es gefällt mir.« Er sah in ihre hübschen Augen.

»Wie dem auch sei, ich habe eine Idee für eine neue Tätowierung. Glaubst du, dass Trent oder Cujo mich dazwischenquetschen könnten?«

»Ich denke schon, lass mich einen Blick in den Terminkalender werfen. Ich glaube, dass Trent in einer Stunde oder so fertig ist.«

Einige Stunden und eine Tätowierung später schielte Dred in Pixies Richtung. Die lachte über etwas, das Lia sagte.

»Wie viel Kohle muss ich dir geben, damit Pixie jetzt schon gehen darf?«, fragte er Trent in der Hoffnung, Pixie so viele Stunden wie möglich für sich allein zu haben. Es war drei Uhr nachmittags und Trent war gerade dabei, Folie um die wunderschöne Rose zu wickeln, die er zu Petals Ehren auf Dreds Unterarm gestochen hatte.

Trent sah sich im Laden um und überschlug im Kopf, was noch gemacht werden musste, bevor sie schlossen. »Dein Timing ist denkbar schlecht, Mann«, erwiderte er. »Hättest du dir nicht einen Mittwoch aussuchen können, um hier wie Superman aufzutauchen?«

Dred lachte. »Wenn ich doch nur so viel Einfluss auf meinen Terminkalender hätte. Eigentlich hatte ich einen Direktflug zurück nach Toronto, aber ich hab mit den Jungs einen Deal ausgehandelt, um einen kleinen Abstecher hierher machen zu können.«

»Was war der Deal?«, fragte Trent interessiert und drehte die schwarze Baseballkappe auf seinem Kopf wieder richtig rum. »Wir werden den Garten unserer früheren Pflegefamilie diesen Sommer neu gestalten, und jetzt zahl ich den ganzen Spaß, während die Jungs schon an einem neuen Arrangement für einen unserer Songs arbeiten.«

»War es das wert?«, hakte Trent ernsthaft nach.

Dred warf Pixie einen Blick zu, die am Empfangstresen stand und mit einigen Frauen lachte. »Das kann man wohl sagen.«

»Wir sind jetzt Freunde, oder? Ich darf dir also auch Dinge sagen, die dir nicht gefallen, und du kommst damit klar, ja?«

Dred hatte schon eine Weile mit diesem Gespräch gerechnet und wusste, was jetzt auf ihn zukam. Pixie lächelte ihm zu, und auf einmal war es nicht mehr wichtig, was Trent ihm zu sagen hatte. »Na klar«, antwortete er.

»Pass gut auf sie auf. Ich will mich eigentlich nicht in Dinge einmischen, die mich nichts angehen. Aber wie soll ich's sagen … sie hat lange gebraucht, um sich von den Dingen zu erholen, die sie erlebt hat, bevor Cujo und ich sie eines Morgens hier im Eingang aufgelesen haben.«

Kurz war Dred verwirrt. Er hätte schwören können, dass Trent mit dem Kopf Richtung Eingangstür des Second Circle gedeutet hatte. »Wenn du sagst, dass ihr sie aufgelesen habt, meinst du damit, dass sie hier morgens auf eine Tätowierung gewartet hat oder dass sie geschlafen hat?«

Trents Gesichtsausdruck verhärtete sich. »Vergiss es. Das ist ihre Geschichte, nicht meine. Aber sei bitte … kein Arschloch. Sie ist wie eine kleine Schwester für mich, in jeder Hinsicht. Tu ihr nicht weh.« Trent nahm seine Kappe in die eine Hand, fuhr sich mit der anderen Hand durchs Haar und setzte die Kappe wieder auf.

Dred verstand sehr gut, was Trent da sagte, und, was noch viel wichtiger war, warum er es sagte. Er wusste, was es bedeutete, wenn man den Begriff der Familie neu für sich definierte. Er brauchte nur auf seine eigene Lebenssituation zu schauen. »Alles klar. Wenn ich genau wüsste, wohin das alles führen wird, würde ich es dir sagen. Aber ich weiß es nicht.«

Bei der Vorstellung, dass Pixie nicht in seiner unmittelbaren Nähe schlief, wurden Erinnerungen in ihm wach. An Nächte, in denen er in Garagen oder Wohnzimmern von Freunden geschlafen hatte, während seine Mutter auf dem Straßenstrich stand und fremde Männer mit in ihre kleine Wohnung nahm. Warum hielt Pixie sich so bedeckt? Ihm wurde jetzt erst bewusst, dass sie ihm, bis auf ihren richtigen Namen, nichts von ihrem früheren Leben erzählt hatte.

Er sah Trent in die Augen, der den Blick kühl erwiderte. »Pass mal auf«, sagte er und wählte sorgfältig seine Worte, weil er sich ihrer Wichtigkeit bewusst war. »Ich will das mit uns. Und ich glaube, sie will das auch. Wir müssen uns allerdings noch Gedanken darüber machen, wie diese Beziehung funktionieren wird.«

Trent bedachte ihn mit einem letzten ernsten Blick, dann grinste er Dred an. »Nun denn. Geht. Wir kommen schon klar. Aber wenn wir nächstes Mal in L. A. sind, dann gehen wir mal wieder in dieses Sushi-Restaurant. Du zahlst.«

Dred gesellte sich zu Pixie, um zu bezahlen, und reichte ihr seine Kreditkarte. »Wenn du das erledigt hast, gehen wir.«

»Ach ja?« Sie neigte den Kopf kokett zur Seite.

»Ja, mein Schneeflöckchen. Du und ich, wir legen gleich den Turbogang nach Hause ein, um uns die Klamotten vom Leib zu reißen.«

Cujo, der neben ihm stand, grunzte. »Das kann nicht dein Ernst sein. Meine Ohren bluten schon.«

Pixie lachte, kassierte ihn ab und dann fuhren sie blitzschnell mit einem Taxi nach Hause.

*

Pixie steckte den Wohnungsschlüssel in die Tür und wollte gerade aufschließen, da wurde die Tür auf- und ihr der Schlüssel aus der Hand gerissen. Pixie kippte nach vorn, aber Dred bekam sie zu fassen, bevor sie auf Lia landete, die genauso erschrocken aussah, wie sie sich fühlte.

Pixie musste lachen. »Meine Güte, Lia, das tut mir so leid.«

Lia erkannte, wer hinter Pixie stand, und grinste sie

beide an. »Alles gut, Pix. Ich bin schnell nach Hause, um mich umzuziehen. Ich geh jetzt ins Studio und helfe ein bisschen, damit sie schneller fertig werden. Hey, Dred.«

»Oh, ich hätte nicht gehen sollen.« Pixie wandte sich an Dred. »Ich sollte wirklich zurückgehen.«

»Nein«, sagte Lia sanft. »Das geht klar ... und du machst dir den hier mal klar.« Mit einem neckischen Blick musterte sie Dred von oben bis unten. »Ich möchte ja behaupten, dass du von uns am besten dabei wegkommst. Bin auf jeden Fall ein paar Stunden weg. Macht's gut.«

Dred lachte. »Na, das war ja sehr subtil.« Er umschlang von hinten Pixies Taille und schmiegte sich an ihren Nacken. Sie betraten die Wohnung und Dred schloss die Tür hinter sich. »Ich habe eine Idee, willst du spielen?«

Egal, wie verspielt er sich anhörte, ihr Selbsterhaltungstrieb hielt sie davon an, sofort mit einem schallenden Ja zu antworten. »Was für eine Art von Spiel?«, fragte sie und sah ihn an.

Dred küsste sie inbrünstig und raubte ihr fast den Atem. Sie öffnete ihre Lippen für ihn und empfing sein Stöhnen.

Dann löste er sich von ihr, ließ die Tasche fallen, die er dabeihatte, und zog seine Lederjacke aus. »Für jedes Kleidungsstück, das wir dem anderen ausziehen, dürfen wir eine Frage stellen.«

Pixies Mut sank. Es gab so viel Vergangenes, das sie nicht noch mal hervorholen wollte, insbesondere in seiner Anwesenheit eine unerträgliche Vorstellung. Sie spürte, wie ihr die Farbe aus den Wangen wich.

»Hey«, sagte Dred und zog sie in seine Arme, »ich wollte dir keinen Schreck einjagen. Wir müssen nicht spielen.«

Pixie sah durch die Glastüren, die hinaus auf den Balkon führten. Die Sonne spiegelte sich auf den Wellen. Sie war hier sicher. Mit ihm. In ihrem Zuhause.

»Nein. Ich will es versuchen«, sagte sie schließlich mit Bestimmtheit, »aber sobald ich es doof finde, hören wir auf, ja?«

Dred legte den Kopf zur Seite und fuhr mit den Fingerspitzen über ihr Schlüsselbein. »Mmhhh, ich denke, wir sollten uns eine Strafe überlegen.«

»Welcher Art?«

»Ich weiß nicht, das können wir ja entscheiden, wenn einer von uns aufhören will.« Er nahm sie an der Hand und führte sie zu einem der großen Sofas vor dem Kamin. Sie setzten sich einander zugewandt hin und Dred ließ einen Finger unter den obersten Knopf ihrer durchsichtigen schwarzen Bluse gleiten.

»Ich habe eine Frage. Wo bist du geboren?«

Das war eine einfache Frage, die nicht zu viel über sie verriet. »In einem Vorort von The Muck. Auch als Pahokee, Florida bekannt.«

»Hört sich so an, als wenn man da unbedingt mal gewesen sein müsste«, sagte Dred und machte kurzen Prozess mit den restlichen Knöpfen. Pixie war froh, dass sie ein Mieder unter der Bluse trug, das einigermaßen sexy war. Dred zog die Ärmel über ihre Arme und warf die Bluse auf die Couch hinter ihr. »Jetzt bin ich dran. Frag mich.«

Sie versuchte, nicht auf Dreds Finger zu achten, die unter den dünnen Träger ihres Mieders glitten, und sich auf ihre Frage zu konzentrieren. Sie würde damit sicherlich den Ton für seine folgenden Fragen angeben. Und obwohl sie darauf brannte zu wissen, warum die Band immer noch zusammenlebte und wie Dreds Leben als Pflegekind ausgesehen hatte, ging sie lieber auf Nummer sicher. »Wenn du kein Rockstar wärst, was wärst du dann?«

Dred schob ihr den Träger des Oberteils über die Schulter.

»Hey, du schummelst«, schimpfte sie und zog ihn wieder hoch.

»Spielverderberin.« Dred lachte. »Tja, was wäre ich wohl? Ich habe keine Ahnung. Vielleicht Songwriter für andere, kann ich das so sagen? Ich liebe es nämlich, Songs zu schreiben, das ist für mich genauso wichtig, wie sie live zu spielen.«

Mit der Antwort hatte er es sich einfach gemacht, aber sie ließ es in der Hoffnung durchgehen, dass er sie später nicht zu hart rannehmen würde. »Dein T-Shirt«, entschied sie, ließ ihre Hände darunter verschwinden und über seine festen Bauchmuskeln gleiten. Er ließ zu, dass sie ihm das Shirt über den Kopf zog, dann lehnte er sich zurück und legte einen Arm entspannt auf der Rückenlehne ab. Offensichtlich hatte er weniger Probleme damit, halb nackt zu sein, als sie.

»Ich bin dran«, sagte Dred wesentlich begeisterter, als ihr gefiel. »Warum bist du nach Miami gezogen?«

Pixie zwang sich zu lächeln, während sie verzweifelt nach einer Antwort suchte. *Weil ich einen Mann umgebracht habe.* Aber das konnte sie nicht sagen. Sie war noch nicht bereit, darüber zu reden, wovor sie weggerannt war. Dafür war es viel zu früh. Nicht mal Cujo und Trent wussten nach all den Jahren davon. Aber merkwürdigerweise musste sie sich doch zügeln, Dred nicht alles von sich zu erzählen. »Wahrscheinlich musst du Pahokee mal gesehen haben, um das zu verstehen«, sagte sie letztendlich mit einem verkrampften Lächeln auf den Lippen.

Dred runzelte die Stirn und erwiderte ihren Blick, bis sie wegsehen musste und so tat, als würde sie übers Wasser schauen. Sie wich der Wahrheit aus, und sein durchdringender Blick verriet ihr, dass er sie durchschaute. Dred nahm ihre Hand.

»Auf einer Skala von eins bis zehn: Wie hoch schätzt du gerade deine Angst ein, Pix?«

Sie sah ihn wieder an. »Meine was?«

»Du weißt schon ... wie aufgewühlt bist du, wie stark schlägt dein Herz? Nenn mir eine Zahl? Mein Therapeut hat mir immer geraten, meinen Ängsten einen Zahlenwert zu geben, den ich anerkennen soll, bevor ich mich damit auseinandersetze.«

»Acht.« Weil neun für ihren Stiefvater reserviert war und zehn für den Mann, den sie umgebracht hatte. Sie atmete tief durch.

»Warum hattest du einen Therapeuten?«

»Warte. Du kannst mich das als Nächstes fragen. Aber kannst du mir vorher so was wie eine echte Antwort geben? Es muss auch nicht alles sein. Und dann ziehst du dein Oberteil aus, bevor ich auf dumme Gedanken komme und es zerreiße?«

Pixie sah ihm tief in die Augen. Er machte sich nicht lustig über sie. Er beendete das Ganze auch nicht. Er gab beiden die Möglichkeit, das Spiel durchzuziehen.

»Ich habe etwas getan, was ich nicht hätte tun sollen, und ich musste weg.«

Dred nickte, dann bedeutete er ihr mit den Augen, ihr Oberteil auszuziehen.

»Willst du gar nicht wissen, was ich getan habe?«

»Nicht heute. Wir können darauf aufbauen, oder?«

Pixie nickte und zog sich das Oberteil über den Kopf, bevor sie es sich besser überlegte.

Dred packte sie an der Taille, dann glitten seine Hände an ihr hoch, bis er mit den Daumen ihre Nippel berührte. Er beugte sich darüber und sog an einem. Pixie legte eine Hand auf seinen Kopf und fuhr ihm mit den Fingern durchs Haar.

Seine Lippen fühlten sich warm auf ihrer Haut an; das Gefühl, das seine Zunge auf ihrer Haut verursachte, war himmlisch. Er ließ ihre Brustwarze wieder los. »Das könnte ich den ganzen Tag lang tun«, sagte er und lehnte sich wieder zurück. »Du hast mich gefragt, warum ich bei einem Therapeuten war. Als ich klein war, war ich in Schwierigkeiten. Meine Mutter ... also, sie ... hatte Probleme. Ich hab ziemlich viel Scheiße erlebt. Und hatte deswegen ständig Wutanfälle. Wenn irgendwas mal wieder so richtig scheiße war, wusste ich mir nicht anders zu helfen, als auszurasten. Ich prügelte mich oder zerstörte Dinge.«

»Oh, Dred, das ist ja ...«

»Nein, ich brauch kein Mitleid. Es ist, wie es ist.« Dred zog seine Stiefel aus. »Okay. Warum hast du Cujo und Trent noch nicht erzählt, dass du keine Tätowiererin werden möchtest?«

Diese Frage war einfacher zu beantworten. »Weil ich sie nicht enttäuschen möchte. Sie sind seit Jahren meine einzige Familie. Ist schwer zu erklären. Ich hab sonst niemanden.«

»Über so etwas brauchte ich mir nie Gedanken zu machen. Ich hatte niemanden, den ich beeindrucken musste«, sagte Dred traurig.

»Warum tun wir das, Dred? Diese Fragen. Sie wühlen uns beide auf. Du bist nur noch ein paar Stunden hier. Ich möchte die wenige Zeit, die wir miteinander haben, nicht traurig oder wütend sein.«

Dred zog sie auf seinen Schoß und an seine breite Brust. Der Hautkontakt hatte sofort etwas Tröstliches. »Ich will dich kennenlernen. Es gibt so viel, worüber wir noch nicht geredet haben. Ich weiß nicht, womit wir uns auseinandersetzen müssen, um dahin zu kommen, dass wir uns beide wohlfühlen und einander vertrauen.«

Pixie machte es sich wieder in seinen Armen bequem. Sie sah, dass es ihm ernst war, dass er sich nichts mehr als die Wahrheit wünschte, und sie wusste genau, was er meinte. »Ich weiß«, seufzte sie. »Es fühlt sich fast unmöglich an, oder?«

»Ja, das dachte ich auch immer. Ich war mir ziemlich sicher, dass ich nie jemanden kennenlernen würde, dem ich meinen ganzen Scheiß anvertrauen möchte. Aber mit dir ist das anders, ich will, dass du alles über mich weißt.« Dred umfasste ihre Taille.

»Ich will das auch«, gab Pixie zu, »ich … ich bin aber, glaube ich, noch nicht bereit, in alle Details zu gehen. Und ich weiß nicht, wie lange ich dafür noch brauche.«

Dred küsste sie. »Solange wir uns das beide wünschen«, murmelte er an ihren Lippen, »haben wir die Hälfte der Strecke schon mal geschafft.«

Er liebkoste mit der Zunge ihre Lippen, und sie erwiderte

den Kuss mit all der Intensität der Worte, die sie nicht sagen konnte. Mit allem, was sie innerlich erstickte. Mit allen Geheimnissen, die sie ihm offenbaren wollte.

Mit jedem Teil von ihr, der hoffte, dass er sie immer noch lieben würde, wenn er die ganze Wahrheit wusste.

Kapitel 12

Dred drückte zum siebten Mal auf den Snooze-Button. Er war mitten in der Nacht wieder aus Miami zurückgekommen und todmüde. Er war so müde, dass ihm jeder Knochen im Körper wehtat, aber jede Sekunde mit Pixie hatte sich gelohnt. Wenn er Zeit mit ihr verbrachte, vergaß er, was um ihn herum geschah. Er, der nie ein großer Fan davon gewesen war, in die Tiefe seiner selbst zu gehen, ertappte sich dabei, über eine Möglichkeit nachzudenken, das emotionale Chaos, das seine Mutter in seinem jungen Leben verursacht hatte, hinter sich zu lassen und den Schatten seiner toten Junkie-Mutter abzuschütteln, der ihn schon sein Leben lang verfolgte.

Dred setzte sich auf und machte den Wecker endlich aus. Er hüpfte schnell unter die Dusche und ging anschließend nach unten. Auf der Treppe zum Erdgeschoss schnappte er schon Wortfetzen eines Gesprächs auf.

»Ich will doch nur, dass du darüber nachdenkst«, hörte er Sam sagen.

Dred nahm noch ein paar Stufen, um besser hören zu können.

»Du bewegst dich gerade auf sehr gefährlichem Terrain, mein Freund«, knurrte Nikan laut.

»Ich mach mir doch nur Sorgen um dich. Du bist in der Band der Talentierteste von allen, es wäre doch schade, wenn du dich nicht weiterentwickelst, nur weil ...«

»Nur weil was?«, zischte Nikan. »Weil ich meine Brüder und ihre Bedürfnisse über jegliche Art von Profit stelle, den du mir in Aussicht stellst? Weil du keinen soliden Plan für uns hast? Weil wir uns von einem kurzfristigen Termin zum nächsten hangeln?«

»Diese Termine sind geplant. Und ja, ihr habt viele Termine, weil ihr so an Boden gewinnt. Ich will damit nur sagen, dass du mit einer anderen Besetzung möglicherweise mehr aus dir rausholen könntest.«

»Du schürst mit deinem Gerede nur böses Blut. Fick dich, Sam.«

Dred hörte, wie die Tür des Aufnahmestudios zuknallte. *Was war das denn gewesen?*

Die letzten Stufen nahm er im Eilschritt, und als er in die Küche kam, saß Sam immer noch da. »Hey, Sam«, begrüßte er ihn, als wäre alles in Ordnung und als hätte er kein Wort mitbekommen.

»Dred. Wie war's in Miami?« Sams geheucheltes Interesse ging Dred gehörig auf die Nerven.

»Super.« Er schenkte sich Kaffee ein und nahm sich einen Muffin. »Am liebsten wäre ich dageblieben.«

Und das war nichts als die Wahrheit. Pixie und Petal waren jetzt ein Teil seines Lebens und er musste einen Weg finden, alles unter einen Hut zu bekommen. Konnte man für ein Baby einen Reisepass beantragen? Er hatte keine Ahnung. Bei dem Gedanken fiel ihm ein, dass er seine Anwältin anrufen musste, um ihr von der Erpressung zu erzählen, die ihm während seines letzten Besuchs bei Amanda und Petal widerfahren war, und um weitere Schritte mit ihr durchzugehen.

Dred sah Sam über den Frühstückstresen hinweg an. »Hör mal, Sam. Um ehrlich zu sein, ich brauch ein bisschen mehr Zeit für mich. Ich muss mir Gedanken machen, wie das mit Petal weitergeht, und muss mich mit Anwälten und so auseinandersetzen. Außerdem will ich irgendwie Zeit für Pixie in meinem Leben schaffen, ob es dir gefällt oder nicht. Gibt es eine Möglichkeit, was an unserem Terminplan zu drehen? Das mit dem Album und der Tour geht weiterhin klar, aber könnten wir den ganzen anderen Scheiß einfach absagen, zum Beispiel die Festival-Auftritte oder einige der anderen öffentlichen Termine? Lass uns auf diese zwei Dinge konzentrieren, ich hab nämlich Angst, dass wir sonst von unbekannten Faktoren überrollt werden.«

Sam sah ihn finster an. »Der Scheiß, wie du ihn nennst, sorgt dafür, dass ihr zwischen den Alben und Tourneen eure Rechnungen bezahlen könnt.«

Dred wünschte sich, die anderen Jungs wären bei dem Gespräch anwesend, auch wenn er wusste, dass sie sowieso alle einer Meinung waren. »Wir brauchen nicht mehr Geld, Sam. Wir schwimmen darin. Und jetzt mal im Ernst, von dem Geld, das wir auf irgendeinem Festival in Deutschland bekommen, bleibt nach Abzug der Ausgaben nicht viel übrig. Es fühlt sich nicht so an, als wäre es die vielen Kompromisse wert, die wir machen. Außerdem haben wir eine Riesenfangemeinde. Wir sind nicht auf neue Fans angewiesen, um weiterhin Platinum-Alben auf den Markt zu bringen. Ich weiß, dass es nicht für immer und ewig so weitergehen wird, aber uns geht es gut.«

»Das sehe ich nicht so. Du weißt, wie es in der Branche läuft … Niemand kann voraussagen, wie lang euer Erfolg andauern wird.«

»Stimmt. Aber dieses Risiko gehen wir ein und da hast du dich nicht einzumischen. Bitte guck dir all die Termine der nächsten sechs Monate an, die du für uns organisiert hast, und geh mal durch die Verträge, die wir unterschrieben haben. Mach eine Liste mit Strafgebühren, die wir zahlen müssen, wenn wir absagen. Und beeil dich damit, denn ich bin mir sicher, dass die Strafen umso höher ausfallen, je näher wir an die Termine rücken. Bring die Auflistung morgen mit, damit wir uns mit der restlichen Band darüber beraten können.«

»Na gut«, Sam stand auf, »aber so was kann das Ende einer Band bedeuten. Ich werde hervorheben, welche der Termine vom Label als Pflichtveranstaltungen angesehen werden. Zumindest darüber solltet ihr Bescheid wissen, bevor ihr eure Karriere ruiniert.«

Sam verschwand im Flur und war nicht mehr zu sehen, aber das Türknallen deutete darauf hin, dass er das Haus verlassen hatte.

Das war ja super gelaufen. Dred schnaubte. Gleich würde es mit der Probe losgehen. Er wollte gerade in seinen Muffin beißen, als es an der Tür klopfte. Sam hätte seinen Schlüssel genommen.

Dred legte seinen Muffin wieder hin und ging zur Tür. Noch bevor er sie aufgemacht hatte, hörte er Babygeschrei. Er riss die Tür auf und da stand Amanda mit einer schreienden Petal in den Armen. Petal hatte noch nicht mal ein Jäckchen an. Es war zwar schon wieder etwas wärmer geworden, aber doch nicht so warm, dass man ein Baby so nach draußen mitnehmen konnte.

»Ich muss ein paar Tage weg und kann sie nicht mitnehmen. Wenn du sie nicht nehmen kannst, bring ich sie zu einer Freundin.«

Ohne zu zögern, streckte er seine Arme nach Petal aus. »Na klar, ich nehm sie.« Beim Anblick ihres süßen Gesichtchens schmolz er dahin. Vor nicht mal einer Woche hatte er sie das letzte Mal gesehen, aber sie nahm schon so viel Platz in seinem Herzen ein. Er schunkelte sie sanft hin und her, damit sie sich beruhigte.

»Okay. Einen Moment noch.« Amanda ging zu ihrem Auto zurück und holte mehrere Taschen heraus, die sie ihm bis an die Tür brachte. »Windeln und so sind in der roten Tasche, Anziehsachen in der braunen. Babymilchpulver und Flaschen sind in der Plastiktüte. Du musst sie sterilisieren, bevor du sie benutzt, und du musst noch einen Kindersitz fürs Auto kaufen.«

Amanda drehte sich um und kehrte zurück zu ihrem Auto.

»Amanda, warte.«

Sie blieb stehen. »Was ist? Ich hab keine Zeit.«

Dred nahm Lennons Schal vom Wandhaken und hüllte Petal darin ein. »Ich freu mich wirklich, Zeit mit ihr zu verbringen, aber warum jetzt? Was ist jetzt anders?«

»Nichts ist anders. Gewöhn dich bloß nicht daran.«

»Wann holst du Petal wieder ab?«

»Irgendwann morgen.« Mit diesen Worten drehte sie sich wieder um, stieg ins Auto und fuhr davon.

Dred sah auf das Chaos, das um seine Füße ausgebreitet

war, auf das Baby in seinen Armen und erst jetzt wurde ihm die Tragweite des Ganzen bewusst. *Wie zur Hölle sterilisierte man Fläschchen? Und wo kaufte man einen Kindersitz?*

Lennon stürzte mit bleichem Gesicht in den Flur. »Ich dachte, ich hätte ein Baby schreien hören.« Er blieb mit etwas Abstand zu Dred stehen.

Nikan tauchte hinter ihm auf. »Das ist also Petal?« Er sammelte alle Taschen um Dred herum ein und machte die Tür zu.

»Ja.« Dred hatte einen Kloß im Hals. »Das ist meine Tochter. Das bedeutet wohl, dass sie deine Nichte ist.«

Elliott kam dazu. »Alter, von der Stimme her ganz der Papa.«

Petals Gesichtchen war vom Weinen ganz rot und zerknautscht.

»Darf ich?« Jordan streckte die Hände nach der Kleinen aus. Dred legte sie ihm vorsichtig in die Arme.

Jordan begann zu singen: »Sometimes I feel like I don't have a partner …« Die eindringlichen Lyrics zu *Under the Bridge* von den Red Hot Chili Peppers hatten Dred immer sehr berührt. Aber als Jordan diese Textstelle seiner Tochter vorsang, wurde ihm ganz anders.

Niemals würde er zulassen, dass Petal die gleiche Einsamkeit erleben musste wie er.

Dafür würde er sorgen, koste es, was es wolle.

*

Pixie schloss den Internetbrowser und lehnte sich in ihrem Stuhl zurück. Es musste eine Erklärung dafür geben, warum

Dred und das brasilianische Supermodell so vertraut miteinander wirkten. Dred hatte sie vorgewarnt, dass Paparazzi eine Gabe dafür hatten, die Momentaufnahme eines unschuldigen Augenblicks wie etwas Anrüchiges und Billiges aussehen zu lassen. *Es gab keinen Grund zur Sorge, oder?*

Dred war ein Rockstar, es war vorprogrammiert, dass er, egal wohin er ging, schönen Frauen begegnete. Noch schlimmer war die Vorstellung, dass es für ihn wahrscheinlich das Normalste auf der Welt war, wenn Frauen ihm auf der Bühne BHs in D-Cup-Größe ins Gesicht schleuderten.

Pixie stand auf und ging hinaus auf den Balkon. Sie wollte Dred zeigen, dass sie mit all dem umgehen konnte, und gleichzeitig musste sie sich selbst davon überzeugen, dass sie nicht naiv war. Der Himmel hatte eine ungewöhnliche Färbung in einem Wechsel aus gewittrigem Schwarzgrau und leuchtendem Pink. Die Luft war schwül und Vorbote des Gewitters, das angekündigt worden war. Passend zu ihrer Stimmung.

Sie zog ihr Handy hervor und sah sich die Fotos an, die Dred ihr in den letzten zwei Tagen geschickt hatte. Was war das nur für eine Mutter, die ihr Kind mit den Worten zu jemandem brachte, dass sie das Kind am nächsten Tag abholen würde, um dann quasi 72 Stunden nichts von sich hören zu lassen?

Da war ein Foto von Petal, die in Jordans Armen schlief. Petal, die auf einer riesigen Krabbelmatte lag, über der ein Mobile mit Greiffiguren hing. Ein Bild mit einem Fläschchensterilisator, worunter geschrieben stand: *Was zum Teufel mache ich damit?* Und das lustigste Bild von allen, auf dem Lennon, Nikan und Elliott jeweils einen randvollen Einkaufswagen vor sich herschoben. Der Text dazu lautete: *Das bekommt man für 3567,84 Dollar bei Toys »R« Us ... der Rest wird noch geliefert ... Petal 1: Daddy 0.*

Ihr Lieblingsbild war allerdings das mit Dred und Petal. Die Kamera hatte die beiden von der Seite eingefangen und Petal schlief auf seiner Schulter. Dred schaute direkt in die Kamera, und seine Augen strahlten eine Zufriedenheit aus, die sie an ihm so noch nicht gesehen hatte.

Nein, dieser Mann würde sie nicht betrügen, davon war sie überzeugt, auch wenn der geschmacklose Artikel sie berührt hatte, und zwar auf eine ungute Weise.

Es summte an der Tür. Pixie warf auf dem Weg dorthin einen Blick in den Spiegel. Sie hatte sich bewusst für eine Konfrontation mit Arnie zurechtgemacht. Ihr Gesicht war frei von Schminke. Sie trug eine undefinierbare Männerjeans und einen ausgewaschenen, grauen Kapuzenpulli mit einem kleinen Loch unter dem Arm. Ihr pinkfarbenes Haar hatte sie zu einem strengen Pferdeschwanz zusammengebunden, so konnte er nicht an ihren Haaren im Nacken reißen. Ja, ihr Arnie-Outfit saß.

Sie hatte ihm außerdem eine Uhrzeit für ihr Treffen genannt, die sie so gelegt hatte, dass Lia spätestens eine halbe Stunde später von der Arbeit nach Hause kam. Sollte Arnie auf dumme Gedanken kommen, würde nicht allzu viel Zeit verstreichen, bis ... nun, sie wollte es sich nicht mal ausmalen.

Sie ignorierte bewusst den Summer und hastete Richtung Aufzug. Natürlich würde er gleich wieder sauer sein, dass sie ihn nicht hoch gelassen hatte, aber sie war mindestens genauso sauer, ihm tausend Dollar ihres hartverdienten

Geldes geben zu müssen. Geld, das sie gespart hatte; das sie nicht rausrücken wollte.

Die Aufzugtüren öffneten sich und gaben die Sicht auf Arnie frei, der immer noch wie ein Besessener auf die Türklingel drückte. Als er den Blick hob und Pixie plötzlich neben sich stehen sah, machte er einen Satz. »Ich dachte, ich hätte mich klar ausgedrückt, dass du mich nie wieder vor der Tür stehen lassen sollst«, zischte er sie leise an.

»Und ich erinnere mich, ganz klar gesagt zu haben, dass eher die Hölle zufriert, als dass ich dich in meine Wohnung lasse. Das ist mein letztes Geld«, log sie ihn an und versuchte, dabei so neutral und bestimmt wie möglich auszusehen. Sie drückte ihm den Umschlag in die Hand. »Mehr bekommst du nicht von mir.«

»Sarah, ich glaube, du hast da etwas nicht ganz richtig verstanden. Es geht nicht darum, dass du mir alles gibst, was du hast. Nein, es geht darum, dass du mir alles gibst, was ich will. Hau deinen Fernsehstar-Boss an oder deinen Rockstar-Freund, mir scheißegal. Aber du wirst mir so viel Geld geben, wie ich will, ansonsten ...«, er holte etwas aus seinem Rucksack und reichte ihr ein gefaltetes Stück Papier, »gelangt das hier in die falschen Hände.«

Pixie faltete es auseinander und schnappte nach Luft. Auf dem Foto war Brewster zu sehen, der auf dem Boden lag; auf dem unteren Teil seines T-Shirts zeichnete sich ein großer, roter Fleck ab. Genau an der Stelle, wo sie zugestochen hatte. An dem Abend hatte sie herausgefunden, dass ihr Stiefvater vorhatte, dem höchsten Bieter ihre Jungfräulichkeit zu verkaufen. Auch sie war auf dem Foto zu sehen, und beim Anblick ihres Gesichtsausdrucks füllten sich ihre Augen mit Tränen. Sie stand völlig unter Schock, war kreidebleich, die Hand mit dem Messer baumelte an ihr herunter. Sie war so jung gewesen. Immer, wenn sie an den Abend denken musste, sah sie sich so, wie sie heute war. Erwachsen. Es schockte sie zu sehen, wie jung sie gewesen war, als das alles passiert war. Das Blatt zitterte in ihren Händen.

Pixie erwiderte dennoch mit mehr Bestimmtheit in der Stimme, als sie eigentlich fühlte: »Nein, du kannst mir nicht mehr drohen. Du kannst wegen dieser Geschichte nicht ständig Geld von mir verlangen. Ich war vielleicht diejenige, die das Messer benutzt hat, aber du könntest genauso der Mörder sein. Du hast das Foto gemacht. Wenn ich in Schwierigkeiten gerate, bist du auch in Schwierigkeiten. Jetzt nimm mein Geld und verschwinde aus meinem Leben.«

Arnie konnte sich vor Lachen kaum noch halten und stemmte sich mit dramatischer Geste vornübergebeugt auf seinen Oberschenkeln ab. »Der war gut, Sarah-Jane. Fast hättest du mich dazu gebracht, deiner kleinen Ansprache Glauben zu schenken.« Er stellte sich wieder aufrecht hin, tat so, als müsste er sich die Lachtränen wegwischen, und kniff dann die Augen bedrohlich zusammen. »Du kannst nicht beweisen, dass ich das Foto gemacht habe. Du kannst nicht mal beweisen, dass ich dabei war. Lass uns gern ein bisschen Russisches Roulette spielen, was meinst du? Nächste Woche Montag bekomme ich wieder tausend Dollar von dir, oder das Foto landet bei der Polizei.« Abschließend beugte er sich über sie, schnupperte an ihrem Nacken und sog die Luft tief ein. »Mein Gott, riechst du gut, Sarah-Jane. Wir sehen uns Montag.«

Pixie stand reglos da, unfähig auch nur einen klaren Gedanken zu fassen. Seine Nase an ihrem Hals zu spüren, war unerträglich gewesen. Die Aufnahme von ihr mit dem Messer in der Hand war ein untrüglicher Beweis dafür, dass sie einen Mann umgebracht hatte. Eine Erkenntnis, die einen derartigen Schwindel in ihr auslöste, dass sie sich an der Mauer festhalten musste.

Sie benötigte Zeit. Etwas Ruhe. Etwas, damit sie weniger gestresst war und weniger Angst hatte, um überlegen zu können, wie es weiterging. Die Drogen hatten ihr damals geholfen, aber das war keine Option, oder?

Es wäre doch nur dieses eine Mal, stimmt's?

Sie konnte heute besser damit umgehen. Sie wusste, von welchen Drogen man schneller wieder loskam. Sie hatte so viele Jahre keine Drogen genommen, dass sie nicht viel brauchen würde, um wieder etwas runterzukommen.

Super Idee.

Auf einmal wurde Pixie bewusst, was gerade in ihrem Kopf vorging, und schüttelte ihn verzweifelt. *Nein. Niemals.* Sie würde niemals rückfällig werden. Die Fahrstuhltüren öffneten sich, Nachbarn traten heraus. Pixie trat schnell ein und konzentrierte sich darauf, wieder in ihre Wohnung zu kommen. Sie faltete das Papier auf dem Weg dorthin wieder zusammen und versteckte es schließlich in ihrem Schlafzimmer zwischen den letzten Seiten eines ihrer Musterbücher.

Dann nahm Pixie ihr Handy und wählte eine Nummer, die sie schon sehr lang nicht mehr angerufen hatte.

»Hallo?« Justins tiefe Stimme transportierte sie zurück an einen Ort, an den sie nur ungern zurückkehrte, obwohl er der dritte Mann im Bunde gewesen war, der sie zusammen mit Trent und Cujo gerettet hatte.

»Justin, ich bin's, Sarah-Jane.« Justin war der einzige Mensch, außer Arnie, der sie so nannte. Auch als sie ihren Namen ablegen und einfach nur noch Pixie sein wollte, hatte er sie damit herausgefordert, sich ihrer Vergangenheit zu stellen, um nicht für immer von ihr beherrscht zu werden.

»Sarah-Jane«, antwortete er überrascht. »Wir haben uns lange nicht gehört. Wie geht es dir?«

»Darum rufe ich an. Ich habe seit damals nicht einen einzigen Rückfall gehabt, aber heute brauche ich deine Hilfe. Ich bin kurz davor, eine Dummheit zu machen.«

»Treffpunkt wie gehabt. Ich bin schon unterwegs«, sagte er begleitet von einem Türknallen. »Soll ich dranbleiben, bis ich da bin?«

Ihre Augen füllten sich mit Tränen. Keine Fragen, keine Erklärungen – Justin würde für sie da sein. »Nein, aber sobald ich merke, dass ich das brauche, ruf ich dich an.«

Ein Automotor heulte auf.

»Okay. Ich bin in weniger als fünfzehn Minuten da. Du schaffst das. Das weiß ich.«

Pixie legte auf und lief schnell los, um ihren Betreuer zu treffen. Eher würde die Hölle zufrieren, als dass sie wegen Arnie wieder dort landete.

*

Dred flog von Toronto nach Miami, und bald würden die Flugbegleiterinnen mit ihrem nervigen »Bitte schalten Sie Ihre elektronischen Geräte aus« loslegen, bevor sie zum Landeanflug ansetzten. Sam hatte den Großteil der Woche damit verbracht, das nächste halbe Jahr durchzuplanen und Termine und Veranstaltungen in einen Kalender zu übertragen. Eigentlich unfassbar, dass er so lang dafür gebraucht hatte. *Gehörte so was denn nicht immer in einen Kalender?* Mit dem großzügigen Gehalt, das sie Sam zahlten, hatte der zwar eine Assistentin eingestellt, allerdings hatte er sie wahrscheinlich eher nach ihren Playboy-Bunny-Qualitäten ausgesucht als nach ihren organisatorischen Fähigkeiten.

Um Termine abzusagen, konnten sie immer die Ausrede benutzen, dass die Fertigstellung des neuen Albums viel länger dauerte als geplant und sie aufgrund dessen auch mit der Planung der Tourdaten im Verzug waren. Dred hatte grob im Kopf überschlagen, dass sie fast zweihunderttausend Euro Strafgebühren zahlen mussten, um aus ihren Verträgen rauszukommen, aber das war es wert, um wieder etwas aufatmen zu können, und es fühlte sich richtig an.

Er schickte der restlichen Band eine E-Mail, um nachzufragen, ob sie das genauso sahen.

Dreds Gedanken schweiften zu Petal ab und er fragte sich, wo sie war und ob es ihr gut ging. Amandas Verhalten war unter aller Kanone. Wer, bitte schön, brachte einem sein Kind für 24 Stunden vorbei und tauchte dann drei Tage später mit reichlich Farbe im Gesicht wieder auf, was ganz nach einem Kurztrip an die Karibik aussah? Auch wenn er die Zeit mit Petal genossen hatte. Die drei Tage mit seiner kleinen Tochter hatten ihm gezeigt, wie es sich anfühlte, ein beständigerer Teil ihres Lebens zu sein. Am schlimmsten war es für ihn gewesen, seine Tochter wieder an Amanda auszuhändigen. Wie hatte er nur den Vorschlag machen können, Petal zur Adoption freizugeben? Bei dem Gedanken daran wurde ihm jetzt ganz anders. Es war ja schon unerträglich,

Petal wieder ihrer Mutter mitzugeben, die sich offensichtlich einen Scheißdreck um die Kleine scherte.

Amanda hatte ihn ohne einen Anflug von schlechtem Gewissen damit konfrontiert, dass er die Wahl hatte, entweder die Sache schnell zu vergessen oder Petal nie wieder zu sehen. Er selbst hatte als Kind besonders darunter gelitten, dass er absolut keine Kontrolle über sein Leben hatte. Er wusste nie, ob sie genug zu essen hatten, ob seine Mutter am Morgen da war oder ob er in Sicherheit war. Das Gefühl, mit Petal nichts unter Kontrolle zu haben, machte ihn fertig. Amanda hielt alle Trümpfe in der Hand, denn auch wenn Vätern in Kanada viele Rechte zugestanden wurden, würde es nicht einfach werden, einen Richter davon zu überzeugen, ihm das alleinige Sorgerecht zu übertragen. Dred wollte Petal zuliebe zwar nicht zu viel Wind aufwirbeln, aber er wollte auch nicht die nächsten zwanzig Jahre verbittert und erpressbar absitzen.

Dred klappte seinen Laptop zu, räumte ihn weg und hoffte, so schnell wie möglich das Flugzeug verlassen zu können. Sam hatte ihm zwar einen Economy-Flug gebucht, aber gleichzeitig dafür gesorgt, dass ein Flughafen-Mitarbeiter ihn abholte, damit er schnell auschecken und den Flughafen verlassen konnte. Er warf einen Blick auf sein Handy. Mit etwas Glück war er gegen 18 Uhr bei Pixie. Sie schloss das Studio hoffentlich pünktlich und kam zur gleichen Zeit zu Hause an. Zum Glück war sonntags geschlossen.

Er hatte sie vor einer Woche das letzte Mal in den Armen gehalten, und allmählich wurde ihm bewusst, dass ihre ganzen Video-Anrufe ein erbärmlicher Ersatz für das echte Miteinander waren.

Auf den Flughafen von Miami war Verlass, und Dred schaffte es dank eines Mitarbeiters vom Bodenpersonal schnell hinaus. Er hatte einen Wagen bestellt, der im Affenzahn durch die Stadt flitzte, bis er endlich vor Pixies Klingelschild stand.

Sein Handy vibrierte und er checkte seine Nachrichten.

Geiler Arsch.

Dred schaute sich um und sah Pixie grinsend auf der anderen Seite der Lobby stehen. Sein Herz geriet ins Stocken. Pixie trug einen pinkfarbenen, eng anliegenden Rock mit schwarzen Leggings und eine schwarze, leicht durchsichtige Bluse. In der Sonne loderten ihre Haare wie Feuer. Sie war die schönste Frau, die er jemals gesehen hatte.

Pixie rannte auf ihn zu und sprang ihm mit Anlauf in die Arme. Ihre Füße hoben vom Boden ab. Dred fing sie auf und drückte die kichernde Pixie fest an sich.

»Du hast mir gefehlt.« Sie küsste ihn.

Sein hungriger Mund machte sich für eine Weile über sie her. »Du hast mir auch gefehlt, Schneeflöckchen. Lass uns das Ganze schnell nach oben verlagern.«

Pixie rutschte an ihm herunter, bis sie auf *seinen* Zehenspitzen stand, um ihn noch mal zu küssen. Ein warmes und wohliges Gefühl breitete sich in ihm aus, ein untrügliches Gefühl von Zuhause. »Dann bring mich nach oben«, sagte sie und strahlte über das ganze Gesicht.

»Na gut. Moment.« Sie lachten beide glücklich, als Dred sich Rollkoffer und Tasche schnappte. Eng umschlungen drängten sie sich in den Aufzug und kamen auch so vor ihrer Wohnung an.

Kaum waren sie durch die Tür und endlich vor anderer

Leute Blicken sicher, konnte Dred sich vor Geilheit kaum noch halten. Er ließ die Taschen auf den Boden fallen und hob Pixie hoch. »Ich will spielen, Pix«, sagte er mit rauer Stimme.

»Ich auch«, antwortete sie mit dem süßesten Lächeln, das er je gesehen hatte.

Sie gingen schnell in ihr Schlafzimmer. Eines Tages würden sie eine gemeinsame Wohnung haben. Und wenn ihm danach war, konnte er sie einfach auf der Rückenlehne des Sofas nehmen, ohne dabei das Risiko einzugehen, dass Mitbewohner mit dem Anblick seines nackten Arsches überrascht wurden, der in schnellem Takt auf Pixie einhämmerte. Dort konnte er sie dann auch auf den Boden drücken und sie einfach dort nehmen, scheiß auf die Verbrennungen, die man sich auf dem Teppich zuziehen konnte. Anschließend konnten sie einfach auf dem Boden liegen bleiben, ohne sich über unerwünschte Zuschauer Gedanken machen zu müssen. Sie waren schließlich Erwachsene.

Ohne einen weiteren Gedanken an irgendetwas zu verschwenden, zog Dred Pixie die Bluse über den Kopf und packte sie an der Taille. Pixie keuchte auf. Er wusste, dass er nicht gerade sanft war, aber genau so wollte er das jetzt. Sie würde es ihm schon sagen, wenn es ihr nicht gefiel, aber vielleicht musste sie kurz daran erinnert werden.

»Regel Nummer zwei, Pix«, knurrte er, öffnete dann ihren BH und zerrte die Träger über ihre Arme, so dass ihre perfekten Brüste zum Vorschein kamen. Ihre rosafarbenen Brustwarzen waren schon ganz hart, bevor er sie gierig einsog.

Als sie aufheulte, aber gleichzeitig seinen Kopf umklammert hielt, damit er nicht aufhörte, stöhnte er laut auf.

Er hörte nicht auf die Stimmen in seinem Kopf, es gemäßigter angehen zu lassen, sondern warf sie aufs Bett. Schnell zog er ihr die Schuhe aus, Leggings, Rock und Schlüpfer folgten nicht minder schnell.

Wahnsinn. Beim Anblick ihrer nassen Pussy verstummten die Stimmen endgültig.

Dred riss sich selbst das T-Shirt vom Leib und überlegte, wie er sie gleich am liebsten nehmen wollte. Folgende Fantasie hatte er seit einiger Zeit: Sie lag mit weit auseinander gespreizten Beinen da, die Hände über ihrem Kopf zusammengebunden, ihm völlig ausgeliefert. Hoffentlich ließ sie ihn, hoffentlich konnte er seine Fantasie in die Realität umsetzen. Er holte ein Kondom aus seiner Hosentasche und ließ es grinsend auf ihre Brust fallen.

Hastig schleuderte er seine Stiefel von den Füßen und fummelte an seinem Gürtel herum. Als er sich endlich seiner Hose und Boxershorts entledigt hatte, legte er sich zu ihr aufs Bett, steckte seinen Kopf zwischen ihre Schenkel und leckte sie ausgiebig.

»Oh, Dred«, rief sie aus, tauchte ihre Hände in seinen Haarschopf und rieb sich an ihm. Er sog immer kräftiger an ihrer Klitoris und Pixie wurde immer lauter. Dred hatte keine Ahnung, ob Lia zu Hause war, aber er wollte Pixie schreien hören. Wollte hören, wie sie vor Lust explodierte, die Art von Explosion, die guter, harter Sex mit sich brachte.

Er drang mit einem Finger in sie ein und leckte sie weiter. Pixie rieb sich an seinem Gesicht und er spürte, wie sie anfing zu zucken.

»Aahhh ... Dred«, schrie sie laut auf und kam auf sein

Gesicht. Er wartete, bis ihr Höhepunkt vorbei war, schnappte sich schnell das Kondom und zog es sich über.

Er wischte sein Gesicht nicht ab, wollte, dass Pixie sich selbst schmeckte. Während er in sie eindrang, küsste er sie innig. Die Wärme, die seinen Schwanz umhüllte, und die Nachzuckungen ihres Orgasmus ließen ihn selbst fast schon kommen. Sie fuhr mit ihrer Zunge in seinen Mund und machte ihn damit wahnsinnig. Dred konnte nicht mehr widerstehen, er stieß in sie hinein, zog sich heraus, wieder und wieder.

Und während er zugange war, nahm er nacheinander ihre Hände und legte sie über ihren Kopf. Herrje, Pixie wand sich wie eine Wahnsinnige unter ihm, selten hatte ihn etwas dermaßen geil gemacht. Er fixierte jetzt ihre beiden Handgelenke mit einer Hand und drang immer heftiger in sie ein.

»Regel Nummer zwei«, schrie sie auf einmal. Erst jetzt verstand er, dass sie sich nicht vor Lust so gewunden hatte, sondern weil sie sich von ihm befreien wollte. »Bitte … nicht meine Hände.«

Dred zog sich aus ihr heraus und rollte sie beide so herum, dass sie auf ihm lag. Sie zitterte in seinen Armen. »Schneeflöckchen. Es tut mir so leid. Was war los? Habe ich dir wehgetan?«

Er würde ihr niemals vorsätzlich wehtun, und es würde ihm das Herz brechen, wenn sie mit Ja antwortete.

»Entschuldige … es ist nur … ich … nicht meine Hände.«

Dreds Herz klopfte laut, er war voller Adrenalin und enttäuscht über sich selbst. Wie konnte er nur so unachtsam sein und nicht mitbekommen, wie es ihr damit erging? War er in dem Moment wirklich so sehr mit seiner eigenen Lust beschäftigt, dass er für ihre Befindlichkeiten kein Gespür hatte? Mann, war er ein Arsch. Er streichelte ihr übers Haar. »Ich soll deine Hände nicht festhalten?«

»Genau«, flüsterte sie, »aber alles andere war perfekt.« Sie streichelte ihm über die Brust und übersäte seine Schulter mit Küsschen.

»Tut mir leid, Pix, ich hätte ...«

»Regel Nummer drei, erinnerst du dich? Ich hab dich gebeten aufzuhören. Das hast du gemacht. Ich habe dir erklärt, warum. Und jetzt bitte ich dich, mich nicht wie ein rohes Ei zu behandeln.« Pixie setzte sich auf ihn und sah ihm direkt in die Augen.

»Dann reite mich, meine Süße«, erwiderte Dred und nahm ihr Gesicht in die Hände.

Sie küsste ihn auf den Mund. »Das hatte ich vor.«

Sie nahm seinen Schwanz in die Hand, hob das Becken an und führte ihn ein. Er stöhnte, als sie sich ganz über ihn stülpte. Sie hob das Becken wieder an und setzte sich mit aller Kraft wieder auf ihn, wieder und wieder, immer schneller, bis er kurz davor war zu explodieren. Pixie war vielleicht unerfahren, aber – *Junge, Junge* – sie lernte schnell.

»Pixie, ich ...«

»Ich will das. Ich will diese Seite von dir. Nimm mich, Dred.«

Er packte sie am Arsch und stieß sich mit aller Macht vom Bett ab, kräftige, schnelle Stöße, bis sich ihm vor Ekstase der Kopf drehte.

»Dred«, rief sie laut seinen Namen und rieb zusätzlich mit den Fingern über die Klitoris. Der Anblick gab ihm den

Rest. »Aahhhh … verdammt …«, schrie er, als er kam, überwältigt von dem Gefühl, dass sie gleichzeitig mit ihm kam.

*

Das unfassbare Beleuchtungsaufgebot im Second Circle und die unzähligen, am Dreh beteiligten Menschen, die auf kleinstem Raum zusammengedrängt waren, sorgten dafür, dass es drinnen gut fünf Grad wärmer war. Pixie hatte zwar die Klimaanlage angeworfen, aber die tat sich schwer damit, für Kühlung zu sorgen.

Es war ungewohnt, Trent und Dred im Dreh-Modus zu erleben. Dred trug mehr Make-up als sie selbst, auch wenn er während des Schminkens lautstark dagegen protestiert hatte.

Sie standen kurz vor Drehende, die Abschlusssequenz der nächsten Episode von *Inked* war fast im Kasten. Trent und Harper wurden interviewt und erzählten, warum Cover-ups für Narben in ihrem Leben solch eine wichtige Rolle spielten. In dieser Episode hatten die Kandidaten als Aufgabe, die Narben von Freiwilligen mit einer Tätowierung zu kaschieren. Pixies Herz quoll über, als sie bemerkte, wie Trent Harpers Hand hielt, wie er sie ansah, als sie vor der Kamera redete, und wie er ihr danach etwas abseits sagte, wie stolz er auf sie war.

»Das ist irgendwie schön, oder?«, flüsterte Dred, der Pixie von hinten die Arme um die Taille schlang.

»Ja. Ich kann mich noch genau an ihren ersten Termin erinnern«, sagte sie leise. »Harper saß ewig auf der Bank da draußen, bevor sie in der Lage war reinzukommen. Ich habe

Trent gedrängt, mit einem anderen Kunden anzufangen, aber er hat sich geweigert. Ich glaube, er wusste es damals schon.«

»Was denn?«

»Ich glaube, er wusste damals schon, dass sie die Richtige für ihn ist.«

Pixie wollte so was auch. Sie musterte die tätowierten Arme, die sie umschlungen hielten, dachte auf einmal, dass sie es vielleicht schon gefunden hatte.

Sie hatten am Abend zuvor noch lange im Bett geredet. Sie hatte in Erwägung gezogen, ihm die Wahrheit zu sagen, über ihren Stiefvater und was er ihr angetan hatte. Aber würde er dann noch mit ihr zusammen sein wollen? Nachdem sie ... Nein. Sie konnte es ihm einfach nicht erzählen, fand die richtigen Worte nicht dafür. Stattdessen hatte sie ihm erzählt, dass sie nicht damit klargekommen war, ihre Hände nicht mehr frei bewegen zu können, dass sie das brauchte, um sich wohlzufühlen.

Dred hatte sich verständnisvoll gezeigt und sie hatten lange über ihre jeweiligen Grenzen gesprochen. Dreds liberale Einstellung zu sexuellen Präferenzen überraschte sie nicht wirklich. »Man sollte alles einmal versucht haben«, schien sein Motto zu sein. Sie fragte sich, ob es, trotz all ihrer Blockaden, auch zu ihrem Motto werden könnte. Die Vorstellung, ihren Erfahrungshorizont mit Dred zu erweitern, gefiel ihr sehr, dennoch hatte sie Angst davor, wohin das führen konnte.

»Uuund ... cut«, schrie ein junger Mann mit Filmklappe.

Trent stand auf und zog Harper an sich, vergrub sein Gesicht dann in ihrem Haar. Harper streichelte sanft über seinen Rücken und flüsterte lächelnd einige Worte. Pixie räusperte sich und wandte den Blick ab. Sie wurden gerade Zeuge eines sehr innigen Augenblicks. Pixie drehte sich in Dreds Armen, um ihn anzuschauen, und er drückte sie an sich.

»Yo, Pussy. Können wir jetzt weitermachen mit dem Scheiß?« Cujo verpasste Trent eine Kopfnuss. Schallendes Gelächter ertönte. Man hatte Cujo gebeten, als Gastjuror zu fungieren, und er war in absoluter Bestform. Drea rollte mit den Augen, aber die zwei waren beste Freunde und nur Cujo konnte Trent dazu bringen, seine Emotionen wieder in den Griff zu bekommen.

Pixie sah zu Dred hoch. Irgendetwas war heute anders zwischen ihnen. Etwas Gutes. Vielleicht, weil sie gestern geredet hatten. Auf jeden Fall hing eine positive Spannung zwischen ihnen in der Luft.

»Möchtest du mich in zwei Wochen zu den New Music Press Awards begleiten?«, fragte Dred.

»Was? Zu den NMPs?«

»Ja, als meine Begleitung. Wir treffen uns in L. A., egal von wo ich komme. Ein langweiliges Event, aber mit dir könnte es lustig werden.«

»Du willst ernsthaft ... dass ich ... mit dir ... zur Preisverleihung gehe?«

Dred hatte sie so beiläufig gefragt, als wollte er sich mit ihr zum Frühstücken im Denny's verabreden.

»Ja, Schneeflöckchen. Komm mit mir, und das meine ich in allen nur möglichen Bedeutungen, die dieses Wort hat, zu den New Music Press Awards.«

Pixie nickte. Wahnsinn ... sie würde zu den New Music Press Awards gehen. »Ja.«

Dred küsste sie genüßlich.

»Meine Güte, Drea!«, rief Cujo aus. »Jeder knutscht hier. Ich glaub, ich muss kotzen. Bring mir mal Wasser.«

Dred lachte laut auf. »Du bist echt ein Arsch«, rief er Cujo zu.

Cujo äußerte sein Missfallen. »Du hast deine Hände auf dem Arsch meiner Schwester, und ich bin das Arschloch, ja?«

»Das war's für heute, wir machen die Biege«, übertönte der Typ mit der Filmklappe das Wortgefecht.

Pixie fiel auf einmal auf, dass der Mülleimer überquoll und geleert werden musste. »Ich hab jetzt zu tun«, sagte sie und schlüpfte aus Dreds Umarmung. Sie lachte, als er einen Schmollmund zog. »Und du könntest dir vielleicht mal den Dreck aus deinem Gesicht waschen.«

Sie nahm die Mülltüte, knotete sie zu, ging hinaus in den Hinterhof und schmiss sie in den großen Müllcontainer.

»Hast du mein Geld?«

Ihr Stiefvater kam aus dem schmalen Freiraum zwischen dem Tattoo-Studio und dem nächsten Haus hervor. Pixie schlug das Herz bis zum Hals und sie warf einen Blick zum Hinterausgang des Studios. »Du kannst nicht einfach herkommen«, zischte sie ihm zu. »Ich hab dir gesagt, dass du kein Geld mehr von mir bekommst.« Sie ging das Risiko ein und ließ es darauf ankommen, um zu sehen, wie weit er wirklich gehen würde. Sie hoffte darauf, dass er genauso wenig Ärger haben wollte wie sie.

Arnie machte einen Schritt auf sie zu. »Und ich hab dir gesagt, dass du mir nicht vorschreiben kannst, wohin ich gehe oder nicht. Wenn du kein Geld hast, gehe ich rein und erzähle ihnen, was du getan hast.«

Pixie wurde ganz schwindelig und sie wischte sich die verschwitzten Handinnenflächen an der Jeans ab. »Bitte … tu das nicht … ich hab nicht mehr.«

»Doch, hast du. Frag ihn nach Geld.«

Es ging ihr nicht ums Geld. Sie hatte genug und konnte es ihm geben, aber wenn sie es tat, würde es ihr ganzes Leben so weitergehen. »Und was soll ich ihm sagen? Ich finde ja kaum Worte dafür, was du mir angetan hast, du verdammtes Arschloch.«

»Was *ich* dir angetan habe? Nichts von dem, was ich gemacht habe, ist gegen deinen Willen passiert, du undankbares Miststück. Was die Drogen betrifft und alles andere auch. Ich hab mit eigenen Augen gesehen, wie du auf Droge gekommen bist, erinnerst du dich? Warum sollte ich …«

Pixie blieb die Luft weg, als Dreds Faust mit einem abscheulichen Geräusch auf Arnies Kiefer landete. Dred war aus dem Nichts aufgetaucht, und sie musste zu ihrem größten Entsetzen mit ansehen, wie Arnie durch den Aufprall rückwärts umfiel. Bis sie richtig verstanden hatte, was sich ihr gerade darbot, stand Dred schon über Arnie, zog ihn am Kragen hoch und wollte gerade wieder zuschlagen.

»Nein, Dred, tu das nicht!«, schrie sie.

Dred warf ihr einen wuterfüllten Blick zu. *Oh, mein Gott. Wie viel von dem Gespräch hatte er mitbekommen?*

Dred stieß Arnie wieder von sich und ließ ihn auf den Boden fallen.

»Fick dich, du Arsch«, schrie Arnie ihn an. »Wenn ich kein Geld von dir bekomme, Sarah-Jane, werde ich den Wichser verklagen.« Arnie stand auf und war noch ein bisschen wackelig auf den Füßen. Er versuchte erst gar nicht, sich auf Dred zu stürzen, weil klar war, wer hier körperlich überlegen war.

»Dann verklag mich doch, du Scheißkerl. Ich krieg dich so dran, meine Anwälte verklagen dich in Grund und Boden. Lass Pixie in Ruhe.«

»Pixie gehörte zu mir, lange bevor sie zu dir gehörte«, rief Arnie.

Pixie konnte es nicht fassen, als Trent und Cujo auch noch herausgerannt kamen. Arnie würde ihnen gleich alles erzählen und dann wäre es aus mit ihr. Trent und Cujo würden sie nie wieder so sehen, wie sie es bis jetzt getan hatten, in Sorge um sie und voller Wut auf Arnie. Sie streckte ihre Hand nach Dred aus, der wich aber zurück. Ein stechender Schmerz durchfuhr sie. Cujo bekam das mit und stellte sich sofort neben sie, legte einen Arm um ihre Schultern und zog sie fest an sich.

»Was auch immer, sie gehört jetzt zu uns.« Trent sprach mit ruhiger Stimme, stellte sich aber kampfbereit und mit geballten Fäusten auf ihre andere Seite.

»Zu euch?«, geiferte Arnie. »Gebrauchte Ware, die habt ihr jetzt an der Backe. Ihr wollt euch einen abgewrackten Suchti als Haustier halten? Viel Spaß mit ihr ... aber ihr kriegt sie nicht umsonst.«

Als Arnie die Drogen erwähnte, blickte Dred von Arnie zu ihr, mit einem Gesichtsausdruck, den sie kaum aushielt.

»Arnie, bitte.« Sie hatte nicht vorgehabt zu betteln, aber sie wusste nicht mehr weiter. Niemals würde sie die Männer in ihrem Leben um das Geld bitten, das Arnie verlangte, um in Ruhe gelassen zu werden. Wenn jetzt jemand die Polizei rief, würde sie wohl oder übel des Mordes an Brewster angeklagt werden, aber eher ging sie ins Gefängnis, als dass diese wunderbaren Männer auch nur einen Cent für Arnies Stillschweigen bezahlen mussten.

Arnie rückte seinen Kragen zurecht und wischte sich mit dem Unterarm das Blut vom Mund. »Ich mach dich fertig, Sarah-Jane. Und deinen Loverboy auch. Wenn du mir die Kohle gegeben hättest, dann wäre das alles vorbei. Das wird Konsequenzen für dich haben.«

*

Dred hätte schwören können, dass Arnie Pixie als abgewrackten Suchti beschimpft hatte. Hatte er richtig gehört? Das hatte er sich doch nicht eingebildet, oder?

Nach Pixies Gesichtsausdruck zu urteilen, in dem sich blankes Entsetzen spiegelte, war mit seinen Ohren alles in Ordnung. Trent stand zwischen ihnen, hatte Pixie in den Arm genommen und sagte ihr, dass alles gut werden würde. Für ihn und Cujo war das offensichtlich nichts Neues, eine Tatsache, die Dred großes Unwohlsein bereitete.

Cujo musterte Dred mit durchdringendem Blick und erwartete ganz klar von ihm, dass Dred sich jetzt verdammt noch mal zusammenriss und sein Mädchen in die Arme nahm. Vielleicht wollte Cujo auch von ihm hören, was Trent gesagt hatte, nämlich dass alles in Ordnung war. Aber es war gar nichts in Ordnung. So dermaßen gar nicht.

Dred atmete tief durch und umklammerte seinen Anker so fest, dass er sich damit die Handfläche aufschnitt. Der stechende Schmerz konnte ihn jedoch nicht von der Ohnmacht ablenken, die er angesichts der Tatsache verspürte, dass Pixie ein Junkie war – wie seine Mutter.

Cujo nahm Pixie in die Arme und flüsterte ihr etwas zu, das sie zum Weinen brachte. Er streichelte ihr über den Rücken und flüsterte weiterhin so leise auf sie ein, dass Dred ihn nicht verstehen konnte.

Dred fühlte sich wie ein Außenseiter, er gehörte nicht dazu.

Pixie wischte sich übers Gesicht und Cujo ließ sie los, um sich Nase an Nase vor Dred zu stellen.

»Kümmer dich gefälligst um dein Mädchen, du hast ja keine Ahnung, wie beschissen es ihr geht«, knurrte er. »Und falls du alles noch schlimmer machst, dann schwör ich auf Dreas Kopf, dass ich dich so zu Mus mache, bis du nicht mehr weißt, wo oben und unten ist.«

»Sollen wir dabei bleiben, Pix?«, fragte Trent und ließ Dred nicht aus den Augen.

»Nein, geht bitte rein.«

Dred sah Cujo und Trent hinterher, bis die zwei im Studio verschwanden.

»Du bist drogenabhängig«, blaffte er Pixie schließlich an.

Pixie setzte sich mit wackeligen Knien auf die Stufen zum Studio. Sie sah aus, als würde sie jeden Augenblick zusammenklappen. Aber das kannte er schon von seiner Mutter.

»Ja«, sagte sie und sah ihn mit toten Augen an.

Dred ging auf und ab und zerrte so kräftig an seinem Anker, dass das Band zerriss. In schwierigen Situationen hielt er sich immer an seinem Anker fest, um sich wieder zu sammeln, aber kaputt gemacht hatte er ihn noch nie. Bis jetzt.

Er brüllte vor Wut und schmiss den Anker so weit er nur konnte weg.

Er war umgeben von Drogen und Lügen. Schon immer. Sein ganzes Leben war seine Mutter abhängig gewesen. Aber sie hatte immer behauptet, dass das nicht stimmte. Sie hatte ihm immer gesagt, dass sie damit aufhören konnte, wann sie wollte. Aber jedes Mal, wenn sie versucht hatte, auch nur einen Tag ohne Rausch klarzukommen, hatte sie Wutanfälle bekommen und am ganzen Körper gezittert, hatte sie das dringende Verlangen nach mehr Stoff gehabt.

Als man ihn das erste Mal in eine Pflegefamilie brachte, rief seine Mutter ihm zwar verzweifelt hinterher, aber sie hielt es nur zwei Tage in der Suchthilfeeinrichtung aus. Die zwei Tage in der Pflegefamilie waren die Hölle, denn die älteren Söhne der Familie hatten es sich zur Aufgabe gemacht, ihm das Leben so schwer wie möglich zu machen. Seine Mutter holte ihn schließlich von der Schule ab, schwor ihm, wieder clean zu sein, und schmuggelte sie beide, ohne Fahrscheine zu kaufen, in einen der grün-weißen Regionalzüge nach Toronto.

Bei der Vorstellung, dass sein Schneeflöckchen mit Drogen in Berührung gekommen war, kamen ihm die Tränen. Er hatte sich ein Traumbild von ihr gemacht, von seinem perfekten Mädchen. Aber sie war nicht besser als die anderen.

»Wie lange hast du Drogen genommen?«, fragte er, ohne sie anzuschauen.

»Zwei Jahre, aber es ist nicht, was du denkst, Dred. Ich bin seit sechs Jahren clean.«

Sechs Jahre. Das hörte sich zu gut an, um wahr zu sein.

Er bohrte nach. »Hast du was genommen, seitdem wir zusammen sind?«

»Nein. Ich habe nichts mehr genommen, seitdem ich nach Miami gekommen bin. Seit dem Tag, an dem ich Trent und Cujo kennengelernt habe. Sie haben mir geholfen, clean zu werden.«

Dred lief auf und ab und hätte am liebsten auf irgendetwas eingeschlagen, um den Schmerz, der ihn gerade entzweiriss, mit einem noch größeren Schmerz zu betäuben.

»Aber als ich dich vorhin gefragt habe, ob du drogensüchtig bist, hast du Ja gesagt, oder nicht?«

»Ja, das habe ich, weil ich es immer sein werde, aber ich bin clean. Das weißt du. Mit Nikan ist es doch das Gleiche.«

»Lass bloß meinen Bruder aus dem Spiel. Der hatte seine Gründe.«

»Aber die hab ich doch auch!«, schrie Pixie ihn an.

Dred ging auf sie zu und blieb ein paar Schritte vor ihr stehen, hin und her gerissen zwischen dem Bedürfnis, ihr glauben zu wollen, und dem Zwang, sie verlassen zu müssen. »Na klar. Und welche Gründe hattest du so? Wolltest wohl zu den coolen Kids gehören, was?«

»Du bist so ein Riesenarschloch, Dred. Ich hatte Angst, es dir zu erzählen, weil ich unsicher war, wie du reagieren würdest. Wenn ich gewusst hätte, dass du so ausflippst«, fuhr sie mit Tränen in den Augen fort, »hätte ich mich nie auf dich eingelassen.«

»Ich habe schon genug Junkies in meinem Leben und brauch dich nicht auch noch.«

»Du gibst mir nicht mal die Chance, mich dir zu erklären?«

»Aber was denn zu erklären? Du bist drogensüchtig, und damit will ich nichts zu tun haben. Ich will meine Tochter von so etwas fernhalten. Mach's gut, Pixie.«

Sie stieg auf die dritte Treppenstufe, so dass sie fast auf gleicher Augenhöhe waren. »Das soll's mit uns gewesen sein, einfach so?«

Dred versuchte, die Tränen zu ignorieren, die aus ihren whiskeyfarbenen Augen flossen. Eine leise Stimme in ihm riet ihm zu bleiben und noch mal über alles mit ihr zu reden. Aber er war viel zu wütend. Er brauchte Abstand. »Ja, einfach so«, sagte er traurig und ging zurück ins Studio, um seine Taschen zu holen und es, ohne stehenzubleiben, durch die Vordertür zu verlassen.

In der Collins Avenue wartete er auf ein vorbeifahrendes gelbes Taxi, das ihn zum Flughafen bringen sollte. Vielleicht bekam er noch einen Platz in einem frühen Flieger. Eigentlich hatte er ja vorgehabt, den Tag mit Pixie zu verbringen und den letzten Flug zurück zu nehmen. Jetzt wollte er nur noch so schnell wie möglich weg aus Miami.

Endlich hielt ein Taxi an und er stieg ein. Er warf noch einen letzten Blick zurück auf das Second Circle, dann schloss er die Augen, bis sie am Flughafen angekommen waren.

Als er seinen Flug umgebucht hatte, ging er zur VIP-Lounge, wo er sich ein Bier bestellte. Er setzte sich auf ein großes braunes Ledersofa mit Blick auf die Landebahn und versuchte, sein schlechtes Gewissen und sein Schamgefühl zu unterdrücken, aber es gelang ihm genauso wenig, wie es möglich war, Petal zu ignorieren, wenn sie Hunger hatte.

Wie war es möglich, dass er Nikan seine Süchte verzieh

und ihr nicht? Moment, verzeihen war nicht das richtige Wort. Er verzieh Nikan nichts, aber er verstand. Wenn Nikan manchmal keinen anderen Ausweg wusste und einen Rückfall hatte, war Dred sogar bereit, ihm beizustehen. Dred würde alles tun, um seinem Bruder zu helfen. Pixie hatte recht, sie und Nikan hatten das gleiche Problem, dennoch behandelte er sie völlig unterschiedlich. Es ging aber nicht darum, dass sie beide abhängig waren, sondern um die Tatsache, dass Pixie die gleiche Sucht wie seine Mutter und Amanda hatte.

Im Gegensatz zu seiner Mutter und Amanda hörte es sich aber so an, als sei Pixie clean. Falls sie ihn nicht anlog, was Drogensüchtige hervorragend beherrschten.

Sein Handy klingelte, und er warf einen Blick darauf. Es war Sam. Anstatt abzunehmen, nahm er einen großen Schluck Bier und ließ die Mailbox angehen. Er wollte im Moment mit niemandem reden.

Worte, Sätze formten sich in Dreds Kopf und er kramte sein Textbuch und einen Kugelschreiber aus seiner Tasche. Der Song, an dem er für Pixie schrieb, nahm allmählich Form an, und er fügte eine neue Zeile hinzu, um die Überleitung zu vervollständigen. *Wenn du ganz unten bist, werde ich der Retter sein, den du brauchst.*

Als sein Handy vibrierte, war er unschlüssig, ob er die Nachricht lesen sollte oder nicht. Wahrscheinlich wollte Sam was von ihm und nicht das Schneefl … Sarah-Jane. Dann sah er doch nach.

Hast du das hier schon gesehen?

Es folgte ein Link zum *People*-Magazin. *FÜR DRED WAR'S DAS WOHL.*

Neugierig öffnete er den Link, auch wenn er die Tricks der Klatschblätter kannte, um Leser anzulocken. Er las den Untertitel: *Es ist aus! Dred Zanders Freundin wurde mit einem neuen Mann gesehen.*

Das erste Foto zeigte Pixie, die ihre Arme um einen attraktiven älteren Mann geschlungen hatte. Auf dem zweiten Foto lehnte sie mit dem Kopf an seiner Schulter, wirkte aber mitgenommen. Auf dem dritten Foto küsste er sie zum Abschied.

Dred ärgerte sich zwar über die Paparazzi, die diese Fotos geschossen hatten, aber sie hätten ja keinen Grund dafür gehabt, wenn Pixie sich nicht so liebevoll mit einem anderen Mann gezeigt hätte.

Anscheinend hatte die Klatschpresse ausnahmsweise mal einen guten Riecher gehabt.

Zwischen ihnen beiden war es so was von vorbei.

Kapitel 13

Pixie hatte sich geschworen, dass sie niemals ihre besten Freunde anlügen würde. Aber genau das hatte sie jetzt getan.

Pixie fuhr sich mit der Hand durchs Haar und ließ es über ihre Schultern fallen. Cujo und Trent hatten ihr ohne Wenn und Aber immer zur Seite gestanden, trotzdem konnte sie ihnen nicht die Wahrheit sagen. Eine Mischung aus Schuldgefühlen, Angst und Enttäuschung raubte ihr den Appetit und sie zog sich in sich zurück.

Das erste Mal hatte sie gelogen, als Trent und Cujo nach ihr gesehen hatten und sie schluchzend in der Hintertür des Studios gestanden hatte – welch Ironie des Schicksals. Halbwahrheiten hatte sie ihnen erzählt, dass ihr Stiefvater aufgetaucht war und Geld von ihr verlangt hatte, damit keiner von ihrer Drogensucht erfuhr. Auf Cujos Nachfrage, ob sie Arnie schon Geld gegeben habe, hatte Pixie die zwei dann geradeheraus angelogen und dies vor lauter Scham verneint.

Ihre letzte Begegnung mit Arnie hatte eines sehr deutlich gemacht. Arnie würde niemals aufgeben. Sie war sein gedeckter Tisch. Er entbehrte jeglicher Moral und es war ihm egal, ob sie betteln, sich Geld leihen oder stehlen musste, um von ihr das zu bekommen, was er verlangte.

Nein. Wenn er das nächste Mal wiederkam, würde sie ihm sagen, dass er seine Drohung einfach wahrmachen sollte. Sie war sowieso drauf und dran, zur Polizei zu gehen. Wegen Arnie hatte sie schon Dred verloren. Das Schlimmste, was jetzt noch passieren konnte, war, dass ein Gericht ihr nicht glauben würde, dass sie aus Notwehr gehandelt hatte.

»Du weißt, wie gern ich dich habe, oder?« Cujo kam ins Büro. Er war die letzten Tage immer um sie herumgeschlichen, schlimmer als ein Helikoptervater.

Pixie nickte.

Cujo schloss die Bürotür hinter sich. »Es ist unerträglich, mit ansehen zu müssen, wie sehr du leidest. Aber weißt du, was mir am meisten wehtut? Dass du mir nicht die Wahrheit sagst. Steckst du in Schwierigkeiten, Pix?«

Pixie klappte ihr Notizbuch schnell zu. Sie wollte die Lüge unbedingt aufrechterhalten, sie wollte Cujo in die Augen schauen und ihm sagen, dass es ihr gut ging. Die Worte lagen ihr schon auf der Zunge, aber sie schaffte es nicht, sie auszusprechen. Doch die Wahrheit zu sagen, ging genauso wenig.

Ihre Augen füllten sich mit Tränen, sie schüttelte den Kopf und bekam kein Wort heraus.

»Mensch, Pix.« Cujo kniete sich auf den Boden neben ihren Stuhl. »Komm mal her.« Er zog sie in seine Arme.

Sie ließ den Kopf auf seine Schulter sinken und die Tränen laufen. Cujo streichelte ihr beruhigend über den Rücken, während sie weinte. Die Schuldgefühle, die sie hatte, weil sie Brewster umgebracht hatte, die Schmerzen, die sie aufgrund des jahrelangen Missbrauchs erlitten hatte, und das Loch, das in ihr klaffte, seitdem Dred weg war, die Tränen spülten alles heraus.

Pixie nahm ein Taschentuch aus der Box, die auf einmal auf dem Tisch stand. Sie versuchte, so gut wie möglich ihr Gesicht sauberzuwischen, auf dem sie Striemen von Tränen und verwischten Mascara vermutete, und tief durchzuatmen.

Cujo stand auf und holte einen Stuhl, um sich neben sie zu setzen. Er nahm ihre Hände, um ihr ein Gefühl von familiärer Verbundenheit zu geben. Pixie schaffte es noch nicht, ihm in die Augen zu schauen, und musterte stattdessen den bunten Totenkopf, der auf seine Handaußenseite tätowiert war.

»Erinnerst du dich daran, was ich dir versprochen habe?«, fragte er. »An dem Tag, als du zur Entziehungskur gegangen bist?«

»Du hast gesagt: ›Ich werde dir jedes Arschloch ersetzen, das dich jemals enttäuscht hat.‹«

»Genau. Ich habe jedes Wort davon gemeint. Mir ist egal, was du getan hast. Mir ist egal, was du genommen hast. In den letzten sechs Jahren bist du die kleine Schwester geworden, die ich nie hatte. Du bist clean geblieben. Du hast hart gearbeitet. Du warst für uns da und wir waren für dich da. Was auch immer da los ist, ich will, dass du weißt, dass du mit mir reden kannst.«

Pixie sah ihn endlich an. »Ich habe gelogen. Ich habe Arnie Geld gegeben.« Cujo verzog keine Miene und sah sie mit seinen strahlendblauen Augen aufmerksam an. »Er hat dich also erpresst?«

Pixie nickte.

»Wir müssen zur Polizei gehen und Anzeige erstatten, Pix. Du darfst ihn damit nicht davonkommen lassen.«

»Ich weiß«, sagte sie traurig. »Aber wenn wir zur Polizei gehen und ihnen erzählen, warum er mich erpresst, werden sie mich auch verhaften.«

»So schlimm also, ja?«, fragte er sie mit besorgtem Gesichtsausdruck und drückte gleichzeitig beschwichtigend ihre Hand.

»Arnie ... hat ... Ich, ich war ... ich habe etwas getan ... um abhauen zu können.« Sie konnte es immer noch nicht aussprechen, wollte nicht in Worte fassen, was er ihr angetan hatte. Die Erinnerung an eine Situation kam wieder hoch, es war so beschämend. Er stand angezogen hinter ihr und wiederholte ständig, wie dumm und langweilig sie war, aber gleichzeitig rieb er sich an ihr, was sie verwirrte. Ihr fiel das Atmen schwer, aber sie versuchte, gegen den aufkommenden Panikanfall anzukämpfen. Das hatte früher immer so an ihren Kräften gezehrt, als sie noch im Wohnmobil gelebt hatte.

»Atme, Pixie. Er ist jetzt nicht hier. Wir sind nur zu zweit, du und ich.« Cujo hielt ihre Hände und wartete geduldig darauf, dass sie sich wieder sammelte.

»Es gibt nichts, was wir nicht machen können, Pix. Glaubst du, dass er dir körperlichen Schaden zufügen will?«

»Ich glaube, dass er vor allem Geld will. Er will so viel, wie er bekommen kann. Er wird sicherlich in ein oder zwei Wochen wiederkommen. Er hat mich früher ... Cujo, ich kann nicht darüber reden, was er mir früher angetan hat.« Ihre Augen füllten sich wieder mit Tränen und sie nahm sich noch ein Taschentuch.

»Okay, als Erstes werden wir die Schichtplanung ändern. Du wirst in absehbarer Zukunft das Studio erst mal nicht allein aufmachen oder schließen.«

»Aber Cujo, das ist doch mein Job. Ich muss doch ...«

»Du musst gar nix. Außerdem suchen wir uns einen Anwalt, einen guten, mit dem du allein reden kannst. Du kannst dem Anwalt oder der Anwältin erzählen, was du getan hast, und die werden dir schon sagen, wie du am besten damit umgehst.«

»Ich habe ein bisschen Geld gespart.«

»Darum geht es nicht, ich bin nämlich für dich da. Und Trent auch. Und Lia, Eric, Harper und Drea. Und auch wenn Dred sich gerade wie der letzte Arsch verhält und wir ihm am liebsten eine Koloskopie verpassen würden, wird auch er für dich da sein. Du brauchst den besten Anwalt der Welt.«

Pixie konnte sich ein Grinsen nicht verkneifen. Cujo war immer so eloquent.

»Aber du musst mir eins versprechen, Pix. Wenn du Arnie auch nur von Weitem schon siehst, nimmst du die Beine in die Hand und rennst. Du sprichst kein Wort mit ihm. Du brauchst einen Wachschutz bei dir im Haus, um ihn rauszuwerfen. Oder du rufst mich und Trent an.«

Der Druck auf der Brust begann, sich allmählich aufzulösen. »Danke«, sagte sie und drückte seine Hand.

»Ich hoffe, dass du mir eines Tages genug vertrauen wirst, um mir zu erzählen, was du durchgemacht hast, aber du hast mein vollstes Verständnis, wenn du jetzt noch nicht bereit dazu bist.«

»Weißt du, Cujo, ich bin zwar ein Einzelkind, aber seitdem ich dich kenne, habe ich mich nie mehr wie ein Einzelkind gefühlt.«

Cujo nickte, gab ihr einen Kuss auf die Stirn und ging aus dem Büro.

Zum Glück hatte sie noch ihren Bruder, aber sie sehnte sich vor allem nach Dred.

*

DRED ZANDER – DER LETZTE ALLER VÄTER

Als Dred herausfand, wer diese Story an den Mistkerl von Journalisten verkauft hatte, der sie, ohne sie auf den Wahrheitsgehalt zu überprüfen, veröffentlicht hatte, nahm er sich vor, beide bis auf ihr letztes Geld zu verklagen. Seine Anwälte würden veranlassen, dass das Magazin eine Richtigstellung veröffentlichte. Petal brauchte vor allem eine drogenfreie Mutter und einen Vater, der nicht die ganze Zeit in der Weltgeschichte herumtingelte; beides stellte zurzeit ein Problem dar. Für alles andere hatte er gesorgt. Und nichts war ihm zu teuer, um sicherzustellen, dass Petal alles hatte, was sie brauchte.

Der Artikel implizierte, dass sie sein *dreckiges kleines* Geheimnis war, aber jetzt wusste ja die ganze Welt von ihr. Er war noch nicht bereit, sich mit ihr der Öffentlichkeit zu stellen. Sie war viel zu kostbar, als dass er zulassen konnte, dass ein Haufen Paparazzi auf sie Jagd machte, um ein erstes Foto von ihr zu ergattern. Zunächst verdächtigte er Amanda und stattete ihr auf der Stelle einen Besuch in ihrer Wohnung ab, um sie damit zu konfrontieren, aber sie bestritt, etwas damit zu tun zu haben, und ihre Argumente leuchteten ihm überraschenderweise ein. *Warum sollte sie sich den Ast ab-*

sägen, auf dem sie saß? Sie unterhielten sich sogar ziemlich lange darüber, wie sie Petal zuliebe am besten miteinander klarkommen konnten. Außerdem zeigte Amanda ihm ihre Auszeichnung, die sie dafür bekommen hatte, dass sie dreißig Tage drogenfrei und trocken war.

Die Limousine hielt vor dem roten Teppich. Dred wollte noch nicht raus. Elliott stieg als Erster aus, gefolgt von Lennon. Nikan klopfte ihm auf die Schulter und stieg auch aus.

»Kommst du heute Abend einigermaßen klar, Dred?«, fragte Jordan besorgt.

Wenn eines klar war, dann, dass er sicherlich nicht klarkam. Pixie hatte er das letzte Mal vor sechs Tagen gesehen, und seitdem hatte er gefühlte tausend Mal sein Handy in die Hand genommen. Um ihr eine Nachricht zu schicken oder ein Foto von Petal. Oder wenn er am frühen Morgen wachlag und sie bitten wollte, alles zu erklären. Wenn es dunkel war, und die Scheinwerfer von vorbeifahrenden Autos Licht auf die Zimmerdecke warfen oder sich die Vorhänge in einer sanften Mai-Brise bewegten, dann war er fast so weit, Pixies Drogenvergangenheit zu akzeptieren. Im Dunkeln kamen Erinnerungen hoch, wie sie sich in seinen Armen anfühlte, wie ihre Augen mal whiskey-, mal cognacfarben waren und wie gut sie ihn verstand.

»Ja, ich komme schon zurecht«, sagte Dred und machte Anstalten, auch auszusteigen. Jordan legte jedoch eine Hand auf seinen Arm und hielt ihn zurück. Dred schielte auf die Hand. »Was ist los, Alter? Wir müssen da raus.«

»Du musst zu ihr, Mann. Es war nicht richtig, dass du ihr nicht zuhören wolltest. Ich liebe dich wie einen Bruder, aber du benimmst dich wie ein verdammtes Arschloch.«

»Muss das jetzt sein, Jordan? Hat das nicht Zeit bis in sechs Stunden, wenn dieser ganze Scheiß hier vorbei ist?«

»Du hast doch sowieso die ganze Zeit nichts anderes im Kopf, also warum nicht jetzt? Du hast es verdient, glücklich zu sein. Und sie auch. Trent wäre nicht so sauer auf dich, wenn nicht mehr hinter der Sache stecken würde, aber du willst ihr ja nicht zuhören.«

Jordan stieg endlich auch aus, dann Dred.

Als sie dann so umringt von Reportern im Scheinwerferlicht standen, wünschte Dred sich Pixie an seiner Seite. Er hasste diese selbstbeweihräuchernden Events mit fünfzigtausend seiner engsten Freunde. Er hatte versucht, Sam davon zu überzeugen, ihren Auftritt abzusagen, aber sie waren als Favoriten für die Best Metal Performance nominiert.

Also machte er, was von ihm erwartet wurde, auch wenn er mit den Gedanken ganz woanders war, nämlich bei den zwei Frauen, die in sein Leben getreten waren. Pixie und Petal.

Von allen Seiten prasselten Fragen zu Petal auf ihn ein, aber seine Brüder wehrten sie ab. Gemeinsam beantworteten sie ausschließlich Fragen über die Band, das Album oder die Tour.

Als die Fragen aggressiver wurden, tastete Dred nach seinem Anker, aber da war nichts. Er bereute es zutiefst, dass er im Jähzorn eines der wenigen Dinge in seinem Leben weggeschmissen hatte, die ihm so viel bedeuteten. Er musste ein Foto finden, auf dem er ihn trug, und damit zu einem Juwelier gehen und ihn beauftragen, eine Kopie davon anzufertigen.

Als sie es hinein geschafft hatten, warteten sie darauf,

dass ihre Kategorie aufgerufen wurde. Dred klatschte brav, wenn jemand etwas gewonnen hatte, weil er keine Lust hatte, dass die Kamera genau dann auf ihn draufhielt, wenn er gerade durch sein Handy scrollte. Er lächelte, wenn wichtige Leute aus der Branche vorbeigingen, und stand auch mal auf, um Hände zu schütteln. Aber die meiste Zeit über saß er regungslos auf seinem Stuhl und bekam von dem, was um ihn herum geschah, nichts mit.

Er bekam nicht mal mit, dass ihre Kategorie dran war, bis Lennon und Elliott aufsprangen. Nikan packte ihn am Ellbogen, zog ihn hoch und umarmte ihn.

»Zehn Minuten noch, dann sind wir hier raus. Reiß dich jetzt zusammen, Alter«, flüsterte Nikan ihm ins Ohr.

Sie eilten den Gang hinunter zur Bühne. Dred fragte sich, ob Pixie die Preisverleihung zu Hause mitverfolgte. Wenn, dann saß sie auf der Couch, auf der sie gechillt hatten, als sie krank gewesen war. Wahrscheinlich trug sie schlecht sitzende Pyjamas, die diesen wunderbaren Körper verhüllten, den er so liebte. Er schüttelte Hände, lachte, streckte den Preis in die Luft, weil es von ihm erwartet wurde, aber er fand keine Worte.

Die Jungs hielten sich wie immer im Hintergrund und warteten darauf, dass er eine Dankesrede hielt, aber ihm fiel nichts ein, was er hätte sagen können. Normalerweise war die Freude über eine Auszeichnung im Musik-Business groß, aber heute fühlte sich der Preis in seiner Hand schwer und kalt an.

Jordan sah ihn an und neigte den Kopf wortlos zur Seite, aber es war ihm anzusehen, dass er eigentlich *Alter, jetzt reiß dich zusammen und steig aufs Podest* schreien wollte.

Nikan übernahm. »Wow, Leute, das ist unglaublich. Wir danken unserem Manager Sam Parker, der all die Jahre an uns geglaubt hat …«

Dred ließ den Blick über die Staples Center Arena wandern. Er war umgeben von Menschen, die vor Begeisterung jubelten, aber er hatte sich noch nie einsamer gefühlt als in diesem Moment. Lennon legte einen Arm um seine Schulter, eine scheinbar beiläufige Geste.

Eine der Pflegefamilien, in der Dred als Kind gelebt hatte, hatte eine Wippe im Garten hinterm Haus gehabt, aber zu der Zeit war er das einzige Kind in der Familie gewesen, er konnte also nie wippen. Jedes Mal, wenn er an Pixie dachte und dass er sich geschworen hatte, sich von Drogensüchtigen fernzuhalten, war es, als wenn er auf dieser Wippe saß. Erst war der Part von ihm oben, der überlegte, wie er Pixie zurückgewinnen konnte; dann war der Part oben, der sich dafür aussprach, sie nie wiederzusehen.

»… Solltet ihr später dieses Jahr in Europa sein, dann sehen wir uns sicherlich auf einer unserer Shows wieder. Macht's gut!«

Das Publikum tobte und Dred ging wie benebelt von der Bühne.

»Lasst uns abhauen«, schlug Nikan vor, der sich neben Dred geschlängelt hatte.

»Ich bin dabei. Lasst uns einen abgerockten Schuppen finden und etwas Dampf ablassen«, sagte Jordan.

Sie waren schon auf dem Weg nach draußen, als Dreds Handy in der Innentasche seiner Lederjacke vibrierte. Er holte es heraus und sah, dass es Maisey, Ellens Frau, war. »Wartet mal, Jungs.« Er stellte sich kurz abseits, sein Herz schlug im gleichen Rhythmus wie die Musik, die im Hintergrund lief. Irgend so ein elektronischer Scheiß, den er hasste. In Toronto war es fast zehn Uhr abends, warum nur rief sie so spät an?

»Maisey, hey. Kannst du mich hören?« Mit der anderen Hand hielt er sich das freie Ohr zu und fand eine Ecke, die dank Kisten und Kulissen etwas geschützer war.

»Dred, es tut mir leid, dich jetzt zu stören, aber ich habe schlechte Neuigkeiten.«

»Was ist passiert? Mit Ellen alles okay?«, fragte er.

»Ja, mein Kind. Ellen geht's gut, aber ich muss dir leider mitteilen, dass Amanda Veitch heute gestorben ist. Die Polizei, die vor Ort war, hat erst mal das Amt benachrichtigt. Zum Glück habe ich dich zu allen Treffen, in denen es um Petal ging, begleitet, denn ihre Sozialarbeiterin Kate hat mich angerufen, um mir Bescheid zu geben.«

Dreds Knie wurden weich und er setzte sich auf den Boden. »Ist Petal ... ist alles in Ordnung mit ihr?«

»Dred, Petal geht es gut. Aber du solltest schnell nach Hause kommen.«

»Weißt du, was mit Amanda geschehen ist? Hatte sie eine Überdosis?«

»Das kann man noch nicht sagen. Es wird sicherlich eine Untersuchung geben, zumindest eine Autopsie. Aber so schnell geht das nicht. Allerdings solltest du schnell nach Hause kommen, Petal kommt nämlich in eine Pflegefamilie, bis du zu Hause bist.«

»Kannst du sie nicht nehmen? Ich fliege direkt zurück und hol sie so schnell wie möglich bei dir ab.«

»So einfach ist das nicht, aber komm schnell zurück, und

wir gucken dann zusammen weiter. Ich werde mehr Details für dich haben, wenn du hier gelandet bist.«

»Ich brauch sechs, maximal sieben Stunden. Das kriege ich irgendwie hin.«

»Pass auf dich auf. Du bist alles, was sie noch hat.«

Dred rappelte sich vom Boden auf und hastete zurück zur Band, die mit Sam am Feiern war. »Ich muss zurück nach Toronto. Sofort!«

»Dann nichts wie los«, antwortete Nikan.

»Jungs, wartet mal.« Sam schloss auf und lief zusammen mit den Sicherheitsleuten neben ihnen her. »Was ist los? Ihr solltet bleiben und mit zur After-Party kommen.«

»Man hat Petal zu einer Pflegefamilie gebracht. Amanda ist heute gestorben.«

»Dann sollten wir uns beeilen. Sam, kannst du uns einen Privatjet organisieren? Wir müssen aber noch zurück zum Haus und deinen Reisepass holen«, sagte Elliott.

Er hörte Sam mit jemandem reden und hoffte, dass er einen Platz im nächstmöglichen Flieger bekam. Die Sicherheitsleute bahnten ihnen so schnell es ging einen Weg zum Hinterausgang des Staples Center.

Als sie alle in der Limousine saßen und Richtung Hollywood Hills unterwegs waren, fragte Lennon verzweifelt: »Was ist denn passiert? Geht's Petal gut?«

Dred musste erst mal tief Luft holen und nickte dann. Er versuchte das Gefühl der Einsamkeit, das er aus seiner Kindheit kannte und das ihn gerade überwältigte, zu unterdrücken. Schließlich rief er Petals Sozialarbeiterin an.

Er hatte seinem kleinen Mädchen versprochen, dass er immer für sie da sein würde, trotzdem musste sie an ihrem einundvierzigsten Lebenstag für die Nacht in einer Notfallpflegefamilie untergebracht werden.

Die ihm wohlbekannten Muster wiederholten sich jetzt schon für Petal, es war unfassbar.

*

»Ruhig ist es heute«, sagte Trent und entfernte die Schutzfolie, die um sein Tätowierequipment gewickelt war. Er hatte gerade eine Nackentätowierung für einen Stammkunden fertiggestellt.

Es war erst drei Uhr nachmittags und das Studio war ungewöhnlich leer. Eric wickelte gerade die Kreditkartenzahlung einer jungen Frau ab, die aus Phoenix gekommen war, um sich eine spirituelle Lebensregel auf die Innenseite des Unterarms tätowieren zu lassen, und die Schriftzeichen waren ihm ganz besonders gut gelungen.

»Ja«, stimmte Pixie zu und machte sich daran, Erics Arbeitsstation zu reinigen, »obwohl es sich anfühlt wie die Ruhe vor dem Sturm am Wochenende.«

»Möchtest du noch ein bisschen üben, Pix? Wir könnten uns Schriftzüge vornehmen. Beim letzten Mal hattest du schon den Bogen rausbekommen.«

Die Eingangstür ging auf, und Cujo kam herein, weil sein Dienst gleich anfing. »Hallo zusammen. Haben wir geschlossen oder was?« Er sah sich um, alle Arbeitsstationen waren leer.

Erics Kunde verabschiedete sich und verließ das Studio.

»Ich wollte gerade mit Pixie Schriftzüge üben, es sei denn, du hast Lust darauf, dann kann ich heute früh gehen.

Ich muss noch das Bild zu Ende malen, das ich Harper zum Jahrestag schenken möchte. Dann geht's zum Flughafen, weil wir morgen wieder Dreh haben.«

»Was denn für ein Jahrestag?«, fragte Cujo.

Trent lachte. »Von dem Tag, an dem ich sie auf dem Bürgersteig vor dem Billardsalon geküsst habe.«

»Also, an unserem Jahrestag wird Drea mich als Geschenk bekommen, und das soll ja wohl reichen. Harper braucht ja nur ein Bild als Trost dafür, dass sie dich jetzt am Hals hat.«

»Arschloch.« Trent schüttelte den Kopf.

Pixie sah Trent und Cujo hinterher, die im Büro verschwanden. Wenn sie daran dachte, wie glücklich die zwei waren, litt sie umso mehr. Noch schlimmer war es jedoch gewesen, am Sonntag die New Music Press Awards im Fernsehen zu verfolgen, da half auch kein Lieblingseis, das sie gemütlich auf der Couch zusammengerollt verspeiste. Es war, als würde ihr jemand mit Nadeln in die Augen stechen, als sie sah, wie Dred aus der Limousine stieg und über den roten Teppich das Staples Center betrat. Als er später auf der Bühne stand, konnte sie den Anblick kaum ertragen. Ausdruckslose Augen lächelten aufgesetzt in die Kamera. Kurz herrschte allgemeine Verwirrung, wer die Dankesrede halten würde; für Außenstehende war das natürlich auf die Aufregung zurückzuführen. Aber Pixie wusste, was da los war. Der Subtext zwischen den Bandmitgliedern war klar. Dred war nicht in Form, und die anderen übernahmen.

Sie hatten sich vor neun Tagen das letzte Mal gesehen. An jedem einzelnen Tag hatte sie gelitten. Es wurde auch mit der Zeit nicht besser. Jeden Morgen, wenn sie aufwachte, dachte sie daran, was ihr verlorengegangen war, und es tat jedes Mal gleich weh. Immer wieder drängten sich ihr die gleichen Fragen auf. Wenn sie Dred die ganze Wahrheit erzählte und damit riskierte, dass er nichts mehr von ihr wissen wollte, würde sie sich dann noch schlechter fühlen als sowieso schon? Wohl kaum.

Pixie zückte ihr Handy und war kurz davor, das Schweigen zwischen ihnen zu brechen. Wenn sie den ersten Schritt machte, wenn sie ihm zu verstehen gab, dass sie auf ihn zuging, wie würde er reagieren? Gar nicht?

Aber zunächst musste sie die Sache mit Arnie zu einem Ende bringen, damit sich der Kreis schloss. Er hatte sie immer noch in der Hand, er hatte immer noch ein gewisses Maß an Kontrolle über ihr Leben. Und sie hasste es. Seit dem letzten Vorfall hatte er sich nicht mehr blicken lassen, sie saß wie auf glühenden Kohlen, jeden Tag darauf gefasst, dass er seine Drohung wahrmachen würde, sie zu verpfeifen. Es war wohl naiv zu glauben, dass Dred Arnie vergrault hatte. Obwohl Dred rasend vor Wut gewesen war und Arnie eine verpasst hatte, würde Arnie sich niemals die Gelegenheit entgehen lassen, eine Menge Kohle abzustauben.

Trent und Cujo kehrten aus dem Büro zurück. »Bist du bereit für deinen Unterricht?«, fragte Cujo.

Pixie war die letzten Tage um Trent und Cujo herumgeschlichen und hatte Cujos Vorschlag ignoriert, sich einen Anwalt zu nehmen. Dies hätte dann nämlich zur Konsequenz, dass sie zugeben müsste, einen Menschen umgebracht zu haben, wozu sie noch nicht bereit war.

Aber zumindest eine Lüge konnte sie auflösen, und um ihrem schlechten Gewissen ein Ende zu bereiten, beschloss sie, das sofort in die Tat umzusetzen.

»Kann ich kurz mit euch reden?«

»Na klar«, antwortete Trent und warf seine Jacke auf den Empfangstresen. »Schieß los.«

Pixie holte tief Luft. »Ich will keine Tätowiererin werden. Es tut mir so leid. Ich will euch damit wirklich nicht vor den Kopf stoßen, weil ihr euch bis jetzt so viel Mühe mit mir gegeben habt, aber ich glaube nicht ...«

»Das haben wir uns schon gedacht«, unterbrach Cujo sie und stützte sich mit beiden Händen auf dem Tresen ab. »Wir hatten uns schon vorgenommen, mit dir darüber zu reden, wenn der ganze andere Scheiß vorbei ist.«

»Ehrlich?« Pixies Augen füllten sich vor Erleichterung mit Tränen.

»Ja«, sagte Trent, »um zu tätowieren, muss man mit Leib und Seele dabei sein. Das bist du nicht.«

»Aber ihr hättet mich so gern als Tätowiererin gesehen und ich wollte euch nicht enttäuschen. Fakt ist nämlich, ich bin absolut unbegabt.«

»Hast du das wirklich gedacht?«, fragte Cujo. »Wir haben das nämlich nie von dir erwartet. Wir haben dir nur angeboten, dass wir es dir beibringen könnten, und dazu hast du Ja gesagt.«

»Ich wollte richtig gut werden«, sagte sie traurig, »wie ihr.«

»Hör mal«, sagte Trent und nahm ihre Hand. »Wir werden immer für dich da sein. Egal, was du mit dem Rest deines Lebens veranstalten willst. Egal, was du gemacht hast, bevor du hierhergekommen bist. Uns wirst du nicht los. Du bist perfekt, so wie du jetzt bist. Versuch nicht, jemand anderes zu sein, nicht für uns und auch für keinen anderen Arsch.«

»Er ist kein Arsch.« Pixie war schon klar, wen Trent meinte.

»Doch, ist er, und genau das werde ich ihm sagen, wenn ich ihn morgen sehe.«

»Bitte nicht, bitte sag …«

»Er ist ein Arsch«, knurrte Cujo, »und genau das wird er von mir zu hören bekommen.«

»Es gibt Tage«, bemerkte sie mit einem angedeuteten Lächeln, »da hätte ich euch zwei lieber nicht als große Brüder.«

»Tja, da hast du wohl Pech gehabt«, erwiderte Trent darauf und umarmte sie.

Seine Arme reichten ihr heute leider nicht.

Ihr Herz blutete dadurch nur noch ein bisschen mehr.

*

Dred saß im Schminkstuhl und gähnte müde. Der dreifache Espresso erzielte nicht die gewünschte Wirkung. Auf diesen Drehtag hätte er mehr als gern verzichtet, weil er weder in der Stimmung war, mit den Kandidaten herumzuflachsen, noch Trent zu begegnen. Nicht, weil er Angst davor hatte, mit ihm zu reden – das war sowieso unausweichlich. Er hatte vielmehr Angst davor, dass Trent mit allem recht haben würde. Dass Dred Mist gebaut hatte. Denn dieses Fazit hatte er selbst schon in den frühen Morgenstunden gezogen. Er musste die Sache mit Pixie unbedingt wieder hinbiegen oder ihr zumindest zuhören, um dann entscheiden zu können, ob er damit umgehen konnte oder nicht.

Die Maskenbildnerin spürte wohl seine Teilnahmslosigkeit und verzichtete auf den üblichen hirnlosen Smalltalk, während sie sein Gesicht zukleisterte. Er nahm einen weiteren großen Schluck Kaffee.

Seit der Preisverleihung vor vier Tagen war sein Leben völlig aus den Fugen geraten. Ein perfektes, kleines, sieben Wochen altes Baby lebte jetzt mit ihm. Er wusste nicht, wie er jemals gutmachen konnte, was Maisey und Ellen für ihn vollbracht hatten. Maisey hatte ihn auf allen notwendigen Gängen zum Jugendamt begleitet, und da es niemanden gab, der juristisch gesehen anfechten konnte, dass Petal bei ihm blieb, war alles glattgegangen. Als er seine Tochter am Ende in die Arme schließen konnte, weinte er hemmungslos. Und er versprach ihr, dass er für den Rest ihres Lebens für sie da sein würde. Es gab nichts und niemanden, der ihn davon überzeugen konnte, sie aufzugeben. Nie wieder. Dass er mal darüber nachgedacht hatte, ob es ihr bei anderen Menschen besser gehen würde, war lange her, und er konnte jetzt auf vier Tage voller denkwürdiger Erinnerungen zurückschauen. Ein vollgekotzter Nikan. Jordan, der ihm dabei behilflich war, Petal aus dem Strampler zu befreien, den sie rekordverdächtig vollgeschissen hatte. Wer hätte gedacht, dass dieser kleine Körper Platz für so viel Scheiße bot?

Und dann der Nachmittag, nachdem sie den ganzen Morgen geweint hatte, da hatte er sich mit nacktem Oberkörper hingesetzt und Petal an sich gedrückt. Er hatte irgendwo gelesen – wahrscheinlich in einem der zig Ratgeber über Säuglingspflege, die Lennon gekauft hatte –, dass Hautkontakt eine gute Sache war. Er hatte Angst, dass die Windel nicht hielt, weil ihr Kaka nichts gegen eine Stinkbombe war, aber sie schlief tief und fest, und ihr regelmäßiger Atem beruhigte ihn.

Bis zu Amandas Einäscherung waren es noch zwei Tage. Er hatte dafür bezahlt, weil es niemand anderen gab. Sogar ihr Anwalt konnte keine weiteren Angehörigen ausfindig machen. Die Autopsie hatte eine Überdosis ergeben, aber sowohl ihre Mitbewohner als auch ihr Betreuer beteuerten, dass es ein Unfall gewesen sein musste. Alle waren sich einig, dass das Baby sie verändert hatte. Dred hatte keine Ahnung, ob es stimmte, aber es zerriss ihm das Herz, dass seine Tochter ihre Mutter verloren hatte. In Gedanken bedankte er sich bei Amanda, dass sie ihm ihr kleines Mädchen geschenkt hatte.

Dred schüttelte den Kopf und trank mehr Kaffee. Petal war zu Hause, wo sie von einer mit Ellen befreundeten Nanny umsorgt wurde. Die Jungs würden sich in der Nacht um sie kümmern, solange er weg war. Er hatte dem Finanzchef die Wohnung in Rosedale gekündigt. Wenn die Europatournee zum Ende des Jahres beendet war, wollte er dorthin ziehen, und wenn er jetzt nach Toronto zurückkehrte, traf er sich mit einigen Inneneinrichtern und Bauunternehmern, um sein Vorhaben in die Tat umzusetzen. Jordan konnte bei ihm einziehen oder bei den anderen Jungs aus der Band wohnen bleiben, aber Petal brauchte ein solides, liebevolles Zuhause, in dem keine halb nackten Frauen herumstolzierten.

Und darum musste er mit Sam reden. Sie waren in Verzug mit den Studioaufnahmen, weil er kaum Zeit zum Atmen gehabt hatte. Petal benötigte einen Reisepass, um mit ihm verreisen zu können, denn er hatte es jetzt schon kaum noch ausgehalten, sie bei der Nanny zurückzulassen. Fast hätte er den Fahrer des Wagens gebeten zurückzufahren, als sie auf der 427 Richtung Flughafen unterwegs waren. Außerdem musste die Tour an Petal angepasst werden. Sie benötigten jetzt zwei Busse, um den anderen Jungs gegenüber fair zu sein. Ein Baby mit auf Tour zu nehmen, würde nur dann funktionieren, wenn sie alles gut durchdachten. Und sie würden eine Nanny brauchen, in Anbetracht ihrer unmenschlichen Arbeitszeiten während der Tour vielleicht sogar zwei. Wahnsinn. Sein Kopf fühlte sich an, als würde er gleich explodieren.

Trent kam herein und setzte sich auf den Stuhl neben ihm. Auf einmal herrschte eine Eiseskälte im Raum, denn sein sonst so gutmütiger und entspannter Freund begrüßte alle Leute vom Filmteam, sah aber kaum in seine Richtung.

So würde der Dreh die reinste Katastrophe werden, aber auch wenn er versuchte, mit ihm zu reden, war er sich nicht sicher, ob es was daran ändern würde.

»Hey«, sagte Dred und wusste dann erst mal nicht weiter. Die Maskenbildnerin machte sich jetzt an Trent zu schaffen.

»Fick dich, Mann«, antwortete Trent schroff, woraufhin die Maskenbildnerin schnell in die hinterste Ecke des Trailers verschwand.

Super Start. »Hör mal, ich weiß, dass du sauer bist, aber kann ich es dir wenigstens erklären?«

Trent starrte mit zusammengekniffenen Lippen auf sein Spiegelbild. »Konnte Pixie das denn auch?«, fragte er nach kurzem Schweigen. »Also, sich erklären? Hast du dich zu ihr auf die Treppenstufen gesetzt und ihr zugehört? Das sah nämlich nicht so aus. Als wir nach ihr geschaut haben, da hat sie sich gerade die Seele aus dem Leib geheult!«

Touché. »Du weißt genau, dass ich das nicht gemacht habe.«

»Na dann, fick dich und deine Erklärungen.«

»Habe ich dir schon mal erzählt, dass meine Mutter an einer Überdosis gestorben ist?« Dred kostete es viel Überwindung, darüber zu reden, aber er musste irgendwie an seinen Freund herankommen, damit der mit ihm sprach. Er musste einen Weg aus dieser Situation herausfinden. Einen Weg, der ihn zurück zu seinen Freunden, zu seiner Tochter und zu Pixie brachte. Er war es leid, das Stigma des Junkiesohns zu tragen. Er wollte ein anderer Mann sein, für die Menschen, die ihm lieb waren, und was noch viel wichtiger war, um seiner selbst willen.

Trent drehte sich auf dem Stuhl in seine Richtung und sah ihn mit neutralem Gesichtsausdruck an.

»Ja, genau. Manchmal war sie tagelang auf Droge. Sie musste ein paar Mal ins Krankenhaus. Das erste Mal, als sie eine Überdosis genommen hat, war ich ungefähr vier. Dann gab es ein Mal, da war ich sieben, und man hat mich zu einer Pflegefamilie gebracht, weil meinem Lehrer aufgefallen war, dass ich seit vier Tagen das gleiche T-Shirt trug. Als sie mich zum Haus der Person brachten, bei der wir wohnten, war meine Mutter völlig drauf und fickte mit einem Freier. Bei ihrer letzten Überdosis habe ich nicht verstanden, wie ernst es diesmal war. Es war ja nicht das erste Mal.«

Er hatte sie wie immer in seinen Armen gehalten. Das war die einzige Gelegenheit gewesen, in der er sie so fest umarmen konnte, wie er wollte, ohne dass sie ihn wegstieß. »Mir war nicht bewusst, dass ihr weit geöffneter Mund auf ein Stadium hinwies, das man Muskelerschlaffung nach Eintritt des Todes nennt. Ihre Hautfarbe war eigentlich immer ungesund gewesen. Woher sollte ich wissen, dass es sich diesmal um *pallor mortis*, also Leichenblässe handelte? Ich wusste mit zwölf Jahren ja nicht mal, dass es so etwas überhaupt gibt.«

Dred realisierte zum ersten Mal, dass er nichts dagegen hätte machen können. Was konnte ein Vier-, Sieben- oder Zwölfjähriger schon gegen die Drogensucht eines Elternteils machen? »Das alles passierte lange, bevor jeder ein Handy besaß, abgesehen davon hätten wir uns sowieso keines leisten können. Ich bin rausgerannt und hab um Hilfe geschrien, und als ich mitbekam, dass jemand einen Krankenwagen rief, rannte ich zurück in das Haus, in dem wir übernachtet hatten, und hielt meine Mutter fest, die ganz kalt wurde.«

Es war furchtbar aufwühlend für Dred, die ganze Situation wieder aufleben zu lassen, und er nahm einen großen Schluck Kaffee. Für einen Seelenstriptease dieser Art benötigte er eigentlich mehr als Koffein, aber etwas anderes gab es nicht.

»Mann, Dred, tut mir leid, dass du all das durchmachen musstest.«

Dred nickte und fuhr mit dem Daumennagel an der Innenseite seiner Jeans entlang. Er musste seine Loser-Story zu Ende bringen. »Als dieser Typ gesagt hat, dass Pixie früher ein Junkie war ... bin ich damit nicht klargekommen. Ich musste jahrelang dabei zusehen, wie meine Mutter immer tiefer gefallen ist. Und um dieses erbärmliche Melodram zu einem Ende zu bringen, habe ich jetzt das alleinige Sorgerecht für Petal, weil Amanda, also ihre Mutter, auch drogenabhängig war und ...«

Dred rieb sich mit den Händen übers Gesicht. Er konnte die Worte einfach nicht aussprechen. »Wie dem auch sei, ich habe auch mein Päckchen zu tragen. Und es hat mich daran gehindert, für Pixie da zu sein. Wie geht es ihr?« Er sah Trent fragend an, der zum ersten Mal, seitdem er den Raum betreten hatte, nicht so aussah, als wollte er Dred umbringen.

»Sie ist ein zäher Brocken, aber die letzte Woche war ziemlich hart für sie.«

»Ist der Typ wiedergekommen? Kennst du die ganze Geschichte?«

Trent schüttelte den Kopf. »Nein, er war noch nicht wieder da. Und ich kenne auch nicht die ganze Geschichte, auch wenn Cujo und ich im Laufe der Jahre einiges aufgeschnappt haben. Als wir sie damals fanden, war sie voll auf Entzug. Ich gebe es zwar ungern zu, aber ich habe sogar das Internet nach ihr durchforstet. Ich hatte damals nicht das größte Vertrauen in Frauen«, fügte er verlegen lächelnd hinzu.

»Und hast du etwas herausgefunden?« Dred bereute seine Frage auf der Stelle. »Vergiss es. Ich hoffe, dass Pixie es mir irgendwann selbst erzählen möchte.«

»Und was wirst du jetzt machen?«

Dred lehnte sich in seinem Stuhl zurück. Das brachte ihn wieder zu der Frage, die er sich die ganze Nacht über wieder und immer wieder gestellt hatte, aber jetzt hatte er einen Plan, der Form annahm. Er betete zu Gott, dass es klappen würde.

Kapitel 14

One question haunts and hurts ... too much, too much to mention.

Vielleicht lag es ja an ihrem Gemütszustand, aber Pixie hätte schwören können, dass Elphaba heute Morgen direkt zu ihr sprach. Sie nahm die dampfende Tasse Kaffee vom Küchentresen und ging auf den Balkon. Es war warm, der wolkenlose Himmel und der strahlende Sonnenschein versprachen einen perfekten Tag. Endlich hatte der Sommer in Miami Einzug gehalten, auch wenn kalendarisch gesehen immer noch Frühling war. Sie lehnte sich gegen das Geländer, schloss die Augen und atmete die salzige Luft ein. Niemals im Leben hätte sie sich damals im Wohnwagen ihrer Mutter vorstellen können, dass sie einmal so luxuriös leben würde. Irgendwann aber würde der Tag kommen, an dem sie aus dieser Wohnung raus musste – sie hatte schließlich keine Oma, die ein paar Jackson Pollocks übrig hatte –, aber sie würde jeden hier verbrachten Moment zu schätzen wissen.

»Hey, Pixie.« Lia gesellte sich zu ihr auf den Balkon. »Das wird ein toller Tag.«

Pixie streckte ihr Gesicht der Sonne entgegen und genoss die Wärme. »Oh ja.«

Sie standen in zufriedenem Schweigen nebeneinander,

bis Lia seufzte und Pixie mit einem Auge nach ihr schielte. »An einem solchen Morgen wünschte ich, ich hätte einen besonderen Menschen, mit dem ich hier draußen frühstücken könnte ... Oh, Scheiße, das war jetzt aber ziemlich taktlos von mir ...«

Pixie kicherte. Zum ersten Mal seit Tagen war ihr nach Lachen zumute, und ehe sie es sich versah, lachte Lia mit ihr. Sie schlang die Arme um ihre beste Freundin. »Danke, Lia.« Sie bekam kaum noch Luft vor Lachen. »Das habe ich gebraucht.«

»Schön, dass ich behilflich sein konnte. Ich muss jetzt los, wir sehen uns später. Vergiss nicht, dass wir heute Nacht die große Überraschung für Cujo haben.«

»Wie könnte ich das vergessen?« Dreas Überraschung für Cujo war, dass er sie tätowieren durfte.

Sie hatte Trent gefragt, was er davon hielt, einen Termin für sie unter einem anderen Namen zu machen. Jeder von ihnen kannte Dreas Abneigung gegen Tätowierungen. Aber durch den Tod ihrer Mutter hatte sie ihre Meinung um 180 Grad geändert, und jetzt wünschte sie sich, dass ihr Freund in Gedenken an ihre Mutter Rosa eine Rose auf ihre Schulter tätowierte. Cujo würde durchdrehen vor Freude, wenn er das erfuhr.

»Wir sehen uns später«, verabschiedete sich Lia.

Pixie sah Lia hinterher und ging selbst wieder rein. Sie wollte gerade Frühstück machen, als ihr Handy auf dem Tresen vibrierte.

Dreds Name erschien auf dem Bildschirm und ihr wurde schwindelig. Er meldete sich mit einem Videoanruf. Pixie wischte sich die Hände an der Jeans trocken und nahm den

Anruf an. Anstelle von Dred sah sie ein süßes kleines Baby, das in einer Kinderwiege lag. Und anstatt Dred zu hören, hätte sie schwören können, dass ... tatsächlich ...

Es wird gesagt,
wenn jemand in dein Leben tritt, dann, damit du
etwas lernst, das du nicht weißt. ...

Das war »Wie ich bin« aus dem Wicked-Musical.

Auf einmal erschien eine Hand im Bild, die ein Blatt Papier vor Petal hielt.

MEIN DAD IST EIN IDIOT

Das Blatt verschwand und wurde durch ein nächstes Blatt ersetzt.

MANCHMAL HANDELT ER UNÜBERLEGT

Ein Blatt nach dem anderen erschien, während Petal unbeeindruckt weiterschlummerte.

MANCHMAL RENNT ER LIEBER WEG, ANSTATT ZU BLEIBEN.

MANCHMAL HAT ER ANGST UND WEISS NICHT, WARUM.

MANCHMAL WÜNSCHT ER SICH ...

ER HÄTTE JEMANDEN, DER IHN GENAUSO LIEBT WIE ICH.

MEINE LIEBE ZEIGE ICH, INDEM ICH WIE EINE WELTMEISTERIN DIE WINDELN VOLLKACKE.

Tränen brannten in ihren Augen, aber Pixie wischte sie schnell weg, aus Angst, weitere Nachrichten nicht lesen zu können. Petal rührte sich nicht und schlief tief und fest in einem pinkfarbenen Strampler, auf dem *Rock Royalty* stand.

ES TUT IHM LEID, DASS ER NICHT GEBLIEBEN IST, UM DIR ZUZUHÖREN.

ES TUT IHM LEID, DASS ER DICH ALLEIN GELASSEN HAT.

ER WILL DIR ZUHÖREN.

ABER ER KANN NICHT ZU DIR KOMMEN …

WEGEN MIR …

ICH HABE NOCH KEINEN REISEPASS.

Die nächste Karte zeigte eine Folge von Bildern, die aussahen wie zwanzig missglückte Versuche, ein Passfoto zu machen. Pixie lachte und weinte gleichzeitig.

BITTE KOMM UNS BESUCHEN …

MORGEN.

Die Karte wurde entfernt, aber es kam keine neue, dafür hörte sie jetzt Elphaba singen, die um Vergebung bat für die Dinge, die sie getan hatte.

»Hey, Schneeflöckchen«, sagte Dred mit rauer Stimme und hielt die Kamera jetzt auf sein Gesicht. »Kennst du schon meine Tochter Petal?« Er räusperte sich, um den Kloß im Hals loszuwerden.

Pixie biss sich auf die Unterlippe und atmete tief durch. Sie schüttelte den Kopf und wischte sich die Tränen weg, die zu fließen drohten.

Dred sah müde aus. Er hatte sein Haar zusammengebunden.

Die goldenen Flecken in seinen Augen, die hatte sie vermisst, auch wie er lächelte, erst ging ein Mundwinkel hoch, dann der andere, sie hatte einfach den ganzen Dred vermisst. Eine seiner Schultern, zierte ein Fleck, der aussah wie Ausgespucktes von Petal.

»Deine Tochter ist wunderschön«, bekam sie schließlich heraus.

»Ja, das ist sie«, sagte er und sah auf Petal herunter. »Das ist sie wirklich, oder?« Er musterte sie für einen kurzen Moment, dann sah er wieder in die Kamera. »Es tut mir leid, Pix, ich bereue so sehr, dass ich so ein richtiger Vollarsch war. Ich hätte dir zuhören und nicht wie der letzte Wichser abhauen sollen. Du hast so viel mehr verdient als so was. Aber ich bin jetzt da und ich will alles wissen. Kannst du es mir bitte erzählen?«

Pixie setzte sich auf die Couch und atmete tief durch. »Ich war dreizehn, als Arnie, mein Stiefvater, bei uns eingezogen ist. Er war ein unbedeutender Dealer in Pahokee. Der Wohnwagen war für uns drei viel zu klein. Meine Mutter hat dann angefangen, Drogen zu nehmen. Erst war es aus Lust an der Sache, aber im Laufe des Jahres wurde es immer mehr, bis sie täglich konsumierte.« Sie beobachtete Dreds mitfühlendes Gesicht und wünschte sich, dieses Gespräch von Angesicht zu Angesicht führen zu können. »Ich war vierzehn, als er mir das erste Mal damit gedroht hat, meine Mutter umzubringen, wenn ich mich weigerte, mich mit aufgeknöpftem Sommerkleidchen auf einen Hocker zu setzen, damit er sich einen runterholen konnte, während er mich ansah.«

»Nicht dein Ernst«, murmelte Dred und massierte sich den Nacken. »Wie furchtbar, Schneeflöckchen. Wenn ich das gewusst hätte, dann hätte ich den direkt zu Mus gemacht. Hat er ... Scheiße. Hat er ... dich sexuell missbraucht?«

Pixie schüttelte den Kopf. »Nein. Und ja. Er war ein Voyeur. Er demütigte mich und holte sich dabei einen runter. Als ich fünfzehn war, zwang er mich, mir mit ihm Pornos anzugucken.« Wieder kamen ihr die Tränen, aber diesmal kämpfte sie nicht dagegen an. »Manchmal hat er mich unsittlich angefasst, oder ich musste nackt dastehen und ihm Geschichten vorlesen. So eine Scheiße. Ich mache schon seit einigen Jahren Therapie, aber ich kann immer noch nicht klar denken, wenn ich daran zurückdenke.«

»Hat er dir die Hände gefesselt?«

»Ja, aber manchmal hab ich mich gewehrt, vor allem dann, wenn er seine Freunde zum Spannen eingeladen hat. Eines Tages hat er mich gezwungen, zwei Pillen zu nehmen. Ich hatte keine Ahnung, was es war, aber als sie anfingen zu wirken, konnte ich innerlich flüchten. Da war mir alles egal. Ich bekam nichts mehr um mich herum mit und konnte jemand ganz anderes sein. Beim nächsten Mal musste er mich nicht mehr zwingen, sie zu nehmen. Dann habe ich irgendwann angefangen, ihn danach zu fragen. Zu der Zeit dachte ich, dass es eines der wenigen Dinge war, die ich kontrollieren konnte, aber während der Entziehungskur ist mir bewusst geworden, dass ich abhängig war.«

Sie schwiegen, Pixie ganz gedankenverloren, und Dred versuchte, alles, was er soeben gehört hatte, irgendwie zu verarbeiten.

»Da gibt es noch etwas. Er hat versucht, mich zu erpressen. Ich habe nie jemandem erzählt, warum. Weder meinen Therapeuten noch Trend und Cujo; mein Betreuer ahnt es wohl. Aber ich will, dass du es weißt.«

»Ich bin für dich da, Schneeflöckchen. Und ich wäre jetzt so gern bei dir, dass ich gleich noch wahnsinnig werde.« Dred warf Petal einen schnellen Blick zu.

Erstaunlicherweise verspürte Pixie immer mehr Selbstvertrauen. Sie waren an einem Wendepunkt, und wenn Dred akzeptieren konnte, was sie ihm bis jetzt verschwiegen hatte, dann schlugen sie den richtigen gemeinsamen Weg ein. »Ich wollte weg. Am Tag vor meinem sechzehnten Geburtstag hatte ich eine Tasche gepackt und wollte dann am nächsten Tag abhauen, weil sich die Schule ab deinem sechzehnten Lebensjahr nicht mehr dafür interessiert, ob du dort erscheinst oder nicht. An dem Abend hatte Arnie allerdings ein paar Freunde eingeladen. Sie spielten Poker. Er befahl mir, mich wie ein braves Mädchen auf meinen Hocker zu setzen. Im Pot war so viel Geld, wie ich noch nie gesehen hatte. Arnie war der Dealer in der Spielerrunde. Als der letzte Spieler ausstieg und nur noch Brewster übrig war, teilte Arnie den Pot in zwei gleiche Hälften. Die eine Hälfte gab er Brewster, und dann stellte er sich vor mich und befahl mir, den Mund weit aufzumachen. Ich sah von Brewster zu Arnie. Und dann wusste ich es. Ich war der Preis. Ich schüttelte den Kopf, aber Arnie riss ihn mir nach hinten und schüttete mir ein Pulver in den Mund. Ich konnte es nicht ausspucken. Es klebte an meinem Gaumen und legte sich auf meine Zunge. Arnie wies Brewster an, noch eine Minute zu warten, dann verließ er den Wohnwagen.«

Dred sprang auf und fing an, hin und her zu gehen. Es war schwierig, sich auf den Bildschirm zu konzentrieren, weil der Hintergrund so wackelte. Pixie sah, wie er nach seinem Anker greifen wollte, der aber nicht mehr da war.

»Komm zu mir, Pix. Ich habe heute Morgen mit Trent gesprochen. Er wäre damit einverstanden, dass du morgen früh zu mir fliegst. Ich buche dir einen frühen Flug. Bitte, komm her, zu mir und der kleinen Kackwindel-Prinzessin hier. Uns gibt es nur noch im Doppelpack.«

Pixie atmete tief durch. Jetzt kam das Schwierigste von allem. »Da ist noch was. Ich …«

»Ist mir egal. Was auch immer es ist. Wir müssen noch mehr miteinander reden. Und wir haben beide so viele Päckchen zu tragen, dass wir den SkyDome locker zweimal damit füllen könnten. Aber lass uns das gemeinsam angehen, ja?«

»Dred … ich habe Brewster umgebracht.«

*

Dred blickte aus dem Wohnzimmerfenster auf die Straße. Niemand zu sehen. Er holte sein Handy aus der Tasche und sah nach, wann Pixie ihm die Nachricht geschickt hatte, dass sie jetzt in den Wagen stieg, den er ihr geschickt hatte, um sie vom Flughafen zu ihm nach Hause zu fahren. Er trommelte mit den Fingern gegen den Fensterrahmen, rechnete im Kopf durch, wie lange sie wohl brauchen würde, und kam zu dem Ergebnis, dass er noch sieben lange Minuten warten musste.

Wie ging es ihm damit, dass Pixie jemanden umgebracht hatte? Das Geheimnis, das sie ihm endlich gebeichtet hatte, hatte ihn geschockt, aber gleichzeitig war er erleichtert. Er verspürte Erleichterung, weil es ihrem Stiefvater und dem Arschloch, mit dem er den Pokerdeal festgelegt hatte, nicht gelungen war, ihr das zu nehmen, was sie so viele Jahre geschützt hatte. Die Tatsache, dass jemand für den Missbrauch sterben musste, der ihr jahrelang zugefügt worden war, war in seinen Augen eine ausgleichende Gerechtigkeit, die er jederzeit wieder gutheißen würde.

Bis Petal wach wurde und vor Hunger schrie, hatten sie weitere zwei Stunden telefoniert. Genug Zeit, um Pixie von seiner Mutter zu erzählen, über die Art und Weise, wie sie gestorben war. Auch von Amanda. Pixie hatte wiederum erzählt, wie sie nach Miami abgehauen war und man sie am ersten Tag ausgeraubt und ihr ganzes Erspartes gestohlen hatte. Sie erzählte ihm davon, wie sie sich den Eingangsbereich eines alten Ladens ausgesucht hatte. Ihr war schlecht gewesen und sie hatte am ganzen Körper gezittert. Und wie sie schließlich von zwei Männern geweckt worden war, die größten Männer, die sie jemals gesehen hatte. Nachdem Pixie ihm außerdem erklärt hatte, dass der Mann auf dem Foto, das er während des Flugs von Miami nach Toronto gesehen hatte, ihr Betreuer war, ihr wesentlich älterer und verheirateter Betreuer, kam er sich wie der letzte Vollidiot vor. Er war doch derjenige gewesen, der sie anfangs gewarnt hatte, dass sie der Presse niemals Glauben schenken durfte. Aber er war selbst genau in diese Falle getappt.

Je mehr Dred über Pixie erfuhr, umso mehr Respekt hatte er vor Trent und Cujo. Um ehrlich zu sein, hatte es in seinem Leben nie Männer gegeben, die ihm als gutes Vorbild hätten dienen können. Trent und Cujo waren authentisch. Unverfälscht. Dreds selbstbewusstes Auftreten war zum Teil nur Maskerade, das war ihm schon klar. Aber er wäre so gern wie sie. Weniger zerstört, stabiler. Wenn er nur wüsste, wie?

Er liebte Pixie über alles, aber es würde sie mehr als nur einen Kuss und Versöhnungssex kosten, um ihre Probleme miteinander zu lösen. Vielleicht konnte er sein Geld ausnahmsweise mal für etwas Sinnvolles ausgeben. Die besten Therapeuten der Welt ließen sich zwar entsprechend bezahlen, aber sie beide brauchten offensichtlich noch Hilfe – und viel Geduld und Zeit.

Es war totenstill im Haus. Jordan und Lennon hatten Petal mit auf einen Ausflug genommen. Sie waren in Lennons Landrover mit den getönten Scheiben gestiegen, um zum West End rauszufahren, wo sie am Lakeshore entlang spazierengehen wollten, um dann auf dem Rückweg in der Cheese Boutique in Swansea zu halten und Abendessen zu holen. Die Windeltasche war vollgestopft mit Wechselstramplern und Fläschchen, der Windelvorrat reichte locker, um damit die Titanic zu retten. Nikan und Elliott waren schon vor dem Frühstück verschwunden, um Freunde drüben in Newmarket zu besuchen. Alle waren im Ausspannmodus, ihre Instrumente standen ungenutzt im Tonstudio herum. Energielevel und Inspiration waren gleich null.

Dred sah wieder aus dem Fenster und bereute es jetzt, dass er sie nicht selbst abgeholt hatte. Aber auch wenn er sie liebend gern im Ankunftsbereich mit Blumen und dem ganzen Pipapo begrüßt hätte, trieben die Paparazzi ihn schier in den Wahnsinn, seitdem sie von Petals Existenz und Amandas Tod gehört hatten. Und Pixie hatte darauf bestanden, dass sie sich erst bei ihm zu Hause sehen würden.

Er warf wieder einen Blick auf die Uhr, rechnete wieder nach. Sie musste jeden Augenblick kommen.

Dred sah sich im Wohnzimmer um. Das Haus war picobello sauber und über und über mit Blumen dekoriert. Vielleicht hatte er etwas übertrieben, aber mit ernsthaften Verabredungen kannte er sich nicht so aus, oder wie hatte Ellen das noch genannt? Mit ernsthaftem *Umwerben*. Wer zum Teufel sagte heutzutage noch so was? Wie auch immer man das nannte, wahrscheinlich hatte er kein Talent dafür, aber Blumen bekam er noch so gerade eben hin, auch wenn der Blumenhändler ihn ungläubig angestarrt hatte, als er ihm sein Budget genannt hatte.

Er fühlte sich wie Bambi auf einem zugefrorenen See, seine Gefühle gingen nach allen Seiten mit ihm durch.

Die schwarze Limousine hielt vor dem Tor und es summte.

»Verdammtes Mistding.« Dred fummelte hektisch an seinem Handy herum, um das Tor so schnell wie möglich zu öffnen.

Als der Wagen vorm Haus hielt, stand Dred schon draußen. Er riss die Autotür auf, und Pixie stieg aus. *Wunderschön sah sie aus.* Er nahm ihr Gesicht in beide Hände. »Ich hab dich vermisst«, flüsterte er und blickte in ihre whiskeyfarbenen Augen.

Sie so in seinen Armen halten zu können bewirkte, dass sich seine letzten Blockaden öffneten. Er hatte sich ihr gegenüber wie der letzte Arsch benommen, dennoch stand sie jetzt vor ihm und gab ihm eine zweite Chance, die er gar nicht verdient hatte.

Pixie stellte sich auf seine Zehen und er hob sie an der Taille hoch. Oh ja, er wollte sie so schnell wie möglich in sein warmes Bett schleifen, aber gleichzeitig konnte er genauso gut hier stehenbleiben und ihr einfach nur in die Augen blicken, die ihm auf ihre Weise Pixies Geschichte erzählten.

»Ich hab dich auch vermisst«, sagte sie sanft.

Als ihre Lippen sich trafen, war das Gefühl einfach unbeschreiblich, es war ein Nach-Hause-Kommen, mit dem

Bewusstsein, der glücklichste Mann der Welt zu sein, ein Gefühl von Dankbarkeit, Lust und Liebe.

Der Fahrer räusperte sich im Hintergrund und Dred löste sich von ihr. »Ich habe Ihre Taschen ins Haus gebracht, Miss.«

»Danke«, antwortete Pixie. Dred war wiederum ihr dankbar, weil der Kloß im Hals ihn daran hinderte, auch nur ein Wort herauszubringen.

Die Limousine wendete und verschwand durch das Tor. Dred nahm Pixies Hand, und so gingen sie zusammen hinein und auf direktem Wege in sein Zimmer.

»Ich möchte alles richtig machen, Schneeflöckchen«, sagte er schließlich und fuhr ihr mit den Händen durchs Haar. »Ich möchte dir zeigen, wie leid mir alles tut.« Er küsste sie und stöhnte auf, als sie seinen Kuss erwiderte.

Pixie sah in ihrem schwarzen Trenchcoat zwar unwiderstehlich aus, aber es war fast unmöglich, ihn auszuziehen. Dieser Gürtel. Dann diese zu kleinen, fummeligen Knöpfe. »Ich dreh gleich durch. Ich kauf dir einen neuen.«

Pixie lachte. »Brauchst du Hilfe?«, neckte sie ihn.

»Ich glaub, ich hab's jetzt.« Endlich gelang es ihm, ihr die Ärmel von den Armen zu streifen.

Sie trug ein eng anliegendes schwarzes Sweaterkleid mit dunklen Strümpfen. Dred nestelte seinen Kopf an ihren Nacken und atmete tief ein. Er streifte ihr Haar zur Seite und küsste ihre weiche Haut. Ihre Finger glitten durch sein Haar und er grinste, weil er extra für sie sein Haar offen gelassen hatte, so wie sie es am liebsten mochte.

Er stupste sie leicht an und sie fiel rückwärts aufs Bett. Schnell zog er ihre Stiefeletten, Socken und Leggings aus.

Unter dem Sweaterkleid trug sie schwarze Spitzenwäsche, ein Anblick, der seinen Schwanz direkt in Wallung brachte. Er wollte sein Gesicht in ihr vergraben, sie schmecken und riechen, sich vergewissern, dass sie wirklich da war. Dass er nicht gleich aus einem Traum wach werden würde. Er erinnerte sich aber auch an die schlimmen Dinge, die sie durchgemacht hatte, und aus diesem Grund fühlte sich das, was er mit ihr machen wollte, mit ihr entdecken wollte, also sexuell, jetzt schäbig an.

Pixie setzte sich auf und legte die Hände auf sein Gesicht. »Und mir tut es auch leid«, flüsterte sie.

Dred legte seine Hände auf ihre. »Es gibt nichts, wofür du dich entschuldigen müsstest, Schneeflöckchen.«

»Doch, ich hätte es dir erzählen sollen, aber stattdessen …«

»Nein. Ich hätte dir sowieso nicht zugehört.« Dred kniete sich hin und Pixie ließ sein Gesicht wieder los. Er nahm eine Hand und führte sie an seine Lippen. »Aber ich verspreche dir, dass ich dir von jetzt an immer zuhören werde.«

Pixie stand auf, zog sich das Sweaterkleid über den Kopf und enthüllte die erotischsten Dessous, die er je gesehen hatte und die ihm Einblicke gaben in all das, was er in den letzten zwölf Tagen vermisst hatte. Er küsste sie auf der Wölbung ihres Oberschenkels. Sie roch köstlich. Pixie tauchte ihre Hände wieder in sein Haar und zog diesmal stärker daran, was einen schaurig-schönen Schauer auf seinem Rücken verursachte. Dred fuhr mit seinem Daumen über ihre Klitoris und sie schnappte nach Luft.

Dred stand schnell auf und hob Pixie in seine Arme, um sie wieder aufs Bett zu werfen. Er musste lachen, als sie überrascht aufkreischte. Und verzehrte sich vor Lust nach ihr. Er wollte sie in jeder der Menschheit bekannten Stellung nehmen und vielleicht auch in unbekannten. Aber er war sich nicht sicher. Ihm war nicht klar, wie er jetzt weitermachen konnte, ohne ihrer Vergangenheit den gebührenden Respekt zu zollen.

Kurzerhand riss er sich die Klamotten vom Leib und stülpte sich ein Kondom über. Er legte sich neben sie und sie drehte sich lächelnd auf die Seite. Er wollte sie, von ihrem pinkfarbenen Haarschopf über die bunten Tätowierungen auf ihrer samtenen Haut bis hin zu ihren pink lackierten Zehennägeln.

»Regel Nummer drei, Dred«, sagte sie und fuhr ihm mit einem Finger über den Unterkiefer. »Guck mich nicht so an, als wäre ich jetzt anders als vorher. Ich will dich, und ich will das hier«, sagte sie und packte seinen Schwanz. Er zuckte wie vom Blitz getroffen zusammen. »Vielleicht wird es manchmal anders aussehen, weil mich etwas triggert, aber du kannst dir immer sicher sein, dass ich das hier mit dir will.«

Die Anspannung, die Dred verspürt hatte, fiel von ihm ab. Sie waren endlich wieder zusammen und hatten einander ihre Geheimnisse offenbart. Er fuhr mit den Fingerspitzen über ihre Haut, streichelte über ihren Rücken und öffnete ihren BH, den er ihr langsam auszog. Pixie stieß ihr Becken vom Bett ab, damit er ihr den Schlüpfer ausziehen konnte. Dred streichelte über die Rundung ihrer Hüfte, über ihren flachen Bauch, bis er zu dem weichen Dreieck zwischen ihren Beinen gelangte, wo sie schon triefend nass war. Er tauchte seine Finger hinein und zog sie wieder raus, rein und raus, spreizte die Finger in ihr und rieb über ihre Klitoris. Er sah ihr dabei die ganze Zeit in die Augen, sah, wie sie sich weiteten.

»Oh Mann, Pix, du bist so nass für mich.«

Als sie anfing, sich gegen seine Hand zu reiben, kam er fast. Das verräterische Zusammenziehen um seine Finger war ein sicheres Anzeichen dafür, dass sie gleich kam. Er nahm seine Hand wieder weg, fasste in ihre Kniebeuge, um ihr Bein anzuwinkeln und glitt in sie hinein. Er wollte nichts mehr, als dass sie kam, aber vor allem wollte er, dass sie zusammen kamen.

»Dred«, keuchte sie

Gütiger Himmel. Sie stöhnte, krallte ihre Finger in seine Schultern und gab sich ihm völlig hin. Sie gehörte ihm und er würde ihr gehören.

»Ich liebe dich, Schneeflöckchen«, murmelte er an ihren Lippen und sah dabei in Augen, die ihm genau das Gleiche sagten. Er stieß in ihre Muschi, lange, kräftige Stöße. Beobachtete sie, heizte sie an. Nach vielen Jahren des Herumvögelns war ihm klar geworden, dass Liebemachen die schönste Sache der Welt war. »Komm für mich, Baby, bitte. Ich brauch das. Wir brauchen es beide.«

Pixie kam langsam, sie drückte dabei ihren offenen Mund auf seinen. »Dred, ich …«

Ihre Hüften bewegten sich eng aneinander im gleichen Rhythmus, sie verkrallte sich in seine Haut, um ihm noch näher zu sein. Dred packte sie am Hintern und drückte sie kräftig nach unten, um ihr das zu geben, was sie brauchte. Um ihnen beiden zu geben, was sie sich verdient hatten.

*

Pixie wachte auf, als es laut gegen die Tür klopfte. Das Zimmer war vom Licht der Abenddämmerung erfüllt und für einen kurzen Moment fragte sie sich, wo sie war, bis ihr wieder einfiel, dass der warme Körper, der neben ihr lag, Dred gehörte. Sie hatten sich zweimal geliebt, bevor sie beide in einen tiefen Schlaf der Gerechten gefallen waren.

»Schneeflöckchen, wir müssen aufstehen«, sagte er und rüttelte sie sanft. »Es ist gleich sieben. Wir haben lange geschlafen.«

Nikan kam die Treppe hoch und rief etwas, dann hörte sie, wie seine Zimmertür zuging. Wenn Nikan zurück war, dann waren die anderen höchstwahrscheinlich auch zu Hause. Und Petal. Pixie hob den Kopf und sah ihn mit einem zugekniffenen Auge an. »Ich kann es kaum erwarten, sie zu sehen«, sagte sie immer noch heiser vom Schlaf.

Dred grinste. Er war genauso aufgeregt wie sie. »Dann zieh dich an und ich hole sie hoch.«

»Nein, bloß nicht. Ich muss erst duschen. Ich bin ganz verschwitzt und stinkig …«

»Und sexy?« Dred zog sie an sich und küsste sie ausgiebig. »Oder lecker?«

»Durchgenudelt.« Sie lachte und drückte ihn weg.

Sie kletterte über ihn, anstatt auf ihrer Seite aus dem Bett zu steigen, und grinste verschmitzt, als er den Anblick ihrer weit über ihm geöffneten Beine genoss.

»Du machst Yoga, oder?«

»Ja, warum?«

Er hielt sie an den Oberschenkeln fest und fuhr mit den Daumen über die Falte zwischen Schenkel und Muschi, was sie sofort wieder scharf machte. »Weil ich mich frage, wie weit du deine Beine spreizen kannst«, antwortete er augenzwinkernd.

»Oh, mein Gott.« Sie boxte ihn gegen die Brust und kletterte von ihm runter. »Ich wasch mich jetzt. Alleine. Kannst du mir bitte meinen Koffer holen?«

Sie ging Richtung Dusche und lächelte beim Anblick der Kinderwiege mitten im begehbaren Kleiderschrank. Sie hüpfte unter die Dusche, und während sich das Badezimmer mit Wasserdampf füllte, schmetterte sie aus vollem Hals, dass sie von Kopf bis Fuß von Christian Dior ausgestattet wurde -Nachwehen ihres Flugs, auf dem sie Evita gehört hatte.

Das heiße Wasser, das über ihren Körper floss, entspannte ihre Muskeln. Als sie fertig war, wickelte sie sich in ein großes Handtuch und schlug ihre Haare in ein weiteres ein.

Immer noch summend ging sie zurück ins Schlafzimmer. Ihr Koffer lag mittlerweile auf dem Bett, und Dred, der sich Boxershorts übergezogen hatte, grinste sie an.

»Danke«, sagte sie.

»Gern geschehen. Lies das mal.« Er reichte ihr ein gelbes Post-it, auf dem ICH SCHLAFE IN ONKEL JORDANS ZIMMER UND HABE AUF ONKEL LENNON GEKACKT stand. »Meine Tochter ist die Kaka-Königin.«

Dred zog an einem Ende ihres Handtuchs. Sie schlug seine Hand weg, worauf er lachend ins Badezimmer ging.

Als er fertig geduscht hatte, war Pixie angezogen und hatte ihr nasses Haar zusammengebunden. Irgendwie erschien es ihr sinnlos, ihre Haare zu föhnen, außerdem wollte sie nicht noch länger warten.

Auch Dred zog sich schnell an. »Okay. Komm, wir holen sie jetzt.«

Mit klopfendem Herzen folgte sie ihm nach oben. Sie hatte bis jetzt noch nicht viel Erfahrung mit Babys. Um nicht zu sagen gar keine. Wer weiß, was für Regeln es gab, wenn man als Freundin zum ersten Mal das Töchterchen des Freundes kennenlernte? In einem der diversen Mütter-Chats, auf die sie mal einen kurzen Blick geworfen hatte, um sich auf das Treffen vorzubereiten, gab es bestimmt eine Meinung dazu, aber sie wollte lieber ihre eigenen Regeln aufstellen. Natürlich nur so lange, wie sie nichts Dummes machte. Am meisten hatte sie Angst davor, Petal fallen zu lassen.

Dred öffnete die Tür zu Jordans Zimmer. »Hey, J.«, begrüßte er diesen, als sie reingingen.

Pixie sah sich im Zimmer um. Beim Anblick des krassen Widerspruchs, der hier herrschte, kamen ihr fast die Tränen. Sie wusste, dass Jordan Probleme hatte, die der Grund dafür waren, dass die Band zusammen in einem Haus wohnte, und die Einrichtung sprach Bände. Auf der einen Seite des Zimmers gab es so gut wie nichts. Jordan saß auf einem Doppelbett, das für einen Mann seiner Größe unbequem wirkte. Es gab einen Schreibtisch, auf dem nichts anderes lag als ein Spiralnotizbuch und ein Kugelschreiber. Aber die Ecke, die er für Petal eingerichtet hatte ... ja, die sah aus, als wäre dort der Frühling ausgebrochen. Dort, wo die Wände eine Zimmerecke bildeten, war ein wunderschönes Wandbild zu sehen, das eine Wildblumenwiese darstellte. Ein weißes Gitterbettchen stand davor, darüber ein großes Mobile mit Schmetterlingen, Bienen und Glühwürmchen, die Schatten auf das Bettchen warfen.

Pixie blutete das Herz bei dem Gedanken, dass diese Männer versuchten, Petal all das zu geben, was sie nicht gehabt hatten. Irgendwann würde sie Dred fragen müssen, was genau geschehen war, dass sie so eng zusammengewachsen waren, und warum Jordan derjenige war, der sie zusammenhielt.

»Sie ist vielleicht seit 'ner Minute oder zwei wach«, sagte Jordan. »Hey, Pixie, du glaubst gar nicht, wie froh ich bin, dich zu sehen. Es war echt kein Spaß, ihn die letzte Woche ertragen zu müssen.«

Pixie wollte über den Witz lachen, aber die Erinnerung an die Zeit, in der sie sich nicht gesehen hatten, war noch zu frisch.

Dred beugte sich über das Bettchen, um seine Tochter herauszuholen. Pixie bekam einen perfekten Puppenmund und dunkle Haare zu sehen, die am Nacken vom Schlaf ein bisschen verschwitzt waren, weil sie drauf gelegen hatte.

»Na, meine Kleine«, sagte Dred sanft und nahm Petal noch im Halbschlaf auf den Arm. Sie steckte in einem kuscheligen Schlafsack und strampelte darin so süß mit ihren Beinchen, dass Pixie lachen musste. Dred drückte sie fest an seine Brust, ihr Köpfchen lag an seiner Schulter, und er streichelte ihr über den Rücken. »Hatte sie einen guten Tag?«, fragte er Jordan.

»Halb-halb. Heute Morgen hat sie viel geschrien. Ich hab sie gewickelt, gefüttert, Bäuerchen machen lassen, hab sie im Kinderwagen herumspaziert, sie getragen, aber das hat sie alles nicht interessiert. Der Nachmittag war dann ruhiger, und jetzt hat sie fast zwei Stunden geschlafen.«

»Schlafen ist gut.« Dred sah Pixie an. »Die ersten Wochen ihres Lebens waren ein brutaler Mix aus Entzugserscheinungen, Tremor und Medikamenten, und ihr Schlafrhythmus war eine einzige Katastrophe.«

»Ich hab dir doch angeboten, mich mit dir abzuwechseln, um da zu sein, wenn sie aufwacht.« Jordans Worte berührten Pixie sehr. Dreds Familie war zwar sehr unkonventionell, aber er war umgeben von Menschen, die ihn liebten und ihn unterstützten.

»Ja, das weiß ich, und ich bin dir sehr dankbar für dein Angebot, aber das will ich unbedingt für sie durchziehen. Danke, dass du heute auf sie aufgepasst hast, Mann.«

»Mach ich gern, aber wenn Lennon so weitermacht und sie auf den Arm nimmt, sobald sie auch nur einen Mucks von sich gibt, wird deine kleine Prinzessin nie lernen, sich allein zu bewegen.«

Dred lächelte traurig. Pixie spürte, dass jeder von ihnen sein ganz eigenes Päckchen zu tragen hatte.

Jordan stand auf und klopfte Dred auf die Schulter, bevor er Pixie umarmte. »Er ist vielleicht ein Arsch«, flüsterte er ihr ins Ohr, »aber er ist dein Arsch, richtig?«

Pixie nickte.

»Gut«, brummte er, »ich lass euch jetzt allein.«

Sobald Jordan das Zimmer verlassen hatte, führte Dred sie zum Bett und bedeutete ihr, sich zu setzen, dann setzte er sich neben sie.

»Sarah«, sagte er, und ihr war klar, dass er bewusst ihren richtigen Namen benutzte, »ich stell dir meine Tochter Petal vor.« Dann fuhr er fort: »Guck mal, Petal, das ist meine Freundin Sarah.«

»Meine Güte, Dred«, entfuhr es Pixie und sie beugte sich

zu Petal runter, um ihre Fingerchen zu berühren. »Sie ist perfekt. Und sie sieht dir so ähnlich. Kann ich sie auf den Arm nehmen?«

Er legte ihr Petal in die Arme, und Pixie achtete genau darauf, dass Petal es bequem hatte. Sie streichelte ihr über den dunklen Haarschopf, dann hob sie sie etwas höher, damit sie ihr einen Kuss auf die Stirn geben konnte.

Dred zückte sein Handy und nahm die beiden ins Visier.

»Hey, Mädels, sagt mal *Cheeeese.*«

Pixie schmiegte sich an Petal, und Dred machte ein Foto.

Dreds überglücklicher Gesichtsausdruck und ihr sich gleichzeitig überschlagendes Herz zeigten Pixie, dass dieser Augenblick viel mehr bedeutete als nur diese eine Momentaufnahme.

*

Der Sonntagmorgen kündigte sich mit strahlendem Sonnenschein und einem Riesenrepertoire an Liedern an. Petal hatte sie aus ihrem provisorischen Kinderzimmer im begehbaren Kleiderschrank in der Nacht dreimal geweckt. Normalerweise stand ihr Bettchen in seinem Zimmer, aber die Vorstellung, dass sie daneben lag, während Pixie und er ... nun, sich so richtig küssten und versöhnten, behagte ihm nicht. Er hatte Pixie endlich so gevögelt, wie er es sich in Brasilien unter der Dusche vorgestellt hatte. Pixie auf dem Bauch, mit aneinandergedrückten Beinen, während er sie von hinten nahm. Sie hatte so viel Druck auf seinen Schwanz ausgeübt, dass er von dem intensiven Gefühl fast gestorben wäre. Als er in den Wandspiegel sah und sich selbst dabei sehen konnte, wie er sie vögelte, kam er viel früher, als er wollte, aber sein Höhepunkt dauerte ewig.

Sie liebten sich später noch einmal, er ermunterte sie, sich über ihn herzumachen, wie ihr der Sinn stand, bis sie beide so erschöpft waren, dass sie in einen regungslosen Tiefschlaf fielen.

Pixie schlief immer noch fest an seine Seite gekuschelt. Vorsichtig zog er seine Hand unter ihrem Kopf hervor und grinste, als sie ihrem Missfallen schnaubend Ausdruck verlieh und sich umdrehte. Es war ein echtes Kunststück, aus dem Bett zu schlüpfen, ohne sie zu wecken. Er zog saubere Boxershorts an und den Kapuzenpulli, den er gestern getragen hatte.

Textfragmente schwirrten in seinem Kopf herum, also nahm er sein Textbuch und legte sich auf die Couch am Fenster. Die Worte kamen ihm schneller in den Sinn als er sie niederschreiben konnte. Alle hatten sie mit Erlösung zu tun. Pixie und er und auch der Rest der Band hatten so viel mitgemacht, dass er genug Lieder über Traurigkeit und Verzweiflung schreiben konnte, um ein ganzes Leben damit zu füllen. Aber wenn sie das alles wirklich hinter sich lassen wollten, sollte er dann nicht besser Lieder darüber schreiben, wie es auf der anderen Seite ihres Schmerzes aussah? Sie mussten anfangen, in ihren Köpfen etwas zu verändern, um sich ihre Zukunft so gestalten zu können, wie sie es sich wünschten.

Dred sah erst Richtung Bett, wo Pixie noch unter der Decke eingemummelt lag, und dann zum begehbaren Kleiderschrank, wo Petal nach ihrem letzten Fläschchen tief und fest schlummerte. Seine Mädchen waren hier sicher und ihm wurde bewusst, dass es an ihm war, dafür zu sorgen, dass es so blieb. Ein großartiges Gefühl. Vielleicht war das der Sinn seines Lebens. Vielleicht war es doch falsch, dass er bis fünfunddreißig weiterrocken wollte, um dann darüber zu sinnieren, was der eigentliche Sinn seines Lebens war. Er hatte ihn doch schon gefunden. Er musste sich jetzt eher darüber Gedanken machen, was es ihm bedeutete, Pixie und Petal in seinem Leben zu haben und ob es ihm das wert war, noch weitere sieben Jahre mit der Band so durchzupowern.

Er hatte immer für sein Leben gern getourt. Gab es etwas Besseres, als mit seinen besten Freunden auf Tour zu sein und ihre besten und neuesten Songs vor einem Publikum spielen zu können, das sie verehrte? Aber jetzt gefiel ihm die Vorstellung gar nicht, seine Koffer zu packen und Pixie in Miami zurücklassen zu müssen. Natürlich würde er versuchen, sie davon zu überzeugen, dass sie ihn auf Tour begleitete, aber sein Bauchgefühl sagte ihm, dass sie im Second Circle weiterarbeiten wollte. Irgendwann würden sie sich ernsthaft damit auseinandersetzen müssen, denn wenn sich alles so entwickelte, wie er sich das vorstellte, dann hatte er nicht vor, in einem anderen Land als *seine Frau* zu leben.

Seine Frau. Die Vorstellung gefiel ihm ungemein. Er erinnerte sich an Trent, der nach L. A. geflogen war, kurz nachdem er und Harper sich vorübergehend getrennt hatten. Der Kerl war ein seelisches Wrack gewesen und hatte weit mehr als etwas über den Durst getrunken, als er verkündete: »Sie ist auf jede schon denkbare Weise meine Frau; sie kann sich nicht von mir scheiden lassen, bevor wir nicht geheiratet haben.«

Dred hatte nur schwer nachvollziehen können, wie Trent sich so sicher sein konnte, aber jetzt verstand er, was Trent gemeint hatte. Er war der verdrossene Text zu Pixies fröhlicher Melodie. Sein Schneeflöckchen war die liebliche, die wahre Hookline. Das notierte er sich in seinem Songbook. »Die wahre Hookline« war ein super Songtitel.

Raschelnde Laken zogen seine Aufmerksamkeit auf sich und schon saß Pixie aufrecht da. »Hey, Schätzchen«, sagte sie und streckte sich, wobei das schwarze Shirt zum Vorschein kam, das sie unbedingt hatte anziehen wollen, weil Petal ganz in der Nähe schlief.

Er klappte sein Songbook zu und gesellte sich zu ihr aufs Bett. Vom Fußende aus robbte er sich an ihre Seite und sie streckte ihm einen Kussmund entgegen. Für das Gefühl in seinem Bauch konnten nicht nur seine Darmaktivitäten verantwortlich sein. Er liebte sie.

»Warte«, sagte er und langte in die Schublade des Nachttischs, aus dem er ein schwarzes Säckchen zum Vorschein brachte. »Ich hab ein Geschenk für dich. Das hab ich gestern total vergessen. Ich war nach deiner Ankunft gestern ganz schön durch den Wind.«

»Ach ja? Und der Wind wehte woher?«, fragte Pixie grinsend und nahm ihm die Schachtel aus seiner Hand.

»Meine Liebe, ich hab hier zwanzig Zentimeter Windspiel für dich.« Dred blickte anzüglich an sich runter.

Pixie lachte. »Du bist süß. Danke für das Geschenk.« Sie löste die Schleifen.

»Niemals solltest du das Wort süß in Zusammenhang mit meinem Schwanz benutzen. Das hört sich in jeder Hinsicht falsch an.«

Pixie löste das Geschenkpapier von der Schachtel und sah ihn ungläubig an.

Dann öffnete sie den Deckel, und ihr blieb fast die Luft weg. »Oh, mein Gott, Dred. Der ist wunderschön.«

Ein mit Diamanten und einem viereckigen Amethyst bestückter Ring aus Silber funkelte im Sonnenschein. Dred nahm ihn aus der Schachtel und steckte ihn ihr auf den Mittelfinger der rechten Hand.

Pixie umfasste sein Gesicht. »Danke. Danke. Danke.« Zwischen jedem Danke küsste sie ihn. »Und ich habe etwas für dich.«

Pixie erhob sich vom Bett und holte etwas aus ihrem Rollkoffer. Sie kam mit einem Säckchen aus schwarzem Stoff zurück, auf dem die Initialen T. Z. gestickt waren, was nach Handarbeit aussah. Dred schnürte das Säckchen auf und schüttete den Inhalt auf seine Handinnenfläche. Die Worte blieben ihm im Halse stecken, als er seinen Anker sah, der an einem neuen Lederband hing.

»Du hast ihn gefunden«, bekam er schließlich mit heiserer Stimme heraus. Dred ließ das Lederband durch seine Finger gleiten und strich über den Anker. Er öffnete den Verschluss und legte sich den Anker um. »Ich kann's kaum fassen, dass du ihn gefunden und repariert hast. Danke.«

»Ich weiß doch, wie viel er dir bedeutet. Ich sehe immer, wie du dich daran festhältst, wenn es mal etwas schwieriger wird. Ich habe dich so aus der Fassung gebracht, dass du ihn kaputt gemacht hast, das tut mir leid.«

Dred setzte sich hin und zog sie auf seinen Schoß. »Ich will nie wieder hören, dass du dich entschuldigst, wenn ich mich wie der letzte Idiot benehme. Du hast mich nicht wütend gemacht, Schneeflöckchen. Ich bin von allein wütend geworden. Dein Stiefvater hat mich wütend gemacht. Das, was passiert ist, hatte ausschließlich mit ihm zu tun.«

»Wie dem auch sei, ich glaube, ich habe gestern einen Entschluss gefassst.«

Dred streichelte ihr über den Rücken, und Pixie schlang ihre Arme um seinen Hals. »Ach ja? Erzähl.«

»Ich muss mir Klarheit verschaffen, was genau in der Nacht passiert ist. Ich habe keine Lust, darauf zu warten, dass Arnie mich der Polizei ausliefert, weil ich nicht umsonst verhaftet werden möchte. Ich muss zurückgehen und irgendwie versuchen herauszufinden, was damals mit Brewster geschehen ist. Ich meine, ich vermute, dass er tot ist, weil das Foto Beweis genug zu sein scheint, aber wer weiß?«

Dred war ganz ihrer Meinung. Damit sie sich wieder richtig frei fühlen konnte, musste sie sich mit dem, was geschehen war, auseinandersetzen. »Find ich gut. Wir überlegen uns was. Ich besorg dir auf jeden Fall den besten Anwalt, den man bekommen kann. Wo willst du anfangen?«

»Am besten da, wo alles angefangen hat. Im Wohnwagen meiner Mutter. Ich muss wissen, ob sie immer noch da wohnt. Wenn nicht, dann weiß vielleicht einer ihrer ehemaligen Nachbarn, wo sie ist. Vielleicht weiß sie mehr über Brewster als ich, ich erinnere mich nur vage.«

»Ich will dir dabei helfen. Ich hoffe, dass wir Petals Reisepass in den nächsten Tagen bekommen, und dann fahren wir runter, sobald wir können.«

»Aber was ist mit dem Album und der Tour?«

»Scheiß auf beides. Das ist mir wichtiger. Du bist mir wichtiger.«

Pixie küste ihn sanft. »Ich liebe dich, Theodred Zander.«

»Ich liebe dich auch, Sarah …?« Er wollte, dass sie es ihm sagte, dass sie sich mit ihm sicher genug fühlte, um ihren genauen Namen preiszugeben.

»Jane Travers. Sarah-Jane Travers.«

»Ich liebe dich auch, Sarah-Jane Travers.«

Er schlang seine Arme um sie und zog sie ganz eng an sich. Sein Schwanz begann, sich zu regen, als Pixie ihrerseits ihre Beine um ihn schlang.

»Na, willst du sehen, wie weit ich in den Spagat runterkomme?«, fragte sie geflissentlich.

»Ich bitte drum.«

»Na dann, lass uns …«

Babygeschrei aus dem begehbaren Kleiderschrank unterbrach sie. Dred drückte seine Stirn gegen ihre. »Noch nicht mal zwei Monate alt, und schon vermasselt sie uns die Tour.«

Pixie lachte und ließ sich rückwärts von seinem Schoß runtergleiten. »Kann ich sie holen?«

»Na klar.« Er folgte ihr mit den Augen, als sie die Tür ganz öffnete, die sie einen Spalt breit aufgelassen hatten.

Ja, Mann. Das war sein Leben. Und es war absolute Perfektion.

*

Später am Tag kehrte Pixie zum Haus zurück und öffnete die Tür mit dem Schlüssel, den Dred ihr gegeben hatte. Sie zog den Kinderwagen rückwärts über die Stufen hoch und drehte ihn im Flur wieder richtig herum. Als sie ihre Sonnenbrille absetzte, hörte sie laute Stimmen aus der Küche. Jemand schrie etwas, aber sie konnte nicht erkennen, wer es war. Schnell zog Pixie ihren Mantel aus und hängte ihn an einen der Wandhaken, dann zog sie ihre Stiefel aus.

Petal bewegte sich, und Pixie entfernte die Decken, in die Dred Petal gewickelt hatte, bevor sie nach draußen gegangen waren. Toronto war eine wunderschöne Stadt, und diesmal war es hier wesentlich milder als bei ihrem letzten Besuch. Sie waren durch Cabbagetown spaziert; an Canada's National Ballet School vorbei, einem wunderschönen alten Gebäude, das an drei Seiten mit modernen Konstruktionen aus Glas und vielen Verwinkelungen erweitert worden war; und durch den Queen's Park bis zum Royal Ontario Museum, an das sie sich noch von ihrem ersten Besuch erinnerte.

Dann waren sie durch die Bloor Street spaziert und hatten die Schaufenster der vielen Luxusgeschäfte bewundert, die sie sich nie würde leisten können. Torontos Bloor Street war so was wie Bal Harbor in Miami, auch dort ging sie nie shoppen.

Pixie warf einen Blick auf ihr Handy. Dred hatte ihr gesagt, dass das Treffen mit Sam und der Band eine Stunde dauern würde, also hatte sie sich angeboten, mit Petal eine Runde an der frischen Luft und Sonne zu drehen. Ihre Fitness-App zeigte an, dass sie etwas mehr als drei Meilen gelaufen und 77 Minuten weg gewesen war. Sie steckte das Handy zurück in ihre Tasche und hob Petal aus dem Kinderwagen. Die Kleine wurde allmählich immer kräftiger, hielt ihr Köpfchen schon etwas stabiler und zog gerade ordentlich an Pixies Haaren.

Die Stimmen wurden lauter.

»Ist mir scheißegal, was du denkst, Sam. Ich mach das nicht«, schrie Dred.

»Jetzt komm mal wieder auf den Teppich, ihr könnt nicht einfach alles absagen.«

Pixie folgte den Stimmen Richtung Küche und Wohnzimmer.

»Doch, können wir. Wir sind dermaßen im Verzug mit dem Album, dass wir uns jetzt mehr darauf konzentrieren müssen. Wir sollten uns eine Weile im Studio vergraben.«

Dred stand mit gerunzelter Stirn und vor der Brust verschränkten Armen da. Als Pixie unbemerkt den Rückzug antreten wollte, fing Petal an zu schreien. Alle Köpfe drehten sich nach ihr um.

»Entschuldigt«, sagte sie nervös, »wir sind gerade zurückgekommen und ich glaube, Petal hat Hunger.«

»Hey, wie geht's meinen Mädels?«, fragte Dred und begrüßte Pixie mit einer Umarmung und einem Kuss auf die Stirn, dann küsste er Petal.

»Wir wollten euch nicht stören. Wenn du mir zeigst, wie ich ihr Fläschchen machen soll, dann füttere ich sie im Wohnzimmer und lass euch allein.«

Sam verdrehte die Augen. Seitdem er Pixie das erste Mal im Hotel begegnet war, als sie den kranken Dred gepflegt hatte, konnte er sie nicht leiden.

»Ich mach das schon.« Jordan schnappte sich die Packung mit Babymilchpulver auf dem Küchentresen.

Sam räusperte sich laut. »Wobei waren wir gerade? Ach ja. Ihr wollt kurz vor der Veröffentlichung des neuen Albums und der geplanten Tour abtauchen. So war's, oder?«, fragte er sarkastisch.

»Nein«, antwortete Lennon, »wir haben gesagt, dass es sonst kein neues Album geben wird.«

»Das Label …«

»Scheiß auf das Label, Sam. Dann lass uns ein Treffen mit denen vereinbaren. Von Angesicht zu Angesicht. Es ist ihre Schuld, sie muten uns zu viel zu«, sagte Dred, der immer noch Pixie und Petal im Arm hielt.

Für Pixie wirkte das Ganze wie eine absolute Zumutung. Sie konnte ja verstehen, dass Tourneen Monate, ja sogar Jahre im Voraus geplant werden mussten, aber die Band sollte ja wohl entscheiden können, wie viele Verpflichtungen sie sich zusätzlich aufbürdeten.

»Ja«, fügte Nikan hinzu, »das ist der Wahnsinn, für welchen Zeitraum die Aufnahmen und Tour vorgesehen haben.«

»Der Wahnsinn ist eher, dass ihr mit eurer Aufmerksamkeit nicht bei einer Sache bleiben könnt«, merkte Sam an und warf Pixie einen Blick zu.

Dred ließ sie los, kam auf Sam zu und blieb kurz vor ihm stehen.

»Wir haben ein Recht auf Privatleben.«

»Dred, komm mal wieder klar. Du lässt dich zu viel ablenken.«

»Was soll ich denn machen? Meiner Tochter sagen, dass ich momentan zu viel zu tun habe, um mich um sie zu kümmern?«

»Natürlich nicht. Aber kümmer dich anders um sie. Stell Babysitter ein. Meinetwegen drei, wenn's sein muss, damit du deinen Verpflichtungen nachkommen kannst. Und sorg dafür, dass du andere Ablenkungsfaktoren aus dem Weg räumst.« Sam sah wieder in Pixies Richtung. »Das Timing für zusätzliche Faktoren in eurem Leben ist denkbar schlecht. Macht es euch so einfach wie möglich.«

Jordan reichte Pixie das Fläschchen und ein Spucktuch und zwinkerte ihr aufmunternd zu. Pixie ging davon aus, dass es für alle das Beste war, wenn sie nicht dabei war, und ging Richtung Wohnzimmer.

»Pixie, warte«, rief Dred ihr hinterher. Petal schrie jetzt wie am Spieß. »Bleib hier. Sam wird jetzt nämlich gehen.«

Pixie wäre am liebsten im Erdboden versunken. Sie war sicherlich nicht Auslöser des Streitgesprächs gewesen, aber jetzt wurde sie mit reingezogen, ob sie wollte oder nicht. Sie drapierte sich das Spucktuch über die Schulter und legte Petal so zurecht, dass sie ihr das Fläschchen geben konnte. Das hungrige Würmchen stürzte sich auf das Fläschchen und trank, als wenn es um ihr Leben ging.

»Wir sind noch nicht fertig«, entgegnete Sam empört. Mittlerweile zierten rote Flecken seine Wangen.

»Doch, das sind wir.« Dred schüttelte traurig den Kopf. »Ich bin's leid, dass du immer an uns rummeckerst. Egal, was wir machen, es ist nie genug. Du bist dafür da, um uns zu unterstützen, und nicht um uns die ganze Zeit wie einen Haufen orientierungsloser Teenager durch die Gegend zu scheuchen.« Petal verfolgte ihren Vater mit den Augen, was trotz der angespannten Situation ein berührender Moment war.

Sam stand auf und sammelte seine Unterlagen ein. »Was soll das heißen? Feuerst du mich etwa?«

»Noch nicht, Sam. Aber jetzt werden Grenzen gesetzt. Wir entscheiden, was für Musik wir aufnehmen wollen, wir entscheiden, was wir tun, nicht du. Es ist deine Aufgabe, uns Auftritte zu verschaffen, aber wir entscheiden darüber, was wir annehmen und was nicht. Und noch eins. Von jetzt an gibt es eine klare Trennung zwischen Familie und Arbeit.« Er streckte seine Hand aus.

»Bitte?« Sam verstand nicht.

»Der Schlüssel. Das hier ist unser Familienhaus. Wer zur Familie gehört, bekommt einen Schlüssel. Du bist unser Arbeitskollege, und wenn wir alle unser Leben als gottverdammte Bürohengste zusammen in einer Firma fristen würden, hättest du auch keinen Schlüssel zu meinem Haus.«

Sam legte seine Unterlagen wieder auf den Küchentresen und holte die Schlüssel aus seiner Hosentasche. Mit zitternden Fingern fummelte er den Schlüssel von seinem Schlüsselbund und ließ ihn auf den Tresen fallen.

»Wir hören uns dann«, sagte Sam im Hinausgehen. Keiner sagte etwas, bis die Wohnungstür zuknallte.

Dred atmete laut aus. »Tut mir so leid, Schneeflöckchen.« Er legte ihr die Hand auf den unteren Rücken und führte sie zu einem der Lehnsessel. »Soll ich übernehmen?«

Pixie schüttelte den Kopf. »Nein, alles gut. Wart ihr die ganze Zeit so zugange, während ich weg war?«

Die restliche Band folgte ihnen und setzte sich, Dred nahm auf der Armlehne Platz.

»Ja, ganz genauso.« Dred sah die anderen an. »Jungs, ich glaube ernsthaft, dass wir einen Anwalt zu Rate ziehen sollten. Ich will nicht mit einem Label zusammenarbeiten, denen es egal ist, ob alles den Bach runtergeht, nachdem wir schon so viel geleistet haben. Ich will keinen Manager, der nicht das Beste für uns herausholen will. Ich will kein verdammtes Haus in L. A., wenn ich eins hier habe und meine Freundin in Miami lebt.«

Jordan und Lennon nickten, Nikan strich sich nachdenklich mit der Hand übers Kinn.

»Das seh ich auch so«, stimmte Elliott zu, »allerdings sollten wir das Album zu Ende bringen und die Tour machen. Wir haben schon so viel darein investiert.«

»Ja, das ziehen wir durch, aber alles andere sagen wir ab. Und wir müssen die Sache mit einem Anwalt besprechen, um zu sehen, ob wir all unsere Verträge auflösen können, wenn wir damit durch sind. Inklusive Management und Label.«

Pixie legte Petal an ihre Schulter und klopfte ihr auf den Rücken. Auf einmal hörte sie ein Klackern aus dem Flur und sah in die Richtung. »Hast du das gehört?«, fragte sie Dred.

»Was gehört?«

»Ich hab gedacht, ich hätte ein Geräusch aus dem Flur gehört. Du nicht?«

Dred schüttelte den Kopf. »Das Haus ist alt und macht immer mal wieder komisch knarzende und ächzende Geräusche.« Er stand auf, um einen Blick durch den Flur Richtung Haustür zu werfen. »Da ist nichts«, kommentierte er und kam wieder zurück.

Pixie lächelte. »Ich hab schon Halluzinationen.« Dred küsste sie auf den Kopf und setzte sich wieder auf die Sessellehne.

»Ich muss euch übrigens noch was erzählen.« Dred sah Pixie fragend an, um sich die Erlaubnis von ihr zu holen, den Jungs zu erzählen, was sie am Morgen im Bett besprochen hatten. Sie nickte.

»Pixie steckt in Schwierigkeiten. Die Art von Schwierigkeiten, denen wir alle zusammen unser ganzes Leben lang versucht haben, aus dem Weg zu gehen. Ich bring sie nachher zum Flughafen, aber sobald ich Petals Reisepass habe, muss ich zu ihr nach Miami.«

Die Jungs sahen Pixie aufmerksam an, und das Gesicht jedes einzelnen drückte so viel Mitgefühl aus, dass sie ganz überwältigt war. Sie richtete ihre Aufmerksamkeit wieder auf Petal, die gerade ein Bäuerchen machte.

»In Miami laufen scharfe Mädels rum«, sagte Lennon.

Nikan nickte. »Und ich kann keinen Schnee mehr sehen.«

»Endlich könnten wir uns mal von einem neuen Ort inspirieren lassen.«

Dred fasste Pixie unters Kinn, hob es sanft an, dann küsste er sie.

»Miami, wir kommen«, murmelte er.

Kapitel 15

»Wessen Idee war das noch mal, vom Flieger direkt nach Pahokee zu fahren?« Dred gähnte und lächelte. Kaum zu glauben, dass sie einander erst vor drei Tagen das letzte Mal gesehen hatten. Es fühlte sich viel länger an.

Dred hatte Pixie am Tag zuvor Bescheid gegeben, dass Petals Reisepass endlich da war, und sie war davon ausgegangen, ihn frühestens in zwei Tagen wiederzusehen. Aber die gesamte Band, ihre Instrumente und Petal waren für den Flieger um 6.40 Uhr von Toronto nach Miami gebucht gewesen. Pixie war überglücklich.

Dunkle Ringe unter seinen Augen verrieten ihr, wie müde er sein musste, und auch seine Nachrichten um drei Uhr morgens sprachen Bände. Er hatte ihr ein Foto von Petals zerknautschtem und rotem Gesicht geschickt, darunter stand SIE HAT GERADE HERAUSGEFUNDEN, DASS DIE RAPTORS VERLOREN HABEN.

Pixie lachte. »Ich glaube, das war deine Idee.« Sie lenkte den Mietwagen auf die nächste Fahrspur des Highways, um einen Lastwagen vor ihr zu überholen. »Auf jeden Fall hast du es leicht. Mir tun Jordan und Cujo leid.«

Cujo hatte sich bereit erklärt, Jordan mit Petal, einem

Kindersitz, einer Windeltasche, vier Koffern, zwei Kinderwagen und weiß Gott noch wie viel anderem Kram zu Pixies Wohnung zu fahren. Pixie wollte so schnell wie möglich nach Pahokee und wieder zurück fahren, damit sie Petal sehen konnte.

»Du kannst gern die Augen zumachen«, sagte Pixie, »wir fahren etwa eindreiviertel Stunde bis nach Pahokee.«

Dred liebkoste ihren Oberschenkel, immer höher, bis sie ihm lachend auf die Finger schlug.

»Hey, ich hab das genossen«, brummelte er.

»Egal, ich muss mich konzentrieren. Ich krieg davon ein ganz schummeriges Gefühl im Bauch.«

»Schummerig, das hört sich gut an«, sagte er und legte seine Hand wieder auf die gleiche Stelle zurück. Dann lehnte er sich zurück mit dem Kopf gegen die Kopflehne.

»Schön, wieder hier zu sein, Schneeflöckchen. Du hast mir gefehlt.« Er nahm ihre rechte Hand und küsste sie auf den Handrücken.

Pixie liebte das Gefühl seiner Lippen auf ihrer Haut. »Ich habe dich und Petal auch vermisst.«

Dred lächelte und schloss die Augen. Kurz darauf ertönte ein Schnarchen von der Beifahrerseite.

Als Schilder Richtung Pahokee auftauchten, zog sich ihr Magen zusammen. Niemals hätte sie gedacht, dass sie hierher zurückkommen würde. Pahokee stand auf der Liste von Orten, die sie um nichts auf der Welt noch mal sehen wollte.

Als sie an der Einfahrt des Trailerparks ankamen, bremste Pixie ab und kam mit einem Ruck am Straßenrand zum Stehen.

Dred war sofort hellwach. »Was ist passiert?«

»Wir sind da.« Pixie rieb ihre schwitzigen Handinnenflächen an der Jeans trocken.

Dred richtete sich auf und fuhr sich mit den Händen übers Gesicht. Er warf einen Blick auf die Uhr. »Tut mir leid, ich wollte nicht die ganze Fahrt über schlafen.« Er sah sich interessiert um.

»Ist schon gut. Auch wenn du geschnarcht hast. Laut geschnarcht hast. Und im Schlaf geredet hast. Außerdem ist dein Kaffee kalt geworden.« Pixie lächelte, aber ihre Augen lächelten nicht mit.

»Hey, es wird alles gut«, versuchte er sie zu beruhigen.

»Das können wir noch nicht wissen. Was, wenn sie immer noch mit ihm zusammen ist? Und wenn er immer noch da ist?«

»Dann setzen wir uns mit ihm auseinander. Oder ich mache das.«

Sie stiegen aus und liefen über eine lange staubige Straße mit jeder Menge Schlaglöchern. Der Trailerpark sah heruntergekommen aus, aber die einzelnen Parzellen wirkten ordentlich gepflegt.

Dred drückte Pixies Hand. »Geht's dir gut?«

»Geht so. Wenn das hier vorbei ist, wird's mir um einiges besser gehen.«

Dann standen sie vor ihrem alten Wohnwagen, der so vertraut und gleichzeitig so unangenehm fremd war. Der beige- und türkisfarbene Anstrich wirkte frisch, sah aber furchtbar aus. Das wackelige Geländer entlang der Holzstufen hoch zur Eingangstür war jetzt ganz kaputt. »Ich glaube, ich kann das nicht. Wir sollten wieder gehen, Dred.«

»Wenn du wirklich gehen willst, gehe ich sofort mit dir.

Aber ...« – er strich ihr das Haar hinter die Ohren – »wir sind den ganzen weiten Weg hergefahren. Ich bin da. Es wird dir nichts passieren. Das verspreche ich dir.«

Nachdem Dred ihr Mut zugesprochen hatte, klopfte Pixie an die Tür. Sie wartete, aber niemand kam. Sie klopfte lauter. Wieder keine Antwort. Spontan drückte sie auf die Türklinke, aber die Tür war verschlossen.

Schweren Herzens stieg sie die Stufen wieder hinunter und landete direkt in Dreds Armen. Er drückte sie ganz fest an sich, was ihr ein Gefühl von Sicherheit gab.

»Hallo, kann ich Ihnen weiterhelfen?«, hörte Pixie auf einmal hinter ihrem Rücken. Sie hielt kurz die Luft an. Diese Stimme hatte sie vor über sechs Jahren das letzte Mal gehört.

»Oh, mein Gott«, rief ihre Mutter aus und ließ die Einkaufstüten fallen. »Sarah-Jane, bist du das?«

Pixie löste sich aus Dreds schützender Umarmung und ging auf ihre Mutter zu. Sie hatte sich so viele Worte zurechtgelegt, die sie unbedingt sagen wollte, bekam aber nichs heraus. Ihre Mutter war nicht nur am Leben, sondern sah auch noch gesund aus.

»Mom«, flüsterte sie mit Tränen in den Augen.

Ihre Mutter schluchzte auf, rannte auf sie zu und schlang ihre Arme um sie. »Mein kleines Mädchen, ich dachte, ich sehe dich nie wieder. Du hast mir so gefehlt. So sehr. Was ist denn nur passiert? An dem Abend, da bin ich nach Hause gekommen, und ihr wart beide nicht da. Es tut mir so leid, Sarah-Jane.«

Zögerlich legte Pixie die Hände auf die Schultern ihrer Mutter. Sie hatte die letzten Jahre so viel Schmerz und Wut in sich getragen, dass es ihr jetzt schwerfiel, so etwas wie eine innige Wiedervereinigung hinzulegen. Ihre Mutter war sehr egoistisch gewesen und hatte Pixie damit in Gefahr gebracht. Außerdem hatte sie Pixies Hilfeschreie zu oft überhört.

»Können wir reingehen und reden?«, fragte Pixie. Aus den Augenwinkeln sah sie, wie Dred den Einkauf ihrer Mutter vom Boden hob und wieder in die Tüten zurückpackte.

»Natürlich«, sagte Pixies Mutter, wischte sich die Tränen unter den Augen weg und verschmierte so die dick aufgetragene Wimperntusche nur noch mehr.

Der Wohnwagen sah anders aus. Sauber. Der schmale Küchentresen war aufgeräumt. Neben der Spüle stapelten sich keine Geschirrberge, und die Luft stank nicht nach Zigarettenrauch. Der Hocker, den Arnie für sie gemacht hatte … der war zum Glück weg. Pixie und ihre Mutter setzten sich aufs Sofa. Dred, der mit den Einkaufstüten nachkam, stellte die auf den Tisch und setzte sich auf den einzigen anderen Stuhl im Raum.

»Lass dich anschauen«, sagte Pixies Mutter und nahm ihre Hand. »Meine Güte, aus dir ist ein fabelhafter Mensch geworden.«

Pixie hasste sich dafür, dass dieses Lob ihr so viel bedeutete. Ihr Brustkorb schwoll so an, dass er zu explodieren drohte. Sie war nur hier, um etwas in Erfahrung zu bringen, und je schneller sie hier raus war, desto besser.

»Mom, das ist mein Freund Dred. Dred, das ist meine Mutter Helen.«

»Freut mich, Sie kennenzulernen, Mrs Travers«, sagte Dred höflich.

Helen nickte. »Ja, freut mich auch, Dred.« Sie wandte sich wieder Pixie zu.

»Warum bist du hier? Was hast du all die Jahre gemacht?«

Pixie hatte keine Lust auf Smalltalk. »Mom, die Nacht, in der ich abgehauen bin, erinnerst du dich noch daran?«

Helens Hände zitterten.

»Kaum. Das ist mir wirklich unangenehm. Ich weiß noch, dass Arnie einen Pokerabend hatte. Ich war sauer, weil er den ganzen Tag angeln gewesen war. Nach dem Angeln hatte er seinen ganzen Kram über die Küche verteilt.« Sie deutete Richtung Spüle. Auch Pixie konnte sich daran erinnern, allerdings hatte der Kram sie gerettet, denn da hatte sie das Anglermesser gefunden.

»Sarah-Jane, es tut mir so leid. Ich bin seit viereinhalb Jahren clean und habe es noch viel länger vorher versucht. An diese Zeit habe ich nur noch sehr verschwommene Erinnerungen. Alles, was ich noch weiß, ist, dass ich am nächsten Morgen aufgewacht bin und Arnie immer noch weg war und du auch. Ich war mir sicher, dass ihr beide irgendwann später am Tag wieder auf der Matte steht. Aber nein. Ich wurde panisch und fing an, die Nachbarn zu fragen, ob sie etwas gesehen hatten. Einer sagte, er hätte Arnie gesehen, wie er jemandem, der sich wie Brewster anhörte, in seinen Wagen half und dann wegfuhr. Ich habe mich dann erst mal auf die gewohnte Weise getröstet. Mit Drogen.«

Helen seufzte tief.

»Hast du Brewster seitdem gesehen? Oder hast du etwas über ihn gehört? Wo er arbeitet?«

»Nein, leider nicht. Er war ein handwerklicher Typ, glaube ich. Vielleicht war er Schreiner oder Automechaniker.«

Pixie versuchte, ihre Enttäuschung zu verbergen. »Hast du vielleicht Fotos von damals?«

»Da muss ich nachgucken. Ich habe Kisten mit alten Fotos im Schrank.« Helen erhob sich von der Couch und verschwand im hinteren Teil des Wohnwagens.

»Alles in Ordnung, Schneeflöckchen?« Dred beugte sich über sie und legte die Hände auf ihren Schoß.

Pixie legte ihre Hände auf seine. Um ehrlich zu sein, von dem Moment, in dem sie einen Fuß in diesen Wohnwagen gesetzt hatte, war sie wie betäubt.

»Schau hier. Versuch's mal hiermit.« Ihre Mutter kam mit einem alten Schuhkarton zurück.

Pixie schüttete die Fotos auf den Tisch, verteilte sie dort und begann, sie durchzugehen. Jedes Foto war mit so viel Erinnerungen verbunden, dass Pixie nicht mehr als einen flüchtigen Blick drauf warf.

Dred nahm ein Foto und zeigte es ihr mit fragendem Blick. Sie war ungefähr dreizehn, aber der größte Schock war ihr Haar. »Du hast braune Haare, ja?«

Sie grinste. »Ist das besser?«

Er musterte ihren Haarschopf und strich über die pinkfarbenen Spitzen.

»Du bist mit beiden Farben schön«, antwortete er liebevoll.

Dann fand sie zwei Fotos von Brewster. »Hättest du etwas dagegen, wenn ich die mitnehme?«, fragte Pixie.

»Nein, nimm mit, was auch immer du brauchst. Hat Brewster etwas damit zu tun, dass du weggelaufen bist?«

»Er war der Tropfen, der das Fass zum Überlaufen gebracht hat. Ich bin wegen Arnie weggegangen.«

»Kann ich das jemals wiedergutmachen?«, fragte Helen traurig. In ihren Augen blitzte Hoffnung auf, während Pixie ihrerseits versuchte, ihre Gefühle zu unterdrücken.

»Ich weiß es nicht, Mom.«

*

Dred erkannte an Pixies gebeugter Haltung, wie enttäuscht sie war. Ja, es war ätzend, dass ihre Mutter nicht mehr Informationen über Brewster hatte, aber es musste doch jemanden in Pahokee geben, der mehr wusste. So groß war es hier nicht. Sie mussten nur an den richtigen Orten suchen.

Helen versuchte noch ein bisschen nachzubohren, was in der Nacht geschehen war, aber Pixie zog sich immer mehr in sich zurück. Dred hatte sie noch nie so gesehen. Sie bereiteten der unangenehmen Situation schließlich ein Ende und verabschiedeten sich.

»Schneeflöckchen, komm mal her.« Auf dem Weg zurück zum Auto zog er sie an sich. Er nahm ihr Gesicht, auf dem sich so viel Leid abzeichnete, in die Hände. »Es wird alles gut. Ich habe dich und du hast mich. Nichts von dem, was wir gerade im Wohnwagen deiner Mutter besprochen haben, muss Einfluss auf dein Leben haben, wenn du es nicht willst. Stimmt's?«

Pixie nickte. »Es war wohl naiv von mir, aber ich habe so gehofft, dass sie Antworten auf meine Fragen haben würde.«

»Ich weiß, ich ja auch. Zeig mir mal die Fotos.«

Pixie reichte sie ihm und lehnte sich an die Motorhaube des Autos.

»Wer von denen ist Brewster?«

Pixie zeigte auf einen Mann mit kurzen Haaren und Bierbauch, der ganz links auf dem Bild zu sehen war. »Der da.«

Er trug ein Poloshirt, auf dem vorn ein Name aufgedruckt war. Das Shirt war zerknittert, und es war schwierig auszumachen, was darauf stand, aber das letzte Wort war ganz bestimmt TIRES. »Hast du eine Ahnung, wo das sein könnte, Schneeflöckchen?«

Pixie guckte sich das Foto genauer an. Sie erkannte, dass es sich um das Shirt einer Firma handelte, die mit A anfing, war sich aber nicht sicher, wie es weiterging. Pixie zückte ihr Handy.

»Was machst du?«

»Überleg doch mal.« Sie war auf einmal ganz aufgeregt. »So viele Reifenshops wird es hier nicht geben.« In der Karten-App gab sie Reifenshop in der näheren Umgebung als Suchbegriff ein. »Ich hab's. AW+F Tires. Sechs Meilen von hier.«

»Schön und außerdem schlau«, sagte Dred bewundernd und küsste sie innig. »Dann los.«

Keine zehn Minuten später hielten sie in einem Industriegebiet vor einem Gebäude, rechts und links davon waren eine Autowerkstatt und eine Autovermietung.

»Was erzählen wir denen?«, fragte Pixie, während sie ausstiegen.

»Ich weiß nicht, ich improvisiere einfach.« Dred schob seine Sonnenbrille hoch.

Sie betraten das Gebäude und gingen auf einen kleinen

Glaskasten zu, in dem sich das Büro befand, da kam ein junger Typ in schmutzig-blauem Overall auf sie zu.

»Sie sind Dred Zander, oder?«

Dred sah Pixie fragend an, die lächelnd nickte.

»Ja, Mann, das bin ich.«

Er plauderte ein wenig mit dem Jungen und kritzelte schließlich sein Autogramm auf die Rückseite eines schmutzigen Warenverzeichnisses. Andere Mechaniker wurden auf sie aufmerksam und näherten sich ihnen. Einige mit Handy, andere mit irgendetwas, das er signieren konnte.

»Sagt mal, ich suche jemanden, der hier vor etwa sechs Jahren gearbeitet hat«, sagte Dred, nachdem er für einige Fotos posiert hatte. »Wer könnte mir da wohl am besten weiterhelfen?«

»Wahrscheinlich ich.« Ein untersetzter Kerl mit blonden Haaren machte einen Schritt vor. »Ich bin Joe. Ich arbeite hier, seitdem der Laden vor zehn Jahren aufgemacht hat.«

Dred schüttelte Joes Hand und zog das Foto hervor. »Wir suchen Brewster. Er war ein Freund des Vaters meiner Freundin. Haben Sie eine Ahnung, wo er sein könnte?«

Joe sah sich das Foto genauer an. »Brewster? Ja, klar. Den kenn ich noch. War ein guter Kollege. Und kam eines Tages einfach nicht mehr zur Arbeit.«

Pixie wurde kreidebleich und Dred nahm ihre Hand. »Wissen Sie noch in etwa, wann das war?«

»Allerdings. Das war vor sieben Jahren, Ende März. Ich weiß das noch so genau, weil da unser Ältester geboren wurde und mein Boss mich jeden Tag angerufen hat, weil er eine Vertretung für Brewster gebraucht hat, der einfach nicht mehr zur Arbeit erschienen ist. Meine Frau war fuchsteufelswild.« Einige der Männer, die um sie herumstanden, lachten. »Steckt der Kerl in Schwierigkeiten oder warum fragen Sie?«

Dred spürte ein gewisses Misstrauen. »Nein, überhaupt nicht. Ihr Dad ist kürzlich verstorben und er hat Brewster etwas in seinem Testament hinterlassen. Wir wollen nur dafür sorgen, dass er es auch bekommt.«

»Mein Beileid, Miss«, sagte Joe. »Und wenn Sie ihn finden, sagen Sie ihm, dass meine Frau ihn hasst.«

Dred bedankte sich für die Hilfsbereitschaft der Männer und ging schnell mit Pixie zum Auto zurück. »Das war genau der Zeitpunkt, wo es passiert ist, Dred. Da bin ich abgehauen. Oh, mein Gott ...« Pixie schlang ihre Arme um sich selbst. Sie war völlig außer sich, und auch Dred bekam es mit der Angst zu tun, war aber fest entschlossen, sich zusammenzureißen.

»Das werden wir herausfinden, Pix. Wir müssen erst ganz sicher sein, um entscheiden zu können, wie wir weitermachen.«

»Ich habe es wirklich getan, ich habe einen Mann umgebracht«, flüsterte sie an seinen Brustkorb gedrückt. Lautlose Schluchzer ließen ihre Schultern erbeben.

Während sie noch eine Weile eng umschlungen am Auto standen, kam Dred zu dem Schluss, dass sie Pahokee schnell hinter sich lassen mussten, um sich darüber klar zu werden, wie es weitergehen sollte. Er hatte sich zuvor schon mit der Bitte an seinen Anwalt gewandt, einen Top-Anwalt in Miami zu finden. »Wir müssen los, Pix. Wir müssen uns auf die positiven Dinge konzentrieren. Zum Beispiel wissen wir, dass es einen Zeugen gab, der gesehen hat, wie Arnie mit

Brewster im Wagen weggefahren ist. Wenn wir den finden, können wir vielleicht beweisen, dass Brewster noch am Leben war, als du abgehauen bist. Zumindest können wir Arnie dann sagen, dass wir etwas gegen ihn in der Hand haben, weil er seine Finger mit im Spiel hatte.«

Dred küsste Pixie auf den Kopf und öffnete die Autotür für sie.

Pixie wollte gerade einsteigen, als einer der Angestellten ihnen etwas zurief. »Mister Zander, warten Sie.«

Pixie drehte sich nach ihm um.

»Mein Beileid wegen Ihrem Vater«, sagte der Mann, der davon ausging, dass Pixies Tränen mit dem angeblichen Tod ihres Vaters zu tun hatten. »Sie haben gesagt, dass Brewster etwas geerbt hat?«

»Stimmt«, sagte Dred, »es ist zwar nicht viel, aber es steht ihm ja zu, und wir wollen, dass er es bekommt.«

Der Mann kaute auf seiner Unterlippe herum. »Okay, dann will ich euch was verraten«, sagte er schließlich und redete mit gedämpfter Stimme weiter. »Brewster steckte damals in Schwierigkeiten, ich hab nie gefragt, was es war, aber er musste schnell abhauen. Wir hatten seitdem hin und wieder Kontakt. Er lebt jetzt etwa eineinhalb Stunden von hier entfernt in Hollywood.«

Dred schlang seine Arme ganz fest um Pixie, die sich gegen ihn hatte sinken lassen. »Sind Sie sich sicher?«

»Ja. Ich habe ihn das letzte Mal um Weihnachten herum gesprochen und ihm frohe Festtage gewünscht.« Er suchte in seiner Hosentasche nach etwas und zog einen Zettel hervor. »Hier ist seine Adresse.«

Dred nahm ihn und las, was darauf geschrieben stand.

»Damit haben Sie uns sehr geholfen«, sagte er und schüttelte dem Mann dankbar die Hand.

Pixie war nicht in der Lage, selbst zu fahren, also packte Dred sie auf den Beifahrersitz und gab die Adresse, die auf dem Zettel stand, in das Navigationssystem cin. »Wie geht's dir, Schneeflöckchen?«, fragte Dred sie, während sie aus Pahokee rausfuhren.

»Ich muss ihn unbedingt sehen«, sagte sie mit leiser Stimme. »Ich hätte nie gedacht, dass ich so etwas mal sagen würde. Aber ich muss mit meinen eigenen Augen sehen, dass er am Leben ist und es ihm gut geht. Um sicher zu sein, dass ich ihn nicht umgebracht habe. Dann kann ich endlich mein Leben leben.«

Dred nahm ihre Hand. »Und was machst du mit deiner Mom?«

»Kann ich noch nicht sagen. Ich muss mich wohl erst mal hiermit auseinandersetzen, und dann werde ich sehen, wie viel Energie ich noch habe, um meiner Mutter irgendwie zu vergeben.«

Es war schon nach vier Uhr nachmittags, als sie in Hollywood ankamen. Dred machte sich Sorgen, weil Pixie so still war, aber er konnte sie auch verstehen. Ihre Gedanken fuhren wahrscheinlich gerade Karussell. Jahrelang war sie von Schuldgefühlen geplagt worden, weil sie in dem Glauben gelebt hatte, einen Menschen umgebracht zu haben. Und soeben hatte sie erfahren, dass dieser Mensch noch lebte. Herausgekommen war es nur, weil ihr Stiefvater sie erpresste.

Dred folgte dem Weg, der ihm vom Navi angezeigt wurde, auf eine von Bäumen gesäumte Straße. Die Häuser waren wenig spektakulär, und die Nachbarschaft wirkte ruhig. Dred atmete tief durch. Dred verbrachte mindestens die Hälfte der Fahrt damit, sich immer und immer wieder zu sagen, dass er besser nicht zu Ende brachte, was Pixie mit ihrem Messerangriff auf Brewster angefangen hatte. Dem lüsternen Arschloch musste ganz klar eine Lektion erteilt werden, wozu ein sechzehnjähriges Mädchen ja gar nicht in der Lage war. Aber was würde er tun, wenn sie herausfanden, dass der Kerl Kinder hatte? Würde er guten Gewissens wieder wegfahren können und Kinder mit ihm zurücklassen, weil Pixie Schwierigkeiten bekommen könnte, wenn sie ihn anzeigten?

Dred parkte ein paar Häuser weiter und sah Pixie an. »Bist du bereit?«

Ihre Wangen hatten wieder etwas mehr Farbe. »Ja. Ich habe mir die ganze Fahrt über den Kopf zerbrochen, was ich ihm sagen soll. Aber ich muss gar nichts sagen. Es reicht, wenn ich sehe, dass er lebt, und dann fahren wir wieder weg.«

Dred fasste sie ans Kinn. »Ich liebe dich, Sarah-Jane Travers.«

»Ich liebe dich auch, Theodred Zander.«

Sie stiegen aus dem Auto und gingen auf Brewsters Haus zu. Pixie klingelte an der Tür und wartete.

Sie hörte, wie jemand im Haus quietschte, daraufhin ertönte das Lachen eines Mannes, das immer lauter wurde.

Die Tür ging auf. »Hallo«, begrüßte Brewster sie mit einem breiten Grinsen im Gesicht. Dann sah er von Dred zu Pixie. »Scheiße.« Das Grinsen verschwand, Brewster trat schnell aus der Tür und schloss sie hinter sich.

»Brewster«, sagte Pixie leise.

Der warf einen nervösen Blick zurück und fluchte noch einmal. »Hör mal, Sarah-Jane, ich weiß nicht, was du willst, aber es tut mir leid. Ich habe mich verändert. Das schwör ich dir. Ich habe gerade geheiratet, und sie hat keine Ahnung von …«

Pixie schwieg, ein unerträgliches Schweigen.

»Du kannst es nicht mal aussprechen, was?«, sagte sie schließlich.

Für den Fall, dass sie jemals Beweise brauchten, wie lebendig Brewster wirklich war, machte Dred ein Foto mit seinem Handy.

»Du widerst mich an.« Pixie drehte sich um und ging die Treppenstufen wieder runter.

»Es tut mir leid. Was habt ihr vor? Wollt ihr zur Polizei gehen? Werdet ihr …?«

Der stechende Schmerz, den Dred in seinen Fingerknöcheln verspürte, als seine Faust Brewsters Kiefer traf, bereitete ihm mehr Vergnügen, als er für möglich gehalten hätte. Als Brewster am Boden lag, trat Dred ihm in den Bauch. »Du dreckiges Stück Scheiße«, knurrte Dred, »ich schwöre bei Gott, sollte ich jemals herausfinden, dass du Kinder hast, steh ich auf der Matte und bringe dich höchstpersönlich um.«

Ohne einen weiteren Blick zurückzuwerfen, lief Dred Pixie über den Rasen Richtung Auto hinterher.

»Dred«, sagte sie, als er sie eingeholt hatte.

»Ja, mein Schneeflöckchen.«

»Bring mich nach Hause.«

*

Als die Türen des Fahrstuhls zugingen, ließ Pixie sich gegen Dred fallen. Sie war eine Riesenlast losgeworden, aber ihr Körper war so erschöpft davon, diese Last all die Jahre getragen zu haben. Sie waren endlich zu Hause und Pixie lechzte nach einer Dusche, um dann einfach nur noch einen entspannten Abend mit Dred und Petal zu verbringen.

Sie drückte den Knopf ihrer Etage und verfolgte auf der Etagenanzeige, wie sie immer höher stiegen. Als sie bei 15 angekommen waren, drückte Dred auf einmal auf die 18, zwei Etagen unter Lias Wohnung.

»Schlag dir bloß irgendwelche superscharfen Fahrstuhlsex-Fantasien aus dem Kopf, ich bin viel zu müde für so was«, sagte sie grinsend.

»Fahrstuhlsex. Soso. Hatte ich tatsächlich noch nie. Aber nein. Stattdessen hätte ich einen anderen Vorschlag.«

»Was denn?« Soeben öffneten sich die Türen im 18. Stock.

»Das wirst du schon sehen«, sagte er und nahm ihre Hand. Er führte sie bis zur Ecksuite und klopfte.

Lia öffnete ihnen. »Perfektes Timing«, begrüßte sie die zwei mit einem breiten Grinsen.

Pixie trat ein. Die Wohnung war der Hammer. In Grau und Weiß gehalten, hier und da ein pinkfarbener Farbtupfer. Ein riesiger Balkon zu beiden Seiten der Eckwohnung sorgte für eine spektakuläre Aussicht über die Biscayne Bay. Die Wohnung bestand aus einer riesigen offenen Wohnfläche mit großem Wohnzimmer und einem Esstisch, der locker Platz für zwölf Personen bot, es gab eine Küche, die jeden Gourmet-Koch zum Schwärmen gebracht hätte, und einen zweiten Sitzbereich mit Bibliothek.

»Was ist das hier?«, fragte sie, als Jordan gerade aus dem

Flur hinterm Wohnzimmer auftauchte, mit einem Babyfon in den Händen.

»Ich bin dann mal weg«, sagte Jordan. »Sie schläft tief und fest. Wir sehen uns morgen früh.«

»Ich komm mit«, schloss Lia sich an. »Du weißt ja, wo du mich findest, Pix.«

Beide verließen die Wohnung und ließen eine zutiefst verwirrte Pixie zurück.

»Das hier ist Zuhause«, sagte Dred und schlang die Arme um sie. »Oder zumindest hoffe ich, dass es das ist. Für dich und mich und Petal. Der Mietvertrag geht sechs Monate.«

»Moment mal. Warte. Ich versteh das nicht.«

»Wir haben uns dazu entschlossen, den Rest des Albums hier aufzunehmen, damit ich dir helfen kann, die Sache mit Arnie zu Ende zu bringen. Erst hatten wir uns überlegt, nur ein paar Wochen hierzubleiben, aber je mehr wir uns darüber unterhalten haben, desto mehr hat uns die Vorstellung gefallen, das ganze Album hier aufzunehmen. Und dann hab ich mir so meine Gedanken gemacht. Ich hatte noch nie eine Wohnung für mich allein, und wenn ich mich recht entsinne, du auch nicht.«

Pixie nickte und hatte auf einmal ein flaues Gefühl im Bauch. Sie fühlte sich wie eine Sektflasche, die man gerade geschüttelt hatte.

»Ich will, was alle anderen auch haben«, fuhr Dred fort. »Was Trent mit Harper hat. Was Cujo mit Drea hat. Sie haben sich und bauen ihre Leben darauf auf. Ich will dich und mich, nur dass wir auch Petal haben werden.«

»Aber was ist mit Jordan?«

»Wir haben geredet. Jordan wohnt erst mal mit den anderen Jungs, solange wir hier sind. Dann gehen wir alle gemeinsam auf Tour. Danach wissen wir noch nicht. Aber ich habe Jordan versprochen, dass er nie allein sein wird. Ich lasse in dem neuen Haus ein Zimmer für ihn herrichten, damit er mit den anderen zusammenwohnen kann, oder er kann mit mir wohnen.«

»Was ist denn nur passiert? Kannst du es mir erzählen?«

»Ich glaube, da ist eine Flasche Wein im Kühlschrank. Wie wär's, wenn du sie uns holst und Gläser organisierst, während ich kurz nach Petal schaue? Dann reden wir, und ich zeige dir den Rest der Wohnung.«

Pixie ging in die Küche und strich mit der Hand über die kühle weiße Arbeitsfläche. Der doppeltürige Kühlschrank war riesig und schon gut gefüllt. Ihre Freunde waren fleißig gewesen. Im dritten Hängeschrank fand sie schließlich die Gläser.

Dred kehrte zurück in den großen offenen Raum. »Gib her, ich mach die Flasche auf.«

Sie setzten sich hin, stießen mit dem wunderbaren Weißwein an und Dred begann zu erzählen. »Wir verdanken unser Leben wohl Ellen, die unsere Pflegemutter war, und Maisey, unserer Sozialarbeiterin. Sie haben uns zu ihrer Familie gemacht. Wir waren sogar ihre Trauzeugen, als die zwei geheiratet haben. Maisey hat uns dazu ermutigt, diejenigen als Familie anzusehen, mit denen wir zusammenlebten. Geschwister sind Geschwister, und irgendwie muss das funktionieren. Ihr Gedanke dahinter war: Warum sollte das in Wohngruppen anders sein?«

Pixie lächelte, denn das Gefühl kannte sie mit Cujo und Trent nur zu gut.

»Auf jeden Fall hat sie uns damals Instrumente gekauft, damit wir eine Beschäftigung hatten. Das war, bevor Jordan dazukam. Unser damaliger Drummer hieß Adam, aber die Geschichte hebe ich mir für ein anderes Mal auf.«

Pixie setzte ihr Weinglas ab und kuschelte sich an Dred. Sie konnte sich nur ansatzweise vorstellen, wie schmerzhaft es für Dred sein musste, diese Art von Erinnerungen mit ihr zu teilen.

»Dann kam Lennon zu uns, mit Nachnamen heißt er übrigens McCartney. Seine Mutter war vielleicht ein egoistisches Miststück, aber zumindest hatte sie Sinn für Humor. Auf jeden Fall haben wir dann eine Band gegründet. Und von dem Tag an haben wir alles zusammen gemacht. Wir haben Songs geschrieben, die man größtenteils in die Tonne kloppen konnte. Wir haben Konzerte für unsere Pflegeeltern veranstaltet. Wir haben Scheiße gebaut, uns geprügelt und waren insgesamt ziemliche Idioten. Keiner von uns war perfekt.«

Dred stellte sein Glas ab und zog Pixie auf seinen Schoß, um sie liebevoll zu küssen.

»Jordan wurde vom Jugendamt gerettet. So kann man das wohl nennen. Seine Geschichte muss er selbst erzählen. Aber so viel sei gesagt, er hat das Schlimmste von uns allen durchgemacht. Als er endlich in der Lage war, in eine Wohngruppe zu gehen, da hat er ... ich weiß nicht, wie ich es sagen soll ... also, er hat da eine Art von Sicherheit gefunden, die er vorher nie gekannt hat.« Dred wusste noch genau, wie Jordan nachts immer durchs Haus gegangen war, um zu kontrollieren, ob noch alle da waren.

»Als die Zeit kam, in der wir die Wohngruppe verlassen

mussten, bekam Jordan richtig Panik. Er hatte uns sogar schon in unserer neuen Wohnung besucht, aber allein bei der Vorstellung, umziehen zu müssen, drehte er schon durch. Aus Verzweiflung hat er etwas getan, um uns zu zeigen, wie es ihm damit ging.«

Pixie sog hörbar die Luft ein, und Dred drückte sie. »An dem Tag haben wir uns gegenseitig geschworen, dass er sich immer sicher fühlen soll, auch wenn das bedeutet, dass wir für den Rest unseres Lebens zusammenleben.«

»Du und die anderen, ihr müsst eine Menge furchtbarer Sachen durchgemacht haben«, sagte Pixie.

»Du hast mindestens genauso schlimme Erfahrungen gemacht«, erwiderte Dred mitfühlend.

»Ja, aber bevor es Arnie gab, ging es meiner Mutter und mir ganz gut. Es war nicht alles schlecht. Bei dir zieht sich das ja durch dein ganzes Leben. Zumindest gab es eine Zeit in meinem Leben, in der ich mich geliebt gefühlt habe.«

»Ich habe dieses Gefühl nie gekannt, bis ich dich kennengelernt habe.«

»Oh Dred, ich liebe dich. Ich liebe dich so sehr.« Um ihren Worten Nachdruck zu verleihen, küsste sie ihn und fing an, sein Hemd aufzuknöpfen.

Als es ganz auf war, zog Pixie ihr T-Shirt aus und beugte sich über ihn und küsste ihn, legte eine Kussspur entlang seines Unterkiefers, den Hals runter und über seinen Brustkorb, wo sie sich letztendlich über seine Brustwarzen hermachte.

Dred stöhnte und griff hinter ihren Rücken. Pixie spürte, wie sich ihr BH öffnete, und setzte sich auf, um ihn auszuziehen. Mit einer weiteren schnellen Bewegung kniete sie zwischen seinen Beinen. Sein Gürtel ließ sich leicht öffnen, der Reißverschluss stand aufgrund seiner Erektion unter Spannung, dafür brauchte sie etwas länger. Während sie damit zugange war, grub sie die Zähne durch die Jeans in seinen harten Schwanz.

»Fräulein«, keuchte Dred und packte ihr Haar.

Pixie zog ihm die Jeans über die Hüften und befreite seinen Schwanz. Zum ersten Mal in ihrem Leben hatte sie vor, einem Mann einen zu blasen. Sie sah ihn an, während sie über seine Eichel leckte, und lächelte, als er die Augen verdrehte. Sie nahm seine Eichel in den Mund und machte sie schön mit ihrem Speichel nass. Dann packte sie ihn am Schaft und glitt im Rhythmus der Bewegung ihres Mundes mit der Hand hoch und runter.

»Pixie, oh Gott. Jaaa. Mehr, genau so.« Er stieß ihr seine Hüften entgegen und sie nahm noch die andere Hand dazu, um seine Hoden zu kneten.

Sie leckte über die lange Ader an der Unterseite seines Schwanzes und spürte, wie er in ihrer Hand zuckte.

»Aufhören«, winselte er fast und zog sie hoch. Er öffnete ihre Jeans, zog sie bis zu den Knien runter und küsste sie heftig auf die Klitoris. Dann zog er sie wieder auf das Sofa und positionierte sie so, dass sie sich auf der Armlehne abstützen konnte und den Hintern in die Luft streckte. Pixie hörte, wie eine Schutzhülle aufriss, und den Bruchteil einer Sekunde später stieß er in sie hinein.

»Oh, Pix.«

Während er sie von hinten nahm, stieß er immer wieder zu. Pixie spannte die Arme an und drückte sich gegen ihn, verlor sich voll und ganz in Dreds Raserei. Dred wusste genau, was gut war, und als er auch noch anfing, mit den Fingern ihre Klit zu bearbeiten, spürte sie, wie sie kam.

»Oh, mein Gott, Dred, bitte, komm mit mir.«

»Das hab ich ganz bestimmt vor. Warte auf mich.«

Er stieß immer schneller zu und veränderte den Winkel, so dass sie fast wahnsinnig wurde. War es möglich, dass Sex sich so gut anfühlte, dass man meinte, gleich davon sterben zu müssen?

Ganz tief in ihr drin fing sie an, sich zusammenzuziehen. Sie konnte nicht länger warten. »Dred, ich ... oh jaaaaa.« Als Pixie kam, schrie auch Dred seinen Höhepunkt in die Welt und drückte sich fest gegen ihren Arsch.

Beide schnappten nach Luft. Was für eine schnelle und heiße Nummer, sie waren beide immer noch größtenteils bekleidet. Pixie musste kichern.

»Alles in Ordnung, Pix?«, murmelte Dred, der sich an ihren Nacken schmiegte.

»Das war ...« Ja, was war es denn? Sie hatte keine Worte dafür, wie sie sich fühlte.

»Ja«, sagte Dred. »Ich finde es auch großartig, dass wir jetzt zusammenleben.«

Kapitel 16

Etwa eine Woche später parkte Dred mit einem fetten Grinsen im Gesicht vorm Fernsehstudio. Ja, er sah bestimmt wie ein Volldepp aus, aber das war ihm herzlich egal. Er kam gern zu spät, wenn seine Freundin ihn in der großen, gekachelten ebenerdigen Dusche überraschte und dazu verführte, sie mit dem Gesicht gegen die Kacheln zu drücken und von hinten zu nehmen.

Sie lebten jetzt seit neun Tagen zusammen. Neun perfekte Tage voller Glückseligkeit, in denen er einige der für ihn bedeutsamsten Lyrics seines Lebens schrieb und zusammen mit seinen besten Freunden Musik spielen durfte, die für Gänsehautmomente sorgte. Dann kehrte er abends zurück nach Hause, wo die geilste Freundin und das süßeste Baby der Welt auf ihn warteten. Pixie und er hatten schnell eine angenehme Routine miteinander gefunden. Sein Plan, über eine Agentur ein Kindermädchen einzustellen, hatte sich in Luft aufgelöst. Pixie kümmerte sich um Petal, wenn sie frei hatte. Wenn Pixie arbeiten musste, war Petal bei Cujos Schwägerin Elisa. Die war mit den kleinen Zwillingen Amaya und Zephyr zurzeit sowieso zu Hause und hatte sich angeboten, auch Petal zu betreuen. Dred wollte ihr eigentlich Geld dafür geben, aber Elisa wollte nichts davon wissen. Aus diesem Grund sausten die Zwillinge jetzt jeden Nachmittag in einem pinkfarbenen Escalade von Cadillac, einer Sonderanfertigung für Kinder, durch den Garten.

Die Dunkelheit, die ihn die ganzen letzten Jahre umgeben hatte, hatte sich gelichtet. Was machte es schon, wenn er aufgrund schlafloser Nächte mit Petal, sexueller Eskapaden mit Pixie und Hunderten von Songideen, die rund um die Uhr auf ihn einprasselten, todmüde war – er war nie glücklicher gewesen.

Es hatte nur einige wenige beklemmende Momente gegeben, die mit Pixies Vorgeschichte zu tun hatten. Das erste Mal hatte er in der Hitze des Gefechts ihre Hände über ihrem Kopf fixiert und vergessen, wie sehr sie genau das hasste, nämlich festgehalten zu werden. Beim zweiten Mal hatten sie zugegebenermaßen ziemlich krassen Dirty-Talk gehabt. Beide Male hatte sie »Regel Nummer zwei« gerufen, und er hatte sofort aufgehört.

Dred stieg aus dem Taxi und gesellte sich in der Lobby des Fernsehstudios zu Trent. Es war früh am Morgen und sie würden gleich eine zusätzliche Sequenz zum Thema Narben aufnehmen, wozu sie im Second Circle schon einen Tag gedreht hatten. In dem Spezialsegment ging es darum, wie man mit Tätowierungen Gutes tun konnte, zum Beispiel gab es eine Frau, die Opfern mit Brandwunden zu einer gleichmäßigeren Hautfarbe verhalf, sobald die Wunden vernarbt waren. Ein anderer hatte sich darauf spezialisiert, Frauen mit Brustkrebs, die sich die Brüste hatten entfernen lassen, Brustwarzen zu tätowieren. Bevor er Juror in dieser Fernsehshow geworden war, hatte er ja keine Ahnung gehabt, dass es so etwas überhaupt gab, und er war jetzt dankbar dafür, dass er dazu beitragen konnte, ein Bewusstsein für so etwas zu schaffen.

»Morgen. Wie läuft's?«, begrüßte Trent ihn.

Dred grinste. »Die Frage beantwortet sich wohl von selbst.«

»Wohl wahr. Danke noch mal für die Einladung zum Abendessen gestern. Deine kleine Tochter ist ja wohl die reinste Herzensbrecherin.«

»Aber so was von. Morgens um vier ist das allerdings 'ne andere Nummer.«

Trent lachte. »Vielleicht sollten wir sie über Nacht mal zu uns nehmen. Wir sind gestern kaum ins Taxi gestiegen, da hat Harper losgelegt mit ›Und wir? Wann fangen wir damit an?‹ Ich habe ihrem Vater aber versprochen, dass erst geheiratet wird, bevor wir Kinder in die Welt setzen. Wenn sie am eigenen Leib erfährt, wie es ist, morgens früh um vier geweckt zu werden, dann schreckt sie das vielleicht noch ein paar Monate ab.«

Dred bezweifelte es. Harper hatte keine Sekunde die Finger von seiner Tochter lassen können. Sie hatte nicht mal mit der Wimper gezuckt, als Petal auf ihrem Schoß saß und sich die Windel bis zum Rand vollschiss. Und in Anbetracht der Blicke, die Trent Harper zugeworfen hatte, war sie nicht die Einzige, die sich für Babys begeistern konnte.

Die Interviews verliefen gut und Dred konnte nur seinen Hut vor Menschen ziehen, die so viel Mut bewiesen. Während die Frauen dem Moderator ihre Geschichten erzählten, saß Dred auf dem Sofa und biss sich auf die Innenseite der Wange. Es käme vielleicht nicht so gut, wenn er seinen Ruf als Repräsentant des wahren Hardcore-Metals mit Tränen im Fernsehen ruinierte.

Nachdem sie mit den Aufnahmen fertig waren, gingen Dred und Trent nach draußen.

»Geht's jetzt für dich ins Aufnahmestudio?«, fragte Trent.

»Ja, wir haben gestern schon die Rohfassung eines geilen Songs fertig gehabt, und der Plan ist, ihn heute fertigzustellen. Morgen nehm ich mir den Tag frei. Und du?«

»Ich öffne gleich den Laden und muss mich beeilen. Soll ich dich mitnehmen?«

»Nein danke, mein Wagen wartet gleich da.« Er deutete mit dem Kinn Richtung Taxi. Dred umarmte Trent und klopfte ihm auf den Rücken. »Wir sehen uns später.«

Als Dred im Wagen saß, las er seine letzten Mails. Eine war von Sam.

Ich habe heute Morgen mit John Ferica gesprochen. Er ist zurzeit in New York und es ist schwierig, ein Treffen mit ihm zu vereinbaren, aber er sagt, dass die Forderungen des Labels in Anlehnung an die vertraglichen Vereinbarungen des Labels eindeutig sind.

Wie das Label mit ihnen umging, war das Einzige in seinem Leben, was Dreds sonst glückerfülltes Leben trüben konnte, und er war es so leid. Irgendwie hatte Dred aber Zweifel daran, dass Sam dem Label gegenüber überzeugend genug auftrat. Er warf einen Blick auf seine Uhr.

Es war 7.43 Uhr. Er scrollte durch seine Mails und fand eine von John, in der auch seine Handy-Nummer angegeben war. Ohne einen weiteren Gedanken darüber zu verlieren, wählte Dred die Nummer.

»Ferica.«

»Hey John, hier ist Dred Zander. Wie geht's so?«

»Dred Zander«, wiederholte der und zog den Namen in die Länge. »Warte 'ne Sekunde, ja?«

Dred hörte, wie John jemandem im Hintergrund Anweisungen gab.

»Sorry, Dred, da bin ich wieder. Von mir erst mal 'ne kleine Rückmeldung zu der CD-Box, die wir über die Weihnachtszeit rausgehauen haben, das lief wirklich großartig. Wir haben dadurch super Zahlen im ersten Quartal gemacht, und das zieht sich durch bis ins zweite Quartal. Wie läuft's mit dem Album?«

Entweder war der Typ dumm oder er spielte ihm etwas vor. »Das weißt du doch, oder? Du hast doch heute Morgen mit Sam gesprochen.«

»Nein, ich habe schon eine ganze Weile nicht mehr mit ihm gesprochen. Ich war sogar drauf und dran, selbst mal bei euch nachzuhorchen, weil es mich interessiert, in welche Richtung das neue Album diesmal geht.«

Dred fuhr sich mit der Hand durchs Haar. »Willst du damit sagen, dass Sam sich in letzter Zeit nicht bei dir gemeldet hat? Wir hatten ihm eine Liste mit Themen gegeben, die er mit dir besprechen sollte, und von Sam kam das Feedback, dass dich das herzlich wenig interessiert hat.« Dred fuhr das Autofenster runter, weil er frische Luft brauchte. Ihm war auf einmal gar nicht wohl.

Am anderen Ende der Leitung herrschte zunächst Stille. Dann erwiderte John: »Also ehrlich, ich weiß ja nicht, was mit Sam los ist. Meine Meinung zu Sam war immer, dass ihr jemanden mit viel mehr Erfahrung braucht. Was habt ihr denn auf dem Herzen?«

»Die Europa-Tournee und die Veröffentlichung des neuen Albums machen uns in dem geplanten Zeitrahmen 'ne Menge Druck, aber das könnten wir schon irgendwie hinbekommen, wenn wir nicht noch die ganzen anderen Termine wahrnehmen müssten, die ihr uns aufhalst, wie die Festivals und die ganzen Promo-Auftritte.«

»Also, hör mal, Dred, wir haben Sam gefragt, ob Tour und Veröffentlichungstermin fürs neue Album so für euch okay sind, und er hat gemeint, das geht für euch alle klar«, antwortete John.

Dred spielte an seinem Anker herum. »Sam hat uns gesagt, dass wir um diese Termine nicht herumkommen. Wir haben bis jetzt echt geblutet, um alles unter einen Hut zu bekommen.«

»Brasilien war nicht unsere Idee. Auch wenn das für Werbezwecke sicherlich förderlich war, Album und Tour hatten bei uns immer Priorität.«

»Und was die Tour betrifft, ist es richtig, dass ich meine Familie nicht mitbringen darf?«

»Nein, Dred. Ich hatte ja keine Ahnung, dass du eine Familie hast. Herzlichen Glückwunsch, Mann. Aber im Ernst jetzt, ich weiß ja nicht, was da gerade los ist, aber für mich hört sich das so an, als wäre Sam nicht der richtige Mann für euch. Ihr müsst mit ihm reden. Feuert ihn, wenn's nicht anders geht. Ich helfe euch, einen neuen Agenten zu finden. Schickt mir eine Liste mit den Dingen, die ihr benötigt, damit die Tour stattfinden kann. Euch haben wir zu verdanken, dass wir uns die letzten zwei Jahre keine Sorgen um unsere Jobs machen mussten. Ihr bringt zusammen mit ein paar anderen die meiste Kohle ein. Ihr seid Rockstars.«

Dred konnte es nicht fassen. Seit fast zehn Jahren war Sam ihr Freund. Entweder war Sam ein Lügner oder John. Dred fühlte sich Sam verbunden und würde ihn unter anderen Umständen in Schutz nehmen, aber er hatte nicht das Gefühl, dass John ihm etwas vormachte. Außerdem war er ganz schön erleichtert, dass er Petal und Pixie nicht gegen den Willen des Labels mit auf Tour nehmen musste.

Dreds Wagen kam vor einem roten Ziegelgebäude zum Stehen. »John, ich bin gerade bei unserem Studio angekommen. Ich würde gern sofort mit den anderen Jungs reden und dich in fünf Minuten zurückrufen.«

»Dann ruf mich bitte später zurück. Von neun bis eins bin ich in Meetings.

»Alles klar, John.«

Dred legte auf und bedankte sich beim Fahrer, bevor er aus dem Wagen stieg.

Als Nächstes würde er den Chef des Sicherheitsdienstes bei der American Airlines Arena anrufen.

Vielleicht konnte der Licht ins Dunkel bringen und ihnen helfen herauszufinden, wer log und wer nicht.

*

Als Pixie um die Ecke bog und das Second Circle in ihr Blickfeld kam, zog sich ihr Herz zusammen. Petal war wach und bestaunte die Welt um sie herum. Aber nicht mal ihre süßen dunklen Augen, die Dred wie aus dem Gesicht geschnitten waren, konnten sie beruhigen.

Es war nicht ungewöhnlich, dass sie an ihrem freien Tag mal vorbeischaute, aber heute ging sie hin, weil Trent und

Cujo beide die Frühschicht hatten, was selten vorkam. Und sie hatte etwas mit ihnen zu besprechen.

Pixie klopfte gegen das Schaufenster. Cujo winkte und öffnete ihr die Tür.

»Morgen, Pix. Komm, ich helf dir«, sagte er und nahm ihr den Kinderwagen ab.

»Ich weiß, es ist noch früh, aber ich wollte fragen, ob ich kurz mit dir und Trent reden kann«, sagte Pixie nervös.

»Na klar. Trent ist im Büro.«

Petal fing an zu weinen und Pixie wollte sie gerade aus dem Kinderwagen holen, als Cujo sich ihr in den Weg stellte. »Ich mach das schon. Dank Amaya und Zeph kenn ich mich aus. Geh schon, ich komm gleich nach.«

Die Tür zum Büro stand auf, Trent saß an dem großen Tisch und zeichnete an einem Bild, das aussah wie die Hindu-Göttin Kali.

»Hey, Pix«, begrüßte er sie und beendete einen gebogenen Arm. »Dred war vorhin noch im Fernsehstudio, falls du ihn suchst.«

Pixie setzte sich neben Trent. »Nein. Er weiß, dass ich hier bin. Ich möchte mit dir und Cujo reden.«

Trent legte seinen Stift hin und rollte die Zeichnung zusammen, um sie dann in eine braune Rolle zu stecken.

»Hey, alle«, sagte Cujo mit hoher Stimme, als er mit Petal auf dem Arm hereinkam und mit ihrer Hand winkte. »Cujo soll übrigens meine erste Tätowierung stechen, mal so als Vorankündigung.«

Pixie hätte schwören können, dass Petal lächelte. Offensichtlich erlag jedes weibliche Wesen Cujos Charme, sogar die ganz Kleinen.

»Dann schieß mal los.« Trent lehnte sich zurück und schaute sie erwartungsvoll an.

»Ich bin jetzt endlich so weit. Ich will, dass ihr wisst, was passiert ist«, sagte sie. Cujo drückte kurz ihre Schulter. »Du weißt, dass sich zwischen uns nichts ändern wird, ja?« Er stellte einen Stuhl neben sie und setzte sich.

»Ja, ich weiß. Ich hab ziemlich lange gebraucht, um überhaupt darüber reden zu können. Also, als ihr mich damals vor eurem Studio aufgesammelt habt, war ich kurz vorher aus dem Wohnwagen meiner Mutter in Pahokee abgehauen, weil mein Stiefvater mich missbraucht hat.«

Dred hatte sie dazu gebracht, es auszusprechen. In der Nacht, als er vergessen hatte, dass es ihr nicht gefiel, wenn man ihre Hände fixierte. Sein verzweifelter Gesichtsausdruck hatte ihr das Herz gebrochen. Er war so wütend auf sich selbst gewesen, weil er es vergessen hatte. Pixie hatte angefangen, sich zu entschuldigen, aber er wollte nichts davon wissen. *Dein Stiefvater hat dich missbraucht, Pixie. Du musst dich niemals dafür entschuldigen.* Als sie dagegengehalten hatte, hatte er sie dazu aufgefordert, es auszusprechen.

Sag es, Pixie. Sag mir, dass du weißt, dass er dich missbraucht hat.

»Oh, Pix«, seufzte Trent und nahm ihre Hand.

Cujo fluchte mit leiser Stimme.

Sie erklärte ihnen, was Arnie an dem Abend mit ihr gemacht hatte, und achtete genau auf ihren Gesichtsausdruck und ihre Gesten, denn die zwei waren die wichtigsten Männer in ihrem Leben, also, neben Dred. Cujo stand auf und fing an, hin und her zu laufen. Er tat so, als wollte er Petal beruhigen, aber tatsächlich hatte sie kaum einen Laut von sich gegeben, seit Cujo sie aus dem Kinderwagen geholt hatte. Trent beugte sich vor und nahm ihre andere Hand.

»Arnie kam in den Wohnwagen zurück und schrie, immer und immer wieder ›Was hast du getan?‹. Ich wollte einen Krankenwagen rufen, aber Arnie hat mich davon abgehalten. Stattdessen wollte er dafür sorgen, dass alles wieder gut wird. Da dachte ich, da sind wir ausnahmsweise mal einer Meinung. Und dass er sich irgendwie verantwortlich fühlte, weil er das Ganze arrangiert hatte. Als ich also der Meinung war, er würde sich darum kümmern, bin ich in mein Zimmer, hab meine Tasche geschnappt und bin abgehauen.«

»Das war ganz schön mutig von dir, Pix«, sagte Cujo, während Petal nach seinen Fingern griff.

»Na ja, mir war da aber noch nicht bewusst, dass er ein Foto davon gemacht hat, wie ich neben Brewster stehe. Ich meine, welcher Mensch würde in einer solchen Situation ein Foto machen? Den Rest kennt ihr ja. Ich war kaum in Miami angekommen, da wurde ich ausgeraubt. Das ganze Geld, das ich mir mit meinem Kellnerjob erspart hatte, war weg. Ich hatte einen Zwanzigdollarschein in meiner Hosentasche und kann mich nicht mal mehr daran erinnern, warum ich den nicht ins Portemonnaie gesteckt hatte. Nach Miami bin ich gefahren, weil ich mir vorgestellt hatte, dass ich mich im schlimmsten Fall in den öffentlichen Duschen waschen konnte, während ich auf Jobsuche wäre. Aber ihr habt ja gesehen, in welchem Zustand ich war. Ich hatte tatsächlich vorher keine Ahnung gehabt, wie süchtig ich geworden war.«

Cujo setzte sich wieder neben sie und positionierte Petal

an seinem Brustkorb, um ihr sanft über den Rücken zu streicheln. »Wann ist Arnie das erste Mal wieder aufgetaucht?«

»Etwa eine Woche nach dem Ende von Dreds letzter Tour. In diesem Magazin hat er das Bild vom Konzert gesehen, wo wir alle zusammen waren. Meinte, seine Freundin hätte es ihm gezeigt. Am Anfang hab ich nicht verstanden, was er überhaupt von mir wollte. Dann hat er mich überrumpelt und mir fünfzig Dollar aus dem Portemonnaie genommen. Danach wollte er immer mehr Geld. Ich ließ mich erst mal darauf ein, um Zeit zu schinden und mir zu überlegen, wie es weitergehen soll. Aber Arnie wollte immer mehr. Er ist immer wieder gekommen und hat mich immer wieder zugetextet, dass ich das Geld doch ganz einfach von euch bekommen könnte.« Sie sah Trent an. »Oder von Dred.«

»Du hättest uns darum bitten können, das weißt du«, sagte Cujo.

Pixie sah ihn an. »Ich weiß, aber was hätte das gebracht? Wir hätten ihm dann immer und immer wieder Geld geben müssen. Und wenn ich zur Polizei gegangen wäre, hätte er denen das Foto gezeigt.«

»Was hast du dann mit Dred in Pahokee gemacht?«

»Wir haben meine Mutter gefunden und eine Spur verfolgt, bis wir herausgefunden haben, dass Brewster quicklebendig ist und in Hollywood lebt.«

»Was für ein Wichser«, rief Trent aus. »Er war also die ganze Zeit gesund und munter?«

»Na ja, nachdem Dred ihn verprügelt hat, vielleicht nicht mehr so ganz.«

»Ich wäre ihm dabei zu gern zur Hand gegangen«, sagte Cujo geladen.

Pixie nickte. »Dred hat mir eine tolle Anwältin besorgt. Wir treffen sie nächste Woche. Ich weiß nicht mal, ob es eine Verjährungsfrist für so was gibt. Und er hat mich ja gar nicht vergewaltigt, im Idealfall kriegen sie mich nur wegen Körperverletzung oder so was dran, weil ich zu der Zeit noch minderjährig war. Mir wird schlecht, wenn ich daran denke, dass er verheiratet ist und vielleicht irgendwann Kinder hat. Was ist, wenn ... Ich würde es mir auf jeden Fall nicht verzeihen, wenn jemand anderes leiden muss, weil ich nichts gesagt habe.«

»Du kannst in jedem Fall mit uns rechnen. Wir helfen dir, egal womit, stimmt's, Cujo?«

»Na klar, Pix, wir stehen voll hinter dir.«

Tränen brannten in Pixies Augen, obwohl sie heute Morgen lange vorm Spiegel gestanden und ihr Spiegelbild beschworen hatte, später nicht rumzuheulen.

Pixie holte tief Luft, bevor sie weiterredete. »Danke, euch beiden. Für all das. Dafür, dass ihr mich damals gerettet habt. Ihr seid die beste Familie, die ich mir jemals hätte wünschen können.«

»Àpropos Familie«, sagte Cujo und nahm erst Petal ins Visier, dann Pixie, »hast du vielleicht noch etwas anderes auf dem Herzen?«

»Ich wollte euch fragen, ob ich vielleicht nur noch halbtags arbeiten könnte«, kündigte sie mutig an, obwohl sie am ganzen Körper zitterte.

»Willst du nicht lieber ganz aufhören?«, hakte Trent nach. »Und vielleicht irgendwo hinziehen, wo es viel kälter ist?«

Pixie schüttelte den Kopf. »Nein, noch nicht. Dred und

ich kennen uns erst seit sieben Monaten oder so und wir sind doch noch gar nicht so lange zusammen. Außerdem muss ich die Sache mit Arnie klären, und Dred geht bald auf Tour. Nein, ich bleibe hier, aber wenn ich nur noch Teilzeit arbeite, dann kann ich anfangen, mein eigenes Geschäft aufzubauen, und bin außerdem etwas flexibler, um Dred hin und wieder während der Tour zu besuchen.«

»Ja«, sagte Cujo.

»Ja«, fügte Trent hinzu.

»So einfach ist das?«, frage Pixie.

»Natürlich«, erwiderte Cujo und schnitt eine Grimasse für Petal. »Guckt mal, sie lächelt mich an.«

»Sie muss nur pupsen«, klärte Trent ihn lachend auf. »Ja, so einfach ist das. Wir haben in letzter Zeit darüber nachgedacht, unseren Laden zu vergrößern. Wir müssen immer wieder Leute wegschicken, weil wir keine Kapazitäten mehr haben. Vielleicht holen wir uns noch zwei Tätowierer dazu und jemanden, der sich auf Body Modifications spezialisiert hat. Der oder diejenige könnte vielleicht auch in Teilzeit den Empfang hier übernehmen, während er oder sie sich einen Kundenstamm aufbaut. Und bis es so weit ist, hast du vielleicht eine klarere Vorstellung, wie es für dich weitergeht.«

Pixie schüttelte den Kopf. »Ich weiß wirklich nicht, was ich sagen soll. Ich hab euch beide sehr lieb.«

Es klopfte an der Tür und Drea kam in ihrer Arbeitskleidung hereinspaziert. »Hier ist deine Sporttasche, Herr Oberbefehlshaber … oohhh!«

Pixie sah genau den Moment, in dem Drea bewusst wurde, dass der Mann, den sie über alles liebte, ein Baby in den Armen hielt.

Cujo winkte mit Petals Hand. »Hey, Drea«, begrüßte er sie mit Babystimme. Drea seufzte.

Trent lachte. »Oh, mein Gott. Harper war genauso. Völlig gaga mit diesem Baby.«

Drea legte ihre Hand aufs Herz.

»Hör auf, so zu gucken«, sagte Cujo lachend. »Solange du keinen Ring an deinem Finger hast und dein Abschlusszeugnis von der Uni nicht eingerahmt bei uns an der Wand hängt, kommt das nicht in die Tüte.«

Pixie konnte förmlich spüren, wie sehr sich Cujo und Drea liebten. Auf der einen Seite saß Trent neben ihr und hielt ihre Hand, auf der anderen machte Petal Spuckebläschen.

Manchmal war es wirklich so einfach.

*

Als Dred das Studio betrat, fuhren seine Gedanken Karussell. Er war es Sam schuldig, mit ihm zu sprechen, bevor er ihn feuerte, weil er der Band so viel Leid zugefügt hatte. Aber als Erstes musste er die Band darüber aufklären, was los war.

Stu, ihr Produzent, saß an seinem Schreibtisch. »Morgen, Dred. Na, bereit, die Lyrics heute unter Dach und Fach zu bringen?«

»Hey, Stu. Gibst du mir erst ein paar Minuten mit meinen Jungs?«

»Na klar, dann hol ich erst mal Koffein. Wird ein langer Tag heute, was?«

Dred konzentrierte sich auf die Jungs. Lennon saß hinter

seinem Schlagzeug, hatte Kopfhörer auf und spielte sich warm. Nikan spielte die Melodie eines Songs, den sie noch nicht aufgenommen hatten, und hüpfte dazu herum. Jordan saß ruhig auf einem Hocker in der Ecke, und Elliott lehnte mit dem Rücken gegen die Wand und nippte gedankenverloren an seinem Kaffee. Sie würden alle schwer enttäuscht sein, wenn er ihnen erzählte, was er in Erfahrung gebracht hatte.

Er versuchte, seine Gefühle erst mal runterzufahren, und ging ins Studio.

»Ich freue mich, dass es wenigstens einer von uns ordentlich besorgt kriegt«, begrüßte Elliott ihn grinsend. »Ich wünschte, ich hätte einen guten Grund, um zu spät zu kommen.«

»Fick dich, Alter. Ich war heute Morgen schon zum Dreh. Jungs, ich muss mit euch reden.«

Nikan schnallte seine Gitarre ab und stellte sie auf den Ständer. Lennon steckte seine Drumsticks in die Halterung an der Seite seines Schlagzeugs.

»Was ist los?«, fragte Jordan.

»Ich habe gerade mit John Ferica telefoniert. Ich glaube, dass Sam uns verarscht.«

»Ernsthaft?« Lennon kam hinter seinem Schlagzeug hervor.

»Ja, Ferica hat gemeint, dass er von unseren Anliegen und Problemen nichts wusste. Er hat schon seit einer ganzen Weile nichts mehr von Sam gehört und hat sich schon gefragt, wie es uns so ergeht.«

»Aus welchem Grund sollte Ferica uns anlügen wollen?«, fragte Elliott.

Dred nahm sich einen Hocker und setzte sich. »Ich weiß es nicht, El. Es wäre möglich. Aber das hat sich nicht so angefühlt, als ich mit John geredet habe. Er schien richtig überrascht zu sein. Er wusste nichts von Petal oder von unseren Problemen. Außerdem sind ihm die Festivals scheißegal, solange wir das Album und die Tour durchziehen.«

Nikan lehnte sich gegen die Studiowand. »Warum hast du ihn angerufen?«

»Ich habe heute Morgen eine Nachricht von Sam erhalten, dass er mit John über unsere Anliegen gesprochen hat, mit dem Ergebnis, dass sie nichts ändern wollten. Ich war stinksauer, also habe ich John angerufen.« Abwechselnd nahm Dred sein Handy in die eine, dann in die andere Hand.

»Scheiße. Du hast ihn also definitiv beim Lügen erwischt«, bemerkte Jordan. »Was sollen wir machen?«

»Ich habe ein bisschen herumtelefoniert. Ihr wisst bestimmt noch, wie sauer ich war, als das Foto von Pixie und mir auf unserem Gig in Miami in dem Klatschblatt aufgetaucht ist.«

Die Jungs nickten.

»Ja«, sagte Lennon, »das war in eurer Anfangszeit, stimmt's?«

»Genau. Ich hatte Sam darum gebeten nachzuhaken, wer dafür verantwortlich war. Er meinte kurz darauf, dass er bei der Arena angerufen hätte und die Security ihm mitgeteilt hätte, dass es von der Ecke, in der wir standen, keine Videoaufnahmen gibt.«

»Ich spüre, dass gleich ein Aber kommt«, sagte Lennon.

»So ist es. Ich habe den Chef des Sicherheitsdiensts in der Arena vorhin selbst angerufen«, antwortete Dred, »und er war sehr hilfsbereit, nachdem ich ihn davon überzeugen konnte, dass ich wirklich ich bin.«

Jordan ließ seine Fingerknöchel knacken. »Lass mich raten. Sam hat nie angerufen.«

»Zumindest sagen die das. Er überprüft jetzt noch mal die Videoaufnahmen.«

Nikan stieß sich von der Wand ab. »Scheiße.«

Dreds Handy summte. John Ferica.

»Hey, John. Was gibt's?«

»Dein Anruf hat mir Kopfschmerzen bereitet. Ich wollte noch mal horchen, was ihr mit Sam ausgemacht habt. Einer meiner Jungs hat gehört, dass er Verlage abklappert, weil er ein Buch über euch veröffentlichen möchte.«

Eigentlich wollte Dred es nicht hören. Wollte nicht bestätigt wissen, was er sowieso schon vermutete. »Was für ein Buch?« Alle Augen waren erwartungsvoll auf ihn gerichtet.

»Eine Art Enthüllungsstory. Habt ihr große Geheimnisse, von denen wir unbedingt was erfahren sollten?«

Dred sah sich um. Geheimnisse? Sie hatten mehr Geheimnisse als die katholische Kirche, die CIA und alle Episoden von Akte X zusammengenommen. Sie steckten ganz schön in der Scheiße. Er sah Jordan und Lennon an, die im Vergleich zum Rest der Band die schwierigsten psychischen Probleme zu meistern hatten; er sah Elliott an, der jeden Tag mehr oder weniger stark gegen seine Zwänge ankämpfen musste. Dann Nikan, der immer wieder kurz davor war, wieder zum Glas zu greifen. Seine eigenen Geheimnisse waren nichts im Vergleich zu denen. Sie waren zerstört worden. Waren ungewollt gewesen. Das alles in einem Buch gedruckt zu sehen, war einfach undenkbar.

»Das gibt eine Schlammschlacht«, war alles, was Dred dazu einfiel.

»Okay. Ruf mich um eins noch mal an. Ich rufe alle zusammen. Auf jeden Fall PR und Rechtsabteilung. Wir müssen uns was überlegen. Ihr müsst den Kontakt zu Sam abbrechen. Sollen wir ihn darüber informieren?«

»Nein, das machen wir schon.«

Dred legte auf. Alle Augen waren auf ihn gerichtet. Jetzt war es an ihm, sich etwas einfallen zu lassen. »Egal, was ich jetzt gleich sage«, begann er, »denkt immmer daran, dass wir wesentlich Schlimmeres überstanden haben.« So eine Geschichte würde sie nicht kaputt machen. »Wir müssen Sam feuern. Er versucht ein Buch über uns zu verlegen. Eine Enthüllungsstory.«

Die Reaktionen waren wie erwartet. Lennon stand auf und trat den Hocker durchs Studio. Jordan bewegte sich nicht. Nikan fluchte und lief hin und her. Elliott sah ihm direkt in die Augen.

»Wir müssen rekapitulieren, was wir ihm im Laufe der Jahre erzählt haben. Was genau weiß er?« Dred überlegte laut. »Wir müssen davon ausgehen, dass er alles über die letzten zehn Jahre weiß, aber was ist mit davor?«

Sie verbrachten die nächsten Stunden damit, sich ein Bild davon zu machen, was Sam wusste. Damit kamen sie schon mal ein Stück weiter. Sam wusste nicht so viel, wie sie befürchtet hatten, aber er wusste immer noch genug, um sie vor ihren Fans bloßzustellen und verletzbar zu machen. Dred machte sich Sorgen, wie sich so etwas auf ihre Leben auswirken konnte. Die Vorstellung, dass mehr Details über ihre persönlichen Vorgeschichten an die Öffentlichkeit gelangen konnten, machte ihn fertig. Die Folgen könnten verheerend sein.

Dreds Handy summte.

Wir haben's schnell gefunden. Um 0.04 Uhr. Lassen Sie mich wissen, wenn wir noch mehr für Sie tun können.

Der Chef des Sicherheitsdiensts hatte eine kurze Videoaufnahme angehängt. Im Halbschatten der Arena hielt jemand direkt sein Handy auf die Stelle, wo Pixie und Dred sich küssten, und dieser Jemand war Sam.

Sie bereiteten sich jetzt zwar auf ihre Telefonkonferenz mit John um ein Uhr vor, Dred wollte vorher aber noch schnell Pix anrufen. Sie musste erfahren, was vor sich ging. Er hatte zwar keine Lust, ihr noch mehr Probleme aufzuhalsen, sie hatten sich aber gegenseitig versprochen, das Gute und das Schlechte miteinander zu teilen. Er ging kurz raus, um sich in Ruhe unterhalten zu können und frische Luft zu schnappen. Er überlegte sogar, ob er schnell zu ihrem Haus rüberlaufen sollte, das nur einen Block vom Studio entfernt war, aber vielleicht war sie ja auch mit Petal spazieren. Da sah er eine Nachricht von Pixie in der Mailbox.

Hey, Daddy, wir sind's, Pixie und Petal. Kannst du deinem Daddy Hallo sagen?

Dred grinste, als Petal sich mit ihrem Lieblings-Uh-Uuuhhh Geräusch an dem Gespräch beteiligte. Sie hatte erst in der letzten Woche ihre Stimme entdeckt.

Wir vermissen dich, Daddy. Wir wünschen dir viel Spaß dabei, Songs zu schreiben, zu denen wir später tanzen können. Pixie näht mir übrigens ein neues Kleidchen.

Auch Petal meldete sich wieder zu »Wort«. Es tat Dred so gut, die zwei zu hören, nach all dem, was er diesen Vormittag erfahren hatte. Er entschied sich um und wollte Pixie doch erst heute Abend zu Hause von den letzten Neuigkeiten erzählen. Er glaubte zwar nicht, dass Sam Pixie in seinem Enthüllungsbuch erwähnen würde, warum auch, aber es würde sicherlich Auswirkungen auf sie als Familie haben. Er hörte durchs Handy, wie es an der Wohnungstür klopfte.

Okay, Daddy, da ist jemand an der Tür. Wir reden dann heute Abend.

Er hörte, wie sie die Wohnungstür aufsperrte.

Bye, Daddy. Sag Bye-Bye, Petal. Lass uns mal gucken, wer da ist.

Dann öffnete sie die Tür.

Schau mal, Petal, Sam kommt uns … Oh, mein Gott, Arnie.«

Kapitel 17

Pixie versuchte, die Tür wieder zuzuschlagen, aber mit einem Baby im Arm war es ihr unmöglich, zwei Männer aufzuhalten, die sich gewaltsam den Weg in ihr Zuhause bahnten. Sie drückte Petal fest an sich. Arnie war natürlich hier, um sie zu sehen, aber warum war Sam hier? Wieso kannten sich die zwei überhaupt? Empfand Sam sie wirklich als derartig unliebsame Ablenkung für Dred, dass er Arnie mit einband, um sie loszuwerden?

Arnie starrte sie grimmig an. Er schielte in den Flur, entfernte sich aber nie mehr als einen oder zwei Schritte von der Tür, um den Weg nach draußen zu versperren. Pixie überlegte fieberhaft, wo sie sich am besten in Sicherheit bringen konnte. Sie würde es auf keinen Fall ins Badezimmer schaffen, um sich einzuschließen. Es war wahrscheinlich auch keine gute Idee, zu nah an die Balkontüren zu treten. Sie machte ein paar Schritte Richtung Küche, in der Hoffnung, dass die marmorne Kücheninsel ihr etwas Schutz verschaffen würde.

»Was wollt ihr hier?«, fragte sie. In dem Moment wurde ihr bewusst, dass sie ihre Nachricht auf Dreds Anrufbeantworter noch nicht beendet hatte. Sie legte das Handy auf den Tresen und hoffte inständig, dass das Gespräch später zu hören sein würde.

»Ich habe dir die Möglichkeit gegeben, dich freizukaufen, Sarah-Jane«, sagte Arnie und machte ein paar Schritte auf sie zu.

Petal fing an zu wimmern, und Pixie versuchte, sie ein wenig entspannter zu halten. Sie nutzte den Moment, um Sam einen Blick zuzuwerfen, der sich das Ganze neugierig anschaute.

»Ich habe dir alles gegeben, was ich hatte«, log sie und hoffte inständig, dass Arnie Dreds Tochter nichts antun würde, wenn er merkte, dass er ihr auf den Leim gegangen war.

Arnie sah sich im Wohnzimmer um. »Kann schon sein. Aber wenn ich mich hier so umschaue, sehe ich, dass du mir nicht alles gegeben hast. Also habe ich meine Taktik jetzt geändert.«

Pixie schüttelte ungläubig den Kopf. Sie musste sich darauf konzentrieren, Petal in Sicherheit und sie beide hier rauszubringen. Entweder wusste Arnie nicht, dass Brewster noch lebte, oder er wusste nicht, dass sie es wusste. Ansonsten hätte es ja keinen Sinn, den Schein aufrechtzuhalten. Erst mal behielt sie diese Information also noch für sich. »Bring das Foto zur Polizei. Es ist mir egal. Ich werde meine Freunde nicht beklauen, und ich werde auch nicht zulassen, dass du sie erpresst.«

»Das ist jetzt alles egal«, knurrte Arnie, »Sam und ich haben uns auf einen neuen Deal eingelassen.«

»Was denn für einen Deal?« Pixie zitterte am ganzen Körper und ihr Herz klopfte jetzt so schnell, dass sie Angst hatte, ohnmächtig zu werden.

»Arnie«, unterbrach Sam ihn und stellte sich auch neben Pixie. Die Männer bedrängten Pixie jetzt von beiden Seiten. »Das reicht.«

»Nein. Das reicht nicht. Was geht hier vor? Woher kennt ihr euch?«, fragte Pixie mit bebender Stimme. »Ihr habt einen Deal?« Sie blickte schnell von einen zum anderen.

»Ja«, bestätigte Sam. »Du gehst mit Arnie und ich bleibe hier mit Petal. Gib sie mir.«

Pixie wich zurück. »Nein. Ganz sicher nicht. Bitte ... sie ist doch ein Baby. Tut ihr nicht weh.«

»Du gibst mir Petal jetzt«, forderte Arnie sie auf und machte einen Schritt auf sie zu.

»Du kannst mich mal, Arnie. Du kriegst Petal nur über meine Leiche.«

Arnie griff hinter seinen Rücken und brachte einen Revolver zum Vorschein, den er auf Pixie richtete. »Darauf lass ich mich ein, Sarah-Jane.«

»Bitte nicht.« Pixie flehte um ihr Leben. Die zwei hatten sie in der Hand. Pixie fühlte sich so einsam wie noch nie. »Ich habe gerade mit Dred telefoniert. Er ist auf dem Weg nach Hause«, sagte sie und wünschte sich, ihre zitternde Unterlippe besser im Griff zu haben.

»Das ist er nicht«, antwortete Sam, »ich habe nämlich gerade mit seinem Produzenten gesprochen, sie sitzen im Aufnahmestudio und haben sich den ganzen Tag dafür vorgenommen.« Pixie überlegte fieberhaft. Die Nachricht, die sie für Dred auf die Mailbox gesprochen hatte, nahm sie immer noch auf? Würde sie sich nach einer bestimmten Zeit abschalten? Sie versuchte, einen unauffälligen Blick auf ihr

Handy zu werfen, aber der Bildschirm war schwarz. Ihr blieb nichts anderes übrig, als zu hoffen, dass Dred seine Nachrichten eher früher als später abhörte. Hoffentlich hörte die Nachricht erst dann auf, wenn Dred genug gehört hatte, um sie finden zu können, denn sie war mit ihrer Weisheit am Ende. Ihr blieb nichts anderes übrig, als wie am Spieß zu schreien und um sich zu treten, wenn sie versuchten, sie aus der Wohnung zu schaffen.

Pixie sah sich in der Küche um und verfluchte die ultramoderne Einrichtung. Nichts stand oder lag herum, bis auf den Wasserkessel. Sie wusste, dass Sam auf den richtigen Moment wartete, ihr Petal wegnehmen zu können. Pixie wollte nicht riskieren, dass Petal verletzt wurde, während sie verzweifelt nach einer Möglichkeit suchte, sich zur Wehr zu setzen.

Als Erstes musste sie dafür sorgen, dass die zwei weiterredeten. Dann wurde die Chance, dass Dred ihren verpassten Anruf rechtzeitig sah, immer größer. »Was ist mit eurem Deal? Erzähl doch mal, Sam. Glaubst du nicht, dass Dred misstrauisch wird, wenn er nach Hause kommt und du hier bist und ich nicht?«

»Nicht, wenn er das hier in der Wohnung findet«, sagte Arnie und zog eine Tüte mit weißem Puder, ein Feuerzeug, eine Spritze und einen Löffel aus seiner Jackentasche hervor. »Dein Lover und Sohn einer Junkie-Mutter wird gar nichts machen, wenn er glaubt, dass du wieder rückfällig geworden bist.«

»Woher weißt du …?«

»Wir müssen hier jetzt vorankommen«, unterbrach Sam sie und wischte sich über die Stirn.

Das ergab für Pixie alles keinen Sinn. »Sam, warte mal. Du hast Arnie von Dreds Mutter erzählt?«

»Ich hab getan, was ich tun musste, damit du meinen Plänen endlich nicht mehr im Weg stehst.«

»Aber was denn für Pläne? Ich versteh das nicht. Willst du uns entführen? Oder umbringen?«, fragte sie. Sie wusste, dass Tränen jetzt nicht sehr hilfreich waren, aber als ihr die Ausweglosigkeit bewusst wurde, löste sich ihr letztes bisschen Kampfgeist in Tränen auf.

»Als dein Freund mich verprügelt hat, habe ich mich mit Sam in Verbindung gesetzt, weil ich ihn auf Schadensersatz verklagen wollte, aber Sam hat mir überraschenderweise stattdessen einen anderen Superplan vorgeschlagen.«

»Arnie. Halt die Schnauze!«, schrie Sam ihn an. Pixie zuckte vor Schreck zusammen und Petal fing an, in ihren Armen zu schreien. »Was macht es schon für einen Unterschied, wenn sie es weiß? Mit dem Geld, das ich von dir bekommen habe, sind wir aus Florida raus und irgendwo in Sicherheit, bevor irgendwer was machen kann.«

Pixie ließ Arnies Worte auf sich wirken. Sam zahlte Arnie, um sie um die Ecke zu bringen. »Stelle ich wirklich so eine Bedrohung für dich dar? Dred geht kaputt, wenn du Petal oder mir wehtust. Und wenn du zulässt, dass Arnie mit mir abhaut, dann bleibst du wirklich den ganzen Tag hier mit Petal und wartest darauf, dass Dred zurückkommt? Um ihm dann was zu sagen? Ich kam zufällig vorbei und hab gesehen, dass sie wieder auf Droge war, also hab ich sie rausgeschmissen und sie war ein braves Mädchen und ist gegangen?«

»Jetzt hör mal gut zu, du Miststück«, schrie Arnie, kam

ganz nah an sie ran und drückte ihr die Pistole an die Wange. »Gib. Sam. Das Baby.«

Pixie schluchzte laut auf und küsste Petal auf die Stirn, die von ihrem letzten Bad noch nach Lavendel und Seife duftete. Schweißperlen hatten sich über Sams Augenbrauen gebildet. Das alles gefiel ihm gar nicht. Arnie hingegen sah irgendwie ratlos aus. Wenn Pixie auch nur eine Chance hatte, dann gab es auch nur einen, den sie irgendwie überzeugen musste. »Sam, er wird wissen, dass du dahintersteckst«, rief sie verzweifelt. »Glaubst du wirklich, dass er hier reinkommt und deine verlogene Geschichte einfach glaubt?«

»Halt die Fresse«, schrie Sam sie an und versuchte, ihr Petal zu entreißen, erwischte aber nur Petals Arm und zerrte daran. Petal schrie vor Schmerzen auf. Ihr Schultergelenk sah merkwürdig verdreht aus. Vielleicht war es ausgerenkt?

»Lass sie ihn Ruhe!«, schrie Pixie. »Tu ihr nicht weh.« Pixie ließ Petal los und Sam riss sie an sich.

Pixie versuchte, Petal wieder zurückzunehmen, aber Arnie hatte seinen Arm um ihre Taille gelegt. Pixie weinte jetzt vor lauter Verzweiflung. Sie versuchte, um sich zu treten, und krallte ihre Fingernägel in Arnies Unterarme, der vor Schmerz zwar aufschrie, aber nicht losließ. Und da sie barfuß war, konnte sie mit ihren Füßen wenig gegen ihn ausrichten. Arnie drückte ihr die Pistole wieder in die Wange. Sie spürte das kalte, harte Metall schmerzhaft auf ihrer Haut.

»Ich weiß, was du brauchst, Sarah-Jane«, sagte er, während er sie noch fester an sich zog. »Du brauchst etwas, mit dem du dich entspannen kannst.«

Gleich würde er ihr Drogen verabreichen. Drogen, die sie

betäuben und sie mitnehmen würden. Der Mann, der ihre Sucht verursacht hatte, würde alles zunichtemachen, das ganze Jahr, das sie benötigt hatte, um clean zu werden, die Jahre danach, die sie abstinent geblieben war.

Pixie dachte an ihre Freunde. An Trent und Cujo und wie liebevoll sie sie immer umsorgt hatten. An Dred und sein unbedingtes Vertrauen, dass sie nach allem, was sie mit ihrer Mutter durchgemacht hatte, clean blieb. An ihren Betreuer. An Lia. Sogar an Petal, die jetzt in Sams Armen schrie. Wegen Petal musste sie bei klarem Verstand bleiben.

»Nein!«, schrie Pixie und war sich gleichzeitig bewusst, dass Arnie ihr gegenüber einen wesentlichen Größenvorteil hatte. »Niemals.« Sie hatte weniger Angst davor, erschossen zu werden, als wieder drogenabhängig zu werden. Diese Hölle überlebte sie nur einmal.

Pixie schrie, so laut sie konnte, kreischte direkt in Arnies Ohr.

Der schrie seinerseits vor Schmerz auf und ließ sie los, um seine Hand aufs Ohr zu legen. Pixie fiel hin und robbte schnell auf allen vieren von ihm weg, auf Sam zu. Sie stand auf und schrie weiterhin wie am Spieß, in der Hoffnung, dass einer ihrer Nachbarn die Polizei oder den Gebäudeschutz rief oder vielleicht sogar versuchte, die Tür mit einem Baseballschläger einzuschlagen.

Pixie war fast bei Petal angelangt. Sam sah sie immer noch geschockt an. Was auch immer sie vorgehabt hatten, als sie in die Wohnung gekommen waren, ihre Pläne hatten sich geändert.

»Bitte, Sam«, flehte sie ihn an, »tu das nicht. Hilf mir, Petal hier rauszuholen.«

Sam sah sie jetzt nicht mehr ängstlich, sondern mit traurigen Augen an. »Für Dred ist es so das Beste«, sagte er, aber er hörte sich unsicher an.

»Lass nicht zu, dass er mir wehtut, Sam«, heulte sie, »Dred wird wissen, dass du es warst.«

Sam warf einen Blick hinter sich. Pixies unermessliche Angst wich einem Hoffnungsschimmer, als sie ihren Arm nach ihm ausstreckte. Zusammen würden sie es schaffen, von Arnie wegzukommen. Aber in dem Moment, in dem sie seine Finger zu fassen bekam, verwandelte sich Sams Gesichtsausdruck zu einer Grimasse des Entsetzens.

»Arnie, nein!«, schrie er.

Und dann wurde alles um Pixie herum schwarz.

*

Dred hörte den Schrei vom anderen Ende des Hausflurs. Nie würde er dieses Geräusch vergessen können, Pixies Stimme, dieses schrille Nein, das ihm durch Mark und Bein ging. Seitdem er Pixies Nachricht gehört hatte, die damit endete, dass Pixie entsetzt Arnies Namen ausrief, weil der in der Tür stand, hatte er seinen Herzschlag nicht mehr unter Kontrolle. Kaum hatte sie die Worte ausgesprochen, rannte er los und rief Stu, der gerade an der Hauswand lehnte und eine Zigarette rauchte, noch etwas zu.

Dann rannte er zwischen hupenden Autos hindurch über die Straße. Noch nie hatte er eine derartige Angst verspürt. Er hatte nichts anderes mehr im Sinn, als so schnell wie möglich bei Pixie und Petal zu sein.

Meine Mädchen stecken in Schwierigkeiten.

Solch eine Wut hatte er in seinem ganzen Leben noch nicht in sich gehabt. Als er in die Lobby seines Wohnhauses stürzte, war er dennoch genug bei Verstand, um dem Concierge im Vorbeirennen zuzurufen, dass seine Brüder die Erlaubnis hatten, ihm die Treppen hochzufolgen, dass er die Polizei rufen und das Gebäude abriegeln sollte.

Als er gerade vor der Entscheidung stand, was schneller war, Treppe oder Fahrstuhl, öffneten sich glücklicherweise die Fahrstuhltüren. Seine Wohnungstür kam ihm vor wie eine Million Meilen entfernt, mit brennenden Beinen raste er über den mit Teppich ausgelegten Hausflur. Ein weiterer Schrei ertönte, dann war auf einmal Stille. Die Angst schnürte ihm die Kehle zu, er bekam keine Luft mehr.

Dann stand er vor der Wohnungstür und versuchte, die Klinke herunterzudrücken, aber die Tür war abgeschlossen. Er brauchte nur ein paar Sekunden, die sich jedoch wie Minuten anfühlten, um seinen Wohnungsschlüssel aus der Hosentasche zu ziehen und die Tür aufzuschließen, dann drückte er die Tür so heftig auf, dass er sie aus den Angeln riss.

Die Arschlöcher, die seine Mädchen gefangen hielten, würde er sich jetzt vornehmen. Arnie drehte sich mit vor Anspannung hochrotem Gesicht zu ihm um. »Hast du nicht gesagt, er ist den ganzen Tag beschäftigt?«, geiferte er Sam an.

Dred verschaffte sich einen schnellen Überblick über die Lage. Sam hatte Petal im Arm, die wie am Spieß schrie und ihm damit das Herz brach. Arnie stand über Pixie, die regungslos neben dem Wohnzimmertisch auf dem Boden lag und eine blutende Platzwunde am Kopf hatte. Auf die Entfernung konnte er das Ausmaß ihrer Verletzungen nicht erkennen. Dred bekam weiche Knie. Er konnte nicht einmal erkennen, ob sie atmete, aber über eines, da war er sich sicher. »Ich bring dich um, du Hurensohn«, knurrte er Arnie an.

»Ich sag dir, was ich denke, Loverboy«, entgegnete Arnie kalt und richtete die Pistole direkt auf Pixies Kopf. »Ich denke, dass du mich mit Sarah-Jane hier rausgehen lassen wirst, wenn du willst, dass sie am Leben bleibt.«

Dred musste heftig schlucken und keuchte. Beim Anblick des dunklen, purpurroten Blutes, das aus Pixies Schläfe floss, verlor er fast die Beherrschung. Da sah er, dass sie mit den Augenlidern flatterte. Sie drehte den Kopf Richtung Sofa. Mann, war er erleichtert – sie war nicht tot. Dennoch würden Sam oder Arnie dran glauben müssen.

Das Gebäude war hoffentlich abgeriegelt, damit Sam nicht mit Petal abhauen konnte. Und auch wenn nicht, würde Sam nicht mit Petal abhauen, so einfach war das. Zum ersten Mal seit Langem ließ Dred es zu, dass sich diese alte eiskalte Wut in ihm ausbreitete, bis er davon geblendet war.

»Ich sag dir, was *ich* denke«, knurrte Dred ihn an, »du wirst nirgends hingehen.«

Dann sah Dred, dass Pixie sich vorsichtig mit der Hand Richtung Wohnzimmertisch vortastete, und er erkannte sofort, was sie vorhatte. Mit einem Schmerzensschrei ergriff sie die Schere, mit der sie wahrscheinlich Petals Kleidchen zugeschnitten hatte, und stach damit in Arnies Wade. Dred nutzte die Gelegenheit und warf sich mit seinem ganzen Körpergewicht auf Arnie, um ihn von Pixie wegzustoßen. Arnie fiel auf den Glastisch, der unter dem Aufprall zersplitterte. Wie von Sinnen prügelte Dred auf Arnie ein, bis der vollständig am Boden lag. Die Pistole flog im hohen Bogen davon. Dred und Arnie rollten über den mit Glasscherben übersäten Boden, die Scherben schnitten in Dreds Schulter, aber den Schmerz spürte er kaum.

Arnie wehrte sich und traf Dred mit der Faust am Kinn, aber Dred fühlte gar nichts. Er war so auf seine Mädchen konzentriert, dass er gegen Schmerz völlig immun war. Sie würden erst dann in Sicherheit sein, wenn er den Mistkerl, der sie bedrohte, außer Gefecht gesetzt hatte.

Dred legte seine Hände um Arnies Hals und würgte ihn, bis Arnie ihn mit etwas Hartem an der Schläfe traf. Der Schlag erwischte ihn kalt und ihm wurde kurz schwindelig, aber er hatte in den letzten Jahren schon Schlimmeres einstecken müssen. Und noch nie hatte so viel auf dem Spiel gestanden.

Arnie rutschte der Fuß des Lampenschirms aus der Hand, aber er bekam das Kabel zu packen und versuchte, es um Dreds Hals zu wickeln.

Wieder rollten sie über den Boden und Dred gelang es schließlich, sich auf Arnie zu setzen. Er packte ihn am Kragen und begann, angetrieben von Pixies markerschütterndem Schrei und Petals Weinen, auf Arnie einzuschlagen, bis er merkte, dass der sich nicht mehr wehrte.

Dred schnappte nach Luft und hockte sich hin. Er hob Arnies Kopf an und ließ ihn wieder auf den Boden fallen. Der muckte ganz bestimmt nicht mehr.

»Pix, verdammt, Schneeflöckchen.« Dred robbte auf sie zu und legte ihren Kopf auf seinen Schoß. Sanft strich er ihr das Haar aus dem Gesicht und zog ihre Bluse zurecht, damit sie nicht so entblößt dalag. »Meine Kleine, bitte guck mich an.«

Dann registrierte er aus den Augenwinkeln eine Bewegung, blickte auf und sah Sam. »Scheiße, Mann.« Dred fuhr sich mit der blutigen Hand durchs Haar. »Sam, gib mir sofort Petal.«

Sam wich zurück. »Dred, lass mich und Petal gehen. Du weißt, dass ich ihr nicht wehtun werde, solange du nichts Dummes machst. Lass mich einfach gehen, und wenn wir quitt sind miteinander, sage ich dir, wo sie ist.«

»Ich versteh gar nichts mehr.« Während Dred mit Sam redete, vergewisserte er sich mit einem Blick, dass der immer noch außer Gefecht war. »Warum tust du das?«

Pixie stöhnte leise und Dred nahm ihre Hand. »Ich bin bei dir, Schneeflöckchen, und bald sind wir in Sicherheit.« Zumindest hoffte er das.

Dann hörte er das Signal des Aufzugs und schnelle Schritte, die sich auf dem Hausflur in ihre Richtung bewegten, und der Druck auf seinem Brustkorb ließ nach.

»Als ich euch das erste Mal in diesem erbärmlichen Laden auf der Danforth habe spielen sehen, war mir sofort klar, dass ihr die größte Metalband der Welt werden könntet. Für mich wart ihr die perfekte Band, ich wollte euch managen und ich hatte vor, uns alle reich zu machen«, sagte Sam, während er langsam die Hand ausstreckte, um Arnies Pistole an sich zu nehmen. Verdammt. »Ich sah eine Möglichkeit, an viel Geld zu kommen. Die perfekte Zusammenarbeit, könnte man sagen.«

Elliott, Nikan, Lennon und Jordan stürmten auf einmal in die Wohnung, und Sam wurde ganz bleich. Er richtete die Pistole auf sie.

»Wenn ich gewusst hätte, was ihr alle für Luschen seid,

hätte ich mir das vielleicht zweimal überlegt. Dass ihr heute da steht, wo ihr seid, habt ihr nur mir zu verdanken. Und was bekomme ich als Dank?«

»Sam«, flehte Dred. Die Pistole war so nah am Kopf seiner geliebten Tochter, dass ihm beim Anblick fast schlecht wurde. »Was auch immer wir nicht gesagt oder getan haben, es tut mir leid. Bitte gib mir meine Tochter.« Er kniete fast vor Sam, auch wenn er am liebsten aufgesprungen wäre und den Kerl in tausend Stücke zerrissen hätte. Aber damit riskierte er, dass der sowieso schon ultranervöse Sam den Abzug betätigte.

»Was ihr nicht gesagt habt?« Sams Stimme überschlug sich fast. »Ich hab euch gehört, was ihr im Haus geredet habt, als du wolltest, dass ich den Schlüssel aushändige. Du hattest vor, mich zu feuern. Mich noch weiter von euch wegzudrängen. Das ist ja wohl weit mehr, als hin und wieder was zu sagen, du undankbarer Scheißkerl.«

Dred erinnerte sich an den Tag. Pixie hatte etwas im Flur gehört, aber sie waren nicht weiter darauf eingegangen. Verdammt. Sam hatte nur so getan, als hätte er das Haus verlassen. Er hatte schon alles gehört, bevor sie die Möglichkeit gehabt hatten, sich einen Plan auszudenken, um den Übergang etwas einfacher zu machen. Sie hätten ihn nie von heute auf morgen vor die Tür gesetzt und hätten dafür gesorgt, dass es ihm eine Zeit lang finanziell an nichts fehlte.

Lennon bewegte sich langsam Richtung Küche, Nikan folgte ihm und Elliott und Jordan durchquerten bedächtig das Wohnzimmer Richtung Balkon. Langsam näherten sie sich Sam, der mit der Pistole wild nach allen Seiten herumfuchtelte. Der Schweiß floss ihm in Strömen von der Stirn und seine zur Schau gestellte Coolness wich langsam, aber sicher Panik.

»Setz Petal bitte aufs Sofa, Sam, und geh auf Abstand«, sagte Dred ruhig.

»Kommt nicht näher«, schrie Sam, »ich erschieße euch.«

»Ja«, sagte Jordan und machte einen weiteren Schritt auf ihn zu, »schon möglich, aber du hast maximal Zeit, einen von uns zu erschießen, bevor sich alle anderen auf dich werfen. Du solltest also lieber ein Stoßgebet in den Himmel schicken und es dir gut überlegen, Sam, denn einer von uns wird dich so oder so umbringen.«

Dred wollte gerade aufstehen, um seine Tochter zu befreien, da lockerte sich Pixies Griff um seine Hand und sie verdrehte die Augen. »Verdammt, Pix. Guck mich an. Bleib bei mir, Schneeflöckchen.« Sie brauchte dringend Hilfe. Und dann waren da noch seine Brüder, die ihr Leben riskierten, um seine Tochter zu retten. Von dem Tag, an dem sie sich das erste Mal gesehen hatten, hatten sie hinter ihm gestanden, aber noch nie so sehr wie heute.

Ein Schuss fiel, Nikan schrie auf. Er fasste sich an den Oberarm, Blut quoll durch seine Finger.

Lennon stürzte sich auf Sam und riss ihm Petal aus den Armen. Er drückte sie an seine Brust, drehte sich um und rannte raus auf den Flur. Dred wollte ihm hinterherschreien, um sie selbst in den Armen zu halten, aber er wusste, dass Petal am sichersten war, wenn sie außer Sichtweite war.

Jordan warf Sam zu Boden und stürzte sich auf ihn, um ihm die Pistole aus den Händen zu reißen. Wieder löste sich ein Schuss, die Kugel ging direkt durch die Sofalehne. Dred beugte sich über Pixie, um für den Fall, dass sich noch ein Schuss löste, ihren Kopf und das Herz zu schützen.

Elliott trat auf Sams Handgelenk und ein lautes Knacken ertönte. Sam heulte vor Schmerz auf und ließ die Pistole los. Schutzlos und ohne Fluchtmöglichkeit kauerte er auf dem Boden.

»Nein«, schrie Sam und hielt sich das Handgelenk, »bitte nicht!«

»Hast du wirklich gedacht, dass du so einfach davonkommst, Arschloch?«, brüllte Jordan ihn an, bevor er Sam so heftig boxte, das sein Kopf nach hinten schnellte.

Dred sah sich um. Lennon stand am Ende des Flurs, mit einem Handy am Ohr und Petal fest an seine Brust gedrückt. Sie schrie immer noch und Dred sah, wie Lennon sie sanft auf den Kopf küsste.

»Polizei und Krankenwagen sind unterwegs und jeden Moment hier«, sagte Lennon.

Elliott stand über Arnie, der langsam wieder zu sich kam.

Dred sah wieder zu Pixie runter. »Oh, mein Schneeflöckchen. Wo bist du nur? Wach auf, meine Kleine.« Er drückte ihre Hand.

Auch wenn sich ihr Brustkorb regelmäßig hob und senkte, so beruhigte ihn das nur in geringem Maße. Kopfverletzungen waren schwer einzuschätzen. Dred wandte sich wieder Sam zu. »Und das alles nur wegen Geld?«

Sam versuchte, sich aus Jordans Griff zu befreien. »Wegen was denn sonst, für euch war ich doch sonst nicht interessant.«

*

Pixie hörte Stimmen, aber wer redete da? Die Worte hallten so in ihrem Kopf, deswegen konnte sie die Stimmen nicht voneinander unterscheiden. *Warum hörte sie so schlecht?* Sie versuchte, sich aufzusetzen, aber ihr war viel zu schwindelig und sie konnte ihren Körper nicht bewegen. Wo zum Teufel war sie?

Jemand nahm ihre Hand. Das fühlte sich warm an, ein gutes Gefühl, denn sie fror ganz fürchterlich. Jeder Knochen tat ihr weh, und sie hatte keine Ahnung, warum. Aber offensichtlich steckte sie in Schwierigkeiten und sie bekam es mit der Angst zu tun.

»Du bist steinreich geworden mit uns, Arschloch.« Die Stimme war jetzt näher, tiefer. Dred. Das hörte sich wie Dred an. Was war mit ihm geschehen? Ihre Erinnerungen gingen in einem dichten Nebel unter, und sobald sie einen Gedanken zu fassen bekam, löste er sich wieder auf.

PETAL. Sie hatte versucht, Petal zu nehmen, war aber nicht bis an sie herangekommen. Warum noch hatte sie das getan? Petals Deckchen war ihr vorher aus der Hand gerutscht … sie hatte einen Schlag abbekommen … von hinten. Deswegen hatte sie diese furchtbaren Kopfschmerzen. Sam und Arnie hatten sie in ihrer Gewalt.

»Wir hätten noch mehr Kohle scheffeln können. Wenn ich nicht dafür gesorgt hätte, dass die Leute an euch interessiert bleiben, dann wärt ihr den Bach runtergegangen.«

Pixie wimmerte vor Schmerzen. Zumindest kam es ihr so vor. Sie benötigte Hilfe, ihr Kopf tat so weh, aber sie konnte die Augen nicht öffnen.

Eine Hand legte sich auf ihre Stirn. »Ich bin bei dir, Schneeflöckchen. Du bist in Sicherheit, ganz bestimmt.«

Das war definitiv Dred, sie erkannte seine tiefe, raue Stimme.

Sie hob ihre Hand vom Boden und Dred nahm sie. Er drückte sie sanft. »Sieh mich an, meine Kleine.«

Sie öffnete die Augen, alles war verschwommen und das Licht blendete so, dass sie die Augen wieder zukniff.

»Oh, mein Gott. Ich war noch nie so froh, dich zu sehen.« Dred küsste sie sanft. Seine Lippen waren warm und bedeuteten für sie sämtliche Sicherheit der Welt.

»Was meinst du damit, wenn du nicht dafür gesorgt hättest, dass die Leute an uns interessiert bleiben?«, fragte Nikan, der ihn immer noch im Schwitzkasten hatte.

»Du weißt genau, was ich meine«, sagte Sam, »ich hab die Presse mit euren Geschichten gefüttert, damit die Leute auf euch aufmerksam werden. Dann immer die gleiche Leier, Unterlassung, Gegendarstellung und finanzielle Entschädigung, um euch bei Laune zu halten.«

Pixies Mund war so trocken, aber die Frage musste raus. »Warum ich?«, krächzte sie.

»Weil du sie abgelenkt hast. Dred abgelenkt hast. Ohne dich hatte er nur eins im Blick. Und war voll bei der Sache. Aber seitdem du da bist, verreist er mehr und verpasst Meetings.«

Pixie schloss die Augen wieder, weil die Decke über ihr anfing, sich zu drehen, und ihr übel wurde. In ihrem Kopf drehte sich immer noch alles, als sie auf einmal neue Stimmen hörte.

»Bitte helfen Sie ihr. Sie hat einen harten Schlag auf den Kopf bekommen. Seit mindestens zwanzig Minuten wird sie immer wieder bewusstlos«, sagte Dred.

»Wie heißt sie? Bitte, Sir, könnten Sie uns Platz machen?«, sagte eine andere Stimme.

»Sarah-Jane. Sarah-Jane Travers.«

Pixie spürte, dass Dreds Hand sie losließ. *Komm zurück.* Sie brauchte den Kontakt. Er war der Grund, warum sie immer wiederkam, das Ziel, auf das sie zuschwamm. Sie musste etwas machen, um Dreds Aufmerksamkeit auf sich zu ziehen. Mit großer Mühe versuchte sie, die Hand nach ihm auszustrecken.

»Schneeflöckchen.« Er nahm ihre Hand und beruhigte sie. »Ich bin hier, Süße. Du must jetzt ganz ruhig bleiben.«

»Bitte, Sir. Wir müssen sie untersuchen.«

»Dann müssen Sie sich wohl an meine Anwesenheit gewöhnen, ich gehe nämlich nirgendwo hin.«

Pixie stöhnte und zwang sich, die Augen zu öffnen. »Keine ... Drogen«, flüsterte sie.

»Was haben Sie gesagt, Sarah-Jane? Können Sie das wiederholen?«, fragte der Rettungssanitäter.

Sie zupfte an Dreds Hand.

»Ja, Schneeflöckchen?«

»Keine ... Drogen.« Endlich schaffte sie es, ihre Augen auf Dred scharfzustellen.

»Sie ist drogenabhängig gewesen, aber jetzt seit über sechs Jahren clean«, erklärte Dred dem Rettungssanitäter und ließ Pixie dabei nicht aus den geröteten Augen.

»Was ist mit Petal?«, fragte sie.

»Es geht ihr gut, Schneeflöckchen. Die Sanitäter werden sich jetzt um dich kümmern, du musst ins Krankenhaus. Wir reden dann später dort, ja?«

Pixie schloss die Augen wieder und ihr wurde mit einem

Mal klar, dass sie sich zum ersten Mal seit Jahren in Sicherheit fühlte, dass kein Damoklesschwert über ihrem Kopf hing. Sie war frei, ihr Leben mit Dred zu verbringen.

»Bleib bei mir«, flüsterte sie.

»Ich werde immer da sein, wo auch immer du bist«, antwortete Dred und vergrub seinen Kopf an ihrer Brust.

Epilog

Drei Monate war dieser schreckliche Tag nun her und in dieser Zeit hatte Pixie gelernt, drei Geräusche mit Glücksgefühlen zu verbinden. Zum einen gab es da Petals Versuche, *Da-da* zu sagen. Dred drehte durch vor Freude, als sie ihr erstes *Wort* sagte. Pixie brachte es nicht übers Herz, ihm zu sagen, dass sie schon die ganze Zeit *Da-da* sagte, wenn sie irgendetwas sah.

Zum anderen gab es da diesen Klingelton an ihrem neuen Handy. Der Klingelton, der ertönte, wenn jemand ihr neues Bekleidungsunternehmen Partture anrief, das ein Wortspiel war aus *Party* und *Couture*. Seitdem Dred in Miami wohnte, aber mit den Aufnahmen für das Album beschäftigt war, und seitdem sie die neue Kollegin für Body-Modifications im Studio angestellt hatten, die auch mit für das Organisatorische zuständig war, hatte sie mehr Zeit fürs Nähen.

Und dann war da das Geräusch des Wohnungsschlüssels in der Tür, der bedeutete, dass Dred zu Hause war und sie wieder vereint waren. Sie liebte ihre Unabhängigkeit, ihre Arbeit machen und sich mit Freunden treffen zu können, aber da sie selbst nie eine richtige Familie erfahren hatte, wollte sie jetzt so viel Zeit wie möglich mit Dred und Petal verbringen, auch wenn das etwas altmodisch wirkte.

Der heutige Abend war keine Ausnahme. Sie war gerade dabei, den Saum eines gepunkteten Marienkäferkleidchens zu besticken, und verfolgte mit einem Auge Evita im Fernsehen. Jonathan Pryce war ein wunderbarer Juan Perón. Da hörte sie den Schlüssel in der Wohnungstür und sofort geriet ihr Körper in Wallung.

Dred hatte ihr den ganzen Tag Nachrichten geschickt. Manche waren wenig bedeutungsvoll. Aber dann gab es welche, in denen er beschrieb, was er mit ihr machen wollte, wenn er nach Hause kam. Die Nachrichten wurden von Mal zu Mal detaillierter und machten Pixie so scharf, dass sie sehnsüchtig darauf wartete, bis er seine Worte in die Tat umsetzte.

Sie hörte, wie die Tür zuging, und zitterte vor Erregung. Dred kam ins Wohnzimmer, stellte seinen Gitarrenkasten neben dem Sofa ab und sah sie mit diesem verführerischen Grinsen an. Er war von Kopf bis Fuß in Schwarz gekleidet, wie fast immer. Aber diese Jeans brachte seinen Hintern besonders gut zur Geltung und das schwarze T-Shirt mit dem Namen einer Band, von der sie noch nie gehört hatte, war superweich und lag an genau den passenden Stellen eng an.

»Na, mein Schneeflöckchen, wie war dein Tag?« Er setzte sich neben sie aufs Sofa, nahm ihr das Nähzeug aus der Hand und zog sie an sich. Es gefiel ihr, dass er ein wenig unsanft mit ihr umging. Es hatte Wochen gedauert, bis Dred aufgehört hatte, sie wie ein rohes Ei zu behandeln. Sie hatte ihm wieder und wieder die Regel Nummer drei unter die Nase reiben müssen. Bis sie ihn eines Abends mit nichts anderem an als einem Trikot der Toronto Maple Leafs in der Tür begrüßt hatte, damit das endlich aufhörte.

»Ich hatte einen guten Tag. Ich habe meine Mutter angerufen und wir haben wieder ein bisschen geredet.« Es war eine langwierige Angelegenheit, die Beziehung zu ihrer Mutter wiederaufzubauen. Auf der einen Seite wusste Pixie aus eigener Erfahrung, dass die Drogenabhängigkeit einen Menschen veränderte. Auf der anderen Seite war sie aber noch ein Kind gewesen, als Arnie sie missbraucht hatte, und ihre Mutter hatte nichts getan, um es zu verhindern, nicht mal, nachdem Pixie es ihrer Lehrerin erzählt hatte.

»Wie ist es gelaufen?«, fragte Dred und streichelte ihr über den Rücken.

»Wie die letzten Male. Sie würde sich darüber freuen, wenn wir etwas mehr Zeit miteinander verbringen würden, aber so weit bin ich noch nicht.«

»Du bestimmst das Tempo. Sie wird schon auf dich warten.«

»Die gute Nachricht ist, dass ich heute zusammen mit Truly, der neuen Body-Mod-Expertin, das Studio aufgemacht habe, um ihr zu zeigen, wie alles geht.«

»Das kann doch nicht ihr echter Name sein«, sagte Dred lachend.

Sie schlug ihm auf die Brust. »Sagt der Kerl, der Theodred heißt. Wenn sie sagt, dass sie Truly heißt, warum sollte ich das anzweifeln? Egal, auf jeden Fall bedeutet das von jetzt an für mich, dass ich weniger oft frühmorgens raus muss.«

»Mmhh ... das hört sich nach mehr Zeit im Bett an, perfekt«, erwiderte Dred begeistert und küsste sie auf den Nacken.

Pixie neigte ihren Kopf zur Seite, damit er besser drankam. »Petal hat sich bei Elisa von ihrer besten Seite gezeigt. Sie hatte einen tollen Tag, hat gut gegessen, gut geschlafen und wie immer gut gekackt. Ich habe viel genäht. Und ich habe heiße Textnachrichten bekommen von diesem Typen, den ich kenne.«

»Heiße Textnachrichten, ja? Hat dich irgendwas davon besonders angesprochen?« Er sah sie fragend an.

»Also, da gab es mindestens zwei, die ich gern ausprobieren würde«, lachte sie. »Wie war dein Tag?«

Dred grinste. »Ich hatte weniger Spaß. Anwälte, Anwälte und noch mehr Anwälte. Unsere Verträge wurden umgeschrieben und Sam offiziell gefeuert. Ich würde aber viel lieber mit dir darüber reden, welche der zwei Nachrichten du als Erstes ausprobieren möchtest.«

Es hatte sich herausgestellt, dass Sam mit der Zeit davon besessen geworden war, Dred und Preload zu weltberühmten Rockstars zu machen. Als eine Art Selbstbestätigung, die größte Band überhaupt zu managen, und aus Habgier. Um sein Ziel zu erreichen, versuchte er, sich unersetzbar zu machen, indem er Probleme schuf, andere dafür verantwortlich machte und dann so tat, als wäre er der Held, der alles für sie löste. Es war kompliziert. Von dem Moment an, als er mitbekommen hatte, dass die Band ihn feuern wollte, hatte er nur noch ein Ziel vor Augen gehabt, nämlich sie zu ruinieren. Sogar die Enthüllungsstory, die er veröffentlichen wollte, diente dazu, ihnen Schaden zuzufügen. Zum Glück hatte Dreds persönlicher Anwalt irgendwann im Laufe der letzten Jahre darauf bestanden, eine Vertraulichkeitsklausel zu ihrem Vertrag mit Sam hinzuzufügen. Sie bot ein wenig

Schutz, was aber nicht bedeutete, dass Sam sie nicht brechen konnte. Momentan konnten weder Sam noch Arnie ihnen etwas antun. Beide saßen im Gefängnis und aufgrund der hohen Fluchtgefahr kamen sie auch nicht gegen Kaution frei.

»Wie liefen die Aufnahmen?«

»Wir hatten einen sehr produktiven Tag. Wir haben sogar ein paar Songs für die Tour neu arrangiert. Und ich habe einen Song fertig geschrieben, an dem ich schon eine ganze Weile arbeite. Ich habe angefangen, ihn zu schreiben, als wir uns kennengelernt haben. Ich könnte dir wahrscheinlich sogar genau sagen, in welchem Moment mir welche Zeile durch den Kopf gegangen ist. Darf ich ihn dir vorspielen?«

»Wird Petal davon nicht wach?«

»Nein. Den Song hab ich nicht für die Band geschrieben. Sondern für dich. Für uns. Er handelt von meinem Weg bis hierher. Und von der Frage, die ich mir jeden Tag bis ans Ende unseres gemeinsamen Lebens stellen werde.«

Dred stand auf und holte die Gitarre aus dem Kasten, aber diesmal war es keine seiner blitzenden E-Gitarren. Diesmal war es eine traditionelle Akustikgitarre, die offensichtlich schon ein paar Jahre auf dem Buckel hatte und an einigen Stellen schon etwas abgenutzt war. Er setzte sich ihr zugewandt auf den Wohnzimmertisch und fing an zu spielen. Die leicht bluesige, fast gospelähnliche Melodie überraschte Pixie. Sie hatte laut und wütend erwartet, sozusagen die Metal-Variante eines Liebeslieds. Aber das hier ... war spirituell, fast himmlisch.

Ich kann ohne dich nicht sein
Ich kann ohne dich nicht atmen
Ich kann ohne dich nicht einmal dieses Lied singen
Was soll ich nur tun
Es ist der Wahnsinn
Der totale Wahnsinn
Dieser Schmerz
Dieser Wahnsinnsschmerz

Seine Stimme war so gefühlvoll und so melodiös. Egal wie sehr sie ihn liebte, sie hörte sich Preload nie an, es sei denn, einer der Jungs legte sie im Studio auf. Aber das hier, das könnte sie sich den ganzen Tag anhören. Dred war jetzt beim Refrain angelangt, der wiedergab, wie sehr er sie liebte, und erst da wurde ihr bewusst, dass er zum ersten Mal nur für sie spielte. Er sang zwar auch zu Hause, aber dieses Lied handelte von ihnen, es war ein Lied, das er nur für sie sang. Und in diesem Moment verstand sie, dass sie ganz und gar sein war.

Wenn das Herz sich nach etwas ganz Bestimmten sehnt
Bekommt es dann auch, was ihm fehlt
Wenn du ganz unten bist
Werde ich der Retter sein, den du brauchst
Ich glaube ich bin verliebt
Ich glaube, ich liebe dich
Ich glaube, ich bin verliebt
Ich glaube, ich liebe dich

Ohne ein weiteres Wort zu sagen, legte er seine Gitarre auf den Boden und zog Pixie auf seinen Schoß. Sie legte ihm die Hände auf die Wangen und küsste ihn leidenschaftlich.

»Ich weiß, dass wir noch einige Hürden miteinander zu überwinden haben. Wenn ich zum Beispiel auf Tour bin und wir uns nicht sehen können. Und ich weiß auch, dass wir noch Papierkram zu erledigen haben, damit ich hierbleiben kann oder du in Kanada. Aber ich liebe dich. Und ich muss wissen, ob das mit uns für immer ist.«

»Ich habe zwar keine Worte dafür und auch kein Lied«, antwortete sie zärtlich und nahm seine Hände, um sie auf ihr Herz zu legen. »Aber mein Herz versteht deins auf eine Art und Weise, die ich nie nachvollziehen werde.«

Dred atmete erleichtert auf. »Ich glaube, das ist das Wunderschöne daran, Schneeflöckchen. Wir waren nicht dafür vorgesehen. Und alles, was wir jetzt tun können, ist, es anzunehmen und unsere Liebe gut zu pflegen. Und uns etwas Gemeinsames aufzubauen. Wir hatten wohl die denkbar beschissensten Identifikationsfiguren, um uns zu zeigen, wie das geht.«

»Also erschaffen wir unsere eigene Version davon. Eine perfekte Version«, sagte Pixie.

Dred ließ seine Hände unter ihrem T-Shirt verschwinden und küsste sie. »So perfekt wie du.«

Danksagungen

Wie immer, wenn ich bei den Danksagungen angekommen bin, muss ich daran denken, wie viel Glück ich habe, dass ich so viele Menschen um mich habe, die mir helfen, meine Geschichten zu schreiben.

Ich danke wie immer meiner reizenden Lektorin Lizzie Potett bei St. Martin's Press. Ich hoffe, dass den Leser/innen Pixies und Dreds Geschichte genauso gefällt wie dir. Danke, dass du mich immer wieder dazu herausforderst, das bestmögliche Buch zu schreiben, und dass du nach wie vor Vertrauen in mich hast, dass es so gut wird, dass Menschen es lesen wollen. Oh, und weißt du noch, als wir zweimal für die RITA Awards nominiert waren?

Meine liebe Beth Phelan: Danke, dass du die beste Agentin bist, die man sich vorstellen kann. Ich liebe deinen Mut und deine Hartnäckigkeit. Danke, dass du, egal wo du gerade unterwegs warst, meine Anrufe entgegengenommen und mir eine Chance gegeben hast.

Danke an mein wunderbares Team bei St. Martin's Press: Amy, Marissa, Jordan und an alle anderen, die vom Lektorat bis zur Covergestaltung dabei sind. Ich bin unendlich dankbar für euren unermüdlichen Einsatz.

Außerdem habe ich die besten und konstruktivsten Kritikerinnen der Welt. Violetta Rand ist die Allergrößte. Danke, meine Liebe. Lass uns hoffen, dass all deine Vorhersagen wahr werden!

Als Autorin hat man manchmal einen ganz schön einsamen Job und ich habe das große Glück, Teil einer wunderbaren Autorengruppe zu sein, die auch meine Freunde sind. Sidney Halston – ich liebe dich und deine Geschichten. Ein großes Dankeschön geht auch an die Ladys von De Wolfe und an unsere unerschrockene Anführerin Kathryn Le Veque – ihr habt immer viele gute Tipps für mich und es gibt immer was zu lachen.

Ich möchte Brett und Heather Dawson danken, die mir geholfen haben, besser zu verstehen, was es bedeutet, in einer Pflegefamilie aufzuwachsen. Die Welt braucht mehr Menschen wie euch, die sich aktiv um junge Menschen kümmern, welche aus unterschiedlichen Gründen allein dastehen. Danke, dass ihr mir geholfen habt, ihre Geschichten besser zu verstehen, und dass ihr ihnen jeden Tag zur Seite steht.

Danke an die medizinischen Fachkräfte Denise Clarke (Krankenschwester in der Neugeborenenabteilung) und Joanne Unsworth (Hebamme), die mich zu dem Thema »neonatales Abstinenzsyndrom« beraten haben. Ich möchte in den Danksagungen ja nicht zu viel im Voraus verraten, aber ich bin sehr dankbar, wie ihr mir geholfen habt, dass diese Geschichte Form annimmt.

Danke an Dawn Vickers und Pat Egan Fordyce, die schon früh gegengelesen und dafür gesorgt haben, dass ich auf dem richtigen Weg bleibe.

Tanya Baikie – ich schulde dir eine kanadische Dankesrede vom Allerfeinsten für all die tollen Teaser und Videos, die du gemacht hast. Du hast ein wahnsinniges Talent.

Dank auch an mein unerschrockenes Promo-Team: die Scarlett's Stars. Wir sind vielleicht klein, aber mächtig! Danke euch allen, und ganz besonders an Tanya, Julie, Pat, Dawn und Cole und Stacey (aka Laverne und Shirley) für eure unermüdliche Unterstützung.

Wie immer schulde ich meinen Freundinnen Amanda, Michelle und Gina einen Riesendank dafür, dass ich einigermaßen bei Verstand bleibe. Insbesondere aber in Zusammenhang mit diesem Buch, weil Amanda und Michelle mich (möglicherweise nach der dritten Flasche Wein) davon überzeugt haben, ihre Namen miteinander zu kombinieren und daraus Amanda Veitch zu machen. Ich habe euch vorgewarnt, Mädels, dass nichts Gutes dabei herauskommen würde.

Liebe Lollipop und lieber Finner … Ich liebe euch, und ja, ich werde eure Namen in jedes Buch schreiben, und ja, ich werde euch immer und immer wieder sagen, wie sehr ich euch liebe … auch wenn ihr der Meinung seid, dass ihr zu cool dafür seid.

Ich danke meinem Ehemann Tim und seiner ausgeprägten Männlichkeit. Er inspiriert mich immer wieder. (Ich lasse mich übrigens das erste und letzte Mal darauf ein, dass du deine eigene Danksagung schreibst!) Und nein, ich werde nicht *#stoßen* ans Ende schreiben! Oder irgendwelche Kuhglockenvergleiche.

In diesem Buch ist von Missbrauchsthemen die Rede. Es gibt viele gute Organisationen wie Rape, Abuse and Incest

National Network (R. A. I. N. N.), die zu diesen Themen beratend zur Seite stehen. Sollten Sie Hilfe benötigen, wenden Sie sich bitte dorthin. Oder rufen Sie die National Sexual Assault Hotline 1.800.656.HOPE (4673) an.

Zum Originallied »Living without you«

Ich möchte einen ganz besonderen Dank an den Musiker Bishop (Damon O'Hara) aussprechen, der das Lied geschrieben hat, das Dred für Pixie schreibt. Ich habe den Sänger, Songwriter und Studenten des British and Irish Modern Music Institute (B. I. M.M.) nicht während eines Konzerts getroffen, was wesentlich cooler wäre als die Realität. Ich habe ihn ausgerechnet in einem Fischladen kennengelernt. Ja, in einem Laden, wo man rohen Fisch bekommt. Ja, auch wir finden das sehr lustig.

Der Song ist mit der Unterstützung von einigen großartigen Musikern und Sängern, die auch am B. I. M.M. studieren, entstanden: Daran beteiligt waren William »Billy« Bell, Sarah Featherson, Danny Heath und Nicola Tuffy. Ich hatte das große Glück, einen Nachmittag mit diesen talentierten Menschen verbringen zu dürfen, als der Song einstudiert wurde, und es hat mich schlichtweg umgehauen. Ich möchte also jedem Einzelnen von euch danken. Ihr habt einen sehr wichtigen Song mitgeprägt und ihn durch eure Anwesenheit gehaltvoller gemacht.

Danke an Louis Lawson und Aimee Fordham, die als Tontechniker für einen guten Sound gesorgt haben.

Und letzten Endes danke ich B. I. M. M., dass wir den Proberaum zur Verfügung gestellt bekommen haben und dass ihr solch eine tolle Umgebung für Musiker schafft, die etwas Gemeinsames schaffen wollen. Ohne Zugang zu euren Räumen wäre dieser Song nie zustande gekommen. Links zum vollständigen Song findet ihr auf meiner Webseite:
www.scarlettcole.com.